时间文丛

星核的儿子

骆一禾纪念诗文集

陈东东　编

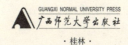

GUANGXI NORMAL UNIVERSITY PRESS
广西师范大学出版社
· 桂林 ·

星核的儿子：骆一禾纪念诗文集
XINGHE DE ERZI: LUO YIHE JINIAN SHIWEN JI

出版统筹：多　马
策　　划：多　马
责任编辑：吴义红
助理编辑：胡丹丹
产品经理：多　加　胡丹丹
书籍设计：鲁明静
篆　　刻：张泽南
责任技编：伍先林

图书在版编目（CIP）数据

星核的儿子：骆一禾纪念诗文集 / 陈东东编. --
桂林：广西师范大学出版社，2021.10
　（时间文丛）
　ISBN 978-7-5598-4154-4

　Ⅰ．①星… Ⅱ．①陈… Ⅲ．①文学－作品综合集－
中国－当代 Ⅳ．①I217.2

　中国版本图书馆 CIP 数据核字（2021）第 166600 号

广西师范大学出版社出版发行

（广西桂林市五里店路 9 号　邮政编码：541004）
　网址：http://www.bbtpress.com
出版人：黄轩庄
全国新华书店经销
湛江南华印务有限公司印刷
（广东省湛江市霞山区绿塘路 61 号　邮政编码：524002）
开本：889 mm × 1 194 mm　1/32
印张：15.75　　字数：283 千
2021 年 10 月第 1 版　　2021 年 10 月第 1 次印刷
印数：0 001~6 000 册　　定价：62.00 元

如发现印装质量问题，影响阅读，请与出版社发行部门联系调换。

编者弁言

1989 年 5 月 31 日，骆一禾病逝，年仅 28 岁。三十年过去，这位以文明为背景对写作进行过周密的思量和规划、高瞻远瞩、迈上修远之路的诗人，从未被读者、被同道、被至爱亲朋忘却，他精神遗产的意义和影响，他"灵敏其耳""血流充沛了万马"的诗歌，重要性愈益彰显，那灵魂的形象（就像他曾就海子之死所说）"依然腾蠢在他的骨灰上"。

诗人离世不久，1990 年，我在上海印行的《倾向》诗刊就编辑出版了"海子、骆一禾纪念专辑"，衰集骆一禾的长短诗作、文章书信，以及纪念和论说他的诗文多篇；之后，1997 年，张玞编的《骆一禾诗全编》（上海三联书店）出版；2011 年，西渡编的《骆一禾的诗》（人民文学出版社）出版；2019 年，又有一本《骆一禾诗选》（太白文艺出版社）及他的书信集《骆一禾情书》（东方出版中心）出版；近期，《春之祭——骆一禾诗文选》（广西师范大学出版社）也将出版，重新修订的《骆一禾诗全编》和多卷本的《骆一禾全集》，则有了出版计划。

对他的阅读、评论和研究一直进行着，20世纪90年代初，朱大可的《先知之门——海子与骆一禾论纲》引人瞩目；近年则有西渡煌煌四十万言的《壮烈风景》（中国社会出版社，2012），由上卷《壮烈风景——骆一禾论》和下卷《圣书上卷与圣书下卷——骆一禾、海子比较论》构成。骆一禾的名字也常常出现在各种选集和报刊杂志上，例如，2009年第2辑《新诗评论》的"骆一禾研究专辑"；洪子诚等编选的上下册《百年新诗选》（三联书店，2015），将骆一禾一首诗的标题《为美而想》用作了下册的书名……

这本纪念诗文集，主要呈现三十年来对骆一禾的追悼和追忆，撰写人既有他的至爱亲朋和同道，也有普通读者，追思追述之间，是对他的追媵。篇章安排上，7首诗置前，接着是28位作者的37篇文章，最后的录音整理稿，来自2011年4月2日在首都师范大学中国诗歌研究中心会议室的"骆一禾诗歌研讨会"。本书没有将更多关于骆一禾的评论和研究性文章收入，有一些诗文未获授权，也没有收入书中。

陈东东

2019年10月25日

目 录

浮云何曾苍老

——悼诗人陈幼京、骆一禾英华早逝

昌 耀

浮云何曾苍老，

岁月仅只是多积了一份尘埃。

我们却要固执地寻求试金石，寻求奥学玄旨。

世间自必有真金。

而当死亡只是义务，

我们都是待决的人伕。

浮云总是永远的过客。

1989 年夏

为骆一禾而作

西川

我打碎街灯让黑夜哀悼

我锤击铁钉让木头呻吟

死亡对于死者是一个秘密

被带进泥土，我惊讶地看到

茑萝和棵巴草长得疯狂又柔情

一场大雨即将扫过水塔和阳台

一只蚊子在我体内无休止地飞动

孩子们把水搅得哗哗作响

半夜敲门的多半是幽灵

我们的负担加重了——

一些古老的迷信得到印证

你的躯体被盖满鲜花，仿佛你

还能爱，还能呼吸，还能把口哨吹响

但你的大脑像一艘红色的沉船

对你的火葬你不置可否

死亡使你真实，却叫我们大家

变得虚幻：我们说"死者升天"

意思是生者还要赶路

一个貌似你的人使我大吃一惊

被打断的生活：空白的笔记本。

被打断的写作：扔进废纸篓的诗。

另一个世界的月光

照耀另一个世界的麦穗

等待死刑的鸽子第一次有了笑声

啊，为什么我会梦见你在车库里安家

那里幽暗无光，油渍遍地

你睡在蒙着白色床单的单人床上

醒来发现床前聚集着一群人

我怀念你就是怀念一群人

我几乎相信他们是一个人的多重化身

往来于诸世纪的集市和码头

从白云获得授权，从钟声获得灵感

提高生命的质量，创造，挖掘

把风吹雨打的经验转化为崇高的预言

我几乎相信是死亡给了你众多的名字

谁怀念你谁就是怀念一群人

谁谈论他们谁就不是等闲之辈

或许那唯一的诗篇尚未问世

或许已经问世了只是我们有眼无珠

眼见得另一个世纪就在眼前

幸福往往被降低到平庸

一个粗通文墨的时代。

一种虚幻的时代精神。

在乌鸦和秃鹫的夜晚，我把头发

交给乌鸦，我把眼睛交给秃鹫

我把心脏交给谁?

现在河水回落了，一块块卵石

高出水面；现在暖瓶空了

空空的暖瓶里回荡着大海的潮声

这些围绕着我们的事物

也曾经围绕着你，它们不得不

放弃希望，牢记沉默是自我修行

或者如古老的宗教所说

要等待另一个轮回，等待另一个你

来触摸它们，解除它们的囚禁

1992 年 10 月

航线

（为骆一禾）

陈东东

大海倾侧

航线平分了南方的太阳

诗歌把容颜朝向记忆

这水分较多的一半，是闪电

钻石，野马和火焰

以及那大鱼，在跳跃中扩展的

暗藏的集市。而深陷的海盆

海盆在旋转中靠一盏塔楼

牵引着船头

时光要念诵他的辞章

大海倾侧，当某个正午

偏离自身和更高的准则

方向又被那精神规定

他排演历程于最后的海域

将一派大水

注入冲突的戏剧和银器

白昼被洗得锃亮，命令一艘船

甚至行驶在它的反面

大海倾侧，内心的航线贯穿了每个

完整的时日：他想要说出的

远不止这些，但转瞬之间

频繁到来的素馨被裁开

那另外一半

在深厚的墨绿中重复声音初始的细致

那么就让他继续歌唱。在共同的航线上

一枚翡翠的头脑正显现

自天庭穷尽处水晶的顶端

广播语言和真理的金叉。大海倾侧

大海倾侧

就让他继续歌唱人类

而造化布置的星辰和鸟群

投射飞翔的十字于海盆

那暗哑的太阳

平分了大海和它的繁华

1990 年

骆一禾

臧棣

我细数着我的生活中

你出场的次数。不多

可也不算少：一共四次

在某种意义上，这已足够

      第一次

当然是在你家，一九八八年

冬季的一天。记忆的拖车

碾过城市的风景，隆隆震响

留在天知道的哪条街上

树枝上的鸟巢清晰可辨

有如木偶戏中的娃娃脸

而观众则像人群已经散去

作为征兆的雪，正被童话

用厚厚的一册死死缠住

脱身无计。只有刺骨的寒冷

贴近透露在脸上的热情

张珙为我们开门，难怪她

差一点认错人，因为溜进去的

很可能是被仆仆风尘搬运的

一座座山峰。只有你、我

西川和柏桦在座。而后者

正为某件事情奔忙，刚从

成都走动到北京；表情倦怠

说出的话竟少于格言

　　　　另一次

是在韩毓海的宿舍。几乎是

相同的时刻和天色：窗外

就像洞口外，自由的面孔黝黑

阔大到不着边际。还是星星

善解人意，眨着不知是谁的

大眼睛，没有多余的小动作

坐在床头，抽着地方烟

你矛盾得像一具大理石雕像

温和中带着幽默和傲慢

在说话的时候，你总是观察

陌生人的脸。为恰当的言辞

权衡着。或者说，为世界的血

你提前准备了一只脆弱的器皿

　　　　第三次

是一九八九年四月。为纪念刚刚

卧轨的海子，你身着西装

坐在我的宿舍里。你手摸着

我们募捐用的纸箱子，似乎

感到它空得像另一只棺柩

屋里的空气顿时沉闷起来

像是隐身的人来过，洒下了

尚未获得专利的凝固剂。还是

你岔开了话题，谈到现在

存在着一种新的可能性：

将荷尔德林和惠特曼结合起来

风格是次要的，除非风格

能积累到《圣经》的厚度

……蔡恒平抽着你递过去的

一支烟，用上面发亮的部分

回味着你的预言。麦芒也在场

屁股下压着两本教科书……

当晚的背景音乐由西川选定

愿天堂里有人为法国人雅尔祝酒

——他捕捉到的旋律震撼着

我们年轻的心灵。这是你的

另一面，天才的演说家——

在 29 楼和 30 楼之间的花坛上

得到了充分的发挥，驯服着隐秘的

集体情绪，甚至令人耳目一新

我几乎难以想象我们能没有你

　　　　最后一次

你实际上已死去。这一年

六月中旬的一天，确切的

日期模糊得像失踪者的数目

犹如一架打开琴盖的钢琴

低调的天空中有一个蓝色死角

固定着八宝山火葬场的空地

……你平躺着，你的身体里

一棵我们迄今还未辨识出的大树

使你获得了那样的形状……

作为一种仪式，我们列队走过

你的身旁：就像带着茬口的树桩

漂浮在比泪水更咸、更容易

变得冰凉的激流上……

1995 年 5 月

拿云

——纪念骆一禾

西渡

把攀索系在云的悬案上。

议论远了。风声却越来越紧

你从大衣兜里翻出一枚鹰卵

摊开手,一只雏鹰穿云而去

证实你在山中停留的时间。

与我们不同的是,鸟儿生来便会

裁剪梦的锦被:那大花朵朵。

最难的是,无法对一人说出你的孤独。

贴紧天之蓝的皮肤,一丝丝地凉。

太阳盛大,道路笔直向上。

只有心跳在告诉血液:你不放弃。

这时候想起心爱的人,心是重的。

小心掉头,朝下看:视野内并无所见

除非云朵一阵阵下降

赶去做高原的雨。星星的谈话：

是关于灵魂出生的时刻。说，尚未到来。

银河上漂浮着空空的筏子。

人间的事愈是挂念

愈觉得亲切。胖胝是离你最近的

现实，也是你所热爱的。

泪水使心情晶莹；你一呼吸

就吞下一颗星星，直到通体透明

在夜空中为天文学勾勒出新的人形星座

闪闪发光，高于事物。

这是你布下的棋局，但远未下完。

你以你的重，你艰难的攀升

更新了诗人们关于高度的观念。

你攀附的悬岩，是冷的意志

黑暗，而且容易碎裂。

那个关于下坠的梦做了无数遍。

恐惧是真实的，而愿望同样真实。

最后的选择，几乎不成为选择：

抽去梯子，解开绳扣，飞行开始。

2010 年 3 月 23 日

骆一禾

廖伟棠

热风刹那抱紧我的头颅，亲爱的
我仍记得，这腥甜属于海，
不属于广场上金色尘土。然后
我便在二十年黑河中摆渡亡灵。

十八天昏睡中升起我的渴，亲爱的
我仍记得，热风穿上了你的连衣裙，
里面是裸体烫滚。然后船舷下
酒醉的泳者，为我铆紧了星星的铆钉。

是我从他胃里捡起那两个橘子，
从他的动脉里捞起一株向日葵。
是我向广场投下日晷般长影，
为你们，还有他们，最后一次校准时间。

请叫唤我的名字：卡戎。黑夜里
是谁血流披面？我情愿这染红的
是我的白衫——请原谅这一身衣服
比原谅更轻，比死更晶莹。

亲爱的，我爱上了这最后的钟声，
它在每一个死者的血管里继续轰鸣。
今夜是诗歌最后一次获得光荣！
而我们将第二次穿过同一个深渊。

随后是磬击四记。轧轧的铁履不是一次笔误！
不是和我无关！鱼们眼窝里的青铜
不再梦见地安门。请叫唤我的名字——
我不是你的爱人，我是水中折断的旗杆。

2009 年 5 月 2 日

在诗歌中怀念

——给诗人骆一禾

舒洁

今夜我怀念一位故去的朋友

感觉他依然坐在

北方某座都市的一隅

用我们迷恋的母语

描绘鸽子与青草的家园

今夜我忆起他的手势

他诗中的少女与大海

许多节日与梦幻

伟大的人和平凡的人

在他所创造的诗歌家园里

趋向永恒与不朽

会有许多人怀念他

秋日的黄昏

大地铺满宁静的黄昏

我们在不同的屋宇下

默诵他永远年轻的名字

我走在被雨打湿的路上

到无人的地方发一封信

我要告诉远方的友人

秋天到了，我们失去了他

为此，我们以诗歌的名义纪念他

愿我们面对的世界里

传出他平和的声音

今夜我走入秋日的雨里

今夜，我的身旁

行走着许多陌生的人

我的兄弟

你的屋宇下坐着人的女儿

孤单的女儿

她失去了海

那生命有力的激情与波涌

她陷入了永世的忧伤

与精神的贫困

我有属于自己的怀念方式

沉默无语的方式

许多人都已改变

诗歌也在改变

我的兄弟

你以决绝的离去

证明着那个夏天

我走了很远的路

在广阔的南海上观望过日出

我的兄弟

如你描述的那样

一些人远离了乡土

赤着双足在大海上耕耘

是劳动的灵性

与诗歌的节奏

我们生息的节奏

使你每夜安坐于灯前

我的兄弟

这有限的历程

充满了欢乐与苦难

人的女儿走过了一段曲折的时日

我知道她在追寻海

这无比遥远的旅途

隔着一个世界

我的兄弟

她无法告别

我希望你能听到她的倾述

我的兄弟

在一派蔚蓝之间

我希望你能垂下头颅

注视你的女孩

你的孤单的女孩

你全部的诗歌都使我相信存在着的神性

微明的神性

宁静的神性

我的兄弟

如今　你在无边的黑暗中长眠

我们不会忘却那个灭绝的夏天

我在初冬的一天回到了这座都城

是的　我依然写着

有一面旗帜那么神圣

我的兄弟

我懂得它为什么自由飘展

我想对你说

我正在寻找你的女孩

冬天严寒

她一定需要一语祝祷

如我需要她的引领

在一种时刻到你的墓前

我想象你永恒的屋宇下坐着人的女儿

孤单的女儿

她失去了海

失去了你

我的兄弟

你生命有力的激情与波涌

实际上　她永远失去了

你宽厚的胸怀与呼唤

你说过

要用一生的光阴沟通人的灵魂

这崇高的事业　建筑在心灵上的诗歌屋宇

左边是森林　右边是河流　中间是神

点缀在穹顶的

是永不消隐的星辰

听我说啊　兄弟

月亮是母亲　太阳是父亲

在我们诞生前　河边回旋爱情的歌吟

一生的光阴不是一百岁　不是十岁

一生的光阴　是作为一个人

在这个世界哭过

并且微笑　理解一块石头

它朝阳的一面会首先衰老

它在风蚀的过程里

绝对不会发出声音

一匹蒙古马奔驰的草原上

有一部移动的历史

树与根　爱与恨　天与云

我的兄弟　你把什么留在了人间

诗歌　你最爱的人

还有光阴　你的爱人说

你在最后的时刻没有停止思索

你打着手语　那么生动

但是　你已经无法看到

她泪雨缤纷

你曾经歌唱的五月的鲜花

覆盖安魂曲

我的兄弟　从印度的早晨

到中国的黄昏

你的道路醒着

是那个夏天的正午时分

你停止呼吸　但是

你没有停止思索

我们　没有停止怀念

如这个夜晚

如你生前的爱人

她对我描述你时

那悲戚的眼神

兄弟，那是五道口的夏天
你的血质的海，染着夕阳
在情侣的海滨，此刻鸥鸟出没

轻轻翻开一层土，就看到悲伤
看到你年轻的妻子头戴丝巾
看到你的笑容，看到宝石之光

那些路如年老的父亲，那些日子
属于奇迹。在那些不朽的夜晚
兄弟，你属于遥远的潮汐

那个年代属于诗
当然属于爱情，属于一辆单车
搭载一个家庭

属于你，我的兄弟
在北三环中路，你所放飞的预言
如今仍在飞

在你的屋宇，人的女儿依然美丽

她念你，我们念你

午夜的光，依然透着神秘

面对木纹中的佛

突然感念遥远的诗人。这个午后

他的大海、岩岛、飞行

他年轻深刻的心灵

已被尘埃覆盖

在甘家口

复活的时间

缓慢走向北三环中路

之后，我看见树上的麻雀飞

炫目的玻璃幕墙上，出现一些暗影

不能不说你的手势

阅读往昔诗歌，你神色依旧

你我之间一定隔着梦

那是安睡的时间，像铺展在地上的旗帜

是的，这无法逾越

只有死亡能够释解死亡的本质

总有一些痛不可说

这让我想到遥远，向着地平线奔跑

前方依然是地平线

大海

你的天涯仍在起伏

我们活着，总在重复一些旧路

我终于听到你的声音

在大理石光滑的平面上滑过

就像风轻轻吹拂你的海洋

你上了一个台阶，在你

用诗歌铺就的途中，有桂树

牧羊人在那里歇息，在一道草坡

你面朝河流，白衣洁净

爱你的人，为你选了墓志铭

我读到你的诗句

那些隐着巨翅的灵

在一个叫故乡的地方

你停下来，指着苍茫

午后，六月阳光强烈

你热爱的女子，曾经的少女

用清水洗净你的碑文

仿佛很久了，我到来

我重返二十九年前

那个多雨的夏季

你不需要仪式

如今你在这里，也不在这里

这是艰难的想象

我对你说，你已不说

那一刻，这座古老的都城

如你一样沉默

此刻，我在淮河岸边

以自己的方式阅读水系

入夜，我知道一个孩子仍未回家

他被火焰和大海吸引

他通灵，他对少年的夜晚与星空说

我来了！有一些人刚刚离去

透过山脊

我注视天际线，那里由深蓝变为铅色

我想对你说：你看近旁的龙子湖

颜色已经接近天宇

湖边没有一个人

一禾

我整整寻找了你二十九年

走遍世界，感觉你无所不在

但我再也没有听到你的声音

二十九年

将一块青石放入盐池也会变咸

在时间独特的花海中

我嗅到微苦

二十九年！我甚至不敢

途经北三环中路

我相信那里有你！因不得见

我就恐惧

我曾经对一个成长中的孩子说

如果你要认识智者

就读他的诗歌吧！你要记住

他是能在岩石上开凿诗歌之门的人

在更多的时候

他的神态就是上帝的圣童

他曾说

活着啊！你不可轻视最小的微尘

每一粒微尘都有明亮的眼睛

一禾

这是你说过的话

三十年前，我们共同面对

一个古老都城的黄昏

在东城，大街上奔涌着自行车流

成群的麻雀从一个屋脊

飞向另一个屋脊

它们叫声美丽

飞翔的姿态美丽

不错

穿越尘埃，我们就能回到那个时代

在那个时代，我们焚烧

源自净地的诗歌理想

就如守住一面圣旗

那个时代洁净，笑容真实

大地上长出的食物像真理一样可信

我对那个都城的追忆

最生动的细节是你

一禾，从北三环中路到百万庄

到甘家口，我回到东四

身后的光明中有你

风雪中有你

诗中有你

那时

我们心甘情愿做一个牧者

稿纸上有草原，有河流

羊群在诗歌的段落中吃草

天空里有牧歌与悠长的雁鸣

关于意义

是在时间中，我们寻找它的缝隙

那里有无数道迷人的门

高举着红色或白色花束的人

从那里进出，他们可能穿着黑衣

他们可能沉默

但流着泪水！或许，你们永远

也不会看到他们的神情

因为看到隐约的背影

我们没有丢失感动

一禾

在每一滴眼泪中

都有未曾粉碎的海洋

它汹涌，像马驹横穿沼泽

以庄严的死或生证明一种存在

像你的诗歌，被同一盏灯点燃

而你，却在揭示暗影深处

有很多次

我回到蒙古高原眺望你的大海

我的目光越过丘陵

无法越过神秘的雨雾

我的想象总会停在高山前

我相信那里曾是一个岛屿

消失了！大海，你去了别处

我面对世界的血

蒙古高原八月的红花

我面对肃穆

感觉在时间的缝隙

有一种永恒，光一样

静静逸入

道路啊

我敬畏你的诱惑，直至我跟随光明

在飞行中感念人类的泪水

接受你永无尽头

这不是我给你的颂诗

应该是别辞，以我此生的全部感受

认同一个真理：死是再生

我知道

整整二十九年，我们依然一同行走

不是在全部的时间里

是所谓时刻，或者过程

我们相约在一部不朽的史诗中

到达边塞，我们饮酒

在那里想念远方的亲人

有时候，我们会问询一颗遥远的星

你看到边缘了吗？你在

我们只能仰望的所在

它闪烁，你隐去，你多么像

一滴泪水，饱含热爱

与高贵的悲痛

你看人间

最高的树木举着最高的叶子

不是为了触摸天空

是示意近旁的另一棵树

是语言，是一种孤独

召唤另一种孤独

你看啊

今日南方有雨，北方有雨

诗歌的天国中有雨

没有你，诗歌走过孤独的世间

一个凝望天宇的孩子

守着草地和羊群

我守着你灿烂的青年时代

在那个时代的大地云空

你的位置没有改变

如今

你在庞大的气韵里飞行

像一个天使

在你的祭日，一首萦绕不去的圣歌

在北方久久回旋

我在淮河以南

我在风卷云翳的上午

突然感到一种预示

诗歌，献身，墓志铭

死亡，真是永久的睡眠吗？

在所谓天地之间，究竟存在什么？

我们，所谓生者啊

究竟能看见什么？

我看见有人将刀锋刺入河水

但不忍伤害鱼类

有人牵着情人的手走过原野

有人在等待

还有一个人无法走出记忆的湿地

他在那里苦苦呼唤一个弟兄的名字

成为时间与怀念的见证

我静下来

闭上双眼，我看见一些光

从利刃上飘落，我也看见血

在雨幕中飞翔

一禾

我能拥有的世界这么小

甚至小于一间古宅

我在其中，你也在

此刻天空轰鸣，众鸟惊飞

我静下来，你让我静下来

用心阅读这个年代

天若有情

一首诗歌就会生长在阳光下

它永远也不会死亡！它是

心智泉水浇灌的禾苗

就如你的名字

一禾，在你深爱的麦田

此刻一片金黄

我曾对亲人们说你

二十九年，时光不近不远

我们之间毫无阻隔，你就在那里

你在五月的最后一天

将纯真留给未来的孩子

天坛，正午，黑暗

这些意象不是你的伴随

剑斩流水，不会留下印痕

你就在那里！在修远的途中

永含笑容

2018 年 5 月 31 日，骆一禾祭日

于蚌埠龙子湖畔古民居博览园

心愿之乡
——纪念一禾

张玞

我活着，并非虚妄地活着，然而我一生永远不会相信的，就是一禾死了，真的死了。

"对于死亡我更加痛恨了。""然后，我反对死亡。"他早早地发出这样的宣言："我认为永恒是不值得达到的。"假如还有永恒，那么这样的时刻是永恒的——有两次他经历了最好的朋友的死亡，两次他都以泪抱住我说："我们要好好地活下去!"这声音一直如雷贯耳——然而我的确是不能以肉眼看见他了。

然后，我将和他同样地活下去。

他说过："生命是一个大于'我'的存在。"他说："怎么说呢?——即使在我停顿的时候，我仍然感到我在继续，这就是朋友对我最重要的意义。这得以使我不是只有一个灵魂。"灵魂和灵魂，世界上，不是太阳无处不在，不是大地无处不在，而是灵魂无处不在，这就是我们的大气，我们生命的呼吸。

当我亲手把一禾仅有的骨灰安置在死者们中间、走出老山的时候，它那一点点的高度已使我眺望了整个城市和它的上空，我突然感动地哭了："这是一个人的城市！一个人的城市！"一禾是无处不在的，这里的上空就是他的肺、他的心脏。我已是不能和他对话了。他的灵魂已经开放，而我还被封闭在坚硬得只会脆弱的肉体里。但我仍可以长久地、长久地凝视他。

他的生命终于挣脱了他的精神而去，一个人最可以依赖的东西他也不再需要了，他已无须拯救。这才是我们终生要考虑的事。他得到了那可怕的自由，这多么令人晕眩，我有时不得不承认这是幸福的、美的。因为我也在向往他去的地方，一个朋友说，我们脚下的土地再也留不住他了。

他说："想起一个一个的好朋友，真是留恋人间，明知天空升高，日夜远去，不知怎样看着人呢，也还在天底下做无尽的充实……神的孤独真是这样，……人在空虚，诗歌在强劲起来，只觉得我时时从诗歌里飞走，渐渐挪入自己写下的东西里，越写得好越不能自已，好像我在失踪，对于朋友就更为思念，因为这是扎实的活实体——"他就是这样地走了，永远地居住在他亲手建筑的屋宇之中去了，也许还会时时在灵魂的飞行中注视我们的余生或者人类的余生，他也是可以瞧见的。

我不能相信他真的死了，我的灵魂是他。

朋友们，或者像你们常愿意说的，我的诗人兄弟们，一禾的灵魂在你们中间漫游、呼吸。这是一个天路历程。

我们这样看着他：一禾如此地生活过，如此高尚，如此热爱，如此清醒，如此愤怒。他是一个有多个灵魂的人，而他的灵魂都是不死的。

这是可以肯定的，而且一定可以肯定。

我相信，并且在我死后也相信，世界上会有更多的人热爱他和他的诗歌，凡热爱者皆拥有他的灵魂。一禾一定会同意我这样的说法，否则他为什么还要活着呢？

一禾仍在，活于心愿之乡。听，他这样亲切地叨念着："我们这些大地上的人们都曾经衷心地感觉到这样的痛苦，眼望着家乡！"

1989 年

大生命

——论《屋宇》和《飞行》

张玞

一禾写长诗的起点是《屋宇》和《飞行》。它们完成于1987年2月、3月。写长诗的人和写短诗的人，整个的精神状态完全不一样，因为从这时开始，一禾的创作有了里程碑式的转折。这两首加在一起构成了一禾抒情史诗的完整的契机，产生了使他以后从事长诗创作的诗歌哲学和诗歌冲动。在这里，我们看到了一种大气象，人与自然共在的整个宇宙，人唯有在此生命的幻象之中，才获得了结构之深切存在，抛却了他沧海一芥的命运。这里的人是以诗歌为其主体的。

《飞行》是合唱，一个犹如安魂曲、大弥撒的大诗篇。它始终处于两极之间赤道的炎热之中，万物之灵、万有之灵高叫着它们彼此的灵魂。

它的开头是这样一个壮观的场景：一泻千里的河流，无垠的田野，只有一个太阳燃烧着，"世界是一个大火球"。与此相同的时刻，世界的彼岸，鸟醒来，巨大的飞行开始。

它越过大海和平原的黄昏，经过漫长的希望而达到最后一线光明——人类之灯盏。

这个笼罩世界的飞行，是大块大块的，显示了诗歌世界的本质。气魄是极其宏伟的，它使飞行有一个最深最高的高度。

飞行代表了人类的超越，同时也是它最本质的生存，它具体表现为飞行体与地球之间的双向旋转，这是我们俯瞰整个大地（空间）的同时又不断进入日和夜（时间），而任何一刻垂直于地面的飞行都在超越整个的历史。因而在叙述上，飞行构成了人类的世界——它的全部时空，在这样一个共时的空间，创造飞行将过去与未来联系起来并置于现在人类的视野之中，这是一个心灵的界域，我们可以把飞行称作神行。

这首诗描述了两种飞行：鸟、太阳。同时在演进过程中不断变幻出两种人的指称：你和我。这也许是指诗中的角色，太阳和鸟，或者是指上帝和诗人本身，或者是作为读者目睹飞行的你。这种戏剧性的变幻使我们忽于飞行之中，忽于大地之上翘望，忽于整个世界之内，忽而又身处其外，你是个创造者，你又是命运和历史的承受者，这种神秘的变幻，令读诗的人痴迷感动，诗由于扩大了它的空间，并形成了不同声音的多声部。

鸟飞行于名字和高峰。命名是人性的涵盖与它的外延，世界上有许多令人钟情的名字、伟大的地名，这是人一项虚无的创造，仅有象征意味。而高峰是人性的建设与积淀，不啻是孤独的巨人的丰碑，世界是因为这样崇高的召唤而激动前进的，这是一种实有的创造。名字是飞行在人类本身之内的空间，而高峰则是飞行所经历的时间的晕眩。已形成的高峰在过去、在后无来者的孤独中发出呼叫，而未来幻想的超越飞行又以前无古人的绝望吸摄你的灵魂，这就是人的晕眩，处于现在的令人亢奋的激动的飞行。

这种晕眩会突然消失，高度也会突然消失。你又重新飞在美丽的大陆之上了，圣地成了你永志不忘的名字。

你要衷心地纪念他们
因为你来到这里是靠着飞行
而他们来到这里是依凭着步履

世界，究竟在你的掌上，还是你手上的纹路呢？我们注视着鸟的飞行，拥有此等力量的人拥有诗歌拥有世界。然而这飞行的速度是太快了，鸟终于飞进了太阳，与烈火融为一体。

其天空清澈，精灵们在唱，天空和大地在和着它们而展开，开头的场景又出现。

太阳继续飞行，这光明的飞行就是美的运行，它是属于青春和新生的。诗人对这种美的惊叹是以 13 个问式（16 小节）表现出来的，这是一个天问，天的自然运行对于人而言正是一个残酷的轮回。当太阳在上空飞行时，大地上是黑暗和雨水，然而这正是太阳的力量，它给予大地的震撼和变迁，当美变得有力时，"我又能情不自禁地说些什么呢"，太阳是一种颂歌的力量。诗在此出现了一个少女幽灵的形象。这同大地和雨水一样是和太阳对立、附生为太阳而钟情感动的形象。太阳并不能使她起死而复生，而以另一种生命活着。因而太阳说："你将在地下看到它们／有如我正穿过天空"，因而诗人说："我不知道她的生活将会怎样／而我将热爱她"。这是有力的颂歌，美驱散了死亡的所在阴影而成了生命的原生样态。

所以飞行在结构上构成这样一个样态：

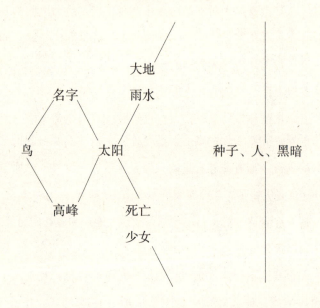

美是所有创造的人，创造的人在逆向中继续地跟在太阳之后飞行，它们是飞行的种子，是阳光、土地、死亡、水、母亲所有因素及条件的结果，飞行的后面是永远的黑暗，但飞行是

朝前走的。

诗的最后出现了一种黑暗，这是太阳或诗人本身燃尽后涌过来的黑暗。剩下的世界是自明的了。又一次轮回飞行开始。静寂的片刻，眼前只有大地上人类苦难的殿堂，悲壮的嘶鸣又召唤人类的生机。

这是宇宙的人生，是巨大速度和剧烈燃烧的飞行，支持并带动这飞行本身的，正是生命本身的律动。因而这其中虽有二项对立，却没有二元对立的内涵，它真正成了生命之间的互相映照。飞行既是神灵的又是人类的历史，神灵和人类的共同命运。这一切都是由诗歌创造的，因而在这样的飞行中，歌唱成了唯一的上帝，它创造并使万物有灵。它的最后燃烧之至，表现了生命在精神中的解脱。人与自然最后归于完美一体，因而飞行是强大的声音，强大生命的体验。

果然如此，《屋宇》便体现了生命的结构。

飞行是在屋宇之上的，如同人类对于自己高峰的一次又一次超越。屋宇与飞行是相联系的生命的不同展开方式。当飞行凤凰涅槃似的结束之时，屋宇正开始出现。它是以死亡开始的，正如但丁走出地狱。

你将自然地死去……

你将记住道路终点那盏灯光的名字

　　　——《飞行》

灯光呵

看见你的时候

我便停止了呼吸。

　　　　——《屋宇》

　　这是孤独的旅行，诗人穿越于过去与未来的建筑之间，已有的和幻想的——经历。全诗是一部个人的史诗，始终直接抒写"我"以及对自己而言的"你"。因而它的结构是经纬的，而飞行表现为二元一组的不同参差结合与散开。

　　这个个体生命从一开始就宣称："从我诗歌的石窟看来 / 屋宇便是真理。"这是一个诗歌的穹顶，这个穹顶的支柱有血肉之躯，所以诗歌在建筑物和圣徒传合为一的象征体系中构造。在进展中《飞行》是富于节奏感的，而《屋宇》则一步步开展，一直而上。

　　在这条建筑的线条中，有建筑的物质，木石、金属、玻璃，人类的房子，梯子和天窗，森林的遗址。

　　在圣徒的线条中，有但丁、星相家、星相家的女儿、克尔凯郭尔、众多的诗人与众多的工匠、巴黎战士和艺术家。

　　这两个线条在诗中是行进的，交替出现的，而且互为背景、互为影子，这是纵向的，表现了诗歌是人类精神建筑的穹顶这一主题。

在屋宇的铺述之中主要彰显的是它的精神位置，用的是象征的写法，然而也是直接的。而另一个方面，屋宇的建筑显示了一种人类技艺之美，朴实、自然，存在富于感情的技艺之美。圣徒也同样是分为两类的，追求真理的人类反叛者、大哲学家、大诗人，还有把生活视为艺术的劳动创造者，他们分别建立了人类精神的和物质的天堂，这种铸造就是今天的诗歌。所以诗人本人最后的生命也是用来建造诗歌石窟的，这是投身未来的创造：

我便在这里焚毁着

抱起凛冽的海口　直到将我喝干

吮吸出鲜红　干旱和赤裸的石窟

屋宇是一个理想的空间：明天。历史和命运在这里温故而知新，屋宇也是伟大的创造和伟大的压迫之间已铸造的烈火与青铜的艺术。因而诗人在此感叹：这些建筑者是怎样真实的人呢！我们怎样把他们活生生的躯体从建筑中分离出来呢？

在屋宇的主体建筑中，横向交错出现多种现实。美丽瞬间的消失与漫长的历史铸造，死者巨大的空旷和个人新生的幻想，繁华的建筑和衰败的遗址，战争与和平，悲剧与喜剧。这些于回忆与幻想之中蓦然回首出现的历史，吸引着阳光下诗人黯然的双眼。这无人的殿堂令人感动，令人神秘，巨大的时间之流在此冲刷着所有的灵魂。

在主体建筑与多种现实之间，最大的价值在于生与死是生命的两种形态，都是起点，望穿时空的道路也只有一条，诗从死亡的黑暗走入朝霞四射的屋宇，最后依然是青春生命的乐章。一代代人生不断筑成屋宇——旅人的心脏，远方的家乡，自由、永恒、母性与爱情皆在其中，这平凡而伟大的感情就是：

于是屋宇里的人们跑出来不停地劳作

空屋里亮着灯

那是我的魂灵

"越过屋宇"，将预言弃在身后，飞行又开始了，唯有超越死亡，生命才是最后的战胜者，这是宇宙金属的声音：

不惧死亡者

必为生命所战胜

《飞行》与《屋宇》一起构成了一个完整的精神历程：

只有在屋宇的筑造当中

巨大的日轮在我们的光里呈现

这才是我们获得的：今天

这人类所产生的都会消逝

那产生了的　儿女们仍要一一经历

　　在这里，时间作为一种道路，它对存在的造型作用是巨大的，几乎是上帝在造物，人是生活在其中的英雄，诗人是要用生命之斧劈开时间的，这是一条血路。

　　所以在飞行和屋宇的巨大气象中，所歌唱的乃是人之博大生命。这就是一禾所崇尚的、有时也还可以称为哲学的：性灵本体论，一禾这样理解"博大生命"：

　　所谓博大生命或伟大生命是指那些说出了大文化风格中主导精神的导师的总和。他们相对于我这种凡夫俗子，是生存在大文化风格时间和命运中的，这个时间是与今天共时的，因此不同于十年一代、百年一纪的物理时间，也不同于"时代"性的、以盛衰为标志的历史时间。他们也就如克尔凯郭尔所说的不仅有时代意义，而且回复了纯粹个人的伟大价值，或如波普尔所说，这就冲破了历史决定论的时间限制。在斯宾格勒和汤因比首创的大历史观的文化哲学体系中，他们指出，这一大文化风格时间或命运时间跨越了很多世纪，从而人类是生活在第三代文明中，这一大时间观的单位跨度大约是在一两千年。我们所说的"现代文明"，是一个相当暧昧含糊的称呼，在时间范畴里，它是没有意义的，我们处于第三代文明末端：挽歌，诸神的黄昏，死亡的时间里；也处于第四代文明的起始：新诗、朝霞和生机的时间里。

在这两首诗的建造上，都有着叙述与抒情复杂而完美的和谐，它们始终有两个声部的和声，时间独立，时间互相渗透、表现，它的复调与辞章表现于时间的延续中不断交叉出现各种衍生的双重变奏，体现了坚持前进与增加深度、广度、力度之间心理压力和精神空间的张力。这是它完美而且大气象的基本保证。

海子说一禾的诗总是"长风千里"的，我的感觉是它总像一幅大壁画，并且以洪水和波浪的方式与速度一泻千里，雄伟而壮观。一禾总是保持着一个人的动态，这样也就保证了歌唱时的高亢以及叙述的激情。

在语言上，它连续出现的意象，并不仅是字面意义的派生组合，更是因为一个意象需要同另一个同样精美、强烈程度的意象并立。这样虽然它们并没有在意义和形象上相类似，但成为意象的似乎不是自己，而仅仅以一种无为的词语方式穿梭流动，就形成了一种逃离自己的自由，因而流动彰示了时间的跨度，全诗的多重交响，意象的忽生忽灭，就体现了这一点，这是有巨大的运行的活力的，这一点与目前当代诗中仅仅寻求相异的令人惊奇的意象组合排列，形成了完全不同的表现，前者是富有创造而后者仅仅是独创。

一禾认为："在很大程度上，诗的思维是'下一个'（观念、思想、印象、意象等）得以流入，它并不着力于把'一个'说透，说出讨论，而是在不断运动中呈现出活力，从而使一首诗以它的自律性有别于其他人类的创作。"

必须在这个意义上理解一禾的诗是"感应—歌咏"的方式，与海子"事实—陈述"的不同。为寻求下一个意象，依靠的绝不是技艺，而是心力。

也正是在这个意义上，一禾在创造语言。这已经不是一个诗歌打破语言规则的简单问题，而是语言脱离了字面而自我表现，这是借助于情景的一种极度超越。而且与语言脱离字面后仅仅变成声音、图样、按约定俗成自动寻找伙伴的杂乱的语言实验相比，是一种反向的、积极的、创造的而且却非虚有的诗歌方式与诗歌思维。

我们看《屋宇》中"桥"这个意象，从"迁移者的大桥"到"长风鼓荡的桥梁"到"这桥是旅人的屋宇 / 这桥也就是我们的心脏"，桥已完全脱离了它本身的意义和可以有的象征联想，而且本身的相貌也没有意义了，或者说在意象的连接上已经没有原来的基础可言。这个字成了一个空的，然而却以最大的内涵，以及最大的优美容纳了它的意义，内心世界的空间感，正是这种直接和超越，出现的表达中得到的扩张，这个世界已全然不能还原为原生态了。

布莱克说："有一种能力可以造就一个诗人：想象，神的视力。"一禾的诗是纯粹的、完全的想象，它的精神创造力是神性的，大生命的，一禾看到了一个大时代，而且以他的诗歌提前铸造了它的穹顶，演示了它的速度，这无可置疑地，他是大时代中的诗人。

最后需要再次谈到这一点：把抒情和史诗结合的契机在于，意象于逃离自身的过程中形成了自律性，而这个自律性本身正是生命结构的映射，这时的自由写作不是一个技艺的问题，而是一个创造的、生命消散的过程，是真实的创造。一禾的诗歌、哲学还有他短暂的一生，都明白地证明了这一点，在我们目前时间之中，这是多么无畏的证明。

所有的片段都有自身的光明，并于互相的照耀中形成一个整体，这个浑然的整体，是一个完整的生命或者精神的历程，而这个历程之所以大，是因为它就是宇宙本身。

宇宙和光明是无限大的，无数和无限的生命投入自己成为不尽的源泉。一禾说："诗是生命律动的损耗，也是它的感情……诗已是我生命律动的损耗，但还未能深如它的感情。"

啊，大生命！

ZF，1990年清明前

从一封关于诗歌的书信开始

——《世界是从两个赤裸的年轻恋人开始的：诗人骆一禾情书集》序

张玞

亲爱的读者，你们将要看到的书信写于 20 世纪 80 年代，作者是诗人骆一禾。在那个以诗歌为先锋为光荣的时代里，他曾经是北大校园诗歌的领航者，也是那十年中国诗坛最好的诗歌编辑与诗歌批评家；当他的生命与 20 世纪 80 年代同时终结时，年仅 28 岁，被看作是那个时代最后的抒情诗人，而他在自己生命的最后一年向史诗性长诗所发起的冲刺，至今无人能及。在他为诗而祭献青春热血的三十年后，再版他的诗集以及整理集结他未发表的遗作，既是因为骆一禾作为诗人在中国当代诗歌中的特殊意义和特别存在，也是因为我们更深地领悟到了 80 年代的精神生活于我们今天的珍惜与珍贵。从这个意义上说，这不仅是一份个人感情生活的纪念，也是那个时代精神生活之纯之密的一个见证。

一个诗人的生活怎可与爱分离？又怎么能不从中汲取生命的给养？这些情书不妨作为他那些升华了的诗歌的一份日常注脚，让我们更亲切地理解一种诗人的性格和命运。

而在此之前，也许，我需要先讲一个爱情故事，它从一封关于诗歌的书信开始，但却缘于一个年轻人的死亡，想到其终结亦是如此，中间更交织着数个年轻人的死亡，如一禾诗所言："因此它是生命的写照，必然加入命运。"

那是 1982 年的秋季，我进入北京大学中文系的第二个年头，所在班级发生了一件吓人的大事：入学年龄最小的四川籍女生在宿舍里用她的一条粉红色纱巾上吊！记得还有两天就是她 17 岁生日，她是家中唯一的女孩，是家乡那个县城里唯一考上大学的人，而且考上的还是北大！

宿舍门一个上午反锁紧闭，我是最先撬门进入的两个女生之一，眼前所见当真是五雷轰顶。班长喻天舒大姐慌乱中到处寻找剪刀，我则拔腿向外跑，想着应该马上去叫医生急救。从 31 楼到校医院不算很远，那不到千米的路程我跑得无法呼吸，喉咙剧痛双耳失鸣，腿就像在噩梦里一般拖不动。最终，我记得自己在午间空荡荡的医院走廊里凄厉大叫，这样也是没救的了。后来看到她被我们班几个男生放在担架上抬了出去，难以想象她个子矮矮的那么一个女生，现在五六个人都抬不动。死亡真是沉重！我的眼泪这时才落了下来。

两天之后，我们同班四个女生一起搬进了215室，原先与那个女生同屋的人是再也不敢住在原地了，空床是条件不允许的，于是来自两个不同宿舍的两对好友自愿入住，结成了新的小集体——她们就是一禾信里常亲切提到的 A、B、C、D，我们按生日这样地排了老大老二，其实呢都差不多大。我们把屋子整理得干净整洁甚至可以说漂亮，书架上摆了很多心爱的小物件。第一个晚上是怎样入睡的呢？好像是熄灯前，四个人各自拥坐在床上，安静地写日记。这一幕恒久地被我记得，其实也是日后经常的状态，我跟同屋的大学时代非常美好，因为最初情形下的选择，已是难忘的情义。

　　入住不久，同系78级的师兄潘维明和刘晓峰到新宿舍看访，大概既需要做些调查又有必要对师妹们进行安抚吧。当时宿舍里为什么是我一个也记不得了，未见得是点名要找我谈吧？班内部已经有些争执指责，她闹自杀不止一次，遗书写了几回，甚至有一次离校出走，搅得班里起起伏伏，很多人卷入。她其实并非一个忧郁的孩子，快人快语的，就是文艺情结重，试图与两三位才子谈恋爱不成，上课学习也不是她的志趣所在，终究是在才女情愁的绮梦里失重，轻断了性命。我俩的关系很好，她叫我二姐，常常搂着脖子说，我爱你，可是我比你有才气啊。她这话总让我笑，但她的遗书让我笑不出来，写的都是虚妄。

　　那天下午我好像说了好多话，把她的事从头到尾说了一遍，说得两位师兄频频点头，临走前说会再派一位师兄来跟我聊一次，我很纳闷，聊完了呀。过了两天，79级一位叫赵仕仁的师兄果然来找我续谈，看意思是想让我写点什么。这是要一个调查总结还是一篇报道？这怎么写？瞬间我就反问起他来，写那个女生的故事有什么意义？写这种死亡有什么意义？这本该是我自问的，可我却把问题抛给他，就这样进了另一种维度，它跳出了事实的陈述与真相的甄别，直接针对生死、青春、幻想、文字、真相，以及是什么赋予人生意义？是什么给予故事真实性？其实我的脑子是乱的，谈这些哲学或人生我还没有资格也不懂，因为不能接受她的死而导致对事件的无从论起使我有一股强烈的怨怒情绪，让我对她的死倍感刺痛。

仕仁兄始终不慌不忙地跟我说话，有时也扶头陷入沉思。末了，才对我说实话，他奉师兄们之命要组建燕园新闻社，他们看中了我。噢，原来这是一次面试。接着他很关心地问了我一些个人情况，诸如我从哪儿考来的，有些什么文学想法之类。大概是我说了自己写了点幼稚的破诗之类，仕仁兄便嘱咐我下次来报到，一定拿来给他看看。又过了两天，我去37楼学生会燕园新闻社报到，把抄好的两三张作文纸给了他。他说他们班有个大才子，诗写得特别棒，说，我让他看看给你评点评点。不久，他真就带回来长长的一封信——这封信就是这个集子里的第一封信。

我的习作被如此认真地对待，特别令人感动，这人的文字也立即让我臣服，真是诗人，真是好老师啊！多年后再看那封信，惊讶地发现那么幼稚的诗里，也是有点儿宿命感的：我现在也是有一封不知如何投递的信的。

老赵接着约我去见这位老师，这个建议简单到就好像老赵请我顺道去宿舍串门一样，我没多想就去了。只在进屋的瞬间我突然感到畏缩，我不知道自己是干吗来的。拜师吗？好像我真要写诗似的，我什么时候想成为一个诗人了？我不知所措地站在屋当中，惊讶地发现那个我要拜见的人还在老赵的上铺睡着没有起床，这都几点了呀？等他下床，空气早已尴尬凝结，我一句话也说不出来，头发乱糟糟的他也不能与我对视。老赵没事似的自说自话，不知说了多久，最后一句竟然是：没事你俩一起去看电影吧！半个多小时的见面我什么也没记得，就记住这句话，庆幸它结束了我的尴尬：既然这不过是老赵一厢情愿地要给自己的同屋好友介绍女朋友，那我能做的也就简单了，对他的信表示感谢，然后麻溜离开。

师兄真是好笑啊，都什么时代了？我们又在哪儿啊？恋爱不能自己谈吗？搞得跟相亲似的，从头到尾这就是他下的套呀！我决定以后只去燕园新闻社，再不去男生宿舍了。老赵倒也若无其事，常常到我们女生宿舍这边来，一来二去我倒跟他们班女生熟了起来，尤其是与老赵很要好的师姐丁玫。我们宿舍挨得近，师姐们很有生活气氛，不是打毛衣就是手工缝纫的，而且一半有男朋友了，好像有很多学习的地方。

天气开始冷的时候，老赵召集开会，有个新的任务：当时校团委书记希望我们能办一个新式的共产主义教育展览。这个临时成立的策展小组，后来被我们戏称为共产主义小组。老赵带出了自己的文 79 级"三剑客"阵容，除了骆一禾，还有何拓宇，而核心头脑就是团委书记推荐来的老大哥、当时哲学系研究生朱正琳。我只是个打酱油的小跟班，所谓工作就是替他们打饭、领点材料、刷刷糨糊。鉴于老赵下套未果，现在他们仨全都默契一致地拿我和一禾往一对里算计，不加掩饰地暗示、诱导，可我自打开始就被这个小组的魅力深深吸引，根本无力自拔，倒几乎天天要跟他们泡在一起。

老朱是个传奇人物，年轻时曾因在贵州图书馆偷书蹲过监狱，考中北大却被拒绝入学，他的上诉信登在了《中国青年报》上，最终被破格录取，所以他大我们十几岁。当然，他跟他太太的恋爱也很传奇，讲课之余的闲聊，太太是经常被他挂在嘴边的，我特别记得的一个细节就是每次她往监狱里送的牙膏都不是同一种牌子，真是忠爱无极呀。说完他自己的恋爱故事，老朱顺手就过来敲打我，小姑娘，恋爱要趁早噢！对此，我只好用爸妈不允许来抵抗，虽说是真的，但无人搭理。彼时，我们无穷尽地迷恋老朱给我们讲课，从西方马克思主义讲到存在主义，一路开讲到大文明没落大文化迁徙，完全是倒栽葱式的醍醐灌顶，直接往我这 1.5 级文学基础课还没上完的空瓶子里面倒。有些时候，还有点儿三英战吕布的意思，他们三个年轻的兄弟轮流质询老朱，说不过了就撂话，什么五年十年之后批判你之类。我是专心听讲的"小兔子"，老朱这样说，我还没来得及高兴，他就接着说，可是这个小兔子总想惹人注意。我臊得不行，他不比其他师兄，是叫我敬畏的，而他狡猾地在我的本子上写，一禾说你路子对！

小宇是个叫人开心的家伙，有点儿坏坏的魅力，他的言语总是那么风趣、幽默，什么事什么人被他一讲便是妙趣横生了。倘若是我们几个一起，我一定是先对着他说话，一禾在边上倒是沉静少语的。然而，眼看着女生宿舍门要关的时候，小宇就会一本正经地说，让一禾送你回宿舍，我懒，美女我也不送。

我们办展览的地方在新建的三教一楼100号，最东头的大厅，那时还未使用，夜晚回到31楼要经过空旷的五四运动场边缘和未修整好的工地，是有点儿黑漆漆的，但比那个更让人担心的是我要和一禾独处。不是没有推拒，但他已经拿起了我的大衣。一路上找着话说，我紧张得不行，甚至没来由地绊了一跤，很是狼狈，冲口就怪他，马上又被自己的无赖惊着了，人家始终是碰也没碰我的呀。及至飞也似的逃进宿舍楼的灯光里，我才松了一口气。

之后，我对一禾产生了好奇心。他绝对不是一个讷于说话的人。当老朱讲课的时候，不难看出三人之中最有才学和语言能力的就是他，而且他记忆力超强，能大段背诵诗歌或他看过的书。我们展览中的大多写作都摊给了他，老朱就写了一个漂亮的序言，开头抄的是《共产主义宣言》：一百年前，一个幽灵，共产主义的幽灵，在欧洲上空盘旋。

可是他为何总显得那么忧郁呢？我开始有意无意地向老赵和小宇打听。比如问小宇，你俩性格差距那么大怎么成为好朋友的呢？小宇说他们俩成为好朋友的特点就是，他能说一晚上而一禾一句也不说，可是彼此感觉都特好。我有点儿明白了似的，之后便渐渐习惯了一禾默默的陪送。至于老赵，总算是约略透露了些一禾在失恋的信息，凭着小女子的直觉我也不难猜出那人是谁。当时常来我们共产主义小组串门的就是老赵的小女友、法语系的晓霖还有师姐丁玫，那时，我已经读过她的几首诗了，一禾爱上她一点儿也不奇怪，遗憾的是我已经在宿舍见过丁玫师姐青梅竹马的清华男友了。

理解了一禾的暗恋之苦，我也就理解了老赵的煞费苦心，从此解放天性，再无尬念，高高兴兴在组里扮演插科打诨、集万千宠爱于一身的小师妹角色，因为我喜欢他们所有的人。那真是一段欢乐的日子，对大家都如此，最快乐的莫过于一起唱歌。这是从哪天开始成为我们的一个聚会传统的？我记得不确切了，但肯定是一个大家都在 37 楼的夜晚，丁玫和晓霖也在，大概是老朱提议的，一开始是合唱，从大家都会的苏联歌曲开始《莫斯科郊外的晚上》《山楂树》《喀秋莎》到《红河谷》《深深的海洋》《鸽子》《啊，朋友再见》等等。通常是一个人想起一首就起个头，大家马上加入。噢，那个还没有卡拉 OK 的年代，我们会唱很多外国歌曲，把世界各国溜完了一遍之后，我们便开始唱刚刚兴起的台湾校园歌曲《走在乡间的小路上》《外婆的澎湖湾》之类，老朱不大会这些时兴的，便打开箱底唱他的恋爱歌曲，声称以前都是给他太太唱的，都是些我们没听过的外国民歌——

"我怎能离开你，我怎能舍得你，爱人请你相信，我只爱你。……有一朵蓝色的花，名字叫勿忘我，佩戴在你胸前，思恋着我。……"

"我今日上山漫游，梅姬，想起当年往事，小溪荡漾水车响，梅姬，仿佛当年同游时。……"

"不知道为什么这样忧伤，我心中只有悲哀，有一个古老的故事，叫我不能忘怀，……有一个美丽的少女，她高高地坐在山上，她有着金色的头发，一边梳一边歌唱……罗蕾拉的歌声谁听了都会哀伤，罗蕾拉用她的歌声将他这样埋葬。"

他嗓子不怎么地，却唱得很有板眼很抒情，惹得我也开始独唱，"不要责怪我吧妈妈，我是那样爱着他，没有他，我一人生活，叫我如何寂寞"。记得当时我跟小宇唱得最默契的就是"总是要等到考试以后才知道该念的书都没有念"的那首《童年》，最符合我俩的性格。而大家最爱跟我一起动作的，就是《拍手歌》，"你要感到幸福你就拍拍手……跺跺脚……"最后我能把挤鼻子弄眼全都给带上去。到最后，我们总会唱《国际歌》和《友谊地久天长》，所以，对我来说，那一天总好像是圣诞节。

在以后很多次的聚会里，都有这样歌唱的场景，我记得一禾和小宇最爱合唱的，也是他们唱得最好的就是侯德健的那首《归去来兮》。"归去来兮，田园将芜，是多少年来的徘徊，啊，究竟苍白了多少年，是多少年来的等待，啊，究竟颤抖了多少年，归去来兮，青春将芜……老友将芜……心琴将芜……"而很多年之后，我再也无法去唱这首歌，因为老赵、一禾、小宇都不会回来了。

这快乐的日子过得非常之快，转眼元旦过完了，展览也结束了，最后一天小组活动，是 1 月 8 日，晚上在 100 号。在小宇还没从家里回来的时候，一禾说有东西要送给我，我高高兴兴被他拉着手走进了隔壁的教室，门一关，他未去开灯，而是一把将我拉进他的怀里，使劲地吻我，同时一只手也伸进了我的胸口……我僵在那里，这一幕突如其来，我完全不知如何应对！过了一会儿，我听见老赵在喊我们，显然是小宇来了，他在找，这俩在哪儿呢？我们顿时都像做贼一样，动也不动，彼此听见咚咚的心跳，大气不敢出，不敢答应，待在黑暗中。不知过了多久，我俩假装没事出去，加入大家。但我觉得一切不过是掩耳盗铃，谁都瞧出我面红耳赤的不自然吧？只是没人忍心追问罢了。

我懵里懵懂地照旧被送回了宿舍，再一次一路无话。坐在床上，我也想起这便是我的初吻了，皮肤便一阵阵过电。即便是后来的初夜，也不曾像那一吻让我身心雷电通明，震颤到体无完肤片甲不留！

一禾大概也是一样，因为第二天一大早他就突然出现在我们宿舍门口，找了个没来由的借口，但我甚至都没法请他进屋，还有人没起床呢。不过，我明白他的心思，他仅仅是想看看我怎么样了。我微笑着向他表示我正常，但也没正常到会说话的程度，而他也很快地蹿开，我端着脸盆出去洗漱，在走廊里看到他仍在楼下张望，于是又朝他挥了挥手。

几天之后，再有独处的机会，是我送他到北大南门坐车回家，他毕业在即，只剩下论文，而我面临期末考试，压力山大。由是，我也没想弄明白在那一吻之后我们是何关系，以前我认定我无诗才，不是他的菜，现在他却表白了他的激情，可他为何不等到我毕业？无论是师姐的存在还是爸妈的教训，都使得我觉得恋爱最好是以后的事，我甚至认为他肯定是明白这点的，因为在这个小组里面、在我喜欢的人面前，我从未遮掩过一点儿自己，大学期间不打算恋爱、跟他们的差距太大了、要读的书太多了、友情比爱情更重要等等，这些话都是我认真说过的。于是我第一次看到了他的一点儿窘迫、非典型性师兄的表现，他说他不知道展览过后，我们是否还有机缘常在一起，而不在一起，又会发生什么事，况且，他再有半年就要毕业了。想想，我们都说再想想，但他说可以等我毕业再来看我。

必须要提到的是，1982 年最后的一两个月，对一禾而言不光是产生了新的爱情，更重要的还是他思想的启蒙，很多年以后他在自己的诗学《美神》中这样写道："我想提到一位长兄，一个我在诗论《春天》里提到的背着空布袋走过沼泽地的智者，他在一个冬天里引导我的思想走上了今天的道路，并使我领会到了这样一句话的全部意境：'孩子，我已经让你看到了时间和空间的火焰，其余的我什么都看不见了。'这是维吉尔在《神曲》里所说的话，而我在青年时代得以感受到这样的真实与幻美。"

这个兄长就是我所说的老朱。

寒假跟家人过得很快，3月回校后第一件事就去老赵他俩宿舍看他们，我发觉自己真是很想念我们的共产主义小组。老赵很快告诉我们他又有了一间办公室，平时就用作聚会的据点，37楼137室，他们三个几乎轮流住在那里，而我呢，继续殷勤地每日饭点到那儿去给他们打饭，甚至用煤油炉做饭。后来小宇郑重地夸奖说，张玦同志给我们137室带来了家庭气氛。没人在意我们成为恋人的事实，在他们眼里早就如此了，而我俩也顺理成章没再去讨论我们的关系。讲真，除了私下里偶尔有机会偷吻，表面上的日子也可以说变化不大呢，快乐的共产主义生活继续主导着一切。

当然，生活的内容还是极大地丰富了，尤其是对一禾和我而言，那毕竟是最后同校的半年，我们好像是在抓紧活动，实际上是抓紧时间相处。

首先是老赵怕我没了展览之后脱离组织，赶紧给我派了一个编《文摘报》的活儿，在屋里抄抄剪剪的；而一禾和拓宇则觉得有必要将我安排进文学社团。那时五四文学社基本上都在79级和80级师兄们的掌控之下，社长是他们同班的胡迎节，小宇和石冰是小说组的，一禾本人是诗歌组组长，同级的诗人沈群、丁玫、熊国胜、老木（刘卫国），还有80级的于慈江等等，都是他的组员。后来很多回忆和评论都把一禾看成北大诗歌的领头人和开启者，我也是亲眼见证了他在北大的诗歌活动的，比如他和西语系一个叫作"五色石"的诗歌小组接触，其成员除了西川，还有后来跟我成朋友的陶宁和李东。学期快结束时，80级的师兄张颐武带着法律79级的诗人海子来见一禾，我就在场旁听，他交上的诗是《山的儿子》，每句老长，跟后来他的诗风很不一样。西川和海子毕业之后仍旧跟一禾保持着诗人的友情，日后就被看作是北京诗坛的一个三人组。一禾对诗歌美学的论述以及对别人作品的评论绝对是精到富学的，所以他总是很能征服人。我想说的是，他后来当《十月》编辑的才识能力在那时便已显露无遗。

　　我自觉自己没什么作品，诗歌和小说组是绝对不好意思进的。想着或许进评论组比较合适，那时一禾同屋李景强还有师兄张颐武似乎都是评论组的主力，我凑过去也不难，也似乎短暂地参与过系刊《启明星》的编辑工作，但最主要的还是在分支出来的"影评组"里找到了兴趣所在。最开心的是一禾、小宇、石冰等也一起参与，后来，我们干脆就成立了一个独立的组织——北大电影爱好者协会，会长是沈群还是王晓庆我忘了。由此，在校期间我看了很多电影，还经常拉一帮朋友去看。毕业以后，文学批评和电影制作也真成了我多年从事的领域。

回想那半年，整天在37楼里进进出出，我认识了很多一禾的同学、团委和其他社团里的诸多师兄，有点儿活跃分子的小名声。大学时代，交友是非常重要的一科，我那时对自己的幼稚深感不堪，渴望成熟，所以尤其喜欢听那些比我年长的、有点儿社会阅历的人聊天。彼时经常出入137室的，除了跟一禾来往的文学才子们，老朱他们28楼的哲学家思想者，还有跟老赵一路的中文系其他师兄。在北大团委里面，他们都是立志从北大出去从政的精英。除了谈国家大事政治改革，偶尔也谈点别的，有一天，看我在宿舍里给大家包馄饨，团委书记便饶有兴致地教导我怎样在馅儿里包出汤来。

小宇那时跟我讲，他们这文79级的三剑客是有明确分工的，老赵是中国的头脑，他将来是要从政的；一禾是中国的良心，他将来一定要成为文学大师，中国最好的诗人。我说，那你呢？你难道不想成为小说大师吗？他笑着说，他们俩把大事都给干了，我就什么也不用干了呗，我就做个中国的胃！舒舒服服地整天吃喝玩乐，享受生活……顺便拉出点小说来。看着我冲他做怪脸，他很严肃地说，你笑什么？没生活你写什么小说？我就是要生活。小说？就是个顺便的事。一禾不是说嘛，为了朋友的光荣甘愿做一个光荣的朋友，所以，除了生活，我还得写点什么，谁让我跟他们混呢。

这个段子很著名，因为小宇喜欢跟人讲，每讲就很得意，我敢肯定这是他们仨某天深夜长谈各自理想之后，小宇即兴创作的段子。他倒是给自己安排了一个潇洒的位置，可是你怎么能缺一个潇洒的朋友呢？这个角色非他莫属，他似乎一直过得很潇洒、快乐，他们共同的朋友向东说，那个小王八蛋简直没有一刻不是快乐的。直到有一天他潇洒不起来了，便断然结束了自己的生命。我觉得大概可以这么理解他。

我因为这样有趣又广泛的交往、聊天，几乎完全忽略了与本班同学的交往，内心深处，我甚至认为跟同年龄的同学交往没什么意思；但女生宿舍除外，因为有很多恋爱秘密需要深夜长聊。我们班男生不得不到走廊另一头的79级宿舍去打听，才知道我已经给师兄拐走了。

说到恋情，那半年，我们的感情是青涩的，就像很多初恋一样。

开学没多久，一禾的大姐突然因病去世，而这病因其实是家暴的积疾。一禾幼年随父母下放，稍大些在北京上学是跟大姐相依为命的，受父母的牵累这个姐姐嫁得最为不好，才有如此悲剧发生。一禾当时是力主上诉公堂为姐姐求个公道的，但家里商讨半天最后作罢令他不仅伤心更是忧愤。所以，我总觉得他还是像以前那样忧郁。

而老赵呢，突然决定跟晓霖分手，回归他考上了武汉大学的青梅竹马、一个同样学法语的福建女孩林建桦那里。对此，一禾立刻骂他事做得损，老朱也是不赞成。我和丁玫倒是同情老赵的，想想说到爱情，又有什么抵得过青梅竹马呢？毕竟老赵和晓霖也没处多久嘛。一禾头一次冲我发了火，吓得我够呛，也很委屈。老朱和一禾仍旧决定带晓霖玩，有时我们就剩下四人了。渐渐地，我就感觉晓霖仍留下跟我们在一起，并不是为了老赵而是为了小宇，可我也不敢说呀。

也许更复杂更深的一层是，丁玫毕业去向的问题给她和恋人带来了危机，我不能不感觉到这也牵动着一禾的心，而我也眼见得师姐的忧伤；一禾有位极其漂亮的女同学陈燕妮，原先是老在通信的，如今一禾竟要背过身去撕她的信了。我明白这一切皆是关爱，不同于小宇的潇洒，我深知一禾的善良与重情。说到底，是我有点儿不自信，论才华论友情的根基我都跟这帮哥们儿姐们儿差得太远，一禾越是说我快乐的性情使他受到了吸引，我便越是不自信。这并不是说，我们俩的关系出了什么问题，只是我开始品尝到爱情的苦涩，有时也会莫名其妙地惆怅了。

可是大学的生活是如此地活跃，我没那么多时间自哀自怜，更高兴的是我跟一禾有了更多的活动。比如，我们确实一起去看电影了，一起去逛书店了，一起去听讲座了，一起去听音乐会了，一起去图书馆借书了。虽然集体活动仍居首位，但我们有了更多的单独在一起的机会，一禾也就更多地成了我的导师。他总是会给我挖掘和表达自己审美感受的机会，这时候，他是否是我的情人并不重要。

我们常在一起散步、聊天，未名湖畔、宿舍楼之间的小道，留下了我们无数的脚印。我记得有一天晚上，就在 31 楼南门外的小树下，他说起老朱说过的，30 岁以后就不写诗了，因为诗是属于青春的。想起他曾经跟我叹气，说这辈子好像只会写诗，别的都不会。我不由得问，那你干吗呀？他回答说，他可以写散文呀，写小说呀，然后把毕生贡献给一部美学巨著，或许，最终他要写一个戏剧。他跟我说，文艺复兴往往以诗歌做先锋旗帜，呼唤新思想的到来，然后以小说为中流砥柱真实地表现那个时代，而最后为那个时代总结的是一个戏剧。那天，他跟我聊了好多题目，最后他问我，你想写什么？我想起自己恋爱之后又写的几首小诗皆被他批评为平平幼稚，就笑着说，有你在这里，我写诗还有什么前途，我还是写小说吧，或许我还可以写电影剧本。他提到入学头两年他也跟小宇合作写电影来着。末了，一禾停顿一刻说，你知道咱们俩这叫什么吗？我看着他，他说，年轻！

我们年轻吗？快到期末的时候，6 月，我要过 20 岁的生日了，天天都很紧张地跟大家伙儿唠叨，怎么过呀？我要老了呀。小宇咳嗽，怎么说话呢？比你老的可都在这儿呢。我理直气壮地说，你们男的没事呀，过不过20岁的都是青少年、小伙子，可我自后就是20岁的大姑娘了，人家再也不会叫我小姑娘了。全体哄堂大笑。最终，我决定去照相馆照一张相，留下我19岁的倩影，可笑的是洗完一看，老相得不得了，我记得那天熊国胜正好来，我还拿着照片给他看，是不是比我本人看起来老多了？一禾懊悔地说，早知道应该让你去王府井照相馆照，那儿有个师傅是给周总理照过相的。其时他三姐是在那里工作的，一禾没有食言，我的毕业照就是在那里照的，非常的小姑娘，跟我妈年轻时一模一样。

想我在北大十年，未名湖陪伴了我多久？后来我又跟一禾留了多少合影？在海边的、在山上的，但是留在脑海中最恋人的身影，就是20岁生日那晚，他陪我坐在湖边，度过19岁的最后一个小时。那天蚊子在我腿上咬了很多包，6月的石阶也是充满凉意，硬邦邦的，但就是舍不得离开，头靠在他的肩上，有种终身相许的依赖感。

年轻的紧迫感一直压在一禾心头。最后那半年，他依照着老朱的导引，去看汤恩比的《历史研究》、斯宾格勒的《西方的没落》等许多大部头的史论著作，完成了毕业论文《太阳城——北岛诗作与我的诗歌批评》。借评论北岛这20世纪80年代朦胧诗的领军人物，早在新一代诗人喊出"Pass北岛"之前，一禾已经辨析了他们的价值与意义，与他们拉开了距离，选择了自己要走的方向。同时，他开始在《青年诗坛》上发表诗作，新出版的诗集也不断收选他的作品。那时，拿着一禾的稿费到燕春园去撮一顿是我和小宇的一大乐事。他总是说，哎，蝈蝈儿，你去查查，一禾的稿费到没到？蝈蝈儿是向东给我起的绰号。

毕业在即，分离在即，一禾总觉得该跟我一起出去玩一次，以增进我们的爱情，而对小宇来说，在朝八晚五的上班日到来之前，彻底地放飞一次也是必须的。我不能确定去北戴河的计划是小宇的提议，抑或是不谋而合，但我有一种感觉，大海是他们俩共同的向往，因为最早他们合作的剧本，就以大海为背景，有老船长、少年、海鸥这样一些形象。而后来，小宇对一禾的纪念，也以大海为背景。

在小宇兴高采烈的"让我们看海去！"的欢呼中，我真是犯了愁。因为始终，我有一个问题。大概四五月的时候，回家一起吃饭，爸妈在吵架，我不知哪儿来的一股傻劲儿，突然宣布，告诉你们一个好消息啊，我有男朋友了！这下，他们就炸锅了，开始我还信誓旦旦，绝对不影响学习，我男朋友学问比我大了去了，可是完全没用。有生以来第一次跟父母发生了激烈的争吵，最终撂下一句话，我 20 岁了，你们管不着！母亲头一次听女儿这般说话，愣了半天后嘭地跪在地上，好！都是我对不起你，是吧？！我吓傻了。此后，我每次回家都是畏畏缩缩的，总感觉自己被监视，家长们用冷战的方式逼着我分手。如今我还要提出跟男朋友一起出去玩，怎么敢呢？是不是得干脆来一出私奔呢？

　　幸好一禾和同班的旺子决定一放假先去广州玩，小宇表姐的同学李向东在那里等他们，他们还要一起拜会刚给一禾发了诗的《青年诗坛》主编林贤治。其实，向东和一禾认识已久，通信已经有相当一段时间了，互相交换过诗。一禾给我看过向东的信，字写得漂亮极了，他居然叫一禾小常春藤！就是对一禾有女朋友这件事相当地不感冒，信末直接警告，女朋友之类的东西是会影响男朋友之间的友谊的。这惹得我马上就问，小宇和向东，你跟哪个最好？一禾把向东排在了第二，但这也没让我放心，我说不行，我得给他写信，我不是这样的人啊。总之，我去一禾家（他们对一禾谈女朋友这件事倒无异议，见我也不过是有些考察的意思）送他的时候，心里还是惴惴不安的，一禾跟我说他会给我爸妈写信解释。最终，在我和小宇及其航院朋友出发之前，一禾的信总算是寄到了我们家。他恭敬的态度和信皮儿上的地址，终于也让爸妈放了行。而一禾呢，从广州回来没两天，也跟小宇另外三个朋友一起到北戴河与我们会合。

　　小宇的朋友是北戴河的村民，我们一伙人都住在他们家，白天海边游泳晒太阳，晚上吃点农家蔬菜喝喝啤酒，然后坐在屋顶上乘凉海聊。跟一禾一起来的朋友里夏阳和潇潇是北师大的一对恋人，因为只有两个女生，我跟潇潇很快就进入闺密模式，她问，你跟一禾怎么好上的呢？我叽里咕噜说了一通老赵下套的故事，可她却提了一个我没想过的问题，哎，你怎么没跟小宇好呢？我一时也不知怎么回答，恰好这时小宇也走上屋顶，单膝跪在我面前，双手放在我膝盖上看着我说，哎，我说张玞，你没发现你跟一禾好了之后我都憔悴了吗？我刮了一下他的鼻子，意思说去！后来把小宇这话告诉一禾了，他有点儿气恼地说，那他倒是跟我说呀！

海边的日子快活得不行，我可以跟一禾趴在皮垫子上漂好远，夜晚在海边散步，看到海里飘着绿色的海藻，惊喜得让我蹦蹦跳跳的。男孩们整天光着膀子想晒黑点都晒蜕皮了，我整天穿着小宇的大浴袍带着大草帽捂得严严实实，最后伸出胳膊一比，我最黑。

接下来是他上班我上学的日子，也就是 1983 年到 1984 年这两年，那是我们通信最多的日子。为了不影响工作和学业，我和一禾约定一两周见次面。对初恋的人来说，两次见面之间真有无尽的相思之苦，除了每天在楼道里排队打个电话便是写信，好像是每天一封的节奏，写两封也是有的。这种约定也未必能全部坚守，但坚持约定是我的自律。跟一禾相处，在学识上的差距需要更勤奋地读书来弥补，差不多他一毕业，我便下决心考研，后来一直读到博士，都是这种动力在里面。一心要做谢冕老师的研究生也是因为谢老师是新诗评论大家、诗坛领袖，感觉我能从事新诗研究，是可以跟一禾成为"贤伉俪"之类的搭档的。没有课的日子，我便早早地到图书馆占座读书，三教开放之后有了晚自习，我也常常在那里待到一两点。日记也没时间写了，晚上上床前的时间都用来写信。由是，我很早就开始用效率手册这样的东西记事，直到考上博士。我每次翻这些手册，都得意于自己基本保持着一周读三本书的节奏！当然，这是囫囵吞枣式的学习。

那些年工作还是国家分配，各行各业都急需大学生人才，早毕业的同学得到了好岗位，但我一直乐于留在学校，也是性情使然。学生生活简单好玩嘛，读书对我从来不是苦差，考试也吓不倒我，在这方面我是属于既聪明又有考运的那种人。我一直觉得对自己感兴趣的问题进行深入的研究是很快乐的事，所以，选修课及写专题论文最得我重视，也常能得到老师的夸奖。在师兄们走了之后，我便把旺盛的社交精力全都投入到食堂舞会上去了，除了传统的交谊舞，我还去学兴起的迪斯科以及国标舞，以至到大四混进了北大艺术团成了"专业人士"。这期间我又结交了很多不同系的朋友，多数是师弟师妹，俨然有点儿大姐大的意思了。

这些密集的信，基本可以呈现那两年我们的爱情生活，需要我补充讲述的不多。第一件重要的事是1984年的春天，向东带着女朋友关佩来北京玩，被旺子安排在他中关村的单身小屋。那时，我们班正要去郊区植树，我可舍不得为了这事不见一禾最好的朋友，于是旺子就想办法给我搞了一个病假条。当然，这件事后来败露，我受了班主任的批评。可我一点儿也不在乎，因为在那三天独宿的机会里，一禾和我终于偷尝了禁果。我不知道我是否应该为此而感谢向东的到来，他甚至带给我香港出版的《查泰莱夫人的情人》——一本当时很有性禁忌意味的书。当然，这并不妨碍他在长城上给了我一个下马威，狠狠地用脚绊了我一跤，痛得我当场哭起来；更把她的女朋友扔给我，单独跟男生们聚会。我便教唆关佩喝酒，我发现她还挺有潜力。半年后他又来京一次，是因为要去日本留学特地跟朋友告别，醉得十分惨烈。

那时小宇也有女朋友了，是北航的女生褚雪清，来自安徽。其实从海边回来，我便觉得小宇确实该有个女朋友，曾经试图介绍师妹给他，这类乱点鸳鸯谱的事我给一禾的同班好友老熊也干过，貌似颇得老赵真传，但比他还不得要领，毫无结果。一禾和小宇一起被分配到《十月》编辑部没多久，小宇约我俩到他家吃饭，理由在一禾看来有些神秘，为此还专门到学校里给我留信通知我。那天他就把雪清介绍给了我们，介绍得极其含糊，这就是我那个……那个……咳，你明白吧？唵？吃了一晚上，我也没明白这个女孩是从哪儿蹦出来的，完全地欠交代。以至回家的路上我愤愤地对一禾说，凭什么他约会，我给做饭啊？以后好几次他的约会还是这样，冬天他计划给女朋友买双冰鞋，竟然让我列入一禾的预算计划，搞得我很长时间对雪清无感，直到她到北大来找我玩，我才接受了她这个朋友。几年后她也跟向东去了日本，而分手的最初矛盾起源于小宇不肯结婚，到最后他也没结婚。

毕业之后，老赵的日子是最不如意的，高检是他的选择，但实际去了又很不习惯那套体制，跟女朋友又长期两地分居，心情的低落可想而知。毕业后我跟一禾和他的朋友们大致还能以中关村为中心时常聚会，因为有旺子小屋和小宇北航的家，我跟陶宁成了闺密，住前后楼，石冰和一禾这俩同班兄弟搞得也跟连襟似的，常常能碰在一起。可是老赵在王府井离得远，国胜在八一厂也离得远。

到了 1985 年 6 月我生日前后，我花了几天时间不眠不休地誊抄完了关于曹禺的话剧《雷雨》的毕业论文交给了导师，而考研的事情也已落定。谢先生那年不招生，我便照顾了一下自己的戏剧爱好，报考了陆颖华先生，专业方向是当代戏剧，所以很有些大功告成的感觉。那个夏天便常常跟闺密、同级经济系的雷音等一干文学好友去颐和园后湖游泳，一禾也来参加过一次，他提到了老赵的低落，说老朱也知，过两天准备叫仕仁一起去怀柔水库玩。

一禾从怀柔回来，正好赶上我们同屋几个一起去看电影，他也就跟着去了。我们看的是滕文骥拍的电影《海滩》，其中一个傻孩子落海的情节，一禾默默地流出了眼泪，而我专心看电影竟然没觉察。走回宿舍楼，他拉着我没让进去，难过地告诉我老赵没了。说什么呢？我完全不能相信！

事情大致是这样，老赵不会游泳，一直是抱个游泳圈在水库里泡着。另外两个女生也下了水，合用着一个游泳圈，一个想往中间游，另一个却不敢了。老赵就把自己的游泳圈给了她，自己朝岸边扑腾过去，也许他觉得这不过是很近的距离，可是没到岸边他就下沉了。当时老朱跟一禾在岸边聊天，看到了老赵的扑腾，冲下去想拉他一把，没拉到。接着所有会水的人都跳下去找他，却一无所获，谁也不知道岸边有一道几十米的深沟。直到潜水员来了，才把老赵的尸体捞了起来。

我号啕大哭，就站在路边，不管不顾。他是我和一禾幸福的连接者，此生最为感恩的朋友，可他竟然如此年轻、如此轻易地就没了？！前两天我还给他打了一个电话，同他说笑呢；而一禾也记得他赶到老赵住处跟他一起去怀柔，老赵给他煮了一碗方便面，还非要给他加上橙汁增加维生素。接下来的一周，一禾和老朱奔波于北京和怀柔之间接待他的家人和几乎疯了的建桦，料理后事。老赵遗体告别那天，我去一禾家，发现他因为牙床肿痛已经几天吃不下东西，喉咙也变得嘶哑。我心疼地抱住他，他也紧紧地搂着我，说我们要好好地活下去！在八宝山火化厅里，我们几个亲近的朋友一起最后陪伴着已经被放在传送带上的老赵，看到建桦用手绢擦着他耳后的血渍，我又一次哭出声来，我不敢碰你，原谅我，老赵。

之后，情形也不大好的一禾坚持要送建桦回大庆，她已毕业分配到那里工作。路上，一禾翻看了朋友的日记，他感到自己的朋友毕业后不仅鲜有快乐，更渐渐失去了思想和阅读，以前的老赵是一个多么爱谈思想的人哪！那是没过三两句便要单刀直入地挑起一个重大话题的人。而最让他感到痛惜的是，从日记上他分明地感到老赵一直是个处男！即使是跟女友过夜，他也克制了自己的青春冲动。

7月末的最后一天，一禾和旺子几个朋友把仕仁的部分骨灰埋在了未名湖畔湖中心岛一个向阳的坡面上。一年后一禾两首题为《黄昏》的诗都是祭献给他的，仕仁就是一禾黄昏时的忧伤呀，而在《美神》诗论中提到这位故友，是他曾经鲜活的青春融入了一禾的诗歌血液。老赵于我一直是大哥一样的存在，他不是个会开玩笑的人，他的政治思想我委实也不大懂，除了是个笑眯眯的人，我想不起他更多的细节。唯一不忘的印象就是在 37 楼，当我和一禾抱在一起喃喃私语的时候，他可以安之若素地坐在对面桌前看书，这是一个我们初恋的守护者吧？他在给我的贺年卡里写道："我知道，点爆竹时你不会捂着耳朵，你是个大胆的女孩。我相信，你要比那些胆小的女孩有更多的福气和快乐。"

一禾早期的诗歌跟青春与友谊密切相关，是因为他有这样一些感情至深、默契共鸣的朋友。他很在意朋友，也很在意他们的感情归属。在我的印象中，旺子和小陈儿的分分合合，老熊的两次恋爱，大哥郑生与小雪的婚姻波折，向东和关佩究竟能不能撑住去国离别，石冰能否懂得陶宁的诗心，都是他关心的话题。随着老赵的去世，一禾开始有意跟小宇疏远，因为他知道了小宇跟晓霖早有私情，痛切地感到了朋友间的背叛与欺骗。一禾以为老赵情感生活的不如意和不能满足，与晓霖分手而招致的朋友指责是原因之一；他曾经是这些朋友中的一个。而对老赵早已被背叛的觉察，无论如何是让一禾对他的死感受更为痛切。但这仅仅是当时的一种情绪，感情之事有时候确不能与外人道，一禾只是伤了心；真正疏远乃是后来实际上的分道扬镳，小宇很早就想离开《十月》，他觉得做个文字编辑没什么意思，他要做生意干大事。

　　1985年考研前后，我们俩的书信开始稀疏，原因之一是一禾家搬到皂君庙了，离北大也只有20分钟的自行车程。所以，任何时候，只要我想他只需行动。二是，我毫无风险地考上了研究生，叫我爸妈的担心变得乌有，我说了我不会影响学习，只会更上进的嘛！再就是不需要更多的上课时间了，连关宿舍门这事也没有了，自然，我夜不入宿的事常有发生。一禾爸妈早已敦促我俩结婚，我做的菜他们喜欢吃，仅这一项足以使他们宽容我的夜入昼出，再也不搭个行军床扔饭厅里了。

　　此后的通信只是在旅行的暂别时。1984年夏天我借采风实习之机到南方整整玩了一个多月，同年的10月一禾也借开笔会之机上了一次黄山；1985年的4月和10月他先后去云南和四川开会组稿，去的地方都有一定的风险，但四川那次他因喝酒而感冒，身体很难受。1986 年和 1988 年的暑假我随北大艺术团去长春、大连劳军和巡演；1986 年 8 月两人一起去西安，半坡给他留下了深刻的印象，而华山的庙里他抽到一支"亢龙有悔"的签；1987 年 8 月两人重游北戴河，看到了十分壮丽的日出与日落；1988 年 8 月原本准备跟一禾一起去西藏，最后由于各种原因未能成行，他为了那次旅行还放弃了参加青春诗会，并把《西藏文学》上发表的评昌耀诗歌的文章也署上了我的名字。

我跟一禾的祖籍都在江浙一带，所以 1984 年的江南游有点儿像认祖归宗，见了很多老家的亲戚。西安则是我的出生地，那里有很多当年父母的老同事。我带一禾去看我小时候生长的地方，他对那里的一切都充满了感情，当以前的叔叔阿姨们提到我的哥哥时，只有一禾意识到我声音的颤动、眼泪在眼睛里打转，悄悄地在身后搂住了我的腰。我有个比我大五岁的哥哥，是家里的长子，当年父母工作忙，便把他寄养在乡下的姑妈家，一时没看住，不幸淹死在河里。这好像是我与生俱来的忧伤，某种宿命的起点，因为那时我已经在娘肚子里好几个月了。一禾在我的信里读到这段往事，曾经忍不住哭了一场，唉，他有多么爱我，那么地珍惜我，我的一举一动总是牵动他的心。他比我更知道我，我其实是不能离开他的，我们的两人世界没有距离，离开他就像是离开我自己。

在他面前，我没有任何秘密，身体和灵魂都袒露给他。看那些信就知道我有多絮叨，喜欢把周围发生的一切讲给他听，终极的一句话就是，哎，一禾，我就是有了另外的男朋友也会告诉你吧？但这好不好呢？我想我的确把跟朋友之间不如意和引起的情绪波动一股脑儿地倾泻给他了！看一禾给我的信，除了诉说强烈的思念，就是交流学习和思想，但个性差异的冲突和调谐也是其中一个复调吧？说到爱情，再美好的故事也不会缺少痛苦，也是这份痛苦让感情变得沉甸甸的。

很明显，在一禾和他朋友们毕业之后，我开始结交自己的朋友，大多都是在舞会上。我那时酷爱跳舞，即便是考研期间也没断，以至好朋友见了我都会疑问，你这样是要考研究生吗？当然要考了，我完了再去上夜自习呗。最初也没什么，因为我们共同在校的时候，一禾不会跳舞，所以也从来不跟我去舞会。可是有人给一禾写匿名信了，这个人到底是谁，我到现在也不知道。一禾把信撕了，觉得没必要听这种闲话，但我从此便有些心虚，觉得有点儿损坏名声，每去舞会后就会抱歉，对不起我又去了。一禾发怒了，他自始至终没有要阻止我的爱好的意思，甚至他是喜欢看我跳舞的，他为我写过《舞族》。后来我还是决定教他跳舞，为了我的缘故他也学了，但终究我们俩一同出现在舞会上的情形很少。随着我成了舞蹈队的一员，跳舞的兴趣得到足够的满足，便很少去舞会上出风头招人恨了，匿名信的事也再没有出现。

我在学校里的聚会从来不放弃请我的男朋友出场，我希望一禾与他们也能成为朋友，或许是他们与我相处的方式更容易些，而一禾是完全不一样的，别扭也是有的，我俩会为此不快。其实，从一开始打我周围的闺密起，就有我俩不般配的声音，不过是印证了我俩看上去个性迥异。一禾是个安静的孩子，没有合适的话题，他或许不会开口，而我却是一个不安分的、喜欢挑战的，也是一个被他骄纵得很任性的孩子。但倘若一禾暴烈起来，也是很吓人的。那次去西安华清池，回来的时候，因为占座的问题，我跟一个野蛮的男人吵了起来，一禾冲上去就要跟人打架，最终被表哥表嫂劝下。回到住处，一禾愤愤地跟我说，以后出来旅行一定要带把刀子！在他那文弱书生的身体里，始终是一个血气方刚的少年。他不喜欢被人看成是书生，在喝酒和身体不好的时候总是过分逞强，我少不得母鸡般地呵护他，让他吝惜自己。我们没少吵架，但总是很快和解。最逗的是，有时吵着吵着，我们开始意识到我们俩在吵架，气就弱了，最后一同笑出声来。更多的时候，彼此之间的一个眼神，就看出冷和隔来了，马上就会走近些，用拥抱来缓解，你怎么能让爱你的人背转身去呢，我们之间永远应该是没有距离的。

我们的爱情有幼稚笨拙的时候，但从来不是简单的，这可能是因为我那开放型的社交人设，也有一禾自己常说的那些不为人理解的古怪心情，我会觉得累，他也会叹息不易，但恋爱的七年之中，我们还是能够自许我们的感情不仅没有退化且在日益加深。因为我们一直很认真，从不回避矛盾和缺点，我们会向对方讨论和检讨自己何以如此说，有时也到了情理乱缠的程度，可也于此中成长，更加理解对方。比如，我们会认真讨论花钱的问题，是否出国的问题，是否会爱上别人的问题，甚至，我们说到过死亡。

当我喜欢上某个男孩的时候，我会问一禾万一我爱上他怎么办？他说这辈子我会允许你爱三次。为什么呀？不可能没人爱你，没人爱的女孩我也不要，人这一辈子感情经历丰富，总归是好的。那你怎么办？也许会很痛苦地看着你，但我有信心再次去争取你的爱，即使有一个加强班排在你身后，我排在最后，最终你也会看上我。这样胸怀的男人，我是再没有见到过的。拥有了这个男人，我好像就是拥有了世界；对他来说，拥有我，就是拥有生活，这是他常说离不开我的原因。老朱说起男子和女子的不同，经常说男子是要真实的生活历练才能成长，他要一步步去走才能领悟人生，而女子却可以因为一个男人而飞跃的。这话不知道是否算是大男子主义的一种，但我确是真心赞同的，因为和一禾的这段感情，让我成长让我更人性。

有一度，我大学时代的闺密都去了美国，雷音、小黎、勤儿、陶宁等等，我也难免动心，想考托福出国。虽然学习英文对一禾也是一件紧迫的日程，但这件事是我俩唯一没能讲通的事情，一禾从未答应跟我一起出国，理由是执拗的：一个诗人怎么能离开自己的母语土壤、他的根呢？我辩不过他，就不能不想，我究竟要让他等我多久？好在我英语也没学成什么样，谢先生也招博士生了，我终究是健忘了出国的事。

再一次轻松考上博士，我终于得考虑婚姻的问题了。陶宁跟石冰结婚了，旺子都让小陈儿怀孕了呀，等博士毕业我们恋爱的时间就已经太长了，六年了呀。之前也不是没有挣扎的，这倒并非因为"婚姻是爱情的坟墓"这句老话，我记得当时问一禾，为什么我俩不能像萨特和波伏娃那样度过一生呢？没有婚姻，我们不是更为超凡脱俗吗？一禾又一次苦笑着没能答应我，大致是说爸妈那边会很难过关吧。

结婚是让我有点儿发怵的，那时候，我想起了我的朋友雷音说的一句话，结婚是告诉所有人，我们现在上床是合法的。更何况，结婚是一大堆琐事，连婚前检查这件事都搞得我俩神经兮兮，婚后怎么住也是一个问题，我委实不希望马上成为一个儿媳妇，接着布置新房也几乎都是我一个人来。所以，我很有些发火，一禾的最后一封信就是说这些。那时，我们已经很久没有写信了。这封信让我心服口服与他结伴终身，很多年以来，这封信是我最常看的，每看总是泪流满面。记得当时眼泪汪汪地问他，你以后还会给我写信吗？写，他说答应你每个结婚日都给你写一封。

我们终于简单而快乐地结婚了，我是说我们骑车去了登记处，两家人一起吃了顿饭，仅仅是两个人都买了挺贵的西服。此后半年，朋友们争相来参观我们的小日子，那阵子好像我们每周末都在请客，以至月初就剩下五块钱的事时有发生，而我终于也知道，朋友们是艳羡我们俩的。1989 年新年，一禾给我的贺卡上写着：

呈现给珠子女王陛下——美丽女仙，黄金女子，光着光明
的疯女儿

不瘦的健美爱好者，不胖的专业苗条者

幸福家庭的发动机，聚会的放火者和热烈者

布匹的磨损专家

学习的漫游女士：绿野仙踪

空气炒螃蟹、虾仁炖月亮、竹笋焖云彩的烹调家

直觉主义的美人，本本主义的妻子

怕发胖的著名唠叨学士，骑大马的硕士，诗人保佑的博士

明天早上我们会从哪一只鞋子里醒来？

1986、1987、1988 这三年，一禾抒情诗的创作越来越多，发表得也不少，加上他《十月的诗》办得令人瞩目，推出了朋友海子、西川在内的许多重要的诗人，应该说在当代诗坛也有了独立的名声。1986 年初一禾家搬到皂君庙，离海子工作的政法大学很近，好像当时西川的女友也在同校工作，他们三个应该是时有聚集的，海子的同事们大约也见过他的这两位诗友。他们都致力于浪漫的、气质高贵的、带有歌唱性质的抒情诗，与当时诗坛正在兴起的所谓第三代诗人更加口语化、都市化的趋势很不一样，他们并未去追随诗歌潮流，而是继续着他们在

大学里讨论的诗歌目标，力图在一个更辽阔的文化文明背景里去从事诗歌的行动，那几年你能看到他们的诗都越写越长了。这种广阔而富于雄心的诗歌规划，一开始就是以一禾为主导的。在老朱引导下，他看到了文明的尽头，汉语新诗必须在传统与世界隔断之后重建一个创造的背景，整合与飞跃在他看来必不可少，就是我等朋友的目标。我考博士之前，他对世界诗歌的谱系与演化已经有完整的思考与勾连，曾经专门画了一张繁复而精密的图表为我复习。不过，当1987年9月，一禾接过海子交给他的一份油印的《诗学大纲》和长诗《土地》时，还是明白自己接到了一种挑战。海子的第一部长诗已经完成，而一禾仅300多行的《舞族》那时辗转几家皆因篇幅过长而不能发表，仅此一事便可知《十月》给实验诗歌提供的空间有多重要。好在次年《花城》也紧随上来开始刊登大型诗歌，年轻的诗歌编辑袁安最终编发了《舞族》。

骆一禾一方面开始审视和批判海子的《诗学大纲》，一面也开始构思自己的长诗《千条火焰》，这个题目来自仕仁的葬礼所见。1988年元旦伊始，他也开始长诗的奋进，一年之内就完成了四稿，改名为《大海》。而海子则带着他的油印稿开始"游诗"，春天去了四川，夏天又参加了幸存者俱乐部。可是不太有人理解他的长诗行为，面对批判他又是拙于言辞很难抗辩的吧，于是跑到一禾那里痛哭了一场。一禾也没说太多，坐在那里朗诵他的诗，长达三个小时，只说，这诗多好啊！我记得那天海子离开之前我是到了一禾家的，对他二人相对而坐的场景一直留有印象。尽管一禾对这种混诗歌江湖的事不以为然，但面对海子所遭受的打击，还是予以兄弟的激励。大多数时候，他是兢兢业业做自己的本职工作，常常给作者写很长详的信去分析和指出他们作品的优势与缺憾。很多人都记得并感怀他的激励，能具有这种高度、视野和耐心的编辑是罕见的。可是直到他离去，还是个助理编辑。有时候，他回忆起自己在人际中遭遇的不公，总是跟我说行善在这个世界上是一种冒险。

1988年海子搬到昌平去住，一禾和西川时而去看望，聊他们的大诗。有两次带我前往，海子的宿舍四平落地，环堵萧然，厨房材料的匮乏常常使我感觉巧妇难为无米之炊。一禾给我最后一张便信，也是告诉我他要去昌平看海子，就在我俩结婚之前。第二年的春天，海子在山海关卧轨自杀的消息是一禾电话告诉我的，惊得也不知说什么了。海子在遗书里写道："请将我的全部诗稿留给《十月》编辑部骆一禾处理。"一禾、西川与海子家人和同事料理后事，然后马不停蹄地连续在各高校做讲演，为海子募捐，我记得我同班男生邓映如在人大听了他的讲演，回来惊奇地说，你男朋友太能讲了！他滔滔不绝地讲了两个多小时，没用任何稿子，其中的引用全是背出来的。我只参加了在北大28楼前的纪念活动，结束后他就跟当时正在北大作家班学习的女诗人阎月君商量——她当时正在为辽宁春风文艺出版社编一套《世纪末诗丛》——请她征询出版社意见，能否加入海子的诗。

今天的人很难想象一禾为海子的自杀所承担的压力，自然，诗歌兄弟的离去让他悲伤，但对一个诗人而言比死亡更甚的，是他诗歌的死亡，被人遗忘。在此之前，一禾已然顾虑到海子的诗歌处境，极力为他出头，《十月的诗》发海子的作品是次数最多的，甚至1989年第1、2期还连续刊登了他的诗剧，对海子的支持和激励莫此为甚。在一个多月的时间里，一禾除了讲演，还大量地给诗坛的朋友们写长信去谈海子，并迅速整理和批阅了海子的全部诗稿，写了《冲击极限——我心中的海子》《我考虑真正的史诗（海子〈土地〉代序)》《海子生涯（1964—1989)》三篇重要的纪念文章。关于海子的死有各种传言，多年后，西川专门就此事写过一篇在我看来非常必要的文章，厘清各种传言。对此，一禾早有预感，他在日记里写道："海子，我的傻弟弟！你死后还有多少人要贬低你呀！"正因如此，一禾便一力要将海子树为"诗歌烈士"，与世界诗歌中一流的浪漫主义短命天才并列，并将他的短命具体定义为"激情的方式与宏大构思之间酝酿着根本的悲剧"。

他就这样在悲痛和激昂的亢奋中不眠不休地写着海子，我回家，看到他长时间不吃不喝，真是心疼万分。他头痛，嗓子干裂，可仍旧拼命工作，海子的死比仕仁的死对他的折磨更长久。要知道，最后两年，一禾自己也处在一个爆发和挺进的状态，写作十分密集。《大海》已经写到第五稿，还写了若干诗学长文。3月，他刚把自己之前写的20首诗熔铸成《世界的血》这首长诗，准备交春风文艺出版社出版，这也是他有生以来第一次将要出版自己的诗集。但因为出版社不能答应多一本，他便决定放弃自己的机会，出版海子的《土地》。我记得他在灯下为《土地》写序的背影，而我在他身后，躲在被子里暗自落泪，因为我毕竟是个自私的老婆。他觉察到了，坐到床边用力地抱着我说，我们要好好活下去，这样还会有机会。可是，还未交付手稿，他便撒手人寰了。

他走以后，我重新跟春风文艺出版社商议，将《世界的血》和《土地》一并出了。此事能成，也要感谢我的父亲，他用自己在出版社的资源在北京出资印刷了这两本诗集。此事完成，我便把海子的全部手稿转交给了西川。这或许是该抱歉的，但我不觉得自己懂得怎么去编海子的诗。聊以自慰的是，1997年我终于联系上出版社编辑了《骆一禾诗全编》时，西川编辑的《海子诗全编》也一起出版了。

海子有一禾这样的朋友是幸运的，但他的死对一禾未免绝情。背负起海子的诗歌生命是一种沉重的责任，一禾引导海子走上长诗的道路，也一路扶持推举着他的事业，是最懂他的一个；当他走在了一禾的前面转而向他的师兄挑战的时候，一禾便也接受了兄弟的挑战奋力向前，最后一年写的《大海》曾经长达7000行，而他写了五遍，这是倍于《土地》的数量与体积！而且完全是打碎了之前的所有诗歌材料和抒情方式而重铸的。海子的死不能不说给了一禾迎面重重的一击，在这浩瀚修远的诗歌之路上，他的孤单与骨寒当是天地可鉴。有一夜，他如此仇恨上帝，对我说，我觉得它杀死了我的儿子。这话我铭心刻骨！一禾诗里说："长诗于人间并不亲切，却是 / 精神所有、命运所占据。"

我始终认为海子死后成名，跟其死亡事件有关，也跟一禾抵命弘扬他的诗歌生命有关，包括他对海子的基本论定。可是，难道他说的不是自己吗？他不也是这样地在冲击极限吗？他不也是在燃烧着自己的生命吗？他是如此地感同身受，他是真正倒在路上的。甚至我也可以说，他早已预见了自己的命运，他在《大海》里已经经历了一切的死亡。而他从不忘跟朋友们说，活着，便是要拼，要轰轰烈烈地拼一场。

他好像就是那样慷慨激昂地离去的，1989 年 5 月 13 日的深夜，在疾驰而去的救护车上，他半闭着眼睛，双手挥动，似在昏迷中讲演，语言和鲜血沸腾着冲击他的大脑。这一幕是如此惊心动魄，及至他被送进急救室，我便吐出了五脏六腑。

一个刚写完《世界的血》的诗人死于脑出血是一种怎样的迹象？那个叫作"脑血管畸形"的杀手总是在伺机袭击年轻的激动的诗人的头颅，在出生之际它就被置入了，这就是宿命的烙印吗？我不知道一禾在医院里昏迷的 18 天经历了怎样的惊涛洪波及长涌赤潮，就像他在《大海》里描绘的一样。我只知道，就算是他的弥留，是留给人世的告别，大夫也未曾允许我拉过他的手，哪怕一次！三十年来，这回忆好生残酷，等我可以触碰他时，他已经入骨冰寒。在医院的最后一晚我无论如何不能入睡，因为只要一躺下去，就仿佛全身的骨头都要崩碎。

为什么我们总会说到死亡？比如 1985 年 11 月 5 日的信，还有他日记里记录的种种，以及他的诗歌中死亡的字眼好像上百次地出现。这也是我在这个爱情故事里，必须再三讲述三个好朋友的故事，必须再次经历爱与死的密切。我比旁人更相信西川所说的那个分工，在但丁的《天堂篇》《炼狱篇》《地狱篇》三个诗章中，海子是属于天堂的，而一禾是舍我谁下的那个，只是苦了西川。我何尝没有直觉？但谁又会轻信命运？

记得我们初尝禁果，此后便忧虑怀孕，这个在信里是看得见的，一禾最怕，而我转念一想，人们不是说孩子是父母的延续，那么有了孩子，我们便是不会死的了。我的回答曾让他震动，把这句话直接地写进了《果树林》，那是他最早给我写的一组诗。但我真正的恐惧是有一日在家，做了一个白日梦，梦见孩子没了，我是一个没有孩子的女人，醒来跟他哭了很久。在他走后，我又一次迟来了红，好像是又一次证实了死亡是真实的。

我们最后一次做爱是在 5 月，我莫名其妙地哭了。正是在那几日，他对我说，你可以考虑出国学习。我不明白他为何此时可以放手，他说他总觉得知识分子这个阶层或将终结。

直到我和一禾家里的老人寿终之前，我一直不能接受的是，为何我总是要从年轻的生命中去体验和领悟死亡。一禾去世后几个月，我回到了北大，那时总有人为一禾的缘故来看我。但有一个女孩让我印象很深，她是我同屋的朋友，我原本是不想跟她说一句话，但总归有一天躲不过，我便问，你干吗非要认识我？她说，我觉得你是经历过死亡的人，因为我可能也要死了，我想从你这里知道死亡是怎么回事。她是那么地直接，问得我肝儿颤，突然意识到我已经经历了几次夭折，然而，关于死亡我们还能说什么呢？我只是跟她做了朋友。她是沈阳人，叫刘莹，父母残疾有病，稍长大便开始了在医院伺候父母的青春，及至父母去后终于考上了研究生，却在体检时发现自己得了癌症，最终未能上过一天大学。1991 年元旦后，她跟台湾女作家三毛相隔两天病逝，我知道，她仅有过初吻。她让我想起自杀的女生和仕仁，一禾诗里说："来自大地的无辜，不能逃出命运。"

2007 年的春天，旺子突然给我打电话，说他在一禾的墓地。他到那儿做什么呢？我突然预感到是小宇出事了，果然如此，他就在那天的凌晨从自家的 21 层楼跃下。一禾的死，小宇是缺席的。一个月后他从南方归来，从海南还是香港？当他出现在月坛北街的马路对面时，我是真真切切地产生了一种恍若隔世的感觉。我们再不能常见着，因为他经常不在北京。每次见面喝酒，他都要谈到一禾，据说他后来的同事们也是没有不知道他和一禾的故事的。有时候，他还想鼓动我们一起唱歌，但真是唱不起来了，以至我对他这种酒后车轱辘话也心生倦意。我容不得这种不停地说磨损了内心的真切，岁月其实已经很无情了。但想到他没有了一禾的日子，我深信他失去很多，或许比我更多。我们这些曾经想跟一禾一样，要做一个光荣的朋友的人，在失去了光荣的朋友之后，又失去了怎样的荣光啊？很多的朋友都不再写诗了，都老了。现在想想，那些爱我的人和我爱的人都到哪里去了？

我最后一次见小宇，是向东带孩子再次北上，我和旺子等人在我选择的一个叫作"去哪儿"的餐馆。他迟到了，以中年发福之后突然间消瘦的形容出现在大家面前，说他已经一周未曾饮食仅有喝酒，我坐在他身边无法忍受他腐味的呼吸。第二天通话我愤然发问，中国的头脑没了，良心没了，就剩个胃你也要把它吃坏吗？他说，你总是举枪瞄着我，但从不射击。我想文79级的同学们参加小宇的追悼会，不能不想到为什么先走的就是这仨呢？这是又一次让我相信宿命吗？一禾写过这样的句子："只有后来人才知道 / 偶然和噩耗沿着性格织入宿命。"

他走了，而我终将活下来，变得衰老，不再是他的女孩。我接受这一切，因为之前我们这样一起经历过年轻的死亡，这样说起过死亡，现在已是无法反驳。他不是也说吗？那些生活所给予你的，连命运也不能把它夺去。后来在墓地上，我用他

《大海》里的诗句，刻下了这样的墓志铭："大地呵 / 你的儿子 血肉双寒 / 死亡也不是他的领地 / 愿他此去英武 / 愿他在这条大 道上一路平安。"

我知道，他还在天路上走着自己。

2018 年

致一禾

张玞

Hi，一禾：

当我跟你在人世间作最后告别的时候，也不知说什么好了，只是憋足了气，大声地哭喊：一禾！你要去哪儿啊？你告诉我一声啊！

是啊，你现在在哪儿呢？提着你那智者与情种的头颅。

你走了之后，这北京就变成了一个人的城市，空荡而寂寥，足以让人迷失。我将你安葬在福田公墓，那里是一片果树林，春生桃花，秋含硕果，晨曦鸟鸣，黄昏落鸦，是好风水。

我常常过去看望你，有时候在那里一坐好几个小时，身心是麻木的，乃至有一次，一股温热的尿液缓缓地滑下我冰凉的大腿、浸湿了秋裤，我才突然惊醒，意识到已是在回家的公交车上。……羞耻啊，它提醒我还活着，活在人群里！那一夜，我真的好想自杀，比任何一个孤独夜晚都想。

可我怎能背弃你的诗歌、忘掉你对我说的话、背叛你拒绝死亡的身影？可你，可是你又怎可将我一人抛弃在这世上，换作我怎样？为此我也是可以不原谅你的吗？

那些心里又冷又痛的日子，只有夜晚能让我安静，睡眠可以像死一样。可只要醒来，便会再一次意识到，这世界已经没有你了。那时，母亲仿佛深知我的不堪，便天天早上坐在床头等我睁眼。有时候，我半夜突然醒来，听到父亲在梦中呜咽，叫着你的名字，竟然觉得有些奇怪，因为我是哭不出梦不见的、仿佛与世隔绝。仅有一次大醉，哭得在床上打滚，醒来也浑然不知。那是你走后朋友们第一次给我过生日。

很长时间你不再出现在我的梦里，好容易有一晚我梦见你还躺在床上，与我共眠，你的腿放在我的腿上，我便一动不动，拼命抗拒着醒来的欲望，怕又再失去你的体重、体温，以至半身冰瘫了，还使劲闭着眼睛。

咳，大梦不醒啊！

渐渐地，我是习惯了没有你的日子，可冷不丁地想起来，就是迎面一击，似乎时间愈久，那没了你的心情就愈是绝望。

大白天的，我在厨房做饭，那是几年以后了，发现盐没了，张口就喊：一禾，拿袋盐来！其实，天花板下是一个人的，哭也是自己能听见，所以哭又有什么意思呢？可我还是号啕大哭了。

即便二十年过去，有一天晚上突然听见有人拿钥匙开门，本能地惊醒了，谁拿了我的钥匙？想想没别人哪。可是随着脚步的临近，我意识到那亲切的陌生，可是你吗？就这一问便惊醒了，心狂跳得要奔出喉咙一样。我记得，你也是做过类似的梦的，仿佛隔世相逢不易相认，于是你在日记里写下了告诫，叫我别穿新的衣裳。

你说过，你怀着一个大大的奢望，如果能有下辈子，希望我们还在一起的。怀着同样的奢望，我也将无惧死亡，如你一样奋力在那忘川之水挣扎，去找你、扑向你……如果不是这样死上一回，我又怎能相信死亡是真实的？

但在死神到来之前，苟活于世，如大梦不醒一般，是怕失去了今生记忆啊，那是你给我剩下的最珍贵的东西，是来世的凭依，怎能不怕它失去啊！

活下去，度过余生，说的是剩下的日子。它唯一的意义便是教会我孤独。我这样说应该不算矫情吧？我曾经是那么习惯于有点儿心事便要马上找你倾诉，享受着我的心情，哪怕一个细微的动作和眼神也会被你关注、被你的爱所熨帖。两人世界里的光环被生生断去，无法连接，常使我陷入这样的处境，即便半夜醒来，枕边有人，心情也是无法诉说，落泪更是自怜，不能打掉牙吞进肚子里，就只能是更加地厌烦了自己。你早说过，孤独是无可号诉的。而圣贤们也早已指出，人本就是孤独地来孤独地去，能遇到一次爱已是三生有幸，其余皆是奢望和妄念。

　　这些人生的动作，若非再三习练、扑倒，我又怎知道它跟我有关、乃是我的宿命呢？求死而不能地选择了活下去，希望别活得那么惨淡和难看，不算是对生活的一种奢望吧？比如说至少挣钱给自己一个体面的生活，这也是你再三强调的。或许我还是太在意形式了，比如说有个家。常有不能遂顺的时候，被人家讥讽为你就是不能离一禾的灵魂太远啊！一再地推拒婚姻，又聊胜于无地再嫁了，最终发现婚姻也真就是一张纸的时候，那是比活着还要耻辱的。活着是为了什么呀，你明明是教会了我怎样才是爱的，可最后我也不知自己是在做什么、图什么了。

　　这里说的宿命，并非是成为诗歌寡妇或说我总要一辈子孤单的意思，而是我注定是要成为一个人的。这是一个完整的人，不因缺少一半而不足人格的，无须依附他人便可以拥有全部的世界的，在精神上独立自足的一个人，而在这其中，能面对和忍受孤独是多么重要的一课啊。

　　记得我年轻时是读过伍尔夫的《一个自己的房间》的："因为这是事实，没有可依靠的臂膀，我们只有独自前行，而我们的关系是与现实世界的关系，而不仅仅只是和这个男人与女人的世界相关。"多数时候我是一个人的，只是花了很久，才知道经济独立并不难，难的是自我独立，它只能经历一次次的磨砺包括失败的选择，才能被获取或再三证明你就是你自己。如伍尔夫所言，成为自己是最最要紧的，而这确实是最朴素的简单的关于活着的想法。也使得我，哪怕是一个女人，也不必将人生的心痛和艰难归罪于除自己而外的别的什么，可以一己承担生命之重或思考生命之轻吧。

于是，我早早地经历和面对了死亡，考虑着未来，如上帝允许，我会保留着足够的好奇，看看这世界还能变成什么样子、又有多少宇宙大戏将要上演吧。

谢谢你让我懂得了爱，最年轻的时候我们一起创造过一段为艺术为爱情的生活，它始终是我自救自律的基石，有过爱而就无悔是多么重要的勇气。也谢谢你让我的青春成为诗歌，让我记得自己也曾美丽，对一个女人也就足矣，其余的都尽在人性之中。

想起你，我就觉得你这一生就如同你自己的诗里写到的那样：

我就是大地上的　炽烈的火焰

焚烧着　自焚着

穿过一切又熔合一切　不同于一切

我自有震颤的形态

如冲腾的无物之物

如一团燃烧的、飞旋的子夜

我就是那个叫作：焚

的性命，一道自强的光明

我将久久地焚烧着

父性短暂　剧烈而易死

倾听你潮声起落不宁

并把创造的冲动释放在心脏里

在这齐声呼喊的时候

不能看到理想

我感到阵阵心痛

而伟大的幻想　伟大的激情

都只属于个人

随生而来　随生而去

每一个世纪都有人摸索它　由此竭尽

哪一首血写的诗歌不是热血自焚

　　我是懂得你的，为此，我也不抱怨你的离去了，接受自己的宿命而努力成就一个人，多少造就些艺术与精神的生活，独自一人周游和冥想世界，与人谈心，为自己和朋友们做点美食，坚持习练瑜伽，及至那渡河的日子来临，带着来世的信念呼出最后的一口气。

　　就这样吧！在我们再见之前，请你多多保重。

爱你的果树林，2019 年

记诗人骆一禾

昌耀

得知一禾去世噩耗时，我几乎是以一知情者听到谣传时所能有的漫不经心揶揄调侃了对方，声称事情完全被弄颠倒了，只应是一禾为故去的诗人海子料理后事而非一禾本人蒙受不幸。

其后不久接到了一禾夫人 6 月 27 日的来信，写道："……5 月 11 日—13 日他连续熬夜为海子著书著文，又上班，饭几乎每天一顿，身体很虚。……14 日凌晨 1 时 45 分左右他突然发病……他惊人地挺过了开颅手术，又坚持了 18 天……在 5 月 31 日 13 时 31 分一下子停止了呼吸，自始至终没能发出一句话来。"

至此我始信一禾确实是远行了。后有友人汉卿悼一禾的一句话曾长久留在我耳边令我思索，话称："生命真奇怪，越是精美，越是脆弱。"诚哉斯言。但我仍有不解：精美就必脆弱吗？一禾自己倒是以"韧性"对待自己的生命，而打算在其一生中还要做许许多多有意义的事情，其一即于诗。他欲效法庞德为英美诗人工作的榜样，拟将一部分时间为中国新诗的繁荣做一些力所能及的服务。他说："如果缺少着眼于中国诗歌的胸怀，一个人的成名是没有意义的，因为最后只等于一事无成。"他相信"平凡的人驮着更大的世界"，断言"一个人不能只为自己做什么"。因之他要以"韧性"自许，并让我相信他所表示的"路遥知马力，日久见人心，以韧性的战斗将工作切实地做下去"的决心原就基于献身的自觉。那么又怎样去理解生命的"脆弱"？

　　结识一禾仅有两年多，记得是1986年的秋冬之际他给我写来第一封信。此后收到过他八九封信，少则几百字，多则千言，我将其看作是一禾方式的诗话。直到1988年初夏我去北京办事才得以去《十月》编辑部拜访这位不曾谋面而神交有年的年轻友人。见面初始，我特惊异于他那一头鬈曲的蓬发，竟少见多怪地在心底为之咋舌，以为不可想象。第二天他到我投宿的一家浴池来看我，身着一套布料的墨黑西装，左侧领襟佩着一枚硕大的彩绘太极八卦图式胸章，同样出我意料（后来才揣摩出他对《易经》颇有心得）。他憨厚地笑着，为迟误了约会表示歉意，一面用手帕擦拭额头的汗水。那天极热，我给他买了好几瓶汽水并看着他一瓶瓶喝下去。事后他对我也好生奇怪，以为常人的方式应当是陪着他一同喝，哪怕是仅只做个样子。我们最后的一次聚会是在其后的第二天夜晚，他约我在他的一个同学家里吃饭。他对主人的安排十分满意，心境格外舒畅而无拘举止。他喝了不少青岛啤酒，并且是自斟自酌（我与主人均不善饮）。对于此种氛围，我也有了一种宾至如归的感觉。但见他渐渐地进入了一种微醺状态，只有在那时我才得以见进入完全的自我时的诗人一禾之心性。我们不太插话以免惊动他，唯听他独语：或阐发见解，或背诵《神曲》章节，或引述名人语录，一任思路所至。我暗自慨叹他超常的记忆力与知性。无疑，他的经过切实思考而做出的对一些事物的独到判断更易给人留下印象。

我以为一禾是一位可以期望在其生命的未来岁月会有卓越贡献的诗人或学问家。如果说，他有可能成为一片新的陆地，但那陆地仅只是刚刚展开一道脊梁就已被无情的浊流吞没；如果说他有可能成为一环辉煌的彩虹，但那—作为太阳投射的生命的焰火刚刚呈示勃发的生机又未免熄灭得太过匆促；我们只听见一位伟男子的脚掌正待步下楼梯，但那人背转身去，从此我们再也听不到一点儿声息。一禾的去世太让他的朋友们感到悲哀。

近日特意翻检了他生前写来的信札，当初不曾为我特别留心的言语此番读来仿佛都另有深意焉，如称："华伦斯坦在中年之际说了一句话：'人生是这样紧而窄'，这不是郊寒岛瘦似的缺少气象，而是指人在勉力前行时的感受，我值青年之际竟能领会一句中年人的感叹……"如称："苏格拉底说：'你们去生，我去死，哪条路更好，只有天知道。'"如称："我不愿我的河流上／漂满墓碑。"……是指向未来的预言？或是对于生命的感喟？然而一禾终已无可挽回地永逝，隐忍不可言矣。

1989 年 7 月 12 日匆草

1991 年 1 月 14 日删定

怀念

西川

这北方的大海：深渊的火

精神寒爽，独自灿烂

不使我被庸人和时代所赦免

——骆一禾《世界的血》

对于诗人骆一禾来讲，20 世纪中国最后的十年，将不同于欧洲 19 世纪最后的十年，我们将面对新世纪的曙光。在我们这个时代，要成就高迈的诗歌、宽广的诗歌，必要求诗人以其人格的力量做后盾；屈原、鲁迅，所有属于开辟文学未来的人们，必要求其文学观和世界观的同一：这是由于，就纯文学领域而言，我们目下的种种努力无异于空谷足音，六十年来我们可资汲取的新文学财富不多——比较中国文学与世界文学，前者不是太过丰盛，而是较为苍白。一禾从他开始文学思考以来一直坚持这种观点。时至今日，我依然清楚地记得 1982 年我们第一次见面时他所谈论的关于彼得三次不认耶稣的事。一禾以这个故事来说明人格的问题涉及信仰。由于他对诗人天生的弱点、矛盾和高尚的了解，他首先升华了自己，同时带给了我们强大的光照。

从某种意义上讲，一禾是我的良师，八年以来我受益于他，以至在他病逝之后我竟觉得恐怕在我将来的岁月里，再也不会遇到一个像他这样近乎完美的人，以至我竟觉得真实的他此刻依然上升，而我们这些留在大地上的人不过是一些幽暗的身影，出没于街头巷尾、纸张书籍之中。

海子自杀后，一禾曾对我说，现在，他只有十个朋友了。我有幸属于这十人之列。然而这样一位高尚的诗人，直到他去世，我才发现自己对他知之甚少。他生前更多的是去帮助别人，了解别人，谈论别人；我们在一起时他则更多地谈论海子。

只有一次，一禾几乎谈到了他自己。那是在 1989 年 5 月初的一个晚上，在我家里，我给他看一本法国人奥朗卡·德韦尔所著的有关占星术的书。一禾的星座是宝瓶（常用说法为水瓶）星座，主宰行星是天王星。我给他读了书中与他有关的章节："宝瓶座的人是新思想的开拓者。如果给他以完全的行动自由，让他随心所欲地去思考和决定，那么他会表现出卓越的工作才能。他是一个创新者，层出不穷的念头和突如其来的直觉，使他能预感到未来。""（他的）才能几乎全部集中在智力或精神生活方面。视野开阔、思想活跃，有敏锐的直觉，并富有幽默感。……他对于一切开拓性的事业、发明创造、前沿科学、改革创新和神秘学都有浓厚的兴趣。"一禾始终微笑着听我读书，待我读完，他说，书上说的基本正确。那天晚上他临走时借走了这本书。去世前他写有一首题为《壮烈风景》的短诗，诗中写道："星座闪闪发光 / 棋局和长空在苍天底下放慢 / 只见心脏，只见青花 / 稻麦。这是使我们消失的事物。"

帕斯卡尔在《思想录》中说道："让他的目光脱离自己周围的卑微事物吧"，"我们不再攀登高位而攀登永恒"。如果说思想是人类的使命，人类最高的义务，那么诗人骆一禾恰好具备真正宜于思想的头脑，并且在他平和的面貌和随便的衣着之下，有着他对于诗歌艺术的严谨态度，对于苦难人生的关注，以及对于宇宙大真理和万物之美的迫切向往。现在，由于一禾的死，我们有了谈论和倾听他的机会——

骆一禾，1961 年 2 月 6 日生于北京，祖籍浙江临安，少时曾从父母在河南省农村劳动。1979 年秋天考入北京大学中文系，1983 年毕业后被分配至北京出版社《十月》杂志编辑部工作。1989 年 5 月 14 日凌晨因长期用脑过度和先天性脑血管畸形而出现大面积脑出血。在北京天坛医院昏迷 18 天之后，于 5 月 31 日 13 点 31 分去世，时年 28 岁。

一禾之死看似偶然，而其实却与他所从事的事业有着深刻的内在联系。一个以诗歌为装饰或游戏的人，不可能像他那样切实体味到"诗歌的深渊"。在那巨大的深渊里，这个勇敢的人搏击、翱翔，尽管有时恐惧，有时感到孤独，但最终不畏天忌，说出了他所知道的有关形而上的上帝的秘密，表现出人的正直，并为此付出代价。就像乔丹·布鲁诺1585年左右在《追荐宴》一书中预言自己死亡的情形一样（"诺拉人如果有朝一日在天主教罗马的土地上死去，那么，即使他是在白天走路，他身边也不会缺少火把。"）诗人骆一禾把自己提升到必然之中，提升到命运的高度："这一年春天的雷暴 / 不会将我们轻轻放过。"（《灿烂平息》）

海子生前在同我谈到一禾的诗歌时，曾说一禾的诗是从一株青草生长起来的大树，因此带有本质的单一性，与其回旋的思维方式形成对照，在我看来，一禾的诗歌以爱为根，结成幻想的果实；只是这幻想与我们通常所说的以形象为出发点的幻想不同，一禾的幻想与其哲学性的宽广的沉思有关。究竟其宽广的沉思以什么作疆界，我无法说清，但沉思对于一禾是至关重要的。他在沉思中听到了血涌，并起立歌唱。相信凡是读过一禾早期诗歌的人，都会同意，一禾早期的诗歌大多是温暖的，注重细节和场景的，且以亮色为主，在语言上表现为平易，在内容上表现为青春。在一禾行将自北大毕业时，他曾抄录了一册他自己的诗歌送我，我对那些诗歌的印象大致如此。1985、1986两年，是一禾深入思考诗歌的两年，其间几乎搁笔，后来他开始了雄心勃勃的诗歌创作，写下了分别长达3000行和5000行的长诗《世界的血》和《大海》。

《大海》我不曾读过，《世界的血》我也只是大略通读过一遍，不能说有深刻的理解。《世界的血》分六章：第一章飞行（合唱），第二章以手扶额（祭歌），第三章世界之一：缘生生命（孤独动力），第四章曙光三女神（颂歌），第五章世界之二：本生生命（恐惧动力），第六章屋宇——给人的儿子和女儿（穹顶）。我们仅凭长诗各章的标题便可想而知，这部长诗是谨严构思的产物，排除了一时一地的思想火花，放弃了仅仅依靠灵感的写作方式。这部长诗以血为核心，以人的孤独与恐惧为两翼，展开生命的主题。面对苦难、死亡和黑暗，"黑暗是永恒的，而光明 / 必须运行"。从中国传统哲学的角度看，《世界的血》属于荀子那一路创作。主题是肯定的，人在天地宇宙间有其积极的作用。心灵的眼睛既看到了万物严酷的一面，又看到了万物壮丽的一面，心灵把真正的死亡称作"牺牲"。从这部长诗中，我们已经找不到具体的场景和细节，有的只是紧张的幻象，仿佛诗人自身已经高高升起，无所不在，与此相适应的诗歌语言陡峭而绚丽。

与其说一禾在其晚期诗作中所着意描述的是天堂，不如说是充满了噩梦的地狱。但在这地狱中没有堕落，只有搏斗。

海子曾称一禾的诗歌以大海为背景。他说这话的根据大概是一禾的另一部长诗《大海》，对此我没有发言权，但是请相信海子的话，他的看法不会有误。

一禾曾有一个宏大的构想，那就是海子、我和他自己，一起写一部伪经，包括天堂、炼狱和地狱，这部伪经现在是无法完成了。

一禾还曾跟我谈到过他的另一部长诗的构思。他希望有朝一日能够写出一座城市，在大海之下——其规模大约与16世纪意大利多明我会僧侣托马斯·康帕内拉所描述的"太阳城"有某些相似之处——只有穿过大海的人才能抵达这座城市。但这部长诗他同样永远也不可能完成了，我宁愿把这座城市看作已经完成的一禾本人。

或许有人会认为一禾的创作应该属于14世纪至16世纪的欧洲文艺复兴时期：其文学观念虽然高级，但是经过20世纪初欧洲现代派文学及我们时代的后现代主义文学的冲击，这类观念已经显得陈旧。然而，对于文学的潮流，一禾有他自己的看法，简而言之，即登上顶峰的文学就是这个时代的主流文学。诗歌自精神始自精神终，其灵光不因社会政治经济生活的变化而减弱，亦不因种族、地域的差异而变质。这正与里尔克在20世纪初所表达的观点相同：艺术作品应当具有"共时性"，它们都是人类各种"向往"和"恐惧"的"物化"，古典艺术、中世纪艺术和现代艺术之间存在着不间断的延续性。

对于后现代主义文学，一禾基本上持否定态度，以为这类聪明作品的产生，说穿了是作家心力低下。他曾经兴冲冲地给我读《世界文学》1987年第4期刊登的美国批评家本·德莫特所写的《六十年代是否损害了小说》一文："这些作家中一些最能引起兴趣的人，有时候活像是暗中勾结在一起，在通力合讲一篇故事，而且只有一篇故事，主题一成不变，就是人间的无情。……他们要向我们指出——简直无休无止，不遗余力——人们在互相观察，期待着病态的反应。"在一禾看来，这种情况已经渗入中国文学。

所以我把一禾的死看作中国健康文学的一大损失。有他存在，就有一种尺度存在。我在这里回忆的，不过是一禾全部思想的万分之一，而且不能说是他最重要的思想，它们有些已随一禾而去。一禾去世以后，曾有一位朋友来信，说海子选择了死，所以他干干净净地去了，而一禾未曾选择死，所以他至今依然以某种神秘的方式生活在我们中间。这当然是一种美丽的说法，不过对我来讲，一禾的确已经不在了，虽然有时我还在夜晚梦见他，但 1989 年 6 月 10 日在北京八宝山，是我和别人一起拉着他的灵床来到火化室门口，事实总是这么残酷，哀莫大焉。

1989 年

关于骆一禾

西川

摘自《生命的故事》

海子去世以后，骆一禾和我做了分工：他与海子家人、政法大学校方一起去山海关料理海子后事，我则留在北京为海子家人募捐。一禾从山海关回来，未回自己家，先来我家。他一脸疲倦，头发上、黑色的风衣上落满尘土。从某种意义上说，一禾与海子是两类不同的诗人。他们走到一起是由于他们有相似的诗歌抱负以及同等强度却不同质地的才华。骆一禾文雅、渊博、深刻、正直、爱朋友，对于世界文明负有使命感。他的写作和做人被"修远"这两个字表达出来。戈麦曾经把他的《修远》一诗复印下来，贴在床头，反复诵读。

一禾生前常常说到"义人"和"义人之路"，想必是由于深受其父母的熏陶。一禾的父亲骆耕漠是我国著名的经济学家。我在陈敏之为《顾准文集》所写的序言中读到，一禾的父母与顾准是肝胆相照的朋友。1974 年，由于坚持思想而历尽坎坷与折磨的顾准病危住进了医院，这时在病榻边悉心照料顾准的人中就有一禾的父母。

一禾在写作之初，曾经受益于老作家王愿坚，他们之间有书信来往。我和一禾相识的时候他已有一些作品发表。那时他穿着一件褪了色的蓝色卡其布中山装，一天到晚为文学忙碌。北京大学五四文学社印行过一本《大学生文学作品选》，刊中推出一辑诗歌，冠以"第三代"之名。这看来是"第三代"作为一个诗歌批评术语第一次被使用，这是一禾的功劳。

他后来成为北京出版社《十月》杂志编辑部的编辑。本来他可以有更多方便发表作品，但他严格要求自己不与其他杂志的编辑互换作品来发表，他也因此得罪了不少他称之为"文学肉虫子"的人。为了在《十月》发表作品，恭维他的人大有人在。有一次，一个人往他家里打电话，在电话里想象他家窗外一定是一座花园，一禾回敬道："我家窗外是一条臭水沟！"

被一禾视作朋友的人，一定是他从内心深处敬佩和珍重的人，这其中有诗人昌耀、小说家张承志、小说家黄尧、传记作家林贤治等。我本人能够成为一禾的朋友是我的荣幸。他帮助我在《十月》上发表了我22岁时写的长诗《雨季》，并且为《雨季》专门写下一段引言，我把这引言视作他卓绝的心声：

我们祈愿从沉思和体验开始，获致原生的冲涌：一切言辞和变动根源的现代意识。它将决定诗在人心中留下的影像。为此这诗歌成为一种动作，它把经历、感触、印象、幻想、梦境和语词经沉思渴想凝聚，获得诗境与世界观的汇通，并通过这凝聚把启示说得洗练：某种震撼人心的情绪骤然变为能听见似的，从而体验今人的生命。这诗歌不是心智一角的独自发声，而是整个精神活动的通明与诗化，它熔铸剥凿着现代意识，直到那火红而不见天日的固体呈现于眼前，新鲜而痛楚。

摘自《骆一禾、海子、我自己以及一些更广阔的东西》

骆一禾我已经在不同的地方说过，他是一个视野非常广阔的人，看事情非常透彻，书也读得多，非常像个老大哥。关于骆一禾，其实可以先说说他的家庭。海子是 3 月 26 日死的，3 月 11 日的时候他们都到我家去了一趟。后来骆一禾说，那是海子的意思。像来跟我告别似的。当天晚上我们聊天，海子也说起了他在家乡，庄稼收完了，很荒凉……可是那一场谈话被骆一禾跟老木给搅和了。为什么被搅和了呢？骆一禾和老木对当时社会大环境的态度有点儿不尽相同，骆一禾觉得中国还是应该稳定。两人就吵起来了，在我家就吵起来了，吵到两个人就要绝交了。所以我跟海子就在抹稀泥。我们就说哎呀这么多年了，有什么大不了的事情还吵成这个样子。所以那天晚上的话题就转到别的地方去了。为什么我提这个事情呢？为什么骆一禾是这样的政治观点呢？这是因为他的家庭非常特殊。海子是在农村长大的，他的父母都是非常普通的人，我的父母也是非常普通的人，我想老木的父母也是普通人。骆一禾不一样。他的父亲叫骆耕漠，是中国财会制度的奠基人。大家是不是知道顾准这个人？顾准临死的时候，在他床边守着的两个人就是骆一禾的爸爸和妈妈：骆耕漠，骆一禾的母亲，姓唐。所以你们看《顾准文集》前面那个陈敏之写的序，里面写了这个事。骆一禾有四个姐姐，他是家里最小的一个儿子。当时他家里人的意思是，让老父亲把要写的都写出来，最好什么事都别出，因为当时他父亲岁数也很大了嘛。结果骆一禾死了之后，去火化的时候，他父亲已经双目失明，就因为这个事情。这是关于骆一禾去世时他家里的情况。骆一禾对于世界的关怀特别大，他写《世界的血》，写特大的题目，包括他诗歌里的主题都特别巨大。经常我们听到人们讨论诗歌的时候说，你这个人宏大叙事，然后，现在慢慢变成小叙事这种情况。可是如果我们要说骆一禾——骆一禾他小叙事不起来，因为他看问题从来都是从大处着眼，因为他们家看到的问题都特别大，所以宏大叙事就宏大叙事吧。骆一禾的广阔性对海子是有影响的。海子一开始也有广阔性，但海子的这种广阔性是天生的，是带出来的。他从家乡来到北京，土地、田野、山脉……像《东方山脉》等早期的诗歌，这种东西基本上是抒情性的。骆一禾广阔的关怀对海子我想其实是有影响的。海子就开始思考这种广阔，比如海子的《土地》里就开始有结构了。

丧失了歌唱和倾听

——悼海子、骆一禾

陈东东

布罗茨基在论述曼杰斯坦姆的一篇文章里说："'诗人之死'这几个字听起来总是比'诗人之生'这几个字更为具体。或许这是因为'生命'和'诗人'这两个词，从词义上来讲，从它们原有的模糊意义来讲几乎是同义词；而'死亡'——即使作为一个词——则差不多像诗人自己的作品即诗那样明确。"布罗茨基的这一说法是否关照了有关诗人之死的另一个事实呢？——诗人之死总是要令人思索那个死亡事件背后的含义，正像一个合格的读者总是要发现一首诗的真谛。现在，当我面对两个诗人，海子和骆一禾的死亡，我所关心的也不仅仅是这一事件本身。

海子死于自杀。1989 年 3 月 26 日下午 5 点 30 分，他在山海关和龙家营之间的一段慢车道上卧轨，被一辆货车拦腰轧为两截。他带在身上的一份遗书说："我的死与任何人无关！"海子把遗稿全部托付给了骆一禾，这些遗稿包括巨制《太阳》（由诗剧、长诗、大合唱和小说等构成），300多首抒情短诗和一些其他作品。在海子离去后的第49天（5月14日），骆一禾因脑出血晕倒……他被送往医院做了开颅手术，但是不见疗效。昏迷了18天，他于1989年5月31日下午1点31分在北京天坛医院病逝。骆一禾的绝笔，是5月13日夜写成的纪念海子的文章《海子生涯（1964—1989）》。

我曾见过骆一禾一面，那是去年夏末一个黄昏，在北京的鲁迅文学院。当我走进屋子，一禾正凭窗而坐。他在倾听——鸟啼、虫鸣、黑夜落幕的声响……他是那种南方气质的诗人，宁静、矜持、语言坚定。他谈的是海子，说话的时候，眼光闪现出对诗歌音乐的领悟。一禾给我来信，谈的也是海子，以及海子之死。

由于他那凭窗的姿势，我把一禾看成了一个倾听者，一只为诗歌存在的耳朵。而海子则是嗓子，海子的声音是北方的声音，原质的、急促的，火焰和钻石，黄金和泥土。他的歌唱不属于时间，而属于元素，他的嗓子不打算为某一个时代歌唱。他歌唱永恒，或者站在永恒的立场上歌唱生命。

海子的悲哀可能是，他必须在某一个时代，在时间里歌唱他的元素。他带着嗓子来到世界，他一定为这个世界上的迅速死亡——尤其是声音的迅速消失而震惊。这个世界迫令他在短暂的几年里疯狂地歌唱，并且不满足于只用一副嗓子歌唱。海子动用了多重嗓音，鸣响所有的音乐，形成了他那交响的诗剧。美丽、辉煌、炽烈，趋向于太阳。如此广泛和深入，如此的歌唱加速度，逼使他很快到达了声音的最高度，到达了令声音全部返回的洪钟的沉默。永久的沉默。这样的沉默过于彻底——海子自己扼断了自己的歌喉！

海子趋于最优异的歌唱。与海子的歌唱相对应的，是骆一禾优异的倾听之耳。一禾有同样优异的嗓子，然而其倾听尤为可贵。他谈论的始终是他的倾听，他愿意让其他的耳朵与他共享诗之精髓和神的音乐。一禾的这种优异，集中于他对海子歌唱的倾听。当一些耳朵出于不同的原因纷纷向海子关闭的时候，一禾几乎是独自沉醉于海子的音乐，并且因为领悟而感叹。今年春天，一禾以演讲"我考虑真正的史诗"透彻地分析了海子。那是对海子诗作颇多创见的丰富。

对于诗歌，歌唱和倾听同样重要，有时候，倾听对于诗歌实在更加根本。在海子和骆一禾之间，事情就是这样——由于一禾特别恳切的倾听，要求、鼓励、磨炼和提升了海子的歌唱；由于一禾特别挑剔的倾听，海子的嗓音才变得越来越悦耳——

黄金在天上舞蹈

命令我歌唱

倾听者正是歌者的黄金。

他们毕业于同一所大学，如此年轻，又如此杰出，在这个世界上短暂地停留。死的时候，海子 25 岁，一禾 28 岁，他们最重要的作品都还没有完工。他们是一对密友，互相敬佩和热爱，生活在同一座城市，一个尽情歌唱，一个就倾听和沉思。他们对大真理怀有同样的热情和信心，竟然在同一个春季相继离去。当一个扼断了自己的歌喉，另一个也已经不能倾听，当优异的嗓子沉默以后，聒噪和尖叫又毁坏了耳朵。由于这两个诗人的死，我们丧失了最为真诚的歌唱和倾听。

1989 年

圣者骆一禾

陈东东

聖：通也。从耳呈声。式正切。

——《说文解字》【卷 12】【耳部】

一

20 世纪 80 年代开始出道的那些诗人，大概都知道瓦莱里 1927 年某次演讲说过的一个段子——印象派画家德加也写诗，有一次他问马拉美："我弄不懂，这首小诗我怎么就写不成，其实我脑子里装满了思想。"马拉美回答："不过，德加，写诗靠的是词，而不是思想啊。"瓦莱里又特别指出，马拉美的"这句话包含了一个重要教训"。

1987 年（算起来，刚好是瓦莱里那次演讲之后六十年），骆一禾写了一篇题为《美神》的长文，其中有几句话，像是专门针对那个"重要教训"而发的：

当没有艺术思维中一系列思想活动作为压强和造型的动力

时，固有的词符是没有魔力的，必须将它置入一定的上下文语境中（这置入的力量前已所述：生命自明），它本有的魔力才会像被祝颂的咒语一样彰显出来，成为光明的述说，才能显示其躯骸，吹息迸射而有其身。这一叙述的过程，实际上与我们所有的思索，所有超出自我、追蹑美神、人类思想的精神活动，乃是一种同步的过程，而不是绝缘于这一切的，思想也不是诗之外的一种修养。在什么思想水准上写作实质上是决定了写出什么样的诗作的，这就是诗的精神和艺术的关系。

区别于热衷发明语言和将创造让给词语以提炼音乐的马拉美，骆一禾显然更看重思想活动和精神活动对于诗歌的决定性作用。他稍后在同一篇文章里又说："语言创造的用心不在于去寻找一种新词的捏造或仅是寻找词汇的新组合，也不在于使用某种修辞格，如：词性活用、词位倒装、变形、通感等等。"他强调瓦莱里演讲的那个段子相反的一面，实在也包含着重要的教训。

骆一禾正是20世纪80年代开始出道的那些诗人中的一位，我在这里将他跟比他大100多岁的法国诗人马拉美扯到一起，除了上引那些话的针对性，还因为瓦莱里在那次演讲里对马拉美的一些讲述，让我联想到了骆一禾。瓦莱里说马拉美"重新塑造了他作为社会的人，塑造了大家所见到的那个人，就好比他重新塑造了自己的思想和语言一样。他很奇特地给我们树立了重新创造自我的榜样，树立了自然人品经过深思熟虑重新熔铸的榜样。一个人，能够按计划构想并且完成自己的思想、行为、作品，总之，构想并完成自我存在的全部形式，就像马拉美那样，还有什么比这更美妙的呢？"我觉得，这几句话也多少适用在骆一禾身上。当然，瓦莱里这么说，基于他对马拉美的熟悉程度，而我认为它们也许能部分移给骆一禾，却主要由于对他的阅读（我所听闻的骆一禾，也是我对他的一种阅读），以及跟他的一面之缘。

　　1988年晚夏有那么几天我在北京，听说参加《诗刊》社第八届青春诗会的诗人正集中在鲁迅文学院。因为一同参加过前一届青春诗会，西川就跟我说："咱们去一下，把他们都见了吧。"尽管那些诗人我一个都不认识，但我知道其中有骆一禾，也就很想过去见。这之前我刚读到他那篇阐发其"情感本体论（亦称性灵本体论）的生命哲学"诗观的《美神》，对他的文章和见识都很佩服；我也听西川和老木多次提到他，感觉他在他们中间处一种"可为人之仪则"的位置。80年代的许多诗人很愿意想象诗歌江湖，骆一禾再加海子、西川和老木这四个从北京大学毕业的诗人，曾被唤作北大"四才子"；老木以编辑诗选、参与活动而为人知，另三位则以诗见重，又被称为北大"三剑客"。骆一禾还是《十月》杂志的诗歌编辑，主持的《十月的诗》栏目，在我看来，在当时的官方刊物里最具诗学眼光和构筑的雄心，刊发了西川、海子、昌耀等人规模不小的长诗和组诗。西川说他把我 1987 年写的一首 1000 行的长诗《夏之书》推荐给了骆一禾，我也很想听听骆一禾会怎么评点……

我跟西川、老木一起去了鲁迅文学院，直奔骆一禾住的那个房间。门敞开着，但见他在窗外传入的鸟叫声中独坐——一年后的一篇悼文里我演义说"他在倾听——鸟啼、虫鸣、黑夜落幕的声响……"实际上那时离天黑还有好一阵子。跟我所想的不太一样，他长得南方人模样（我当时并不知他的祖籍是浙江临安），微笑的面容甚至还有点儿女相，见我们进来他即招呼一起坐，样子沉静，嗓音沉稳，说话沉着，很有说服力地一下让我觉得骆一禾就该是这个样子的。聊了没几句他对我说："你《夏之书》里那个'趺坐'很了得……"又说这首诗还在排队。我心想这好像有点儿敷衍，而他已经在谈论海子，就没有接口再说什么。后来我从他夫人张玞的来信里得知，骆一禾专门抄写过《夏之书》……原来他的确是很认真的人。他的言谈语调却多各式幽默，比如西川曾跟我讲起，有个想在《十月》杂志发诗的人打电话讨好骆一禾，说他家环境一定特优美，窗外一定有个花园什么的，骆一禾回说："我家窗外是一条臭水沟！"而那天西川提到之前成都诗人万夏到北京，回去后写信说自己跟北大"三剑客"见面是"三英战吕布"。骆一禾听了就笑道："那我武艺差点儿，就算刘备吧。"

骆一禾给我谦和大度的印象，据说他更有博闻多识、谈诗论道言语滔滔的一面。我想到他的写作气象宏大，高屋建瓴，

"武艺"实在一点儿都不差——不过他自比刘备也很有些道理，显然他是个主脑，有着要去成就大业的英雄气概，弘毅宽厚，知人待士……我忘了我当时有没有顺着这种诗歌江湖的路数一路想下去……

二

1981 年 10 月，骆一禾在北京大学中文系读书的第三个年头开始不久，他写了一首《桨，有一个圣者》：

有一个神圣的人

用一只桨

拨动了海洋

蒙昧的美景

就充满了灵光

天明的退潮遗下了彩霞

夜里闪光的菌类、贝壳、石英

宛如醒来时旋流的思想

成串的追忆

和细碎而坚硬的希望

那位灯塔一样

神圣的人

鼓起我张满的帆

引导我认识并且启示海洋

像他手中的船桨

"圣者"之神圣在于"用一只桨 / 拨动了海洋",以使"蒙昧的美景""充满了灵光"……"圣者"跟"灯塔一样""引导"("拨动")"我"——"鼓起我张满的帆",去"认识并且启示海洋"（以使"蒙昧的美景""充满了灵光"……）。诗写到"像他手中的船桨"而告结束，诗意却又回到"用一只桨 / 拨动了海洋"的起始——"我"作为"桨"的"拨动"，又将"灯塔一样""引导"另外的"我""认识并且启示海洋"，以使"蒙昧的美景""充满了灵光"……那么，可以设想，"我"也会是"圣者"，"神圣的人"也曾有"灯塔一样""引导"（"拨动"）他的"一只桨"；骆一禾展现在诗中的这个场景，有着连续不断的进程。那是下一个波浪接续上一个波浪的循环涌动，让人想到阴阳相生，日夜往复，生命周行，世界轮回。

要是去考察骆一禾是在怎样的时间意识里展现这进程的，也许，就更能从这首短诗窥见他宏阔的诗歌观念、构想和企图。骆一禾区分过三种时间：物理时间（以分秒、时日、年月为度量）、历史时间（以朝代、时代交替为度量）和命运时间（以文化、文明兴灭为度量）；诗中设置于进程的这个天明场景，在这三种不同的时间里，显示的意义强度和深度会很不一样。而几乎从写作的一开始，骆一禾就以文明为背景对诗歌进行周密的思量，他所选择的路向，跟 80 年代同在写作的那些诗人大相径庭——将自己的事业和使命跟以诗歌去处理循环涌动在时间里的文明主题关联在一起。在他看来，诗歌与文明互为因果，文明之生即诗歌之生，反之亦然。

几年以后，1985 年 6 月（那时他已任《十月》杂志的编辑），骆一禾在一篇文章里说："斯宾格勒认为人类文明一如人生，也有它的春夏秋冬，有它的诞生、成长、解体与衰亡……"——要是找来骆一禾所写的文章，你会发现他差不多在每一篇里都提到了斯宾格勒这个名字，想来他确是很受这位德国历史哲学家的影响——参照斯宾格勒和另一位英国历史学家汤因比的论著，骆一禾认为我们正身处某个旧文明的末端那种"挽歌，诸神的黄昏，死亡的时间里"，但这也让我们身处一种新文明起始的"新诗、朝霞和生机的时间里"。1981 年骆一禾读大二、大三，已经在向同学推荐《历史研究》和《西方的没落》，《桨，有一个圣者》所描绘的进程中的天明场景，正该是"新诗、朝霞和生机的时间里"发生之一刻，其动机——那只桨拨动海洋的动机，则是忧患于朽败的旧文明——骆一禾称之为"大黄昏"或"文明之秋"。

"这种文明之秋，"他说，"也许正在远东华夏文明中进行。诗人正企图通过史诗去涵括本民族的精神及历史，殊不知大树已朽，乡土中国带着自身的沉疴，从基本构造上，已很难对世界环境做出有力的回应。……鲁迅又说：这是一个大时代，其所以大，乃是不唯可以由此得生，亦可以由此得死，可以生可以死，这才是大时代。他所说的乃是五四时期，中国文明在寻找新的合金，意图焕发新的精神活火。而这一努力，迄今尚未完成，中国的有志者，仍于80年代的今日，寻找自己的根，寻找新思想以冲刷陈腐的朽根，显露大树的精髓，构成新生。"1981年骆一禾20岁，他写的这首15行短诗，已经透露出这样的气息，这样的消息，这样的滋息。

如此反观"圣者"的主题就更有意味。在这首诗里，"圣者"包涵启示和灵光，这便是灯塔的比喻；而那个桨的比喻，将行动置入了"圣者"的概念。"圣者"合启示、灵光、行动为一体，并且行动是第一义的（诗题中"桨"被列在"圣者"之前）：由于桨拨动海洋这样的行动，才有所启示，才充满灵光，才建起灯塔，才又引导行动……而这既是骆一禾的生命塑造，也是他对诗的要求。当骆一禾去做一个诗人，就努力于人跟诗的合一，生命跟诗的合一，他"感慨"一位朋友"视诗为生命的象征"，自己则认定"诗作为精神现象乃是生命的世界观"，使我们"获得生命的自明性"。"圣者"之圣展现为连续不断的进程，这个以行动为第一义的进程，同样展现生命和诗。当它又是命运时间这广大视野里的展现，这首小诗就该被读作微型史诗，或一首巨型史诗起于青萍之末的开头。

三

在《美神》里，骆一禾提到他"印象原生的第一个地区，那是靠近大别山脉的淮河平野上一个金色的三角地带，由罗山、息县和西华组成的丰饶的土地：那里终年可以吃到大米，然而仍是落后的，因为那里不出别的粮食，发过大水，人们成片地溺毙，采石为生，排外情绪强烈但一口饭也要分半口给流浪者和乞丐，那里的人们把北京去的学生都看作是毛主席身边来的人，一种叫作冰瓜的香瓜只需轻轻一击就甜得粉脆，粉脆地甜……"他大概在读小学的时候到了那个地区，几年后才又随父母返回北京。

骆一禾进北京展览路一小正逢"文革"，被视为"狗崽"，状态颇多压抑和紧张——据说放学途中往往有孩子袭击"狗崽"，逼得骆一禾成了短跑高手（以至在北大期间，他的百米跑速度仍然令不少同学惊艳）——不久他家被拆散，被发配去生活条件跟首都相比极其伧劣的外省农村。然而对于少年骆一禾，这却也算一件幸事，因为不必担心再遭追骂甚至追打了。他多年后写进诗论的那句"那里的人们把北京去的学生都看作是毛主席身边来的人"，透露的大概正是他当年在乡下感受到的小小转运和小小荣光。头一天送他去当地小学校读书的老保姆翟阿姨有一个说法："一禾来了，整个教室都亮了！"

1961 年 2 月骆一禾出生的时候，曾为国家计委副主任的他父亲骆耕漠，已被调往中国科学院经济研究所，任政治经济学研究组的组长（退掉了标配给他的小汽车，开始骑自行车上班）。那是因为受到"潘（汉年）扬（帆）集团"案的牵连——以后每逢政治运动，骆耕漠便会挨整挨斗。1964年，骆耕漠在"四清"运动中以"修正主义分子""叛徒特务嫌疑"遭猛烈批判，1965年到周口店劳动。"文革"中骆耕漠被"贴标签"、抄家、游街，1969年11月，又随经济研究所去河南息县五七干校劳动三年。骆一禾的母亲在物资部工作，那时候则下放到相邻息县的罗山县，骆一禾与他的几个姐姐及老保姆翟阿姨，只能全都跟着母亲……1978年以后，骆耕漠才又恢复了部长级待遇，先后做过中国社会科学院和国务院经济研究中心的顾问。

骆一禾是骆耕漠最小的孩子，取名"一禾"，有"一禾发千枝"的期待。父子俩感情深厚，常常切磋；据说，当有人来家里向骆耕漠这位经济学家、学部委员请教的时候，骆一禾会去旁听，偶尔还会一起交流。有一次西川谈起骆一禾的写作跟他颇有来历的家庭出身大有关系，觉得骆一禾诗歌的"宏大叙事"与之相应，"他看问题从来都是从大处着眼，因为他们家看到的问题都特别大，所以宏大叙事就宏大叙事吧"。

骆一禾用功的往往正是他所谓的"背景诗歌"，不过他也有纠结个人经历和经验，细节真切具体日常的诗。1987年9月，他写了一首《首遇唐诗——纪念我的启蒙老师和一位老女人》，讲诉他早年的乡村生活情形，他的启蒙，他受到的最初的诗歌教育：

在那个年代

我是怎样得到唐诗的呢

是在淮河两岸枯水的乡村里

一个私塾先生的宝书中

他开始说诗

他竟至不能讲完　而抚摩着

我的脑袋

⋯⋯⋯⋯⋯⋯

先生一世只收集了五种唐诗

先生看我如看幸福

在一个风和日丽的早上　先生身体健康

摸我的脑袋　口称娃儿

"好娃儿　讲完书了⋯⋯总有一天讲完

那会儿就教不着你了⋯⋯

天下很大大如诗

放手去闯　莫结秀才

结识几个有本事的英雄"

诗的最后一节写道：

乡村大道的两侧

栖息着黄土坟墓　队队上擎一只粗碗

麦田投往天边

前方是焚烧石灰的土窑

学诗的尽头是火红的窑火

而

直去东方的坡道下面

滚动着雨天之后的急流

这首诗朝向虚构，却更多回忆录的成分。它说出了另一个出身，平行重合于西川所谓骆一禾跟普通人不一样的那个特殊家庭出身。很可能，穷乡学诗的童年和少年经历、启蒙者和"老女人"翟阿姨会对骆一禾更加重要，这使得出现在他笔下的诸如土地、荒山、平原、树林、青草、野蜂、布谷鸟、果实、石头、地平线、村庄、农人、河的旷观、汗水淋淋的马匹、仓库、夕阳……乃至"应该承认／我们的城市是美丽的"——这些80年代的诗人最爱用诗歌擦亮的言辞，都有其过往和内心生活的来源。尽管在河南农村只短短几年，但"学诗的尽头是火红的窑火"，这让骆一禾在其"印象原生的第一个地区"的出身变得深沉。

要是去为他 1981 年写下的那首短诗里的灯塔 / 圣者代入一些名字，无名"而抚摩着 / 我的脑袋"说"好娃儿……那会儿就教不着你了……放手去闯……"的乡村教书先生，就该并列于对但丁说"孩子，我已经让你看到了时间和空间的火焰，其余的我什么都看不见了"的维吉尔，以及串在金链上的那些相应的名字。

四

在骆一禾的又一番回忆里，他开始读唐诗则是在 1976 年，他初三，从河南农村回北京已经有几年了。"那时候，"他在一封信里说，"基本都是靠手抄，至今留有一本 200 页的手抄本，到了今天，还可以看出我对自己评价的一个依据：我的诗一开始就和朦胧诗有不同的起点。李白对我的影响很大。"骆一禾还提起，有一天"海子来玩，我们重叙往日，海子说他以前的诗作大都没有留下，我于是拿出过去抄的七本诗和六本写的诗，回顾一下当时的情况，我们有同感的是，当时读得比较多的浪漫主义诗歌，至今还是我们的营养，对他影响比较深的是雪莱，而对我影响深的是莱蒙托夫、拜伦和济慈。所以在北大，后来也有人评论说我是一个跨阶段的人物，从浪漫主义到现代主义，指的是我 1983 年以前的诗。而重读我的旧诗作，……还是在 1982 年之后，这里面，浪漫主义的短命天才们，当然是我的启蒙老师"。对于"朦胧诗"，他则"是以浪漫主义诗人、唐诗和性灵为底色去接触它的，开始就有意地去判别它……"骆一禾做此回顾，是在 1987 年之后，那时候他早已发出对"朦胧诗"一代诗人"彼辈可取而代之"的"豪言壮语"。他又说："朦胧诗和 50 年代的诗歌一样，是我们所要对待的传统之一。"

不过，无论是在承继或反背他之前的传统方面，骆一禾都没有像跟他同时出道的许多诗人那样，赶往唯恐更新换代得不够先锋的那条路径。他的所谓"跨阶段"也许曾短暂地跨进过先锋的行列，但终于迈向一种史诗性的写作。

尽管他觉到 1983 年他 22 岁的时候，已经完成了对自己写作风格和道路的确认，然而他并未立即全力以赴。他写诗十年，《骆一禾诗全编》的诗歌部分 800 多页，从 1979 年至 1985 年这六年的诗歌篇幅却只有 130 页不到。他把 1984、1985 两年称为自己的"沉思期"。在他看来这是个"渡河时期，要么淹没，要么有另外的命运，要么有一个总的成型，有新的质地"。那正是"第三代"旗帜被祭起、比"朦胧诗"一代更年轻的诗人们喊出"Pass 北岛"的口号、四下串联、各种地下诗刊层出不穷、各种派别和诗群雨后春笋般冒头、诗歌主张标新立异、写作实验和写作革命仿佛每天都在翻着花样的年月——1986 年《深圳青年报》和《诗歌报》上的"现代诗群体大展"，呈现的正是这种虚张缭乱的繁荣局面。骆一禾则对很多北京的诗人朋友说："还要再拉开距离，完成自己的大构思。"在书信里，他写道："我感到必须在整个诗歌布局的高度上，坚持做一个独立诗人……"

1986 年，他有一首标题下注出"写给自己"的诗，《闪电（一）》：

大地昏沉
注视着城市在脚下飞去
我斜跨着播种者的步子
当然
我杰出的思想旋转着
向四周抛撒出
热情　雨水和冰凉的葡萄
是不可能看不出的
——一大团酷似我的黑暗
　　无声无息
只有在它即将进入我的时候
它突然明亮
在我的旋涡中消失了

在我的心地里
躺着一排修长的银钥匙
感觉到此刻透穿我的那种超绝和完美
并知道我身边那些人

那满头的黑发和感情

都不是过眼云烟

我无法替代

于是

一场大雨在我的背后轰然坠下

巨鸟冲天而起

红太阳在我的心口滚烫翻腾

  这是自我塑造和自我期许之诗。诗的第一段仿佛五年前那首《桨，有一个圣者》的变奏接续，"我斜跨着播种者的步子""我杰出的思想旋转着"（与五年前那首小诗里那句"宛如醒来时旋流的思想"何其相像），同于"用一只桨/拨动了海洋"，但那个行动的圣者已经是"我"；"向四周抛撒出/热情"，令"一大团酷似我的黑暗……突然明亮/在我的旋涡中消失了"，也几乎可以跟"蒙昧的美景/就充满了灵光"互换——"酷似我的黑暗"及"我的旋涡"，则让人意识到"我"是因被启示和引导而在黑暗和旋涡里成为行动者、圣者和灯塔的。第二节的前三行，贡献的就正是一个开启的形象——进入"我的心地里"的"一排修长的银钥匙""感觉到此刻透穿我的那种超绝和完美"。这个形象，加强了这首诗对《桨，有一个圣者》的变奏接续，像是从灯塔/圣者的角度讲述了如何"鼓起我张满的帆"——而这又可以转换成已经是"我"的那个行动的圣者去启示的角度。

之后四行,"并知道我身边那些人／那满头的黑发和感情／都不是过眼云烟／我无法替代"值得多留意。这当然涉及"我"与"我们"、生命中的青春、友谊和爱情等等方面,但它更涉及骆一禾"博大生命"的观念——尤其"我无法替代"既可读作"我无法替代""那些人",亦可读作"我"是"无法替代"的——第二年他在《美神》里提示:"生命是一个大于'我'的存在……整体生命中的个人是无可替换的……在一个生命实体中,可以看到的是这种全体意识……"我想,这四行诗也当作如是观:"我"跟"我身边那些人"乃至所有个体的人都"无法替代",并且复合集成为"整体生命"或曰"博大生命",它"作为历程大于它的设想及占有者"。而历程、进程,几乎就是骆一禾诗歌的形态(《桨,有一个圣者》是,这首《闪电(一)》也是,他两年后那首沉郁和高亢激越混响的《修远》更是),他对于"生命"的这种设定和指认,也构成了他的诗学基础:"语言中生命的自明性的获得,也就是语言的创造。"因而,诗"是生命在说话"。要之,自明于诗中的生命、说话的生命已经不是个体。对此,诗人西渡有非常好的阐明:"也就是说,个体的生命既和无数生命个体相联系而处于一个相互联结的整体中,又在时间方面连接着人类过往一切进化演变的历程,同时作为现时的一个节点而联结着未来。""我无法替代""博大生命"，但"我"是"博大生命"进程中的重要一环，亦"无法替代"……

五

写给自己的《闪电（一）》，也相承了五年前《桨，有一个圣者》的"圣者"主题，并更鲜明地将之置放于"大地昏沉""大雨坠下"的大时代背景里，更坚决地引向豪迈的行动。可以说，"圣"是骆一禾一生的关键词，"圣"不仅贯穿他的诗歌，也贯穿他的为人。

我跟他的交往太少，短暂见面来不及交流，通信则是在海子卧轨后才有那么一两个来回，而且注意力全在海子，但这已经能让我明显感受到他高尚人格的光照。跟他有过接触的人大概都会感受到这种光照，就像张玞所说，当年骆一禾就是以他的人格魅力，给很多朋友造成了深刻的印象，有很大的影响和帮助。她自己也从他那里汲取了一种力量……

他的形象，或许是他在北大五四文学社任诗歌组组长时的样子，每天在学校里行色匆匆，手握一卷稿纸，从一个文学青年那儿到另一个文学青年那儿，策划组织着什么活动；或许是诗友撰文回忆他去朋友家串门时的样子，"轻轻地推门，轻轻地坐下，轻轻地说话，做着一些简单的手势"；要么是登门去他家时看到的样子，"总是在那张桌子前，无一例外地在写"。他带给人表里如一的纯粹和纯净，确确实实与众不同的人格、诗品和学养。而在诸如此类的形象内部，有一个骆一禾首先对自己说话的声音，那就是长诗《世界的血》里的一行：

居天下之正　行天下之志　处天下之危

西川说骆一禾"文雅、渊博、深刻、正直、爱朋友，对于世界文明负有使命感"。又说骆一禾"具备真正宜于思想的头脑，并且在他平和的面貌和随便的衣着之下，有着他对于诗歌艺术的严谨态度，对于苦难人生的关注，以及对于宇宙大真理和万物之美的迫切向往"。因而他称"一禾是我的良师，八年以来我受益于他，以至在他病逝之后我竟觉得恐怕在我将来的岁月里，再也不会遇到一个像他这样近乎完美的人……"对于海子，骆一禾也起着指引、启发、示范和批评的作用，被海子视为兄长和老师。对于朋友、推而广之对于他人，骆一禾有一个很好的说法："即使在我停顿的时候，我仍然感到我在继续，这就是朋友对我最重要的意义。这得以使我不是只有一个灵魂。"这说法贯通于"博大生命"的观念。而坚信诗是生命在说话的诗人，也一定令其人品和人格贯通他的生命和诗歌。

所以，如西川所述，骆一禾"从他开始文学思考以来一直坚持这种观点"——"在我们这个时代，要成就高迈的诗歌、宽广的诗歌，必要求诗人以其人格的力量为后盾；……所有属于开辟文学未来的人们，必要求其文学观和世界观的同一：这是由于，就纯文学领域而言，我们目下的种种努力无异于空谷足音，六十年来我们可资汲取的新文学财富不多——比较中国文学与世界文学，前者不是太过丰盛，而是较为苍白"。能够接收的遗产之少，让写作者只能更多地从内在自我汲取力量。

如他很早就认识的一位朋友所说，骆一禾像圣者一样的诗品人格是他的一种天性，但他也总是在重新构想和塑造自我，深思熟虑重新熔铸诗品和人格。他自觉的"沉思期"和几乎一意孤行的写作，都是这种塑造和熔铸。

写这首《闪电（一）》的时候，骆一禾也在筹划，为他任诗歌编辑的《十月》杂志开设《十月的诗》栏目，1987年初，这个栏目正式推出。在为之而写的引言里，骆一禾以"我们"的名义说："某种感撼人心的东西骤然变为能听见似的，从而体验今人的生命。这诗歌不是心智一角的独自发声，而是整个精神生活的通明与诗化，它熔铸剥凿着现代意识，直到那火红而不见天日的固体呈现于眼前，新鲜而痛楚。"原稿有个副题："一份短提纲"。这正出于骆一禾的"情感本体论的生命哲学"之诗观，表达了骆一禾欲成就一种非个人的"大诗"之雄心。其最后那句话，跟《闪电（一）》结束那句"红太阳在我的心口滚烫翻腾"可以对照着读。

写给自己的短诗和以"我们"的名义为中国当代诗歌说话的提纲，一定跟骆一禾"沉思期"里"在整个诗歌布局的高度上，坚持做一个独立诗人"的思索有关。西川说："沉思对于一禾是至关重要的。他在沉思中听到了血涌，并起立歌唱。""巨鸟冲天而起"，恰是骆一禾"沉思期"过后的写照。

六

从《骆一禾诗全编》能非常清晰地看到他"巨鸟冲天而起"的高速且不断加速度的写作：1986 年，90 多页；1987 年，160 多页；1988 年至 1989 年一年半不到的时间，140 多页短诗外加 280 多页、7000 多行的长诗。如此推进的愿景和动力，可以略写为骆一禾 1987 年《汉诗一束》里的一则：

当脚掌证实心脏的时候
那是一条伟大的道路
一种新生。

这三行短句的标题——"中国文艺复兴"。

"中国文艺复兴"，也即骆一禾所谓"中国文明在寻找新的合金，意图焕发新的精神活火"。这个早于五四即已开始的进程，在 20 世纪 80 年代初有一个"思想解放，改革开放"的新契机，所以（如前所引）"中国的有志者，仍于 80 年代的今日，寻找自己的根，寻找新思想以冲刷陈腐的朽根，显露大树的精髓，构成新生"。骆一禾说自己"是有所思而燃烧的，因为我的诗以及我个人，是在辽阔的中国醒来，在 20 世纪 80 年代初期一个多思的早上醒来"。正好踏入这一进程。

而骆一禾所意识者，他踏入的这一进程更是处于"挽歌，诸神的黄昏，死亡的时间"和"新诗、朝霞和生机的时间"这"命运时间""可以生可以死"的节点。于这么个节点觉醒于新生的"文化的历史活动"，对他而言，就像斯宾格勒指出过的，"一如自然史的发展要创造出它的顶点一样，创造出历史的血肉之躯：不能代之而生、不能代之而死的生命个体。这个顶点其一由无数个体生命的实体构成，其二是时间性的，即同时含有过去、未来和现在，它由此而不是一个止境，不是一个抽象体，也绝不是自我中心主义的狂徒，而是文明史与史前史的一种集成状态：这个历程交汇于他的体内，它所有存活的力量也就在于它聚集了运作……"

这就使得"在整个诗歌布局的高度上，坚持做一个独立诗人"不可能是一个人的事情。西川回忆说："一禾曾有一个宏大的构想，那就是海子、我和他自己，一起写一部伪经，包括天堂、炼狱和地狱。"可见骆一禾对"整个诗歌布局"的考虑，基于一种共同的"无名写作"性质。在 1987 年写给一位诗友的信里，骆一禾则从另一方面讲到他所希望的可能性："这些年，其实写诗有成的诗人，也差不多都出现了，这种局面在今后的十几年内大概都不会有，这就是众人'在场'，于今后乐观的唯一一点就是：更高的诗歌成就在优秀诗人的互相激发间产生的可能性。"并特别提到"在这种局面里，诗歌的创作意识，发生质变……"于是，《十月的诗》栏目设计的"提纲"和它所发表的大篇幅的长诗和组诗，应被视为骆一禾对这种局面的创造，并不仅限于呈现。

骆一禾最后三年半不到的"巨鸟冲天而起"，正是要融进那"博大生命"的"血肉之躯"，其方式则是以其高速的写作让"那些生者与死者的鬼魂，拉长了自己的身体，拉长了满身的水滴，手捧着他们的千条火焰，迈着永生的步子，挨次汹涌地走过我的身体、我的思致、我的面颊：李白、陶渊明、叶芝、惠特曼、瓦莱里……不论他们是贬谪的仙人，是教徒，是隐士，是神秘者，是曼哈顿的儿子，或者像荷马一样来自被称为 Linbo 的监狱，他们都把自己作为'无名'整个注入了诗章"。

我想，如此视野、格局、抱负和使命，令骆一禾唯有选择史诗性的写作。哈罗德·布鲁姆说："史诗——无论古老或现代的史诗——所具备的定义特征是英雄精神"，而"渴望创造不衰的想象，也许就是伟大史诗的真正标志"。骆一禾英雄气概的"注入"，要为自己找到相应的形态。

1989 年 4 月，在他为海子的长诗《土地》所写的序言里，骆一禾说海子"引入了繁复的美和幻象的巨大想象力，从而形成了他对诗歌疆域的扩展，他挑战性地向包括我在内的人们表明，诗歌绝不是只有新诗七十年来的那个样子"。实际上，那个突破新诗固有模型的策动者和全力实践者，恰是骆一禾自己；如果说这种写作对他构成挑战性，那就是一种自我挑战。

也是在那篇序言里，借谈论海子，骆一禾概括说明了由他和海子率先（至今少有后来者跟进）在汉语里着手的"大诗"之要点：一、不是一种终结、一种挽歌，而带有一种朝霞艺术的性质；二、代表了人类创造性的积极方面，本身是行动性的；三、更多的是百科全书式的繁复总合与不断丰富，但没有放弃构造、造型力；四、走一条将格式塔式的完形能力与内心对抗、潜层深渊中的现代主义主题合陇的道路。而在指出海子的"大诗"写作"充满了危险"甚至"潜伏着毁灭性"的时候，骆一禾也指认了自己的如此写作"冲击极限"的不可能性：激情方式与宏大构思之间的根本冲突，天然条件或精神环境的缺失……

但是，就像赞叹海子"力行了他的诗歌理想"，骆一禾也坚定不移地投身于其中。同样是在谈论海子的时候，骆一禾告诉人们："先不要说赞同或反对吧，因为这世界上还存在着不属于表态之列的价值：认识价值，而许多新艺术之初都未必易认同而又分明是可认识的。"二十二年以后，在一次对骆一禾诗歌的研讨会上，张玞则说："我真正想赞美的是，他在那个时候敢于做这样的一件事情。"

七

在 1988 年的第八届青春诗会上，骆一禾以《修远》为题写了一首不短的诗，尔后又写了同题的另一个稿本。我首先读到的是他的第一稿，在编辑《倾向》第 2 期"海子、骆一禾纪念专辑"时，将它和张玞寄来的另一稿（注明是"定稿"）一起选入。跟许多人一样，我喜爱我首先读到的第一个稿本，而这并非由于先入之见。不知骆一禾作何考虑，他的第二稿把近 100 行的第一稿砍去了差不多一半，且将一种铿锵乃至澎湃的声音乐调凝滞固结，诗意也变得有点儿涩噎。而读过《修远》第一稿的人，都会为其刚健沛然，淋漓酣畅，交替着昂扬与顿挫的抟力歌唱所动容。据说 80 年代末 90 年代初的时候，有些年轻人大声诵读《修远》竟至泪流满面；据说比骆一禾晚六年进北大中文系读书的戈麦（被认为是一个拿起笔就写得非常成熟的天才诗人，1991 年 9 月 24 日自沉于北京西郊万泉河）曾把《修远》一诗复印下来，贴在床头，反复诵读。我猜想他们读的也都是《修远》的第一稿。

西川说骆一禾的"写作和做人被'修远'这两个字表达出来"。这也是对这个诗人有所了解的不少人的看法。然而，以《修远》为题、以"修远"为主题的这首对于认识骆一禾格外重要的诗作（它也对 80 年代诗歌和百年新诗史意义重大）却不易索解，其峥嵘的诗歌思想，往往为散布于诗行间的诸多词语和形象迷雾缭绕。这或许跟骆一禾写作的语言策略有关——曾经在附于致友人书信的一则读诗笔记里，他借谈论海子的写作，再次说出他自己的方式：……专注于精神体验，而语言是第二义的；语言感觉得益于把象形文字复归到原形来看……而这实则也发明了语言。在我看来，骆一禾以《修远》展现的倾向于发明的语言和从中提炼音乐的创造性，已经使它成为无须释义而只应反复咏赞，倾听其沉郁豪迈声音的诗——那么，有必要把这首不短的诗的第一稿抄录在此：

修远

触及肝脏的诗句　诗的

那凝止的血食

是这样的道路　是道路

使血流充沛了万马　倾注在一人内部

这一个人迈上了道路

他是被平地拔出

那天空又怎能听见他喃喃的自语

浩嗨　路呵

这道路正在我的肝脏里安睡

北风里　是我手扶额角

听黑夜正长歌当哭

那黑夜说　北

北啊　北　北和北

想起方向的诞生

血就砍在了地上

我扶着这个人　向谁

向什么　我看了好久

女儿的铃铛　儿子的风神　白银的滋润

是我在什么地方把你们于毁灭中埋藏

方向方向　我白银的嗅觉

无处安身　叫我的名字

浩嗨　嗨呀　修远

两代钢叉在水底腾动

那声息自清澈里传来锐利和痛疼

那亚细亚的痛疼　足金的痛疼

修远　这两个圣诉蒙盖在上面

我就看见了大盾的尘土

完人和戈矛　雅思与斧钺

在北斗中畅饮

是否真有什么死去　我触摸着无边

触摸着跪上马头的平原

眼也望不到　脚也走不到

女仙们坐在月亮的边缘

修远　我以此迎接太阳

持着诗　我自己和睡眠　那一阵暴雨

有一条道路在肝脏里震颤

那血做的诗人卧在这里　这路上

长眠不醒

他灵敏其耳

他婴童　他胆死　他岁唱　他劲哀

都已纳入耳中

听惊鸿奔过　是我黑暗的血

血就这样生了

在诗中我看见的活血俱是深色

他的美　他的天庭　他的飘风白日

平明和极景

压在天上　大地又怎会是别人的

在诗里我看见活血汪霈而沸腾

沐与舞　红和龙

你们四个与我一起走上凤鸣马楚的高峰

修远已如此闪亮

迎着黄昏歌唱

我们就一直走上了清晨

那朝霞

诗人因自己的性格而化作灰烬

我的诗丢在道路上

一队天灵盖上挖出来的火苗

穿过我的头顶

请把诗带走　还我一个人

修远哪

在朝霞里我看见我从一个诗人

变成一个人

与罪恶对饮

说起修远

那毒气在山中使盛水的犀杯轰然炸裂

满山的崧岳　稀少的密林

那亚洲白练

那儿子的脚跟　女儿的穗佩　口的粮食

身上的布袋与河流亮丽的分叉

连你们也不知道我为什么看着道路

修远哪

与罪恶迎唱　拉开我的步伐

这就是我的涵歌

在歌中我们唱剑　唱行吟的诗人冒险行善

这歌中的美人人懂得

这善却只有等到我抵家园

唱吧　那家乡

我们分别装入两支排箫

素净两方门窗

这声息一旦响起

就不知道黯淡怎样吹过

天就一下子黑了

在大地的口中　排箫哭着

与罪恶我有健康的竞技

说一声修远

三种时间就澎湃而来

天空在升高中醒了

万物愈是渺小　也就愈是苍莽

在那一夜滂沱的雨水中

新月独自干旱

八

《修远》的框架不脱《离骚》那句"路漫漫其修远兮，吾将上下而求索"。诗题和诗中的道路意象、迈步行路的诗人形象，也正出自屈原。屈原一向就是骆一禾的灯塔/圣者，经由"修远"这个词，骆一禾致敬了以屈原为代表的文明史上那些伟大的圣者，其中当然也包括将屈原那行诗题写在《彷徨》扉页上的鲁迅。这首诗的背景，跟骆一禾的许多诗一样，恰是他所引述的鲁迅所谓"可以生可以死"的大时代背景。而骆一禾的语气是那么坚定，仿佛已经没有了彷徨。《修远》第一节里"是这样的道路　是道路/使血流充沛了万马　倾注在一人内部"两行，跟前面引录过的骆一禾《美神》里"这个历程交汇于他的体内，它所有存活的力量也就在于它聚集了运作……"这样的表达相互呼应；第三节"想起方向的诞生/血就砍在了地上"两句，也颇能道出骆一禾"寻找新的合金，意图焕发新的精神活火"的诗歌精神。血是生命的象征，也是生命本身，血也是诗歌之喻；"砍"字则可感受那大力（不，简直是暴力）的歌唱——海子有句，"阳光打在地上"，由此亦可见他跟骆一禾的相互影响。《圣经·约伯记》说："寒冷出于北方"，又说："金光出于北方，在神那里有可怕的威严。"被黑夜说出的"北"而又"北"的这个方向，便有惩戒、受难、历练、获救等多重意蕴。当然，"北"更是指引——"完人和戈矛　雅思与斧钺/在北斗中畅饮"……

骆一禾显然谙熟《圣经》。西川记得 1982 年他们第一次见面，骆一禾即跟他谈论《新约》四福音里有关彼得三次不认耶稣的事；邹静之也说，与一禾相识，最初的惊异是他可以把新旧约的原文背出来。其诗歌的意象和象征系统，征用《圣经》不在少数。我甚至感觉（只是感觉，并未论证）骆一禾诗歌语言的节奏、用词和口吻，也多受和合本《圣经》的影响——这倒适合他跟海子、西川的那个伪经计划。

1988 年 11 月 30 日，在给西川的一封信里，骆一禾说他正在写长诗《大海》的第五稿，另外在整合一部长诗《世界之书》。"《世界之书》的开头是以《修远》为引子，它是道路和'道'的互为投射。"作为长诗的引子，《修远》或许有点儿像序曲，暗示情节，引入和打开。其有不可索解处，大概也跟后来骆一禾将它独立出来，没有纳入长诗有关。

"沉思期"之后，骆一禾的写作几乎就全部倾注于长诗。《世界之书》主要来自 1987 年和 1988 年所写的 15 首诗，后来这部长诗改题为《世界的血》，更是纳入了此前五年所写的 20 首诗。大概，在《世界的血》的整体结构布局尚未从脑海里浮出之前，骆一禾着手去写的许多短诗就已经有了或朦胧或明确的朝向一部长诗的方向感。不妨说，骆一禾的短诗写作都是为他最后两部长诗准备的。将写好的诗作整合成一部长诗的时候，骆一禾说："近来读到福楼拜的一段话，'现在我写成了各个部分，我可以肯定其中有无与伦比的东西，但这样反而不行，各个部分太固定，不宜于连接，所以又要把固定得很好的各个部分拆松'——这好像是无休止的，永不陷落的特洛伊或君士坦丁堡。"——不知道他的《修远》第二稿，是否是攻坚战后遗下的云梯或投石车——这场攻坚战的规模巨大，他的规划，是要从2300行扩展到3500行左右，将那20首诗的材料构筑成整体。

在写给西川的信里，骆一禾详细讲述了他这部长诗的设计、写法、主旨、思想背景、材料来源、三种时间的展开和生命实质的探索等等。他说："这首诗在我的写作里也是个里程碑，它以古典式的'开端—展示—高潮—再现—结束'为横向布局，以一个建筑物和圣徒传合一的象征体系为价值隆起的构造，使抒情歌唱为它们所承载，在主体建筑四周有次要建筑并置于自然环境之中，在'气'元素中展现主题：'博大生命'。"这哪里是去攻陷一座大城，简直是要建造一座大城！仅就其雄心而言，不只在骆一禾个人的写作史上，而且在中国文学史乃至世界文学史上，都算是里程碑了。

这部长诗在1989年3月以《世界的血》为题定稿，共2800行左右。骆一禾又再次申说："《世界的血》主要的主题是'生命'，我以为'太初有言''太初有道''太初有为'三境界的深处是'太初有生'，这是我的长诗的精神线索之一。"这也是他一生写作的一条精神线索，其"博大生命"的前提在此。这部长诗的开头，后来用了26个分章缀成的"飞行（合唱）"

（第一章），骆一禾说明写的是"万灵相抱具有同一价值"。这一"飞行"最终落向第六章（最后一章）"屋宇（穹顶）"（骆一禾自己说明是"伟大生命的现身，它的价值的诗化"）而告完成。张玞专门撰有《大生命——论〈屋宇〉和〈飞行〉》一文，认为飞行代表了人类的超越，同时也是它最本质的生存，……屋宇是一个理想的空间：明天。历史和命运在这里温故而知新，屋宇也是伟大的创造和伟大的压迫之间已铸造的烈火与青铜的艺术。……《飞行》与《屋宇》一起构成了一个完整的精神历程……在飞行和屋宇的巨大气象中，所歌唱的乃是人之博大生命。这就是一禾所崇尚的、有时也还可以称为哲学的：性灵本体论。这说法来自骆一禾本人："这部长诗介于人论宇宙的境地，又还不是宇宙本身的诗作，属主体诗歌，而不是背景诗歌，另外，我的诗歌形态在这里是抒情方式楔入完整长度的，它也由性灵本体论决定。"

九

《世界的血》采用对称结构以呈现骆一禾想象或曰幻想的"生命结构"。仅看其中章节的一些小标题，诸如"狂飙为我从天落""大黄昏""黑暗""生存之地""大地的力量""天路""世界的血""梦幻""日和夜"，就能想到那是如何将一种"思想活动作为压强和造型的动力"去充注其诗的。当年在《世界的血》尚未正式出版的时候，读过《飞行》和《屋宇》两章，我曾说：

"《世界的血》是中国自新诗运动以来的第一部真正的抒情史诗。诗人骆一禾用他那辽阔的歌唱把生命升华到了天空、火焰和海水的透明和纯净之中。"读着这部长诗,你确乎能感到它深沉庞大的思想结构和生命结构如热气球般打开,几欲胀破称之为诗歌的形体,缓缓向上:

我梦见望穿时空的气象

越过屋宇

闪电内部有一头狮子拖曳金书和谜底

身上长满岩浆

适逢晴朗时光辉闪耀的海洋

我所创立的屋宇和艺术

头顶有朝霞穿过狮子　过海而来:

不惧死亡者

必为生命所战胜

这部长诗结束在启示录般的噪音里。

跟《世界的血》同步进行的《大海》,长达 5000 多行,采用波澜阵阵涌起的结构;虽然他前后写了有五稿之多,收入《骆一禾诗全编》的却仍是一部未完成的残稿,计 21 歌,第二十一歌"化血斧子运过欲望之国(黑潮。赤潮)"有题无诗。不知在骆一禾心目中,最终完成的《大海》会是个什么模样。据西川回忆，骆一禾"谈到过他的另一部长诗的构思。他希望有朝一日能够写出一座城市，在大海之下——其规模大约与16世纪意大利多明我会僧侣托马斯·康帕内拉所描述的'太阳城'有某些相似之处——只有穿过大海的人才能抵达这座城市"。《大海》或许正是骆一禾当初谈到的那部长诗，从现有部分来看，其基本情节线索跟他对西川所讲的很相似，也是潜入海洋、深入海底、进入海底之城……不过《大海》里被骆一禾描绘的海底之城——"金币地帝城"跟康帕内拉的"太阳城"恰又相反，是一个恶的渊薮。比如："这金币地帝城的都属扎在人性之中 /……露出无耻的金子和退化的金子 / 炫耀的金子　社会的金子 /……在金币地帝城中，怪物拎着死火……"（《大海》第十八歌）——这大概涉及"金币地帝城"所表征的人性中的贪婪吧。

在《大海》的第二歌里，骆一禾单列一节，醒目地写道：

澎湃吧，大海
我所迷失的
乃是命运的道路

这的确很容易让人想到但丁《地狱篇》第一歌那著名的开头。但丁地狱的圈层，差不多正是以人性七宗罪来分布的，骆一禾塑造的"金币地帝城"除了贪婪，也还表征其他各种罪孽；

并且，以一阵阵波澜为结构的《大海》，也可视为以一圈圈放大的旋涡为结构的《大海》，而这跟但丁《地狱篇》那个漏斗状的旋涡结构也相仿；两部长诗的主角，也都是在幻游的状态里说出迷失、寻找和穿越之见闻、思量和行动的——长诗中的骆一禾比但丁更艰难也更勇敢，并没有一个维吉尔那样的圣贤引导；他甚至是一个与恶竞斗的英雄——也许可以说，《大海》中的"我"既是行动者，也是行动者自己的领航人（这似乎真就把骆一禾史诗的开头推到了 1981 年的那首《桨，有一个圣者》）。那么，有理由将骆一禾的"金币地帝城"类比为但丁的地狱；有理由将骆一禾的《大海》类比为但丁的《地狱篇》——西川曾说起的骆一禾想让他跟海子一起写作的伪经里，就包括了天堂、炼狱和地狱的构想；而据张玞回忆，分工由骆一禾去做的功课便是地狱部分……

这样类比起来，《世界的血》就成了骆一禾的《新生》——所谓"属主体诗歌，而不是背景诗歌"——《大海》亦只不过是其一个更宏大的诗歌计划的开端。然而骆一禾的写作却结束于此……那么我是否可以说，骆一禾是 80 年代（回头来看，那是当代中国多么非常的一个十年期）里一个正欲起草自己《神曲》的但丁——一个还来不及成为但丁的诗人；他完成了《世界的血》，留下了以《大海》为基础的诗歌万神殿的施工现场……他在 28 岁英年早逝，让我们失去了可能的但丁。

我想要这么说，跟骆一禾自觉地置身自己于"中国文艺复兴"的背景有关。这种自觉，或许会被认为特别属于理想主义的 80 年代，但骆一禾却走上了一条跟 80 年代的那些诗人很不一样的修远之路——如张玞所言："他跟 80 年代是有距离的，他有点儿匪夷所思。……他不只是写诗，他只是用了诗歌这个媒介，他认为中国近现代社会以后需要一个精神的屋宇，我觉得他就是在用诗歌给我们建设一个屋宇。"而这不仅出于一种理念、一种思想、一种哲学、一种历史意识和文明意识，更是出于一种情感，并且这才令他以自身为桨拨动海洋——他甚至只想去成为"拨动"——

《大海》第一歌里他写道：

渡手说：

人呵人呵，你难道不想成为诗人？

渡手呵，什么叫作诗人？

不，我想成的乃是诗歌

歌是我说出未可知的使命

因此我至为莽昧

歌，这就是带给世界

诗歌带来世界。

与一切而至万灵。

《修远》里他写道：

请把诗带走　还我一个人

修远哪

在朝霞里我看见我从一个诗人

变成一个人

十

1989 年 3 月 26 日，海子在山海关卧轨自杀。骆一禾说"海
子的死讯像一捆镰刀射上了我的肝胆……"可见这突然的打击
有怎样的摧毁力！他立即与海子的家人、中国政法大学（海子
工作单位）的人一起赶赴山海关。从山海关回来，骆一禾未回
家而先去了西川那儿，西川看到他一脸疲倦，头发上、黑色的
风衣上落满尘土。

对于骆一禾跟海子的关系，他们之间的感情，张玞有一次
说，"我也找不到合适的词来说"，但她用了一个例子来说明：
"一禾在海子去世的时候在日记里写道：'上帝，你杀死了我自
己的一个儿子。'"张玞说她记得特别清楚，海子第一次由人带
着去见骆一禾，拿出当时写的一首《山的儿子》，"是他特别早
的一首诗，他的诗歌从此被一个人甄读了、被一个人评价了，
这个人就是一禾"。以后骆一禾对海子颇多影响和激励，总是分
析海子的诗，尤其在他受打击的时候。张玞一直记得，在她和
骆一禾位于皂君庙的家里，海子坐在床头生闷气，而骆一禾在

旁边背诵着海子的诗，然后对后者说："你的诗，多好！"骆一禾曾说起 1988 年 11 月他到昌平去看海子，发现海子"已经吃了四天方便面，到了 11 月，他还没有想起把夏天搭的地铺重新支起……我和妻子就留下住了四天，给他做些饭菜吃……"有时候，骆一禾称海子"是个傻弟弟"。

海子的写作在许多方面得益于骆一禾。骆一禾总是为海子的诗歌争取发表的机会是一个例子；由骆一禾率先使用的"麦地"意象很快成了海子诗歌的标志性意象是又一个例子……更重要的，骆一禾的人格光照、精神氛围，他系统化的理论和框架性的构想，对他周边的人们往往起到引导的作用——西川说"骆一禾广阔的关怀对海子我想其实是有影响的。海子就开始思考这种广阔，比如海子的《土地》里就开始有结构了"。要是想到海子写《太阳·土地篇》是在骆一禾两年"沉思期"之后的 1986 年，这种影响就能够更加清晰地感到——当骆一禾致力于格局庞大、结构严整的史诗性写作，海子也转向了后来被骆一禾总命名为"《太阳》七部书"的突入史诗背景的写作……直觉到骆一禾对海子的某种决定性，在 1989 年 6 月匆忙落笔的一篇悼文里我写道："我把一禾看成了一个倾听者，一只为诗歌存在的耳朵。而海子则是嗓子……对于诗歌，歌唱和倾听同样重要，有时候，倾听对于诗歌实在更加根本。"①

从山海关回到北京的骆一禾完全投入到对海子辨析性的乃至创造性的倾听活动中，并且满怀着悲痛——"不是悲哀而是悲痛"——他特别指出。从他 1989 年 4 月 21 日写给我的一封来信可知：4 月 7 日，他在北大组织海子的纪念朗诵；他忙于海子的后事直到 4 月 10 日；然后立即投入海子浩繁的遗稿，很快大致整理出长诗部分；期间又跟几家杂志报纸商定海子的纪念专页；找出版社争取出版海子的诗集；搞义捐活动；4 月 14 日，他在中国政法大学做关于海子诗歌的推介演讲《我考虑真正的史诗——早逝的天才海子诗歌总观》……那是一种劳碌的节奏——从他留下的几篇有关海子的文章，也能看到他透支脑力体力的紧张状态：4 月 12 日凌晨，写成 3000 多字的《冲击极限——我心中的海子》；4 月 26 日，写成近 6000 字的《我考虑真正的史诗（海子〈土地〉代序）》；5 月 13 日，写成近

---

① 陈东东《丧失了歌唱和倾听——悼海子、骆一禾》，《上海文学》1989 年第 9 期。在那篇短文里，就骆一禾跟海子的关系我继续写道："在海子和骆一禾之间，事情就是这样——由于一禾特别恳切的倾听，要求、鼓励、磨炼和提升了海子的歌唱；由于一禾特别挑剔的倾听，海子的嗓音才变得越来越悦耳——'黄金在天上舞蹈 / 命令我歌唱'倾听者正是歌者的黄金。"如果仅就骆一禾而言，他亦是一个"灵敏其耳"（骆一禾《修远》）的倾听者诗人，而不是"最少听见声音的人成了声音"（骆一禾《巴赫的十二圣咏》）的诗人。骆一禾对自己乃至整个当代诗歌有其深思熟虑和阅读期待，他的写作是这种深思熟虑和阅读期待的结果，他是个带着自己的耳朵、带着自己的倾听去写作的诗人。"倾听对于诗歌实在更加根本"——这句话针对骆一禾自己的写作，也针对海子乃至整个当代诗歌。骆一禾作为耳朵和倾听者，另外突显在他同时还是优异的诗歌论者、批评家和编辑方面。

3000字的《海子生涯（1964—1989）》……他急于让人们去听见海子，像他那样去倾听——骆一禾贡献给人们的是一个他所听到的海子，他对海子诗歌整体性的把握、勾勒和塑形，细致清晰，表明那是长期注重和思量的结果。这其中也包含着他对自己诗歌写作的总结和设想，对自己的倾听。

4月22日，有人与骆一禾夫妇谈及死亡。张玞说："参加我追悼会的人，不许哭，只许笑。"骆一禾在一旁沉默无言。

5月14日凌晨，刚写完《海子生涯（1964—1989）》没多久，心力交瘁的骆一禾因脑出血而晕倒，他在天坛医院躺了18天，一直就没有醒来。

就在骆一禾倒下之前几天，5月10日和11日，他写下了最后的四五首诗，其诗歌绝笔，是那首短短的《壮烈风景》：

星座闪闪发光

棋局和长空在苍天底下放慢

只见心脏，只见青花

稻麦。这是使我们消失的事物

书在北方写满事物

写满旋风内外

从北极星辰的台阶而下

到天文馆，直下人间

这壮烈风景的四周是天体

图本和阴暗的人皮

而太阳上升

太阳作巨大的搬运

最后来临的晨曦让我们看不见了

让我们进入滚滚的火海

5 月 31 日那天，张玖看见重症监护室里坐着三个好看的女护士在聊着家常，而骆一禾躺在病床上呼吸有些沉重。这场景让她觉得特别奇怪，"又特逗"。"最后陪一禾的就是那三个人，"张玖说，"实际上就是在等他最后一口气下来，记一下时间。"不久她接到了死亡通知单，为骆一禾擦拭身体的时候她发现，他在这 18 天里，长了点小胡子。

据说，在北大 29 楼与 30 楼之间"德先生赛先生"雕像旁的一次纪念海子的聚会上，骆一禾曾将圣琼·佩斯的一句话高声朗诵："诗人，就是那些不能还原为人的人。"这跟《修远》里的那几行诗并不冲突。

2016 年

未曾道别的骆一禾

熊 国胜

1989 年 3 月 26 日，诗人海子在山海关卧轨自杀，临死前他留下遗书，嘱托将他的诗稿交给好友骆一禾处理。为安排海子后事及出版海子诗集，骆一禾做了大量幕后工作。1989 年 5 月 11 日凌晨，他还在给帮助出版海子诗集的诗人阎月君写信商讨各种细节，然而三天后（5 月 14 日）骆一禾突发脑出血（先天性脑血管畸形破裂出血），从此不省人事。18 天后（5 月 31 日），骆一禾在北京天坛医院不治身亡。与海子诗一般的死不同，骆一禾的死没有留下凄美想象和壮烈风景，没有遗嘱，甚至没有叹息……对于这个世界，骆一禾未曾道别。

百万庄的"神童"

1961 年 2 月 6 日，骆一禾出生于北京百万庄，当时父亲骆耕漠已 53 岁，母亲唐翠英已 41 岁。晚年得贵子，按说是喜事，但母亲怀孕时并不惊喜，甚至有些不安。骆一禾的妻子张玞回忆说："一禾是在母亲 40 岁时怀上的，当时不想要，还想跳绳流产来着，但肚子里的孩子很倔，愣是要出世的。这个事一禾和婆婆都当趣事来跟我讲。主要是那么大年纪怀孕有点儿不好意思。"结果，这个倔强的孩子就愣是来到了百万庄。

百万庄小区今天已经老旧，在高楼林立的北京很不起眼，但在 20 世纪 50 年代，它却是北京"现代化的标志性建筑群"（当时还没有"高档社区"的叫法），里面住的都是国务院各部委处级以上的干部。从空中俯瞰，百万庄小区宛如一个大写的"H"，左边一竖由上向下依次排列着子、丑、寅、卯四个区，右边一竖由下向上依次排列着辰、巳、午、未四个区，"H"中间的一横（实际位置应该更偏上一些）是申区。申区之所以位置特殊，是因为它是高干区，里面均是院落相连的二层小楼，住的全是副部长以上干部。骆一禾的家就在申区，与薛暮桥（曾任国家计委副主任）、谷牧（曾任国务院副总理）等为邻。

骆一禾生前很少向外人谈起父亲，实际上他的父亲骆耕漠不仅是一位著名经济学家，还是一位高干。骆耕漠 1954 年出任国家计委副主任（副部级），1955 年受聘为中国科学院哲学社会科学部委员（相当于院士）。骆一禾的母亲唐翠英也曾任国家物资部机关党委副书记。所以骆一禾的家庭背景非同寻常。

骆一禾共有四个姐姐，分别是骆小蛮、骆小予、骆小红、骆小元。这四个姐姐的年龄都比骆一禾大很多，其中最小的四姐（骆小元）也比他大七岁。骆小元回忆说："在一禾还不会讲话的时候，我们就开始给他讲小人儿书。我们不在家时，阿姨也给他翻小人儿书，有时候阿姨把书拿倒了，他就急得不行——不会说话，他就知道拿倒了，要正过来翻。"姐姐们最初以为幼小的一禾只是在看画，后来才发现弟弟实际上也在认字。所以到六岁时，骆一禾已读完《欧阳海之歌》这样大部头的小说。在骆一禾去世近二十五周年之际，姐姐们谈起这个心爱的小弟弟无不黯然伤神，骆小元感叹道："当时我们并不知道一禾有多么不寻常，现在说起来，所谓神童也就是这样了。"

骆一禾虽然有着高干加高知的家庭背景，但他出世时，父亲已从高位上"坠落"——1958年，骆耕漠因受"潘（汉年）扬（帆）集团"的牵连，涉嫌"通敌"，被调往中国科学院经济研究所专门从事经济研究工作。从那以后，每逢政治运动，骆耕漠都是挨整挨批的对象。1966年"文革"爆发，住在"部长小楼"的骆一禾也不再有安全感了——他们家成了百万庄申区第一个被冲击的家庭。造反派来抄家时，先是砸碎了一些物品，然后就开始烧书，骆小元回忆说："当时在家里那个烧热水的锅炉里烧书，烧得一两天热水都不断。"

更令骆一禾惊恐的是，他突然间成了"狗崽子"，成了被人追打的目标。"文革"初期，骆一禾正在展览路第一小学读书，学校虽然离申区很近，但常有孩子在放学途中追着打他，所以每次放学时骆一禾都高度紧张。为了安全、顺利地通过学校门口到申区之间的一段"危险区域"，骆一禾每天都要仔细观察

"敌情"，选择路线，然后奋力奔跑。好在很多时候大姐骆小蛮会站在申区门口喝退那些追赶弟弟的孩子，保护弟弟回家。骆小蛮患有大脑炎后遗症，后于 1983 年病逝，年仅 38 岁，她是骆一禾生前失去的唯一一位亲人，骆一禾为此一直难以释怀，他尤其难忘这位身残的大姐充当他保护神的那些日子。

"文革"改变了骆一禾原本优越的生活，甚至也改变了他的行为和思想。日复一日地穿越"危险区域"，使他逐渐变成了身手敏捷的短跑高手，直到上大学时，他的百米速度仍然令人惊艳。由于没有人愿意跟"狗崽子"玩，他便一个人躲在家里看书，从小养成了埋头读书的好习惯。长大后骆一禾曾在诗中回忆说：

在我还来不及懂的时候

像所有同代人一样

我看完了

一切可以弄到手的书

有只剩十五页的《悲惨世界》

也有人人会唱的

《志愿军战歌》

淮河平原上的"娃"

1969 年 11 月，61 岁的骆耕漠随中科院经济研究所下放河南五七干校。他们先驻扎在息县东岳，1971年4月又转至信阳明港。此次与骆耕漠同行的还有老战友顾准，顾准为这段干校生活留下了非常珍贵的日记——《顾准日记》，其中还具体提到了"骆耕漠装麻""唐翠英事忙"等相关信息。

骆一禾的母亲唐翠英当年随物资部下放到罗山县，罗山县与骆耕漠所在的息县相邻，同属于信阳地区。骆一禾与大姐、二姐、四姐以及翟阿姨（老保姆）都跟着妈妈来到了罗山县（三姐骆小红去了黑龙江生产建设兵团）。为什么就没有一个孩子跟着父亲呢？二姐骆小予回忆说："我父亲患有青光眼，看不清东西，很需要人照顾，但是我父亲不愿意拖累我们，要我们跟着我妈妈，说我妈妈是没有'问题'的，你们就跟着妈妈下干校。"

在罗山县的家其实也分为两处：由于大姐骆小蛮患有大脑炎后遗症，加上骆一禾才八岁，都需要人照顾，所以就由翟阿姨带着姐弟俩住在罗山县城北街的法院家属院里，一禾就在县城东街的完小（过去曾将初小和高小合起来叫完全小学，故简称完小）上学。一禾的母亲与二姐骆小予、四姐骆小元则住在距离县城十几里之外的物资部五七干校。每到周末的时候，姐姐们便骑着自行车，载着母亲，沿着崎岖的山路回来团聚一次。

骆一禾从北京来到罗山县后，家庭被拆散了，生活条件更差了，但没有人再追着他喊"狗崽子"了，而且还被尊为"毛主席身边来的人"，这无疑又是不幸中的万幸！二姐骆小予回忆说，一禾在罗山县上小学的第一天，送他上学的翟阿姨特意趴在窗户上看了半天，回家后她激动地告诉一禾的姐姐们："一禾来了，整个教室都亮了！"

使得蓬荜生辉的骆一禾自然引起了老师的注意。语文老师见他天资聪慧，卓尔不群，便额外给他开起了"小灶"——私下里教他一些古诗词。1987年9月，骆一禾写下《首遇唐诗——纪念我的启蒙老师和一位老女人》的诗歌，讲述了他"首遇唐诗"的故事。他说："在那个年代 / 我是怎样得到唐诗的呢 / 是在淮河两岸枯水的乡村里 / 一个私塾先生的宝书中。"据骆小予回忆，这位"私塾先生"其实就是骆一禾的语文老师。"一位老女人"便是老保姆翟阿姨，为了报答师恩，她每次接送一禾时顺便"送给先生一碗红烧土豆"。

骆一禾回忆说，"先生也教书也种地　收成不好"，"一生读过的书没有几本"，"从未著书立说　不和秀才交往"，"先生不知道刘文学 / 先生很少议论别人"，"先生佩服的是律师施洋：一个大罢工里的革命者"。"先生"告诫一禾："天下很大大如诗 / 放手去闯　莫结秀才 / 结识几个有本事的英雄。""先生"教唐诗的方式也很特别——"先生只让我抄写唐诗 / 我抄唐诗 / 先生从不许我带走 / 先生最后口述词牌　不久就病倒了"——

他竟至不能讲完　而抚摩着
我的脑袋

娃呵　他说

在淮河边上他们都这么叫孩子和小牲口

你可记得　学诗当具斗胆

自念书空料理　万里蓝天

青天如不可出

你要出去

　　"先生"虽然读书不多，"没有资格教书，种地刚刚活得起"，却教给了骆一禾两句终身受用的话："莫结秀才"和"学诗当具斗胆"！——这恐怕是城里的老师永远也无法说出的（更何况那时城里的孩子几乎都接触不到唐诗！）。"先生"这两句话对骆一禾影响深远，多年以后，骆一禾在诗论《美神》中写道："'驿外断桥边，寂寞开无主'，士大夫的气味不是太浓厚了吗？"——这里对"士大夫的气味"的诘难不正是"莫结秀才"的一种表现吗？为了向世人表明"诗歌绝不是只有新诗七十年来的那个样子"，骆一禾后期有意克制"写下好诗的愿望"的"诱惑"，转向了令读者"并不亲切"的"长诗"创作——如此大胆、冒险的"转型"不也是"学诗当具斗胆"的一种践行吗？

　　"文革"期间，骆一禾先后在河南罗山县（1969—1971）和息县（1971—1972）生活了三年，这段不寻常的经历，给骆一禾的童年乃至他的诗歌都打下了深深的烙印。骆一禾曾在诗论《美神》中写道："在自体的流动中，把我注入淮河、海滩、平原、黄昏、大地、太阳和千条火焰，使它们天生地呈现原型——这就是诗，它使我们作为同等的人而处于直接的心灵感应中，使我们的天才中洋溢着崇敬精神，获得生命的自明性。"他这里说的生命自明性，肯定也包含他当年在淮河平原上所获得的"心灵感应"。

北大"三剑客"

1972 年 5 月起，骆一禾一家人相继离开河南干校，返回北京。由于 1969 年离京时他父亲骆耕漠已退掉百万庄的"部长小楼"，所以此次回京他便成了无房户，只好暂时借住在父亲弟弟家。后来全家都住在国家物资部分给他母亲唐翠英的一套四居室里。骆一禾小学毕业后，就近上了北京一五四中学。骆一禾在中学期间文科成绩优异，但数学稍差。好在骆一禾的二姐夫曾是一名老师，在二姐夫的辅导下，骆一禾恶补数学，最终在 1979 年的高考中，骆一禾以北京市西城区文科第一名的成绩考上了北京大学中文系。

骆一禾上北大后为人随和、低调，从不谈及其高干家庭的背景，但在思想上他又是个活跃分子，极具开拓精神。刚上北大不久，他就和室友办起了一份名为《清泉》的文学杂志，供大家发表作品，交流思想。骆一禾的室友刘宝明至今还记得，

《清泉》是一种用蜡纸刻印出来的刊物，前后出了两三期，其中发表了何拓宇描写冰球运动员的小说《冰梦》、李赜倾诉中秋节思亲之情的七言诗，以及他自己描写月光下火车过黄河的散文《月夜》等等。可见骆一禾当初不仅是一位文学的爱好者和创作者，更是一位文学创作的引导者和推动者。骆一禾的这一特质，在后来他与海子的关系中依然清晰可见。

骆一禾与海子、西川堪称北大诗人中的"三剑客"，然而，很少有人知道骆一禾还是他们班（北大中文系 1979 级文学专业）的三剑客（另两位是赵仕仁和何拓宇）之一，在这组三剑客中，赵仕仁勤于思考，骆一禾热爱诗歌，何拓宇则多才多艺。然而天妒英才，因为意外和疾病，仅仅过了二十多年，这组三剑客便接踵而去，相聚在另一个世界了——他们三人的年龄加起来还不满 100 岁。

说起这组三剑客的故事，最值得一提的恐怕还是他们在北大与一位"长兄"的"海聊"了。骆一禾在诗论《美神》中曾写道："这里，我想提到一位长兄，一个我在诗论《春天》里提到的背着空布袋走过沼泽地的智者，他在一个冬天里引导我的思想走上了今天的道路，并使我领会到了这样一句话的全部意境：'孩子，我已经让你看到了时间和空间的火焰，其余的我什么都看不见了。'这是维吉尔在《神曲》里所说的话，而我在青年时代得以感受到这样的真实与幻美。"

这位"长兄"就是后来的知名学者、书评人朱正琳（三剑客习惯称他为"老朱"），当时他正在北大外国哲学所读研究生，专业方向是黑格尔哲学与新黑格尔主义。朱正琳生于1947年，比骆一禾足足大了14岁，又不在同一个系，那么他们是怎样认识的呢？朱正琳回忆说，当时三剑客在北大领受了一项筹办展览的任务，而他刚好被人引荐作为他们的顾问。朱正琳首先见到的是赵仕仁，在他们三言两语地谈完相关事务后，赵仕仁竟然劈头盖脑地和他谈论起了"中国历史今后的走向"一类的形而上，这让朱正琳始料未及，在他看来，1960年出生的赵仕仁虽然"长于动乱之中"，但那时毕竟只是个半大孩子，这问题从何而来呢？更为"嚣张"的是，赵仕仁竟然预言30岁出头、正处于哲学前沿阵地的老朱已经过时，"只能起到铺路石的作用了"。面对这个既"狂"且诚的福建山里来的毛头小子，老朱终于"忍不住也开始发宏论了"——从"理论突围"到"借力打力"，从"亚细亚形态"到"世界历史透视"，从斯宾格勒到汤因比，一通暴侃，结果老朱"痛快淋漓"（遇到了最好的倾听者），而赵仕仁则"一时当然拿不出什么反制的论据，只能默默地听着"。以至于第二天，赵仕仁又搬来了救兵骆一禾与何拓宇，结果导致他们之间的"碰撞"进一步升级，通宵达旦的"海聊"竟持续了两三个月。侃到最后，三剑客似乎仍然不服气，"决定用五年时间批判老朱"。

朱正琳曾在《老家伙与三剑客》中写道："'五年批判计划'在他们不是一句戏言。不久我就从一禾的言谈中察觉，他在读《西方的没落》。他读的是台湾版的译本，我还特地借来乘兴重读了一遍。记得我还跟他谈起过重读以后的感受，大意是这样：我原先读的时候，觉得斯宾格勒富有洞察力而少学究气，读起来灵动而有音乐感，这一回读，却发现那种灵动的叙事中包裹着一个有如钢筋捆绑成的概念框架，其实也很僵硬，因过于严实和精致，反而让我几乎出自本能地觉着可疑。后来我读一禾的长诗《世界的血》，发现他所尝试写的'真正史诗'里有一种'大文化'的辽阔视野，显然取自斯宾格勒，而他笔下来到城市的'农家女'，也让我想起斯宾格勒的论断：'所有的文明都诞生于城市，所有的文明都会衰落，而农村却永在。'一禾那'辽阔的歌唱'（诗人陈东东评语）让我意识到，三剑客对我的批判业已完成。"

随着思想上的交锋和情感上的交流，他们"海聊"的话题日益宽泛。后来张玞、晓霖两位女生也加入了进来，气氛更加轻松活跃。在赵仕仁的介绍下，骆一禾与比他低两级的师妹张玞成为好友——六年后他们结为夫妻。

在充满活力的 20 世纪 80 年代，骆一禾的诗歌创作日趋活跃。据骆一禾的室友刘宝明介绍，到大学毕业之前，骆一禾已写了 3000 首诗——这一数字曾令刘宝明惊叹不已！1982 年北大五四文学社出版了一期《大学生作品选》的杂志，骆一禾除了在其中发表一组诗歌和小说《思华年》外，还担任了该杂志的责任编辑，并以"欣拾"的笔名撰写了诗评《"大地是转动着的"——读〈第三代人〉的部分诗作》。西川曾说，"第三代"这个词有两个来源——一个来自四川的诗人们，另一个则来自骆一禾。《大学生作品选》收录的大多是北大中文系 1979 级的作品，外系的少量诗作被编排在《五色石》的板块里，其中有西川（西语系）的两首诗，但未见海子（法律系）的诗作。

据张玞回忆，骆一禾是在大学快毕业时才认识海子的。张玞说她记得特别清楚："第一次是张颐武带的海子去见的一禾，海子当时写的一首《山的儿子》，是他特别早的一首诗，他的诗歌从此被一个人甄读了、被一个人评价了，这个人就是一禾。"

诗坛"先锋"

1983 年骆一禾从北大毕业，被分配到《十月》杂志社工作，这对于有志于文学创作且早有办杂志经验的骆一禾来说，可谓如鱼得水。当时《十月》杂志采取分片管理的模式，骆一禾分管的是西南片。1986 年骆一禾开始筹办一个新的诗歌栏目《十月的诗》，1987 年正式推出。《十月的诗》虽然只办了三年（骆一禾去世后停办），但影响极大。广西诗人刘频回忆说："20 世纪 80 年代中期，中国大陆先锋诗歌写作波涌如潮。当时，在《十月》杂志执编诗歌的著名青年诗人骆一禾通过其所主持的栏目给予先锋诗歌以积极的支持和推动。那时，《十月》杂志所发表的诗歌以先锐著称，并吸引了很多前卫诗人投稿。"大约在 1987 年夏，刘频将自己的 13 首诗投给《十月的诗》，尽管由于与栏目要求不符未予采用，但素未谋面的骆一禾还是给他写了一封3000多字的长信，并对其中的几首诗逐一做出了认真细致的点评，刘频读后感动不已，他回忆说："从信中我感到了一个影响时代的优秀诗人那种智性的光芒和博学的风采，以及形而上的深刻洞察能力。从这封信中，也可以看出骆一禾的热诚、敦厚、正直、认真的品格。"

在不足三年的时间内，《十月的诗》先后推出了西川、刘扬、于坚、海子、朱春雨、吕德安、马丽华、昌耀、公刘、舒洁、黄灿然、王坤红、钱叶用、阎月君、雪迪、曲有源、万夏、莫非、邹静之等诗人的作品。其中海子所占的分量尤重，据统计，在总共17期的《十月的诗》中，海子作品独占三期——海子生前在诗坛上的声誉就主要建立在这些作品上。诗人、骆一禾诗歌的研究者西渡说："能够在不到三年时间内推出这么多优秀的诗人和作品已非寻常——不难想象其间需要克服的众多内外困难。这只要对比一下当时主流刊物上诗歌发表的情况，包括《十月》本身之前和之后的情况，就可以看得非常清楚。事实上，在推出优秀诗人和诗作上，能够和《十月》相提并论的，整个20世纪80年代大概只有广州的《花城》一家。这两家刊物，一南一北，呈犄角声援之势，为推动20世纪80年代实验诗歌的发展做出了最切实的贡献。"

骆一禾在诗歌编辑上显露的远见卓识和先锋性与他的诗歌理念密切相关。因为也就在1986年至1987年间，骆一禾的诗歌创作开始"转型"。他曾在致友人潞潞的信中说："1984、1985 两年，我基本没有怎么发表作品，这是我的沉思时期，能不能变革是最主要的，而发表是次要的。这两年对于在朦胧诗时期开始发表作品，但又不是朦胧诗人的诗人来说是一个渡河时期，要么淹没，要么有另外的命运，要么有一个总的成型，有新的质地。"

骆一禾在经过"渡河时期"后，便展开了更加宏大的写作计划，他不再"依从""好诗"，甚至有意克制"写下好诗的愿望"的"诱惑"，而义无反顾地走向了"长诗"（亦称"史诗"或"大诗"），他深知"长诗于人间并不亲切，却是 / 精神所有、命运所占据"。在这条壮烈的诗歌道路上，骆一禾是无比孤独的，或许只有海子是他同道。沿着这条"背向前人也背向后人"（骆一禾语）的道路，他们一起走向远方，走出了"80 年代"。

由于骆一禾突然病故，他所设想的"总的成型"尚未完成，但"新的质地"已在他的长诗《世界的血》和《大海》中拔地而起，呈现出"腾空之美"，发散出"蛮貊之音"。《世界的血》和《大海》无疑是骆一禾用生命"燃烧"而成的杰作，也是他为中国当代诗歌做出的最重要的贡献。骆一禾用自己还没有来得及整理的遗作证明了"诗歌绝不是只有新诗七十年来的那个样子"！

骆一禾和海子都是以命相赌的诗歌烈士，然而他们面对死亡的态度截然不同，西渡曾在他研究骆一禾诗歌的专著《壮烈风景——骆一禾论、骆一禾海子比较论》中分析说："骆一禾是'向死而生'，海子是'视死如归'。骆一禾直面死亡，是为着生命的缘故。对于他，死亡虽然是生命的背景，但却无法剥夺生命的意义，他并以爱和未来的名义拒绝死亡对生命的入侵。因此，骆一禾热爱生命，尽管他英年早逝，他留给世界的遗嘱却是：'我们要好好活下去。'"（海子死后骆一禾曾这样跟妻子张玞说——引注）

骆一禾原本打算"以一生作为离去"，然而他的生命却永远定格在了 28 岁。在百年之后，人们还会记得这位曾经点燃 80 年代新诗新希望的"先锋"吗？

世界说需要燃烧

他燃烧着

像导火的绒绳

生命属于人只有一次

当然不会有

凤凰的再生……

在春天到来的时候

他就是长空下

最后一场雪……

明日里

就有那大树的常青

母亲般夏日的雨声

我们一定要安详地

对心爱的谈起爱

我们一定要从容地

向光荣者说到光荣

  ——骆一禾《先锋》，写于 1982 年

追忆同窗挚友骆一禾

熊 国 胜

骆一禾是我大学时的同班同学。我和他本来并不熟悉，也没怎么说过话，后来不知怎么就熟悉了，但仍旧话不多，常常是会心地一笑而已。

刚上北大时，我以为中文系会教人写作，结果没那么回事，我很失望。好在我们班上渐渐有了写作的新气象，一下子冒出了好几位诗人，我印象最深的是一禾、何拓宇、丁玫、周立文（周易）、老木等，他们的诗我都读过一些。仿佛一石激起千层浪，我居然也跟着心潮逐浪高，忽然觉得生活有了些生气。于是，近朱者赤——有一天，我终于鼓足了勇气，围着未名湖边走了几圈，作了一首小诗《无题》。写好后我拿给一禾、拓宇他们看，不料他们大加赞扬。于是，我有了进一步写诗的念头，还买了一个专门用来写诗的本子。

一禾那时跟何拓宇、赵仕仁来往最密切，被称为"三剑客"。但有机会见到我时，一禾总会笑着问："老熊，最近写诗了吗?"这时我既高兴又扭捏,要么是最近没写,要么是觉得自己的诗拿不出手。但一禾从不挑毛病,总是表扬我。有一次,我因为家事而烦恼,就在写诗的本子上随意画了一个带箭头的十字,一个箭头向北,一个箭头向东,我将它命名为《归心》。我觉得这样的隐私别人不容易看懂,不料一禾看了竟有些惊喜,很感兴趣,他似乎一下子就懂了我的心思。

通过读诗写诗,我们渐渐熟悉起来。有一天,一禾在我的本子上写了一首诗送给我,题目是《雷电》,说"我们是两朵带电的云","平淡无奇的相逢,在一刹那,迸溅出电闪的光明"。我感到莫大的荣幸,激动之余,赶紧回赠一首。从那以后,我觉得和一禾的心贴得更近了,但在实际交往中仍然话不多。那种静默的状态,并没有让我们觉得尴尬,反倒觉得轻松愉快,到现在我也解释不清这是为什么。也许就如海子的一句诗论所言:"诗,就是把自由和沉默还给人类的东西。诗,要求于人的不是理解,而是对于沉默和迷醉的共同介入。"

那个年代,没有手机、电脑。对我来说,读诗写诗就算是很不错的消遣了。我并没有当诗人的志向,偶尔写诗只不过是自娱自乐而已,完全是随心所欲,跟着"起哄",有一搭没一搭的。但因为一禾经常要看我的本子,我不得不"交作业",所以必须认真对待,不惜搜肠刮肚。在一禾的"逼迫"下,我最终大约写出了两三首还算说得过去的诗,总算可以博一禾一笑了。

对一禾的诗，我很喜欢，抄了不少，但不求甚解，更多的是把他的诗当作友情来分享。记得当时在抄诗本子的扉页上，我特意抄了一句话："尝诗的甘露与交好的朋友。"现在看来，这句话因为一禾的存在，显得是那么贴切，那么美好。

1983 年，大学毕业了。一禾与拓宇被分到了《十月》杂志社，继续和文学打交道；而我则分到了一个影视制作单位，基本脱离了一禾希望我走的路。不过，一禾似乎并没有放弃对我的关注，每次见到他，他还是会问我写诗没有，我说没有。时间久了，一禾还会问，但句式变成了"你现在不写诗了，是吧？"看得出来他多少有些失望，又有些无奈。但见到我那种没有"作业"可交的不安和惶恐，他立即不再为难我，一笑了之。

多年以后，我才知道一禾并非一笑了之。1985 年 9 月，我收到了一份极特殊的生日礼物——一个紫色的小本子，里面抄的都是我大学时写的诗。一禾亲自作序，张玞亲自用钢笔誊写完成。我当时惊呆了，说受宠若惊也不为过。我做梦也想不到我的第一本诗集会以这种方式"出版"，要知道他们后来一个是大名鼎鼎的诗人，一位是多才多艺的北大博士，而我何德何能，受此殊荣？我那些小诗实在是小得可怜，加起来不过几百字，可一禾却为它们写了 4000 字的序——《想成为人的人们》，大有点石成金之功效。所以我说一禾并没有一笑了之，他对诗的用情之重，让我震撼。从那以后，我悄悄又有了个新念想——要是哪一天真的能出版一本诗集就好了。

1985 年是个多事之秋，确切说应该是个"多事之夏"。那年夏天三剑客之一的仕仁在怀柔水库溺水而亡，年仅 25 岁。发生这个惨剧时，一禾好像在场。我当时正在内蒙古"锻炼"，收到了一禾的一封长信，他既悲痛又气愤，好像在一些事情上替仕仁打抱不平，具体内容不记得了，信也未被保留下来。多年以后三剑客都走了，我想写一篇纪念他们的文章，可是唯独想不起仕仁去世的具体日期。我估计恐怕这也是不好打听的，但一天我翻看一禾的诗论《美神》，居然"得来全不费工夫"，一禾写道："特别我要提到我死去的朋友赵仕仁，一个大学时代的朋友，一个福建山乡里木匠的儿子，他在 1985 年 6 月 29 日溺水而死……"没想到一禾把仕仁去世的日期写进了他的一篇重要诗论中，可见这件事对他影响之深。大约在仕仁去世前后，我也在内蒙古遭遇车祸，当场休克。所以说 1985 年是个"多事之夏"。

　　1988 年，我因为拍纪录片到西沙群岛待了 40 多天，沿着永兴岛、东岛、珊瑚岛、中建岛走了一圈。由于交通不便，我们到了一个小岛后，大部分时间都是在等船，所以可以深入了解和体验小岛生活。在东岛上，一个老兵带我去打野牛，开始我很兴奋，很好奇，但结果让我大失所望。原来岛上所谓的"野牛"是古代从大陆运来的黄牛，来到荒岛后无地可耕，无人饲养，无家可归，时间久了便成了"野牛"。我在大学曾写过《香山黄牛》的诗，对牛（当然不仅仅是牛）的处境极其同情，可这次我竟然稀里糊涂地将它们当作"猎物"，任其让子弹射穿，还妄想从中找到海明威在非洲打猎的感觉，实在是太可耻了。我想把这段经历写成小说，回京后我把这个想法告诉了一禾，他听了很感兴趣，鼓励我把它写出来。我大概花了几个月的时间，最终写出了一篇很短的文章，有点儿像小说，又有点儿像散文，大概是"四不像"，不过这毕竟是我的第一篇小说。我把这份"作业"交给一禾后，似乎没有受到他以前对我写诗的那种表扬，但大约也是合格的，达到了发表的水平，于是我的第一个短篇小说《野牛》被一禾发表在1989年3月的《十月》杂志上。

我之所以重新查回小说发表的时间（1989年3月），是因为我突然意识到这个时间和一禾去世的时间（1989年5月）居然是那么近。我万万也想不到，我的小说发表两个多月后，一禾就永远离开了我们。所以这次发表小说，成了他对我最后的关怀和鼓励。

1989年当然更是一个多事之秋。这年的春天海子卧轨身亡，这是继1985年仕仁离去之后，一禾第二次痛失挚友，两次都是那么突然，那么惨烈。显然，因为诗歌的缘故，海子的离去对一禾的影响更大。那一段时间我似乎一直没有见过一禾，只知道他在忙海子的事。直到5月14日，张玞突然打电话给我，说一禾突发脑出血，现在在天坛医院，不省人事。我立即赶往医院，同学旺子、晓霖也如约前往。当得知一禾的情况非常不好，医院已无力回天时，旺子建议用特异功能试试。于是我坐在旺子摩托车的后座上，跟着他东奔西走，着实拜访了几位颇有名气的"大师"，遗憾的是，他们最终没有带给我们惊喜。在一禾病重的 18 天里，我基本上天天都去医院，有时站在病房门口，有时就站在过道里，心里不断呼喊着一禾，祈盼他能醒来。这是我当时唯一可以为他做的事情，可惜他再也听不见了。5 月 31 日 13 时 31 分，一禾永远离开了我们。

与视死如归、甚至赞美死亡的海子不同，一禾一直都非常热爱生命、热爱生活，他曾在诗中写道："我不爱死 不畏死也不言说死 / 我不歌颂死 / 只因为我是青春。"就在他病倒的前两三天（5 月 11 日），他还在给帮助出版海子诗集的诗人阎月君写信商讨各种细节。所以与海子诗一般的死不同，一禾的死没有留下凄美想象和壮烈风景，没有遗嘱，甚至没有叹息……对于这个世界，一禾未曾道别。

一禾去世后，同学小聚时经常谈起他，我们也去墓地看过他几次。久而久之，我发现大家对一禾都很怀念，但了解不多，尤其是对一禾的家庭背景和成长经历知之甚少。2013 年是我们大学毕业的三十周年，班上要出一本纪念文集，希望大家写点东西，于是我首先选择了写一禾。经过对一禾家人的采访以及相关资料的查阅，最后完成了《骆一禾的"背影"》。通过撰写这篇文章，我感受颇多，其中最让我惊叹的是一禾原来有着如此广阔而深远的"大背景",以及伴随着"大背景"而长成的"大胸怀"。这里的"大"显然与国家和民族的命运密切相关,一禾与父亲的"含仁怀义"也是建立在这种"大背景""大胸怀"之上的。

再举个我熟悉的例子,大学时我曾写过一首《香山黄牛》的诗,当时我只是普普通通地写了一头牛,并没有想太多,可在一禾为我写的诗序里,他为这首小诗作了"大背景""大胸怀"的解读,他写道:

《香山黄牛》……让我想起伟大的契诃夫,他害着肺病,咳嗽着坐在颠簸的马车上,穿过无垠的、正在化浆的、黑油油沸着泥浆的俄罗斯和西伯利亚大地,去库页岛看望那些流放犯;我仿佛看见他坐在藤椅上,因为强忍着身体的不适而不声不响,他的母亲担心地看着他;很多年以后,他的妻子克尼碧尔情不自禁搂住他的头说:"亲爱的,我的坚强的人……"高尔基称他为秋天的太阳,爱伦堡称他为安东·巴甫洛维奇,俄罗斯人民永远记得在最堕落的年代里,这个人怀着负疚的微笑,叹息着对他们说:"唉,伙计,你过得可不怎么好啊。"同时,他始终没有厌弃他们……

由黄牛联想到中国农民是极自然的事,但一禾却联想到了更远的地方,想到了他喜爱的契诃夫。1890年,契诃夫抱病前往政治犯流放地库页岛考察，他参观监狱，走访苦役犯，目睹了种种苦难，深受震动。考察归来，契诃夫写出了报告文学《萨哈林旅行记》(萨哈林岛即库页岛）以及著名的中篇小说《第六病室》等作品。库页岛之行和《第六病室》的发表，是契诃夫生活和创作道路上的重要转折点。一禾之所以如此赞赏契诃夫的库页岛之行，是因为他也同样敏感于中国人的苦难。而且一禾强烈地意识到这种"伟大的、俄罗斯的悲哀"正在大地上发生，甚至就在自己的身边，他继续写道：

　　每逢看到这里，我就像看到了一大群中国人，也就是勤劳、艰苦，很少奢望，被强力和天才们压得抬不起头来的那些中国人。我有个朋友，他母亲生了兄弟姐妹五个，年老了，身体不好了，苦到头了可还是没个完。这次上北京来，在天安门照了一张相，跟儿子说："都好了，身上不痛了，都好了……"读到这里，我知道，我们不能那么生活，但却无由嘲笑，它强烈地刺激着我的良心和毅力，不论这世界是否需要一个人的努力，不论这良心是否到得太早了……

　　这位老母亲身上的"痛"让一禾叹息，但是她的"不痛"却令一禾更痛——"它强烈地刺激着我的良心和毅力"。这样"强烈地刺激"在中国的一些优秀文学作品中也时有闪现，如聂绀弩在读过沈从文的小说《丈夫》后不禁感叹："一个刚刚21

岁的青年写出中国农民这么创痕渊深的感情，真像普希金说过的'伟大的、俄罗斯的悲哀'……"为什么中国人会如此有感于"伟大的、俄罗斯的悲哀"呢？一禾在诗论《美神》中的一段话或许可以作为一种解释：

在中国大地和在俄罗斯大地一样，生长着同样厚实而沉重的人民，在此，人民不是一个抽象至上的观念，他不是受到时代风云人物策动起来的民众，而是一个历史地发展的灵魂。这个灵魂经历了频繁的战争与革命，从未完全兑现，成为人生的一个神秘的场所，动力即为他的深翻，他洗礼了我的意识，并且呼唤着一种更为智慧的生活。

透过这些解读，不难看出一禾的"大背景""大胸怀"以及"含仁怀义"等构成了他的精神世界。他的精神决定了他"智慧的生活"，也决定了他诗歌的品质。正如一禾在诗论《美神》中所言："在写一首诗的活动中，诗化的首先是精神本身。"

一禾生前曾向我隆重推荐诗人昌耀，他和张玞还写了近万字的诗评《太阳说：来，朝前走》——这也是头一篇较为系统地评价昌耀诗歌的文章，文中写道："昌耀的诗歌世界广博而结实。评价他的劳动，不仅是艺术上的，也是精神上的，因为一个大诗人的精神产生了他的语言作品……"现在，如果把这些话反过来用在一禾身上，我看也是恰当的。

悼一禾

林贤治

这是一个特别容易忘却的年头。大抵因为穷于应付眼前的事物，诸如住房、菜价、国库券与彩票等等，对于往事，人们已经不再有从前的那份眷顾的热情了。记忆如此地不值得信任。甚至连自己参与的有声有色的街头剧，在有限的时日中，也都可以消匿得毫无踪影。

我一样变得健忘多了。但是，有一位叫骆一禾的朋友，倒也还能时时记得起来。

十年前，由于向东的推荐，我在所编的短命的刊物《青年诗坛》上，第一次发表他的诗作。大约这是他所愿意追怀的吧，几次来信，都提起所谓的"诗坛时代"。其时，他正在北大读书；到了临近毕业，携同另外的同学南来广州，我们便在向东做东的宴席间见面认识了。在流花公园的草地上，大家一同倾谈，照相，盘桓了许久。

一年过后，我到北京组稿，接送都是一禾。在陌生的京都，我完全恢复了一个乡下人的呆相，没有一个向导，实在走不出胡同的迷阵。可是，除了一禾，再也找不到一个可依赖的人了。这时，他已经被分配到《十月》杂志社工作。为了陪我，请了整一周的假，即便上班，也没有一天不去招待所里看我的。他陪我找人、游览、购物，甚至结账、寄信一类极细琐的事，也都帮忙着做。临别时，我看见他的眼圈潮红了，人也突然变得沉默起来，站在月台上只是不断地缓缓扬手，我把头悬在窗外看他渐渐远去，心里不无惜别之意。不过，应当承认，告别而无忧伤，无论如何算不得交谊深厚的。

"朋友"这个词，对我来说至今仍感陌生。在乡下，最亲密莫过于一起玩泥巴长大的伙伴了，人类最本真的一种关系，却从来不以"朋友"相称。一旦置身都市，即像一头野兽从黑森林里突然来到黎明的河滩，四顾苍茫，绝无同类。对周围一切，我不得不怀抱戒备的心理，何敢期待友情呢？

两年过去，接到一禾收读我寄赠的《人间鲁迅》的来信；这时，我才发现，世上竟然还有那么一个人，在冠盖如云的所在倾听我。

信用《十月》的笺纸书写，计8页，密密匝匝全是蝇头小字。他仔细地抚摩过敲打过我书中的每一页、每一行，甚至每一句话；或表示同感，或直率地提出反对意见。为了探讨鲁迅的哲学思想，便写了整整4页。他强调鲁迅哲学的独创性、现代性，人格的深度，因而是中国情感本体论哲学的思想者，而不是逻各斯理性哲学的思想者。他援引了我书中的一段话以后，激烈地批评道："你用了一个'但'字，对纯粹思辨，对体系哲学让了一步，从而在鲁迅的灵魂上叠了一道折痕，对战士与思想家的区分法做了一个难以觉察的让步，给了体系哲学一口气"，"从而你也就给许多膜拜体系哲学并以此微词鲁迅的研究者一个苟活的余地"。批评得何等好呵！我理解他何以如此地小题大做，他的着眼点在中国。实际上，他已经完全越出了书中的结论，而把挑战的目光投射到黑格尔及其弟子的体系哲学的巨大的传统势力里去了！他爱朋友，他不能让朋友的文字存留哪怕是半点瑕疵。

一禾如此看重友情，相形之下，我对于人则未免过于猜疑与淡漠了。而这，是应当得到十倍的诅咒的。

信中还有着对于时下诗坛风气的批评。这种批评，同反对思辨哲学、体系哲学一样，在他那里有着很深隐的精神关联。他说，现在的诗人在精神生活上极不严肃，有如一些风云人物，花花绿绿的猴子，拼命地发诗，争取参加这个那个协会，及早地盼望豢养起声名，邀呼嬉戏，出卖风度，听说译诗就两眼放光，完全倾覆于一个物质与作伪并存的文人世界，等等。看得出来，他并不否定理性。战斗的批评不可能没有理性。他所否定的只是"理性的狡计"，是理念对于个体生命的绞杀而已。

当今时世，才华绝不是重要的。作为对小才子的一种对抗，他准备在《十月》辟出一个名为"诗原"的专页。发表用他自己的话来说是"真正有着献身灵魂，献身与人格汇通的艺术的中国诗人的诗作"。

他告诉我说，要找的诗人当大部分是新人，是被忘却、挤压在诗界之外，具有独立精神的、名气不大或无名的诗人。这种编辑的宗旨，是我所欣赏的。为了表明决心，他决定在相当时间中不把自己的诗拿出去发表。他表白道："从一个年轻人的雄心而言，我自然是乐意发的，但我必须保持自己的清醒，以免与时下的风气同流合污。在我编诗的消息跑出去之后，有人说我专门发熟人诗，也有不少人突然变得非常狎昵，前来把诗塞给我。这种谣言和肉麻的举止，我唯有以阴沉待之，于是在某几群'青年诗人'那里说我老气横秋，像是四五十岁的人，'玩深沉'的。这种攻击传入我的两耳，使我感到我是对的。"

诚实、质朴、认真、执着。在有限的接触中，凡这些，我都有着不算太浅的印象。但是，他那细小的躯体内藏纳着如此阔大的气魄，憨厚到近乎鲁钝的动作贯穿着如此深彻锐敏的思维，温和宁静的微笑背后，霍霍燃烧着如此坚定而热烈的情感，却是我过去所未及体察的。

现在，重捡他的遗作，颇惊异于他最早寄来的诗为何都说到死，同一种英雄的死。《先锋》说了："在春天到来的时候 / 他就是长空下 / 最后一场雪……"《春之祭》说了："我们的队

长／在蓝天下／美丽地乌黑了……"最后抄寄的《大黄昏》，竟
有了挽歌般的调子，哀伤得悠长——

　　这黄昏把我的忧伤

　　磨得有些灿烂了

　　这黄昏

　　为女儿们

　　铺下一条绿石子的河

　　这黄昏让我们烧着了

　　红月亮

　　流着太阳的血

　　红月亮把山顶举起来

　　而那些

　　洁白坚硬的河流上

　　飘洒着绿色的五月

命运之神！红马儿还在跑呵，青麦子地里的露水还亮着呵，
然而，就在这 5 月，5 月，那只沉重地上升着的"太大的鸟儿"
突然坠落了——

　　一禾死了！

一连几天，我不敢相信这个传说中的消息，但接着，就收到西川发来的黑色电报。我流泪了。我其实是一个脆弱的人，今天已无力哭号。我知道，他是怎样结束了他年轻的一生的。他死于大脑，死于热血，死于忧患，死于疲倦，死于庄严的工作……

他逝去前不久，《人间鲁迅》第二部就出版了。我在悲哀中写信给他新婚未久的爱人张玞，请求她允许寄去我的新书，希望它能被放置到一禾遗下的藏书之列。感谢张玞的理解，过了若干时日，我终于能够在寄出的书的扉页上，一如前次的赠书，工工整整地写上三个字：赠一禾。

生前每次来信，他都向我催索长诗，且不忘问及《人间鲁迅》写作的进度，说是"攫心之度，不下于希区柯克制造的不安"。而今连最后一部也已经面世，然而一禾，无论如何是再也看不到了！

"读到你的《人间鲁迅》，从字里行间听到你的自白，我想，这认识的人是可信的，为此应当为之骄傲，这是一本中国人良知的书，而当我读它时，感到的是由衷的一种同感。你的三卷著作，成为我藏书里最好的那部分。'文章风义兼师友'，你是我所不能忘却的。"这是长信中结尾的一段话。过分的期许，使我每读一遍，心里都不由得十分感愧。称"师"，我是不敢当的，倒是他的文字与生命给了我许多的启示。甚至连"友"也不及格，因为在他生前，我实在没有很好地寻找和倾听过他的文字，一如他之于我。而且，在他死后，时间从喧哗到沉寂已流走了长长的五年，我竟然没有能够为他写上一点儿什么！

《吕氏春秋》记载这样一个故事：伯牙善鼓琴，钟子期善听。伯牙琴曲中的志趣，子期心领神会，高山流水，无不极尽。钟子期死，伯牙破琴绝弦，终身不复鼓琴。的确，知音已殁，声音有什么意义呢？

然而，纵然听者沉默，我亦未敢断然弃置握中的笔管。明知道文字实际上没有什么用处，但是于我，至少可以借此倾吐，倾吐一些为一禾急于倾吐而终至于未及倾吐的东西。

你是我所不能忘却的，一禾！

1990 年 8 月—1994 年 6 月夜间

正午的黑暗

邹静之

5月31日下午，像往常一样，我在房间里看书，总听见门轻轻地响着，像是有人来，出去看过几次，没有，那声音太像一禾静静地走过来了。他总是这样，轻轻地推门，轻轻地坐下，轻轻地说话，做着一些简单的手势，他的目光慢慢地渗透你，带你去他的《大海》。

整个下午，总是觉得他在走进来，盼着他走进来。

得知他病倒是在5月15日的晚上，走进那座熟悉的院门敲过房门后，出来开门的不是常见的那位保姆，是一禾的姐姐。"一禾住院了，情况很不好。"随后，她讲着一禾在13日晚上的情况。我听着，只是不断重复着一句话："前几天晚上他还在我家。"这是强加给我们的一个事实，听完后，我感觉到我的血似乎慢慢流尽，情绪坏极了。

青年诗人海子去世后，一禾更经常地来我这儿，他的悲伤无法掩饰，他不断地谈着海子的往事，亲人般地为海子的丧事奔忙着。得到海子死讯的那天，我恰恰收到了《草原》杂志，那上面发表了我代约的海子最后完成的几首短抒情诗，人去诗在，更添一番悲愁，晚上到一禾那里，相对无言时，深觉他的周围已被哀愁布满。

"我的那本诗集暂时不出了，要千方百计把海子的诗集出出来。"我知道这句话的分量，我相信每一个诗人，都知道这话的分量，那些日子，他无法睡着，他说："总觉得海子没有死。"

从山海关办完海子的丧事回来，他风尘仆仆地走进我家，身上、头上落满尘土，他细细地讲着经过，他的倦意与悲伤是那样地重，他神圣的情意光辉，使我感动。

在处理了海子的大部分遗稿后，我和一禾参加了几位诗人的集合，他不断地喝酒，几乎不吃饭菜，怕他醉时，已经劝不住了，夜里送他回甘家口的新家时，他说："我要这样，海子死后我太沉重了，我要把这些吐出去。"

海子死了，一禾用友情和艺术家的良知，完成着他的人格，海子的死及丧事，遗稿的处理，使一禾加快地走向 5 月 31 日。

在写这些文字时，我反复放喜多郎超然的孤独音乐，听这些乐章我能看到一禾在对面看着我，他的话语在耳边萦绕。与一禾相识，最初的惊异是他可以把新旧约的原文背出来，他能够精辟地说出自己的理论，尤善谈对长诗结构的设想，他善辩但绝无霸气。一禾把更多的时间用在写作和看书上边，每次去看他，他总是在那张桌子前，无一例外地在写。

他的学问如一座很结实的台基，我感觉到他拼着性命在台基上立着什么，他完成了5000余行的长诗《大海》，及上万行长短不一的抒情诗，他应了自己的那句话："像诗一样活着。"

5月16日，刘湛秋、唐晓渡、麦琪和我在天坛医院的走廊，不断地寻问着一禾可能的结果。我走进病房，一禾平静地躺在床上，一种宁静从床上浮升起来，他是那样地平和，松弛，像海最静的时候，我在心里呼唤他，没有回声。

6月1日上午，西川打来电话，当"坏消息"这三个字刚一说出，我知道，一禾走了，他走了。

当我穿着一件黑色的衣衫把这些文字写完时，夜在衣衫的外面重重地包围了我，原本就有的孤独，此刻更深。

1989 年

骆一禾辞

舒洁

仿佛须臾之间，骆一禾离开我们已是三十一年。我记得他，我怀念他，总感觉他没有远去。

我与一禾相识于诗歌中。

那是 1986 年早春，一禾在《十月》编辑诗歌与西南地区小说，我在《青年文学》编辑诗歌。中国青年出版社在东四十二条，《十月》杂志社在北三环中路，尽管距离不是很远，但我与一禾的友情还是从诗歌与书信往来开始的。

同年初冬，一个寒冷日子，在我供职的《青年文学》杂志社，来了两个大男孩，他们是 25 岁的骆一禾，22 岁的海子。那一年，我 28 岁。我们相识了。

一禾待人平易，非常健谈，学识渊博，见解独到。在理论上，小查（海子）、西川和我，都服一禾。我总觉得，我们那个年代的人早熟，这体现在我们的思想上，不是说有多么深刻，是说我们思想的那些领域，已经超出了我们对地理的认知与想象。一个基本事实是，骆一禾深刻地影响了我们三人的诗学观念，不仅仅因为他曾是《十月》的诗歌编辑，在绝对属于文学的年代编发过我们的诗歌；更因为他用生动手势所强化的思想，为同样年轻的我们推开了一扇巨门。海子就多次对我说过，一禾在前面走，我走在他的后面。那时，海子在表述与一禾的精神关联时，没有说"我们"，这大概与我的兄长身份有关。

那个年代的诗歌和友情都很纯粹，那是一个让我们将诗歌视为精神高地与旗帜的年代，一个创造了诗歌荣誉的年代。而一禾，无论从任何一个角度看，他都是引领者。后来我想，天才与哲人，与年龄和阅历没有什么关系。

我的兄弟

你的屋宇下坐着人的女儿

孤单的女儿

她失去了海

那生命有力的激情与波涌

她陷入了永世的忧伤

与精神的贫困

在一禾故去后三十一年时间里，我写过一些纪念他的诗文，其中以诗歌居多。我相信，我活着，我写他，我以这样的方式与他对话，这是约定，也是宿命。2003 年，我在《民族文学》

发表了一部中篇小说,题为《天籁》,在错落的时空里,我写了三个年轻人通过诗歌对自然的阅读与亲近,还有他们对自然深怀的敬畏。在小说中,宇思的原型是海子,伊河是骆一禾,斯琴是我。在蒙古高原和都城之间,我感觉到他们活着,但不再诉说。

我有属于自己的怀念方式

沉默无语的方式

许多人都已改变

诗歌也在改变

我的兄弟

你以决绝的离去

证明着那个夏天

一禾是绝对富有高贵诗人气质的人,他头发略长,语速平缓,逻辑缜密,面带微笑,待人诚挚。1987年元月,在一禾家里的床上,我偶然看见海子的手稿,是著名的《诗学:一份提纲》。我进入一禾卧室时,他正在伏案写作,一盏台灯散发着暖色。一禾在写《飞行》。看到我,一禾放下笔,挪动一下椅子,我坐在床沿。那一天,我们的交谈从海子的《诗学:一份提纲》开始,一禾谈到大诗的理想,他的思考一泻千里,收放自如。聊天时,一禾习惯于借助生动的手势表达所思。他望着你,对你说他所阅读的世界。一禾说，写作大诗要有结构精神世界的能力，因为那是一个宇宙。一禾还说，但是，一个写作大诗的人，在面对自然世界时要保持谦卑的内敛，要在万物生长的过程中分辨出神的声音。那一天，一禾问起我的写作，我说正在写长诗《顿悟》，是一种并行的结构，已经开始修改，感觉就如电影剪辑。一禾说，改好了给《十月》吧。我点头。我知道，一禾在《十月》开辟了《十月的诗》栏目。我的长诗《顿悟》由一禾编发于1988年《十月》第2期。这是我写作的第一首长诗，也是我在《十月》杂志第一次发表诗歌。此后三十年，我写作并出版了长诗集《天使书》《帝国的情史》《仓央嘉措》《红》《母亲》，写作的起始都源自那一天在一禾家里的谈话；而《顿悟》，则是这五部长诗集的基石。我承认，是一禾深深地影响了我，是他改变了我的诗学观念，是他让我懂得，一个诗人珍重诗歌的荣誉就是珍重神示。

我走了很远的路

在广阔的南海上观望过日出

我的兄弟

如你描述的那样

一些人远离了乡土

赤着双足在大海上耕耘

如果我说，年轻的一禾在一个属于文学的珍贵年代成就了一批杰出的诗人，这其中就包括海子，你们不要怀疑。如果我说，天才的一禾以他通神的写作成就了一个诗歌年代，他的诗歌峰峦至今无人抵达，你们不要怀疑。如果我说，没有骆一禾也就没有海子辉煌的光芒，而一禾是那个创造了海子辉煌的人；或者说，一禾是那个发现了海子富有辉煌潜质的人，并以他的思想成为点燃了海子辉煌的人，然后一禾退到辉煌的后面，用他的微笑和眼泪目送海子，你们不要怀疑。

是劳动的灵性
与诗歌的节奏
我们生息的节奏
使你每夜安坐于灯前
我的兄弟
这有限的历程
充满了欢乐与苦难

20 世纪 80 年代，中国文学的黄金十年，诗歌之所以成为文学皇冠上的明珠，是因为有一群将中国新诗视为血脉传承与信仰坚守的人。没有疑问，骆一禾是其中非常杰出的一个。《十月的诗》一经推出，旋即在国内外产生无可替代的影响。可以这样说，在那个年代，《十月》的诗歌影响超过了《诗刊》。那时，谁的诗歌能上《十月的诗》栏目，谁就赢得了巨大的荣誉。

从 1987 年早春开始，直到一禾突然离世，我与一禾的交往从未间断。在北京，有一些地名永远会让我感觉疼痛——五道口、甘家口、百万庄、十里堡、玉泉路、北三环中路、东四、魏公村、和平里、长安街……在当年，这是我和一禾一同骑车走过的地方！

人的女儿走过了一段曲折的时日

我知道她在追寻海

这无比遥远的旅途

隔着一个世界

我的兄弟

她无法告别

某日，是北戴河那届青春诗会进行时，我接到《诗刊》副主编刘湛秋电话，他说在鲁迅文学院，问起能否来一下。他接着说，骆一禾已经在鲁院了。我是说那个年代的鲁院，地点在朝阳区十里堡，蒙古族诗人牛汉的家就在那里。

我到鲁院后见到刘湛秋和骆一禾，方得知刘湛秋对那届青春诗会阵容不满意，要补充诗人进青春诗会。当时，一禾坐在我的对面，他看着我微笑。刘湛秋说，我想补充你们进来。那时我年轻，我听着"补充"二字非常刺耳，就当即拒绝。刘湛秋表情不悦。当晚，晚餐后，我与一禾在鲁院散步，一禾说，你是对的。今天，我已经记不得那届青春诗会的参加者都是谁了，但我记得其中的个别人，是我不能认同的，这类人，在当年被我们称为诗混。在鲁院那夜，我与一禾谈了很多，我们谈到昌耀、海子、西川、老木、潞潞、阎月君、袁安……我们谈到很多诗人与诗歌现象。如今想起来，那夜，一禾的语言是带有预言性的，我们谈到了诗人与诗歌在不久之后的境遇，诗歌功利性对诗歌肌体的侵蚀，某种停滞甚至倒退，中国当代长诗写作的巨大空白，诗人群体对世俗性的屈服……在 20 世纪 80 年代，我就对一些诗人说，骆一禾是一位预言者！看一看，一禾的预言不是被真实应验了吗？！

我希望你能听到她的倾述

我的兄弟

在一派蔚蓝之间

我希望你能垂下头颅

注视你的女孩

你的孤单的女孩

一禾的哲人气质，在诗歌界非常鲜见。他人格完美，喜饮酒，善思辨，嫉恶俗，不肯随波逐流。

1988 年，在海子途经青海德令哈、格尔木去西藏拉萨参加

"太阳城诗会"回京后，一禾对我说了一些有关海子的事情。一禾首先问我是否参加了北京某诗人俱乐部，我说没有。一禾说，我也拒绝参加了，那些人容不下小查（海子）的，实际上，他们是嫉妒小查的才华！我们也谈到了上一年的北京西山诗歌会议，海子的四川之行，谈到一些"诗霸"以怎样尖酸刻薄的语言和文字对待年轻的海子。在这个过程中，一禾以坚定的态度与海子站在一起，共同面对从四方飞来的冷箭！后来，我每每追忆我与一禾那一天的对话，都会感觉震惊！一禾差不多准确预言了海子最终的结局，那就是自杀！只是，一禾没有料到，海子会在翌年以那么极端的方式终结了自己的生命！我更不会相信，在同一年，天才的一禾也会与我们诀别！

你全部的诗歌都使我相信存在着的神性

微明的神性

宁静的神性

我的兄弟

如今　你在无边的黑暗中长眠

我们不会忘却那个灭绝的夏天

在一禾生前，我几乎见证了他写作长诗《大海》《世界的血》的过程。每一次相约去一禾家里，他都在写作这两部不朽的长诗。一禾的字漂亮，一如他的诗歌，通过点墨直抵神境。

《大海》与《世界的血》就是预言，是一禾留给世界的永恒的声音！因为一禾的长诗，我们有理由相信，在未来的文学史中，一禾一定会占据最为显著的位置。这也是未来的人们对于诗歌的深刻理解与尊重。

1989 年 3 月 28 日，当骆一禾费尽周折将海子的死讯告诉我时，我正在内蒙古故乡。当夜，我从赤峰车站上火车，站了一夜到北京北站。第二天中午，在甘家口见到骆一禾，我几乎不敢认他了！我的兄弟，被另一个选择了死亡的兄弟带走了精神。

我在初冬的一天回到了这座都城

是的　我依然写着

有一面旗帜那么神圣

我的兄弟

我懂得它为什么自由飘展

我想对你说

我正在寻找你的女孩

冬天严寒

她一定需要一语祝祷

如我需要她的引领

在一种时刻到你的墓前

那时一禾新婚，在他的新房里，在他的新婚妻子面前，一禾对我说了山海关龙家营最后的海子。我强忍住泪水，看着同样悲痛的一禾。一禾含着泪水说，离开家乡整整十年，小查要回家了！说这些话时，一禾面色铁灰，眼帘低垂。我安静地听着，我依稀看到，15岁考取北京大学的海子，在人间仅仅活了二十五年的海子，他的灵魂，已经朝他的家乡缓慢飞去。

两个月后，5月31日，骆一禾病逝于北京天坛医院。

同年10月2日，我决定离开北京去上海。我曾在一首诗歌里说过这样的话，我们怀念一座城市，实际上就是在怀念一个人。我离开，可我却陷入了失去手足后更深的悲痛。

我想象你永恒的屋宇下坐着人的女儿

孤单的女儿

她失去了海

失去了你

我的兄弟

你生命有力的激情与波涌

实际上　她永远失去了

你宽厚的胸怀与呼唤

2017年清明后，我与一禾的妻子张玞相约于北京福田公墓。在一禾永去二十八年后，我第一次来到他的墓前！

那一天阳光灿烂。

我和张玞用杯子取来净水冲洗一禾小小的墓碑，碑上的墓志铭是他的诗歌。在一禾墓前，我与张玞谈到人间离别生死，感觉一禾就在倾听。我在心里说，一禾，我的兄弟，我来了！我已经数次去小查（海子）的出生地安徽怀宁查湾，我也曾在海子墓前默念，我来了！我是代一禾来看望你的！我还在心里说，我记得你的安息地了，只要我活在世间，我就会常来的。几天后，我终于承认，我的兄弟，天才的一禾是真的离我们而去了！

　　我终于听到你的声音
　　在大理石光滑的平面上滑过
　　就像风轻轻吹拂你的海洋

　　你上了一个台阶，在你
　　用诗歌铺就的途中，有桂树
　　牧羊人在那里歇息，在一道草坡
　　你面朝河流，白衣洁净

　　爱你的人，为你选了墓志铭
　　我读到你的诗句
　　那些隐着巨翅的灵
　　在一个叫故乡的地方

你停下来，指着苍茫

午后，六月阳光强烈
你热爱的女子，曾经的少女
用清水洗净你的碑文
仿佛很久了，我到来
我重返二十九年前
那个多雨的夏季

你不需要仪式
如今你在这里，也不在这里
这是艰难的想象
我对你说，你已不说
那一刻，这座古老的都城
如你一样沉默

2020 年 1 月 28 日—30 日晨，于长沙

一禾印象

石冰

回忆一禾这事，就如一盏临睡前的晚灯，灯色柔和而朦胧，没有忧伤，只有纯净的怀念。

我和一禾都是北京考生，因为我个儿高，所以一禾以个儿论人，管我叫老石。我亦以个儿论人，叫他小骆。但是小骆这叫法不好听，没一禾二字有文学性，我们都是文学专业的，因文学故，大家都叫一禾，我亦从之。这是开学第一学期的事。

这个学期，有一件事一禾亮眼了。冬季来临，学校组织新生为老师们冬贮大白菜。这事我没意见，师长有事，弟子服其劳，此乃本分。我不舒心的是我到底是给哪个老师搬白菜，活儿干完了，那啥师娘师母的也没见着一个。原想着讨杯热水，再让气质高雅的师娘们嘘寒几句，温暖一下。结果一个没见着，除了北风吹，就是光头的树枝空荡荡。那感觉确实有点儿心塞。

没过几天，一禾写了一首诗，是关于冬贮大白菜的，获得同学们的一致好评。说实话，那首诗把我惊着了。把一场繁华写成繁华是应有之事，把一场平凡写成平凡也是应有之事。但是把一场心塞而无味的劳动写成生鲜妙趣，绝对不是应有之事，其间难度是天上地下之分。但是一禾以一首诗把这事干了。

自此以后，我把一禾列为我们班写诗的第一人。只要班中谈诗，必忆起一禾。他独特的感觉、独特的行文告诉你原来诗可以如此，可以这样。

转眼间已是 20 世纪 80 年代了，新文明的洪流淹没了燕园的角角落落，思潮滚滚，大时代正式开幕。我那时迷恋存在主义和女同学，一禾依旧迷恋诗。可是有一天他又让我大吃一惊。

大概是大二的某个春天，晚上，天刚擦黑，一禾手持保温杯，穿着薄夹克，极为闲散地溜达到我们 420 室，笑呵呵地问我干啥呢。茶余饭后，宿舍的人都去了图书馆，哥俩点上烟山南海北地闲聊，聊着聊着我就不吭声了，就一脸崇敬地看着一禾。一禾跟我开讲文明史，从腓尼基人、闪米特人、迦太基人到日耳曼野蛮人、高卢人、罗马帝国滔滔不绝。

一个解读历史的全新角度出现了，你不用去纠结细节的对错，不用去争论谁谁几年死几年生。你可以自我地站在云端，看那历史文明的洪流澎湃向前。那种感觉令人陶醉。那一时刻，一禾的周身有一种光辉。

临走时，一禾郑重地向我推荐了两部书，他说老石你应该看看。那两部书是汤因比的《历史研究》和斯宾格勒的《西方的没落》。

说实话，我真心感激一禾，这两部书开智啊，受用终身。

一禾已经远行，他带着善意来到此世，却又忧愤地离开。于今已经几十载，一禾在辽阔星空的某一处继续他的诗歌生涯，对我来说，他从未走远。就诗歌而言，他的才华不可解，可谓与生俱来。

2018 年 11 月，于北京

一禾与海

何拓宇

一禾很爱海。

我们一起在海边只有一次。毕业那年暑假，去了北戴河。他说："我第一次见海是小时候，陪父亲在大连棒棰岛疗养，父亲和一位伯伯下着棋。"他望着老虎滩外的大海。

现在大连很美也很大气了，开发区金石滩以一片金红色的珊瑚礁著名，在绿草茵茵的锚地海滨，我能感到这片蓝绿色的汪洋收藏着一禾少时纯净的目光。

在北戴河，一禾已有了心爱的女友，我们在一起静静地坐一两小时的机会已经不多。有游人从海里上岸。一抬头，大群的海鸟远去，带走了我们无忧如少的目光。

一禾在说话时，常会文气中做些优雅的手势。他拉过小提琴，认识他时我觉得这小伙子有双贵族的手——虽然我那时拿不准怎样才算是"贵族的手"，那些优雅的手势至今许多朋友都记得：像舒缓的波浪。

除了贵族的手，在班里一禾的穿戴极朴素：蓝色的中式学生装洗得发白，有一两处补丁，总是干干净净的。有位外地同学饭票没了，一禾拿出了自己那个月所有的饭票给他，然后每天骑车回家吃饭。

我还有许多发现，比如他小时候居然没偷过果子，没打过架。他斯文沉静，但跑起来飞快，踢起球来勇不可当。同朋友们在一起，他跟谁都没红过脸。

我曾与一禾写过一个四幕文学剧本，我们当时觉得它很文学。至今，八年后，我还是觉得它很文学。在里面，我们写海湾的阳光这么写："阳光从草帽上嫩玉米缨般披散下来"，"海鸟展翅迎着茸茸的阳光"，诸如此类，可以急死摄影师们。

我们写了一位饱经沧桑的老船长，如信天翁般忠诚、沉毅的水手，还有两个年轻人，一个好动，一个好静，就像我和一禾。"船上有两个人，用长长的双桨，拨动了海洋……"

一禾的诗清新优美，像一道清泉，滋润着我们的心田。当我将他致友人的不朽诗句诵读时，一个他喜欢的女孩在台风里陪我流下了眼泪。后来，我们在亚龙湾埋下了一枚竖琴螺，仿佛听到了他从容的漫吟，看浓重的积雨云舒卷，我听到了你。

从烟台渡海至大连，一条气垫船轻盈地超越；远处天海相连处，一艘拖船渐渐远去。

灰蓝色的海湾在渤海、东海、南海绵延。一禾静静长眠八年多了。每次去西山福田公墓看他，我看西边逶迤的群山也似那海的波浪。

我知道许多出色的学友，有位智者曾满怀感情地说："中国每每流的，都是最精粹的血。"当年，我们曾一起写诗，还一起唱过许多支歌：校园的，经典的。在中文系第一次联欢会上，我们新生唱的是《海滨之歌》。

去看一禾，像到朋友家串门。在诸多海滨，我都感知到他，相信许多朋友都会感知到他，安详、从容、明净。当我们感知到一禾时，心境就会像临近海浪边沿的沙滩——无论上面曾经并且将要印上什么，当海浪漫过，它又平滑如镜——至少在那一瞬间。

有时一粟就是沧海，瞬间就是永恒。

我感念生命，它使我与一禾同代；我感念北大，它使我与一禾相识相知；我感念大海，它使我与一禾从未分开。

谨以此文，以此感念，作为对一禾的问候和致意。很多时候，朋友使我想起一禾，一禾也使我想到朋友。

1997 年 10 月，写于青岛—烟台—大连

"我的心不想占用土地"

——祭一禾

朱正琳

　　我和一禾相识在北大，那时，他是那么年轻。我们曾一道从颐和园万寿山上奔跑下来，他柔韧的身体使我感觉到自己的蹒跚。我知道他在百米赛跑中成绩优异，还知道他诗才敏捷，也足以使我偶一为之的诗作显得像是苦吟。临近元旦，钟声敲响了，他轻声吟诵："钟声像一头长角鹿 / 不知在哪一座山上 / 用栗色的大眼睛瞭望。"

　　那是在 20 世纪 80 年代初的一个冬季，他燃烧起来，终于在十年间就把自己烧成了灰烬。我想，这就是人们常说的天才，犹如一段炭火，一旦点着，就必将烧尽为止。可一禾自己却说："我清明地意识到：当我写诗的创造活动淹没了我的时候，我是个艺术家，一旦这个动作停止，我便完全地不是。"我由此明白了一个道理：所谓天才，只是生存的一种状态，而绝不是一种身份。那些戴着桂冠四处炫耀的人，其实早已从那种状态中坠落。一禾是具有平常心的，他从未给自己加冕，也从未夸张地表现自己的"诗人气质"。他站在你面前，总是那么温和，那么通情达理，但你能感觉到他内心藏有充沛的激情。那激情一旦迸发，你就能听到"辽阔的歌唱"（诗人陈东东语）。

有人说，"如今诗林如武林"，行为怪异（东邪？西毒？）似乎成了"诗人"必不可少的特征。于是，粉墨登场的人接踵而至，表演倒比创作来得更要紧。据说这也有个名称，叫作"行为艺术"。亏得有所谓"商业大潮"，给行为的"艺术性"提供了一个硬指标，终至于使有些表演者洗尽铅华，变得"赤裸裸"。比较起来，一禾的朴素就显得有些珍稀。他执着于"诗与真"，似乎从来没有意识到两者之间还夹着偌大一个名利场。直至他死，"武林"中人方痛感失去一位"高手"，并且忙不迭地为他的死加上诸多光环。其实，他的死也是朴实无华的，他并没有为此做过任何设计。所以，我们不能将之理解为这样或那样的"行为艺术"。我们至多只能说："早夭也许是诗人的命运。"《生命中不能承受之轻》一书中有这样一个故事，一开始便说："诗人已经很老很老，老得不用人扶着就走不动路了……"（大意如此）读来确实让人痛心。我们不太能接受诗人变老，倒宁愿他死得年轻？然而，白发苍苍的诗人泰戈尔却说："我和村里最年轻的人一样年轻，和村里最年迈的人一样年迈。"诗是生命的象征，而苍老和青春同是生命的属性。诗人不是用死亡赢得不朽，一禾也不是因早夭而暴得诗名。我们或许应该更用心地读他的诗，而不是反复咀嚼"诗人之死"的意义。

一禾说过："我认为永恒是不值得达到的。"作为一个诗人，他并不拒绝死亡，因为他深知，有死才有生，死亡原为生命本质所固有，而"永恒"却往往只是我们"以智力驾驭性灵"（一禾语）营造而成。从此种意义上说，拒绝死亡就是拒绝生命。当然，死亡其实是无法拒绝的，我们只能设法暂时忘掉它。为了忘掉"人皆有死"，古往今来人们发明了多少技巧！以智力营造出"空而坚硬的永恒"（或不朽）供人追求，恐怕就算得其中最常见的一种。诗人一禾拒绝这种庸人的设计。然而他又说："以死亡作为技巧，只是另一种庸人。"以死亡作为技巧是一种什么样的设计或"艺术"？是为了达到永恒或赢得不朽吗？一禾回答说："不，我们要好好活下去。"

如果天才耗尽，如果从此不会被创造活动淹没，如果彻底地成了一个普通人，生命是否还有价值？换句通俗的问法：人是否还值得活下去？一禾的答案是肯定的。在沉思默想时，在含辛茹苦时，在历劫遭灾时，我们都能体悟到生命的意义（或者叫作活下去的理由？），问题的关键只在于，你不要闭上眼睛，捂住耳朵，把整个头都蒙进被子里。生命的价值的确不止于创造，当然更不止于所谓的"成功"。热爱生命的人自会自强不息。

一禾不避尘俗，因为他深知生之艰难与美好。他留给我（也许还有其他朋友）最难磨灭的印象首先还不是他的诗才，而是他那善解人意、饱含同情的心。他的心敏感而又宽厚，并且总是那么亮堂堂的。我因此不得不时常用一句老话来形容："金子一般。"然而，他毕竟是"被光明垂直击中"（一禾诗句）了的人，一朝步入"天路"（一禾语）便义无反顾。他也许走得太急、太猛，那样柔韧的身体竟也被折断。我不知道他是否走完了他的历程，我只听见他反复在我耳边吟诵："我的心是朴素的 / 我的心不想占用土地。"

老家伙与三剑客

朱正琳

一

这样的相遇在 20 世纪 80 年代初的北大或许是寻常事。相遇的双方，一方是赵仕仁、骆一禾、何拓宇——被称为中文系 79 级"三剑客"；另一方就是我，一个"背着空布袋走过沼泽地"（一禾语）的"老家伙"（仕仁语）。他们三位，当年都是二十上下的年纪，而我其时已三十有四。

对我来说，之所以刻骨铭心，不只是那个年代令人感怀的思想交锋和所谓两代人的忘年之交，更因为三剑客都已经离世了，只剩了我这个老家伙。

第一次见面只有仕仁和我两个人。仕仁领命操办一次展览，而我则被引荐做顾问。说事务只用了干净利索的几句话，就算是意向已然达成。正欲抽身告辞，仕仁却劈头盖脑地和我谈论起中国历史今后的走向。

在当年的北大，有人张口就和你谈大问题，本也不足为怪。

你要在校园里散散步，耳里飘过来的字眼就很少有形而下的。不过，我当时还是有几分惊奇。这样的话题，我的同龄人倒是关切已久，而60年代初才出生的仕仁，这问题却是从哪里来的？他充满激情地说着，没有注意到我的惊奇。看得出他有才华，但其实却有些讷于言辞。我望着他那张憧憬多于探索的脸，心里忽然有点儿明白了，他的问题包裹着一个核心——我们的历史使命何在？

北大有一种似乎用手都能摸得着的传统，你可以称之为"以天下为己任"，我则更喜欢将之表述为"天下兴亡，匹夫有责，北大的匹夫尤其有责"。眼前的仕仁，自然也在此传统之中。我自以为理解了仕仁的激情，于是开始附和着，满心以为他说的"我们"也捎带着我。殊不知他话锋一转，突然来了一句："在我们看来，你们这代人已属过去了的一代，只能起到铺路石的作用了。"我心里一惊，再看他却是满脸的诚恳。我知道，北大的学生都狂，但仕仁在说这话时却不像是狂。我敢说，他半点儿也没想过这话有可能会伤到我。

我们这代人在20世纪70年代初期提出"中国向何处去"的问题时，调门虽高，很有点儿"指点江山"的气概，但骨子里表达的其实是怀疑与困惑。时隔十年，年轻人接过这一问，则更多的是在表达某种振奋之情。破土而出的80年代，确实在中国燃起了某种希望。不过我也看得出，他对"我们这代人"的探索还是有相当了解的，否则也就不会有"铺路石"一说。

也许我当年还不够老，铺路石一语竟刺激了我，让我终于忍不住尝试着把我十余年左冲右突的思考展现出来。我后来把这种历程命名为"理论突围"。虽然我的理论全是借来的大路货，至少我们这代人中爱想点事的人都不会太陌生。不过有一点，我并没有学究一般地照本宣科，而是抖擞精神，扣紧了我们正在谈论的问题。

二

如果没有记错，我当时谈了三种理论视角。

第一种是当时正时兴的所谓正本清源，摆脱苏联式历史观，回到马克思的历史叙事中去探讨中国当前到底处于什么样的历史阶段，从而展望其走向。我记得我特别提到马克思所说的"亚细亚形态"，认为那不在苏联式社会发展史的模式中。

第二种视角是我从斯宾格勒那里借来的。在斯宾格勒眼中，世界历史舞台上的主角是文化。从思想史上说，他所说的"文化"，与后来我们这里在20世纪80年代中后期兴起的"文化热"颇有渊源关系，尽管我们的文化讨论中似乎很少有人提及他。他的"文化"是一个个有生命的个体，各有各的生命周期——诞生、成长、衰老与死亡，各有各的文化宿命。就其生命与宿命而言，各个文化之间不存在传承关系（否认历史阶段论），也不存在实质性的相互影响。如果相信他，结论就很悲观：唯一还活着的西方文化也已走向没落，中国文化则早已死亡。而且，根据他的看法，已死的文化并不存在重生的机会。如果我们把他的结论先"持保留意见"，沿着他的思路去探究中国文化的宿命，却是个诱人的题目。20世纪70年代中期我在牢里时，曾就此苦思冥想。当然没有什么建设性的成果，牢里没书读，"思而不学则殆"嘛！对于我和我的同龄人来说，斯宾格勒的文化概念与脱胎于它的汤因比的文明概念，确曾提供了一种启发，使我们得以换了一种历史视野。

第三种视角其实是第二种视角的某种演变。20世纪70年代有一套内部读物叫《外国资产阶级论中国近代史》，其中有些文章，是把中西文明的冲突作为解释中国近代史的主线。其文明的概念与斯宾格勒的文化及汤因比的文明明显有亲缘关系。不过，历史学家不像历史哲学家走得那么远，他们的概念总是要离实际经验更近一些。他们说的文明，没那么封闭，相互之间总是既存在冲突又存在交融。从这一视角看，不排除可以得出一种比较乐观的结论，即冲突与交融的结果，有可能产生一种新的文明。

仕仁可能没料到他一石激起千层浪，竟惹得我这个老家伙把十几年的存货翻出来搞倾销。他毕竟还年轻，一时当然拿不出什么反制的论据，只能默默地听着。但我看得出来，他听我讲话时和自己讲话时一样兴奋。正是他的那种兴奋鼓励了我，让我那多少有些空疏的宏大叙事得以滔滔不绝，我知道我遇到了最好的倾听者。好的倾听者往往也是好的谈话对手。在北大，你永远不会找不到谈话对手。这真是不亦快哉！

三

第二天一早，仕仁就到 29 楼我的宿舍造访。开门迎客，进来的竟是三个人，一禾和小宇也来了。没太多寒暄，就又接上了头天的话题。仕仁很清晰地发问，问题都在点子上，表明头天晚上他回去后曾认真想过。一禾、小宇两个也是好的倾听者。一禾沉静，但内在激情的充沛是很容易被觉察到的；小宇很洒脱，却又透着一种大男孩的腼腆。再加上个思想敏锐态度诚恳的仕仁，三剑客着实让我那陋室充满了活力和灵气。谈话的气氛渐渐活跃起来，我知道，我大概已通过了考察。告辞前小宇用调侃的语气告诉我说："知道我们说过什么狂话吗？仕仁是中国的脑，一禾是中国的心，我是中国的胃。"

这以后我和他们之间的来往可谓过从甚密。筹办展览的那两三个月，几乎天天晚上都聚在一起。商量公事通常只需要三言两语，剩下的时间就是侃大山，常常会到凌晨一两点，甚至通宵达旦。思想交锋的深层也有情感交流，私人间的友谊在悄悄积累。谈话变得更随意了，话题当然变得宽泛起来。有形而上一些的，直接关联着存在的意义；也有比较轻松的，琴棋书画饮食男女均有涉猎。随后由于张玦、晓霖两位女生的加入，气氛自然更加轻松活跃。

一个周末的晚上，大伙儿即兴开了一个音乐会，你一首我一首，居然一直没有冷场，直唱到天光大亮。他们唱的是当时正在流行的歌曲，其中几首台湾的校园歌曲尤其打动了我。从他们唱的歌，我才领会到校园歌曲的清新。同时我也才意识到，尽管我在青年时期也曾激烈反叛过，但当初笼罩着我们的一种美学却是沉渣未化，依旧在阻碍和扭曲着我的审美。于是我有意避开了那种对宏大与高亢的崇尚、那种对烈火与热血的向往，尝试着唱起我在叛逆期从《外国名歌 200 首》中讨生活时学会的一些小歌谣……我一直认为，从那一晚以后，我们就真正成了朋友。

三十年后，刘索拉在和我进行的一次笔谈中提出了一个命题："审美立场比阶级立场更重要"，并且又补充说："（在审美立场上）反叛容易反省难"。我一下子又想起了那一晚。于是提笔回应道："我到北大上学时已经 33 岁，结识了一帮 20 岁上下的男孩女孩，他们背地里都叫我'老家伙'。最初的交往是北大特有的那种谈话，充满了形而上的字眼，并且摆出一副高手过招的姿态，试探性很强，那模样真仿佛隔着条沟（人称'代沟'）。直到有一个晚上大家聚在一起唱歌，我忽然觉得我能懂他们了，并且觉得他们好像也懂得我了，那沟也就消失了。从此就真成了忘年交。我清楚地记得，是他们唱歌的那种态度打动了我，我也因此就喜欢上他们唱的那些歌了。用我们此刻所用概念来说，那一晚我与他们显然是懂得了彼此的 attitude，彼此的'审美立场'，而且发现它们其实是相通的。"

从那以后我得出一个结论：人与人之间的隔膜，主要不是产生于思想观点的不同，而是审美趣味的歧异。反过来说也一样，人与人之间的融洽主要不在于思想观点的相同，而在于审美趣味的相通。这个结论一再得到经验的证实。一般地说，思想观点不同的人可能成为敌人，但不妨碍他们作为个人能彼此欣赏，在一起相处时甚至会觉得愉快，但审美趣味不同的人就很难凑在一起而不互相讨厌的。

四

回过头还是再话说当年。我那几位忘年交正值青春年少，又都热爱文学，"人生"当然也是常被他们关注的一大话题。我比他们长十余岁，又坐过几年牢，在学生中称得上是饱经沧桑，谈论人生我自然有点儿优势。记得我给他们讲过一些狱中经历，故事零零碎碎，体验点点滴滴，都是谈话中即兴说起。我只记得他们的眼睛像星星一般照亮了我，让我的故事因此变得更加纯净。我是说，我在讲述时无形中减少了"痛说革命家史"的夸耀，增加了"走在人生中途"（但丁语）的摸索。

我的摸索漫无边际，但也可简括为一个问题："'无彩人生'有没有意义？"我见过一些几乎一辈子都在坐牢的人，他们引起我的追问：这样的生活还有意义吗？我这一问，当然也是对自己提的，因为他们的命运就预示了我的命运。多年以后我写了《里面的故事》一书，我自己的解释是："我写下的，只是一种个体经验，我自己和一些其他人的人生境遇。我们这些个体连同我们所有的遭遇都不会进入历史，或者用我家乡的话来说，放在历史的长河中'连一个泡泡也不会起'，但这却不意味着我们的存在、经历和感情就不是真的。我想表达的，就是那些被历史忽略不计的个体生命的价值与意义。"想当年在北大听我讲这些故事的，都堪称天之骄子，难得他们竟无障碍地领会了我的所感所思，我不能不把他们引为知音。

关于我们最初见面时讨论的大问题，三剑客对我宣告："我们讨论过了，决定用五年时间批判老朱。"我则赶紧缴械投降："不用五年，我给你们交个底。"我说了几套对我影响比较大的书，也简单说了自己做"理论突围"的思路，以及在突围路上小心提防的种种陷阱。尤其重点谈到"历史"和"文化"这两个观念都有待检讨，而我自己的学力不够，只能说是正在努力之中。

"五年批判计划"在他们不是一句戏言。不久我就从一禾的言谈中察觉，他在读《西方的没落》。他读的是台湾版的译本，我还特地借来乘兴重读了一遍。记得我还跟他谈起过重读以后的感受，大意是这样：我原先读的时候，觉得斯宾格勒富有洞察力而少学究气，读起来灵动而有音乐感，这一回读，却发现那种灵动的叙事中包裹着一个有如钢筋捆绑成的概念框架，其实也很僵硬，因过于严实和精致，反而让我几乎出自本能地觉着可疑。后来我读一禾的长诗《世界的血》，发现他所尝试写的

"真正史诗"里有一种"大文化"的辽阔视野，显然取自斯宾格勒，而他笔下来到城市的"农家女"，也让我想起斯宾格勒的论断："所有的文明都诞生于城市，所有的文明都会衰落，而农村却永在。"一禾那"辽阔的歌唱"（诗人陈东东评语）让我意识到，三剑客对我的批判业已完成。

只可叹天妒英才。事实上是还未满五年，仕仁在 1985 年便早早去世，三剑客折翼。他是应我之邀同去怀柔游泳时溺亡的。我从高处疾跑而下扑进水里时，他那扑腾挣扎着的身体已迅速沉入水底。据打捞尸体的潜水员后来说，那水底有 11 米深。古语有云："伯仁非我所杀，伯仁因我而死。"我总觉得，仕仁的死是我的错。

没想到这一错竟好似引发了一种连锁反应，变成了一错再错！

仕仁死后不到四年，一禾又走了。他死于 1989 年 5 月，大庭广众之下突然晕厥，送到医院被诊断为先天性脑血管畸形导致颅内大面积出血。我赶到天坛医院去看他，他身处昏迷之中，没能说上话，只能远远地看着那些环绕着他的瓶子和管子。

剩下个小宇孤身一人流落天涯，说是"下海"了。偶尔回京与我相见时，总笑称自己是三剑客中硕果仅存者，有一次还感叹说："还记得我第一次见你时说的那句狂话吗？现在你看，中国只剩下我这个胃了！"话音未落，2007 年他也决绝离去。据说是从高楼上毅然跳下，原因竟没人说得清楚；又或者是，说得清楚的人却也不愿细说了。我只能想，三剑客之间大概是依循古例订立了一种盟约的，而他这是践约去了。

一禾去世时我题写小诗一首："终是诗人爱占先，广庭笃定好长眠。我唯坐等头飞白，未敢吞声哭少年。"到如今三十年过去，头是早已经白了，老家伙还在坐等什么呢？

2018 年

所有星光都是在赶赴生者的葬礼

——骆一禾三十年祭

袁安

功到自然成，可能是骆一禾用得最频密的一句话。所谓频密，是指一起神侃的短短几天，就有几次听他说到。迄今念念不忘，除了这话被反复提及令我讶异，更要命的是，数十年后回头，发现自己一直就在这个观念的坑里，所思所为莫不如是，无逾矩规。功到自然成，或如世人所言，力不到不为财，于今已是很老派的观念了。我们都是旧时代的人，时间不仅掩埋了他的肉身，也掩埋了我的魂灵。

同样念念不忘的，还有他的容貌。北京回来，女友问起诗友种种，说到骆一禾，我说，一禾是雕塑家在半干的陶泥上，一刀刻下他的嘴巴，尔后不再雕饰，留下紧紧抿着的一条线。这是静态。走路的骆一禾，穿着平底布鞋，步履有点儿拖沓，顾长的身子，背微驼，头微低，目不斜视，眼神邈远，口中时而念念有词，有人叫时，突然一愣神，然后粲然一笑。

时至今日，我想，在另一个时空偶遇，他依然会是这个样子，彼此一身落索，相视一笑。

1988 年 8 月的一天，天蒙蒙亮，一个外省青年坐了两夜一天的火车，从公交车上下来，拎着行李包，站在北京东城僻静的街上，茫然四顾。问过两个扫街的大爷大妈，终于找到鲁迅文学院的小院，而这时，我已经迟到几天了。

《诗刊》社的邀请函，一个月前就收到了，但社长不放行，这倔强的老头儿，因为我在职代会上跟他拍桌子顶牛，跟我这浑小子杠上了，几年后退休才一笑泯恩仇。好在总编李士非力挺，让我先赴诗会，然后留下，作为北京国际书展的社方工作人员。这招瞒天过海甚妙，社长老人家也就没再为难。

鲁院的小楼有几层，已记不真切，当时我们活动的空间也就两层。谁领我进的会议室，也不记得了，只记得找了个角落默默坐下，没多久，刘湛秋老师进来，问袁安来了没有，我起身应了一声，甚觉难堪。座中有人知道我的来处，便扯到本社几位名声在外的老诗人，算是有了话由，另一些可能觉得这些不上道，这小子又来自出版社，关系户吧，脸上便有了倨傲之色。

平生第一次接触诗江湖，心情坏透了。来这儿找虐啊，靠。

中午，上交打印诗集。那纸张，是出版社打字小姑娘偷给我的，粗糙，发黄，倒很有文物的味道，很好。

下午继续开会，按议程，讨论某个与会诗人作品。刚开了个头，貌似肖开愚发起，骆一禾推手，主持人王家新放任自流，话题突然转到我的诗上来，整个下午变成我的专场，乱套了。赞美声中，我反而像犯事的坏小孩儿挨了板子，芒刺在背，一声不吭。这些人五人六的家伙，恁不成熟恁不庄重啊，几首破诗打通奇经八脉，这就反转了。

晚上，远离热闹的小圈子，跑到楼下大厅，躺沙发上看书。过一会儿，会务组的李英哼着歌，噔噔噔下楼，一照面彼此一愣。院子里的棚架下，她说到刘老师，这些日子在编辑部来来去去念叨"反叛三种"，说到一禾他们，怎么高调评论我的诗。你不像个诗人，跟他们不一样，李英说。这个新鲜，诗人还有模板？话说，我还真不是，那个时候，我的主业是德语诗歌翻译，一天一首，从不混圈子，兴许，这就是诗路不同的唯一解释。

记得一禾和开愚是住一间房的，我去过他们房间，旁听讨论。他俩似乎有说不完的话题，反复说到"中年写作"，而那时大家都才 20 来岁。后来的日子，回看一禾诗文，发现与我这种冲动型写作者的最大区别是，他早早就有了自己的美学主张和哲学系统，不是他们口中的中年写作，直接远承古典，无年龄、无年代、无疆域的深度写作。

必须说说骆一禾的诗歌语言和诗歌节奏，这也是很多人不习惯不理解乃至诟病的地方。跟绝大多数诗人不同，骆一禾一直避免把诗写得流畅平滑，刻意采用非常规语言组合、甚至自我生造的语词，打破顺滑的节奏，读来阻拗、滞涩、虬结，从而使诗风朴拙、粗粝、奇峭。这正是骆一禾的独特之处，是他诗学观念的过人之处，也是他推崇的柏拉图美学：铁硬而苍雄。

漂亮让人目眩，华美则失凝庄，得其形，则忘其意，而复失其神。古今中外，风格大师则反其道而行：杜甫的拗体诗，梁楷的泼墨大写意，布莱希特的间离效果，艾夫斯的不协和奏鸣曲……

我不知道，时年 27 岁的骆一禾，以他的高远，以他的洞察，以他的沉静，假以时日，写作边界将去到哪里。"是道路 / 使血流充沛了万马　倾注在一人内部 / 这一个人迈上了道路 / 他是被平地拔出。"这是他的《修远》。

没人知道，不到一年，一切戛然而止。

1988 年青春诗会，是个奇特的存在。上半年已经召集过一班人马，李英说刘湛秋不满意，于是才有了 8 月的二期，我们这一拨。即便圈子小了一号，诗江湖依然还在，我到来时，他们已然分成两派，互不咬弦，这让会务主持王家新挠头不已。还好，新来的迟到的这位，老实巴交，不争不抢，完美的酱油党。

到会的第二天晚上，我一个人往外走，经过餐厅时给一禾叫住，进去招呼，一禾给我和座中来客介绍，是多多。我陪坐了一小会儿，一禾喝得有点儿高，继续他先前的话题，对开愚遭受的攻讦颇为愤慨，多多则频频举杯解劝。我一脸懵懂，插不上话，便出去瞎逛。

闲聊时，骆一禾说过一个有关他名字的段子，起因是，我们都认为他这名字大好，高端大气上档次，不像我们，还得抓破脑袋想笔名。一禾说，幼时随父下放河南农村，落户的李姓人家有一稚子，户主也跟我们一样，觉得他这名高端又接地气，遂给稚子改名，曰李一苗。一禾一苗，一根同生，其义无差啊。我们笑，名相如实不相如，咳咳。

印象中，我们那一群后来走得近的，是有合照的。为这记忆特意翻找了旧照，是有，但一禾不在，有家新、林雪、海男、开愚和我，在天安门广场，很傻气地撮成一堆。至于哪一天去的，怎么去的，却怎么也想不起。只记得我和开愚、海男，是逛过故宫的，想必是在小集体茄子照之后了，我们以"子弹的速度"（我当时说的）一小时逛完故宫。逛完，又在附近小饭馆吃了午餐，海男抢着掏钱，说之前公交门票饮料都是我掏，这回该她了。真是好姑娘。那顿饭，按现在物价水平折算都不便宜，问题是，都没吃饱。

鲁院的研讨会结束，接着是好玩的部分，集体去北戴河。家新要留守编辑部，林雪要回东北，一禾要装修新房，马上要结婚，都没同行。我们起了个大早，一群人拎着包走去公交站。一禾也去赶车，走在我旁边，问我水性咋样，我说憋着气勉强能游过一个小泳池吧。他说，去了海边，千万别逞强，他一个小师妹，前不久在水库里遇溺，本身水性很好的。别逞强，别勉强，他再三叮咛。然后我们作别。

路上看到邮局，进去给女友发了一封电报，报个平安：无聊且乏味，此为青春诗会。现在去北戴河，勿念。他们以为有什么大事，关切追问，我把电报内容说了，几个女孩笑得花枝乱颤。

说到北戴河，顺便简单回放一下吧。坐火车抵达，住进作协的陈旧别墅，下午游泳，晚饭后大伙儿再赶往海边。在海边，邹静之老兄亮了一把金嗓子，彩声一片，然后各自星散。坐在沙滩上，涛声时近时远，明月生自海上，海男、童蔚、李英，三个女孩组成三声部，唱起了南斯拉夫谣曲《深深的海洋》，开愚和我则默然旁听。

人的记忆是一座幽暗森林，往事中的点滴，那闪亮的部分，像静夜萤火虫，在时空那端翻飞，明灭。那是一个很美好的夜晚，愿那一夜海边陆上的兄弟姐妹，此生安好。李英，也是麦琪，那个端庄、明慧的姑娘，眼底含笑、秋波流转的美好女子，愿你安息，无忧无怖。

北戴河回来，按事先约定，我变成书展的出版社工作人员，住进会馆边的旅馆。下午散馆早，闲来无事，在街边电话亭给一禾打了电话。一禾很高兴，说你快过来，小查也在。小查就是海子，一禾在鲁院时谈起过。我犹豫了一下，推托了，那些日子诗友见得太多，一时吃不消，何况，那时还真不了解海子。

倒是家新，安排了哥仨的见面，在他西单的大杂院，一起吃的饭。一禾扒着饭，以他特有的慵懒，坏笑说道，听说你们这趟去北戴河，搞出很多状况嘛，这一撮那一撮的……这里头，居然有我。家新一脸惊诧，我则一脸尴尬，这位大哥，浓眉大眼，居然也有一颗八卦的心，耳目还蛮广的。不过，消息失实，我最大的收获，是一个人坐在岸边破船上，帮人守了一晚的鞋，那些光脚的家伙，一个个走丢了。再有就是，回程火车上，海男和童蔚跟你一样，有颗知心大姐的心，跟我索看女友照片，我还真有，她们看得一脸激动，海男还说了一大通，可一口云南话我几乎听不懂。

诗会以后，与一禾有一搭没一搭通信，一禾回信总是很快，对我无聊的牢骚也饶有兴趣回应。我寄过一首长诗给他，他留用了，说要排队，还说很高兴有一本诗歌集子，把我俩都放在一起。这方面他又是先知，后来看到书，是一本年度诗选，我和他被收录的诗，都只是各自的中平之作。

1989 年，多难的一年，"这一年春天的雷暴不会将我们轻轻放过"。4 月初，在出版社天台铁皮屋，打开寄赠的《澳门日报》，突然看到一小则消息：海子卧轨自杀，还有北京诗人圈的揣测评说。深为震惊，剪下报纸寄给一禾，一禾简单回信，说报中所言不实，这些日子为抵抗谣诼，张罗海子后事，心力交瘁。

时隔两个月，噩耗再度来袭，我已完全不记得消息来自哪里：骆一禾脑出血去世。

听到消息当天，女友来探我，我抱着她痛哭失声，平生唯一一次，为家人之外的人辞世而痛哭。

第二天，按一禾以前留下的家中地址，给一禾父母发了唁电。半年前我失去了父亲，父亲的脸，在我手中渐渐冰凉，渐渐僵硬。老人失去亲子的切肤之痛，我不忍多想。

该为骆一禾做点什么。这个人，为他人为诗歌做得够多了，这短暂的灿烂的一生，让它成为火焰，跳跃；成为琥珀，永固，留在人间世。

为这执念，一年后，当我进入《花城》打理诗歌栏目时，便第一时间付诸实施。骆一禾、海子、西川，曾经三位一体的诗歌兄弟，同一期亮相，大篇幅。为这事，早先拜访了张玞和西川，他们二位，一个为骆一禾，一个为海子，倾注了一生心力。

我无意把骆一禾当圣者来歌咏，虽然在我心中，他就是。我只是写下我有限的记忆，写下这活生生的兄弟，他若在生，我愿与他对酌终生。文本的骆一禾，我无力书写，自有达人从他留下的浩瀚作品中挖掘宝藏。他的两本书，黑封皮大部头的诗文集，血红的《世界的血》，躺在我书架上甚少翻起，那是掩埋的痛楚，那是时间的血痂，我倦于触碰。

"繁星已经无用，把它们熄灭吧。"奥登在他挚友辞世后，决绝写道。幸甚矣哉，繁星还在，每当夜临，星光迢迢奔来，照临我们，抚慰我们。三十光年外的星光，骆一禾溘然长逝那夜飞溅的星光，如今终于抵达，成为迟来的哀悼者。而今夜出发的星光，三十年后，我们安在？

　　我们一定要安详地

　　对心爱的谈起爱

　　我们一定要从容地

　　向光荣者说到光荣

　　　　　　——骆一禾《先锋》

2019 年

世界的血

——怀骆一禾并谈论他

于坚

骆一禾坐在我旁边，穿着一件白衬衣，面庞白皙，手指修长，与云南高原上普遍的古铜色格格不入，像是一位误入穷乡僻壤的修士，天真而自信，才华横溢的样子，音调低沉而幽深，我耳背，不是听得很清楚。我们正坐在一辆旧的长途客车中，在崎岖不平的山路上行驶。我们一边挨着，一边谈着诗，高原上的冬天，并不冷，森林外面可以看见空着的土地，堆着稻垛。他说出一句来："中国的大王，都是土匪出生。"我不知道这是他自己的创作还是道听途说，只是隐隐地感觉到他对这种风格并不以为然，"也可以写"。我喜欢这两句，我们更热烈地讨论起来，都忘记了山路颠簸得就要把我们甩出车窗去。那时候人们不认为修路有什么必要，"道可道，非常道"。"只有在崎岖小路上攀登的人，才有希望到达光辉的山顶。"（马克思）

那时候，骆一禾写的是：

喝河里的水

迎着天上的太阳

蓝色的门廊不住开合

涂满红漆的轮片在身后挥动

甲板上拥挤不堪

陌不相识的人们倒在一起沉睡

我写的是：

喝天上的水

种脚下的石头

永远　爱不怕狼的女人

　　我忘记了我们是怎么相识的了，也许是通信，那时候诗人互相写信。我与韩东通信，与西川通信……写在那种每页 300 或 500 字的劣质方格稿纸上，信封上贴着邮票，盖了一个邮电局的黑色的圆印，似乎还可以看见寄信者的手指。"谁此时没有房子，就不必建造，/ 谁此时孤独，就永远孤独，/ 就醒来，读书，写长长的信……"（里尔克）那是一个里尔克式的时代，一切都在等着揭晓，等着靠岸，等着拆迁，空气中弥漫着巨大的不安，但是旧时代的修道院般的窒息所导致的闲适并未散去，还有一点儿时间让那些如饥似渴、两袖清风的人们去阅读、讨论、沉思、写作……窗子打开了，"世界的血"涌进来，惠特曼、金斯堡、里尔克们已经写出了那样的诗，我们得努力呀！我记得我和朱晓阳（他后来也成为一禾的朋友）一次次在深夜走过一条清代建造的长街，在幽暗的街灯下面争论老子和表现主义直到午夜。诗人们走上年久失修的街头，站在一个绿色的邮筒旁边，将剪去了一个角（只要剪去一个角，就意味着这是投稿，可以不贴邮票）的信件投进信箱。那时候寄信的人之多，铸铁邮筒的投递口都被磨出了本色，像一张涂着黑色唇膏的厚嘴唇。我和一禾或许就是由于投稿相识的，昆明尚义街6号的诗人都在给《十月》投稿。《十月》就像是一本"世界文学"，"抽象理想最高之境，犹希腊柏拉图所谓 Idea 者"（陈寅恪）的载体。我们在"文革"时代孤独的地下写作中想象过的这种刊物。"世界文学"当然要有一个载体，一叠长方形的，散发着油墨香味，有着精致的软皮封面的纸。

我们前往云南西部的傣族地区参加一个笔会。我刚大学毕业，一禾已经在《十月》当着编辑，被派到云南来组稿。我们下了车，前往一个山洞探险，那是我这一生最惊险的经历之一。这个山洞刚刚开发，我们被请去为那些奇形怪状的钟乳石命名。走完施工已经完成的一段，大部分人就退回去了。向导建议，继续朝原始的部分走，那边有一个出口。有四五个人同意了，我和骆一禾都在其中。于是我们进入了一片漆黑，攀过一段绝壁，立脚处仅够脚尖，下到一处巨穴里，向导丢失了手电筒，摸不到那个出口。我们坐在看不见彼此面目的黑暗里，为了证实自己依然存在，时时要用手去摸摸同伴，我不知道一禾在哪里，他像死了一样沉默。后来向导终于找到了丢失的手电筒，摸着了那个洞口，我们从鸡肠子般的岩石管子里挪出去，必须相当苗条。那时候我们都瘦得厉害，世界普遍地营养不良。终于重见光明。我记得一禾站在阳光下，周身苍白。

这一天大海上有蜻蜓在飞

每一只都有翠绿的翅膀

每一只蜻蜓

都一直向前

都不在气流中倒退

——骆一禾

我们不是通过观念认识的，而是通过身体和行动，这就有了一种更亲近的关系。后来我们在德宏的天空下跟着傣族人跳舞，饮酒。一禾被推到中间，狼狈地躲闪着傣族姑娘的攻击，酩酊大醉。他来自北方的观念之城，夸夸其谈者滔滔，而云南是身体激烈在场，沉默、忠厚、热烈，有着波希米亚风格的外省。我感觉到他的震撼。他后来与云南许多诗人、作家成为朋友，《十月》一度成为云南文学阵地，并非偶然。他过世后，张珧带着《世界的血》来到昆明，几个云南作家陪着她在翠湖北路1号的一座旧楼的房间里坐了很久，不说话，都低头翻着这本书。忠贞不渝的张珧像个西南联大的女生，永远守着她的一禾。忠贞、世界的血这些词在这个无耻的时代，就像黑暗深处远去的烛光。

另一次在北京他那雅致而阴郁的房间里，我们也谈过一次。我记得他那双白皙的手在一摞书旁边晃着，仿佛一只绝望的蝴蝶。后来我听说了他的死，我想象着他坐在日落下，就像一只忧郁的鹤。河流已经失踪了。

他首先是一位杰出的编辑。在骆一禾编辑的栏目上发表，这是20世纪80年代的文学荣耀之一。我们其实没有在诗歌上谈得太多。不必说，彼此都是那种开始就是结束的诗人，只是在完成各自的天命。那是一个自由重返的时代，深刻的诗人都在建设自己的哲学和世界观。一禾和海子属于那种所谓浪漫主义诗人。浪漫主义是20世纪的世界写作的主流，尼采、马克思、鲁迅……都具有强烈的浪漫气质。浪漫主义关心的是"世界方向"。诗本具原始的浪漫气质，浪漫就是超越，只是浪漫的倾向不同，尼采的浪漫影响的是爱伦·金斯堡，马克思的浪漫影响了鲁迅。浪漫主义是一种语词的高蹈。"愤世俗之昏迷，悲真理之匿耀""今索诸中国，为精神界之战士者安在？有作至诚之声，致吾人于善美刚健者乎？有作温煦之声，援吾人出于荒寒者乎？"（鲁迅《摩罗诗力说》）世界的血是一种精神之血。

我与之不同的是，诗是语言之血，诗不是主义。浪漫主义的危险是缺乏细节，观念的高蹈常常重创现实。中国诗歌自屈原之后，被儒家诗学所制约，浪漫主义越来越弱，抒情言志往往满足于风花雪月的浅斟低唱、修辞的精密。"惟文化已止之古民不然：发展既央，隳败随起，况久席古宗祖之光荣，尝首出周围之下国，暮气之作，每不自知，自用而愚，污如死海。"（鲁迅《摩罗诗力说》）山水诗的情形有点儿像西方中世纪教会文学，"道法自然"已经概念化，终于耗尽、用罄了山水的细节。20世纪初的狂飙突进的新诗是一种浪漫主义的解放、突破。草创时代，新诗即以屈原为号。高蹈乃是世纪主流，无论创造社、西南联大诗群，还是朦胧诗人、社会主义诗人，都在左或右、虚或实的纬度上高蹈。浪漫主义或者是一种精神现象，或者成为意缔牢结，成为功利味道十足的本质主义。朦胧诗即是后者，意识形态是一种观念的功利主义。多年后我重读《今天》，发现1979年创刊号的"今天"二字下面赫然印着"今天"一词的英语，真是深谋远虑。昌耀、骆一禾、海子是前者。昌耀的高蹈在于细节的丰富，他历尽沧桑，他的浪漫主义有些压抑、激愤。海子的高蹈则由于涉世未深，赤子也意味着浅薄，对"姐姐"这种词的依恋，是一种血气方刚的孤独，一种自我戏剧化的撒娇。浪漫主义的牺牲在海子这里被修辞化了。他在最近三十年一直受到追捧，已经充分暴露了这种"纯诗"暗藏着的小资产阶级乌托邦。即便如此，海子也高于后来那些纯诗癖，这位烈士至少"知行合一"，为"修辞立其诚"贡献了肉身。浪漫主义是一种重器，荷尔德林的诞生对德国精神产生了黄钟大吕般的影响，招致温故知新，重返希腊的冲动。海德格尔力挽狂澜，将这种观念性冲动引向语言（梅洛·庞蒂则更直接，语言就是身体。"是身体在表现，是身体在说话。"），而不是"观念的冒险"（怀特海）。鲁迅也意识到浪漫主义乃是一种复古，温故知新，这个故乃是"赤裸生命"（阿甘本），"尼佉（Fr. Nietzsche 尼采）不恶野人，谓中有新力，言亦确凿不可移。盖文明之朕，固孕于蛮荒，野人狂獉其形，而隐曜即伏于内。文明如华，蛮野如蕾，文明如实，蛮野如华，上征在是，希望亦在是。"（《摩罗诗力说》）鲁迅的浪漫主义最终为现代汉语奠基，汉语在鲁迅这里复活，因为鲁迅是一种可靠的现代汉语。80年代浪漫主义三诗人中，骆一禾最为接近浪漫主义核质。80年代是一段自由思辨的时代，位于"文革"噩梦与市场经济的悬崖之间，沼泽般停滞的旧事物与满血复活的思想力之间有一种平衡，相对安静、沉思。出现骆一禾这样的诗人绝非偶然，他将浪漫主义推回到它久已废弃的旧轨道上来。世界的血，是一种精神之血。

五千年明亮的文字

挥舞着纤细的蚁足

在强烈的阳光下走过

不能看到理想

我感到阵阵心痛

而伟大的幻想　伟大的激情

都只属于个人

随生而来　随生而去

每一个世纪都有人摸索它　由此竭尽

哪一首血写的诗歌不是热血自焚

　　80年代是修辞的高蹈时代，骆一禾试图为废墟命名。他走的是浪漫主义一路，但不是创造社的短时段的观念狂飙，也不是30年代新月派的小资产阶级浪漫主义，不是70年代末朦胧诗的功利味十足的浪漫主义，而是古典的浪漫主义。他想加入到屈原、尼采、荷尔德林、特拉克尔一路去。他思考的是世界意义，方向、善、爱、恶与光荣。他比海子想得更为清楚、深沉，而没有后者的那份自恋。海子的高蹈基于观念，骆一禾的高蹈是世界观。高蹈是80年代以降越来越世俗化的中国世界精神焦虑的结果，读者对士农工商这一亘古秩序的大规模颠倒深怀恐惧。"前不见古人，后不见来者。念天地之悠悠，独怆然而涕下！"读者需要诗人再次出场告诉他们"我是谁，从哪里来，到何处去"。"试稽自有文字以至今日，凡诗宗词客，能宣彼妙音，传其灵觉，以美善吾人之性情，崇大吾人之思理者，果几

何人？上下求索，几无有矣。"（鲁迅《摩罗诗力说》）

浪漫主义的方向是"生活在别处"。与兰波的别处不同，中国浪漫主义的别处是对儒道释之外的第四个神的向往。自利玛窦以来，中国词汇中逐渐出现了山水诗系统少见的形容词和直线，创造社时代是一个高峰。20年代的浪漫主义基于国家与社会的黑暗没落，愤怒是真实的，迷信未来，轻视过去，所指摧枯拉朽也易朽。继承五四的传统，骆一禾也是命名者，他的野心是建造一种"长时段"的高蹈修辞。修辞立其诚。修远，他试图上接屈原那种修辞的神性，旁宗西方的阿波罗传统。他的局限是，这种高蹈语言缺乏经验和细节，容易流于空转。神性、兮、楚、赤豹、文狸、"终古之所居"……并不是屈原想象力或者概念计算的产物，而是他的此在，"大块假我以文章"。

荷尔德林的高蹈是有细节支持的，大地在荷尔德林那里乃是此在而不是概念，而荷尔德林的读者是海德格尔。"诗不只是此在的一种附带装饰，不只是一种短时的热情甚或一种激情和消遣。诗是历史的孕育基础，因而也不只是一种文化现象，更不是一个'文化灵魂'的单纯'表达'。""诗给人非现实和梦幻的假象，似乎诗是与我们十分亲切熟稔的触手可及的喧嚣现实相对立的。实则不然。相反地，诗人所道说和采纳的，就是现实的东西。"骆一禾的拥趸经常会提到荷尔德林，这就是荷尔德林。

我肯定骆一禾的高蹈，这种高蹈不同于荷尔德林的高蹈，这种高蹈来自一种深刻的中国焦虑。20 世纪，中国那个亘古封闭着的潘多拉盒子终于被打开了，引发了普遍的精神焦虑和迷惘。昔日固若金汤的世界观分崩离析，必然影响那些杰出的诗人，他们必然做出自己的回应。"学而不思则罔"，骆一禾是思者。我们时代的诗人绝大部分是没有世界观的，他们只在乎主义、观念、意识形态以及自恋式的修辞狂欢。"史诗指向睿智、指向启辟鸿蒙、指向大宇宙循环，而悲剧指向宿命、指向毁灭、指向天启宗教"，仅此愿景，骆一禾就月白风清、水落石出。骆一禾的意义在于，他在朦胧诗功利性十足的高蹈、海子那种小资产阶级知识分子的浅薄高蹈之后，触到了本质性的高蹈。"自古以来，诸神的语言就是暗示"（荷尔德林），当荷尔德林如此说的时候，他立足于一个古老的拉丁语传统，高蹈是拉丁语系的根基。而在骆一禾或海子，这终归是一种"生活在别处"。在今天这个修辞的世俗时代，骆一禾就是一个烈士，他因为深刻而被冷落。

"必也正名乎"，我走的孔子的"温故知新"这个路子。但我时常在"生活在别处"的巨大召唤面前感到迷惘。有时候我会想到那个 5 月的黄昏，骆一禾坐在那里，震耳欲聋，头痛欲裂，穿着他亲爱的白衬衣，那么孤独无助，仿佛置身在洪流滚滚之外的一块青石，即将死去。"逝者如斯夫！"孔子感叹的不仅仅是川，也是"道不行，乘桴浮于海"。

世界说需要燃烧

他燃烧着

像导火的绒绳

生命属于人只有一次

当然不会有

凤凰的再生……

在春天到来的时候

他就是长空下

最后一场雪……

明日里

就有那大树的常青

母亲般夏日的雨声

我们一定要安详地

对心爱的谈起爱

我们一定要从容地

向光荣者说到光荣

2018 年 11 月 16 日星期五，在昆明

澜沧江，一滴水
——骆一禾与云南作家

黄尧

我与一禾认识，是在 1984 年，他北大毕业被分配到《十月》杂志社工作不久。因为杂志分工他管西南——云南片区的诗歌、小说来稿，书信往来成为经常的事而熟络的。我到北京开会，初次约见，我面前的一禾那么年轻，翩翩一少年！长发，自然大波浪的那种，有几分腼腆羞涩，身板稍弱。不像北方人。但他的表达令我即刻就认定可为"天然朋友"，坦诚、简约，不常使用纯理论概念，充满"自创的奥理"。我知道他是诗人，在北大诗人"四杰"中，他占其一，但交谈中，感觉不到他在故意酿造诗意。他擅于把一部作品当作诗，那是确真无疑的，在我的领会里，他从不使用"现成"论说，于是我们仿佛在云端里漫步，云来风动，缥缈虚空。但蕴涵着对作品"拔高"了无数层次的解析，他往往是对一部作品的"可能达到的高度"来展开话题的，让人感觉无论高低，一部作品提供他的首先是一种思想的材料，一种或大或小的撞击，他重视的是"外在的可能性"，好比他是一个思想的熔冶工匠，什么材料来到他这里，只管投入他天生设置的熔炉，他立即生发无数奇幻——我常想，如果作者听到他的"箴言"，也许作品的面貌就不一般，但这是不可能的。杂志编辑的操作规程不具备可能性，这只是其一；重要的是一禾自身的包容性远远大于一篇"自然来稿"。于是，长久以来，在我心念之中，他应当成为一个独立诗人或独立的诗歌美学理论家。甚至大量的"体制诗"（当然包括小说）对他是一种耗丧和侵夺。

我们彻夜畅谈，有开不尽的话题。但奇怪的是，他最大的兴趣不在于"谈文学"，"开篇"之后的"结尾"，往往是在听我"讲故事"，不是编织出来的小说素材，而是"一个人的经历"——那些看似匪夷所思，但确实血肉模糊的"长篇"乃至细节。讲完一个"章节"，再次见面还有"续集"。大约那是几十年的一部"口述史"——现在想来，我不大愿意去回顾过去，也绝少与一个朋友说得那么多，唯一禾是我愿意提起话题，且愿意倾诉的对象。几年后，一次见面，他赠送给我一部《基督山恩仇记》。这令我意外也吃惊，当然，这部畅销多年流行甚广的小说我读过，因此，不用他多言，我明白他的意思，他以为那些传奇在人生中近似、再现本身就是一种"奇诡"，可以"复合"，但"恩仇"是无穷尽的，是一个简化了的"主题"，舍弃背景就毫无意义了。他呵呵一笑，那意味也就是"一笑"

而已。他重复了"伯爵越狱"这个情节，我的"故事"里也有类似的一段。他有一个创见，"传奇是永远需要的，但我们会离它越来越远，往后再书写，人们会以娱乐来看待它"——现在看来，还真是。

云门开

一禾与云南各民族作家保持着良好的关系，一半缘于他的工作，他联系云南作家，处理他们的作品。20 世纪 80 年代，云南处于深寐初醒的时期，文学创作粗放浅耕，不能提供足够多的作品。但他很耐心。有次，在规模不大的笔会上，请他讲讲云南的诗歌小说。他三言两语就完了。大家不过瘾，以为他谦虚，再请他讲，他一下就讲了两个小时。"民族作家"听得云里雾里。原因是他没有讲什么小说的结构、语言、情节、人物等等"教科书"式的内容。讲的是"美学"，讲"小说的价值"，他说了小说的"口传根源"，决定了小说在"主观表达与传达效果之间的矛盾一定是有规定的、受到限制或非作者所情愿的，但你必须服从这一定律，有时必须像傻瓜一样痴呆而非聪明的饶舌者"，他的习惯性长句子在那时独一无二，后来他打了个比喻，"好比云在天上，很美，变幻无穷，但那是云的自然形态，如果云不化成雨，对一个渴望耕作的农夫而言有什么用呢？他会站在山头上朗诵一首诗表达对云的敬意吗？他会干什么呢？他会烧香祷告去'求雨'，那些祷词就是诗歌。是神性的诗！"这下，民族作家听明白了。当天晚上，笔会举行了一个小小的晚会，哈尼族诗人哥布唱了一首哈尼族歌谣，就叫《云门开开》，大意是："天上的云彩有道门，你开开你开开，滚出一个小人人，小人儿栽秧一垄垄，秋来红米贡大神……"这应答，活现了他聪明的猜想。他高兴得大口饮酒——他原本不胜酒力，脸红气粗。有点儿持不住了。这时佤族女作家董秀英表演了《甩发舞》，邀请他伴舞，被我阻止了，他站立不稳哪里还能颠倒折腾？他却为舞蹈"击节"（佤族木鼓的拍节），将小篾桌打翻，泼了一身的酒——等他酒性过去，第一句话："云南真好啊！"

云南作家喜欢他的另一面，是他极易融入他们，他虽不擅那种"直接的指导"，他不是那种技术性的导师，但他会极有耐性地听完你的陈述，哪怕极细微、幼稚又执拗的表达。他与佤族女作家董秀英的交往就很有意思。"董董"请他吃饭，亲手做了一桌子佤族菜，全是"虫虫唦唦"和辛味冲天的"筒筒菜"。他竟然每一样都大尝数口，辣味不敌，一时锁口，不能言语。让人心疼。你劝没用，他永远信守他的谦逊，他的知礼乃至忍让。董秀英有些抱歉地说，"我们佤族有句谚语：会动就是肉！不管你是虫虫蚂蚁，会动的都拿来吃！"他如同猛醒，"怎么不把这些写进你的小说？"——这大概是"董董"听过的最有教益的"经典"了。看过佤族女作家董秀英的不少习作后，他的"饭桌上的思路"还在延伸，他向我提出一个理论问题，"民族作家用汉语写作是一个长久不会改变的现状，但是汉语表达会不会限制他们的相对原始的思维？在应用汉语表达的同时甚至前提，就是抛弃他们最有生命力的灵性思维！也许我们做的事，是在灭杀这些最有价值的东西"。

后来，这些讨论逐渐占据了主导的地位。董秀英后期的文学创作，"暗合"了一禾天才的猜想，她突然地惊醒了！反叛了！申明"要用佤族的思维、汉语的表达"来写作了。要合乎汉语语言的基本规范又要融入一种极其幼稚、原始的思维，这条道路来得如此艰难，但她的坚韧令人吃惊，先是短篇，最后是长篇。数十万字的长篇小说，整个"语态语境"充满了原始灵性的跳动、频闪！大神和鬼魅招之即来！最初看到这些作品的人尖叫"这是些什么东西呀？疙疙瘩瘩，简直无法卒读！"但一禾此时已经远去，谁来评判、谁来"击节"、谁来"鼓呼"？这些"实验性"的作品，大多是由我送到《十月》杂志社的，心心念念，还是因为一禾，他应当灵魂仍在！《十月》很快发表了"董董"的第一个"新样"的短篇《爬满青藤的木屋》，接下来是《背阴地》《九颗牛头》等，他的继任顾建平看好这些作品。汪曾祺先生看了她的《背阴地》，大呼，"太好了！"欣然为其第一个小说集作序。可惜董秀英不久也离世，这成了云南文学上空永远绚丽的一朵"云"！

澜沧江的一滴水——欠你一次长旅

　　一禾与云南作家结成朋友兄弟般的情谊，他先后编发了作家汤世杰的中篇小说《高原的太阳》、我的中篇小说《荒火》等，这些在《十月》头题上发表的作品，都成为作家的代表作，产生较大影响并获得"十月文学奖"。

　　他编辑稿子的特点是一般不讨论作品的具体问题。充分尊重作家原创，一如往常的风格，他关注的是作品之上"蒸腾"着怎样的"气象"，这些（如果存在的话）"理念性"的思考是如何发生的，它与生活的原本有没有真实可靠的依存关系，等等。因为在他看来，一个成熟的作家，根本不用你去操心他们的技术问题，他们要这样写，必有他的道理。于是"对话"变得极为含蓄抽象，旁人几乎不知所云。而对于一个有思想能力的作家这恰恰是一种难得的享受——他多次赞扬汤世杰"高原的太阳"这个命题，说"在一万次太阳照射下，会有人感受那是另一个太阳吗？要知道在'你'之前，太阳已经创造了八大行星这个宇宙的'存在'，没有人怀疑它还有多种多样的存在！只有后羿怀疑了，并且反抗了，兴起了射日的战争。所以，这样的思考是神的主题！"——没有哪一位小说、诗歌编辑会这样来面对一个作品。所以习惯与他对话的作家是"同一对流层"的思想伙伴。我说法国的莫泊桑这些作家有他们的"沙龙"，也这样喝着香槟奢谈宇宙和神吗？他想了想说，"可能不是吧，在启蒙之后的欧洲，已经不关心哲学了，如萨特者其实是吃新概念饭的傻瓜，他们大概谈的只是女人！"我们呵呵笑了。他问我"荒火"是什么火？我说，简单，就是刀耕火种时人为点燃的火，烧了野草杂树，在山野上辟出地来，犁翻"生荒"播种，火灰就是肥料。这种"原始记忆"镌刻在民族骨髓深处，到了某个季节就会萌生！漫山荒火，如同长龙！他"啊"一声长叹，"多美！人类迷失，其实丢弃的是生存地图"——这种诗性的博弈往往持续很长时间，相似我们共同走过几千年，"作品"只是一次驻步、小憩，在一株独立支持的大树下寻到一片阴凉儿快意地品茶饮酒。

于是，一禾对在云南进行一次"太阳与火"的行旅充满期待。

1986年夏天，我正值学校暑假，我与一禾，还有《人民文学》编辑王青风相约，启程北京来到云南。原先的策划要环滇，但二位惜时如金，有公务压身，事实上他们在云南的行期只有一个多礼拜。一禾提出，他十分向往澜沧江，"一滴水，从雪域高原融化，作千万里的长旅，那是怎样一种隐秘的伟大！"——为此，他做了"地理备课"，对这条中国第四大河出境后成为国际性河流，是著名的"东方多瑙河"充满猜想，下游湄公河是什么样子？应当"坦坦荡荡，真君子也！"他甚至说中国"思想基因"中的"闭锁""自许"与长江、黄河并非国际性河流有关，这竟没有发生争辩，我称之为"一禾地理文化发现"。那么，我们就去谒拜澜沧江吧！但大江在云南境内有2000余公里，"坦坦荡荡"的只有西双版纳境内的不长的江段。

我们走了德宏（怒江以西）绕行，在保山施甸的大山上俯瞰惠通桥，我只寥寥提及抗战时的惨烈战役，"第一次远征军败走野人山""炸桥阻敌"及两年后的"腾、龙、松山反攻"……一禾突然沉默，坐在一棵树下不走了，很静，只有风。

往后一程，他只看车窗外的山水，再也无语。

一禾是一个禁不起思想轰击又要"冲锋陷阵"的那种人。随他。

西双版纳正是最炽热的季节，我们到达景洪后，与东风农场的作者鄢家骏会面，吃了两个农场的最大的西瓜。见了我的表姐，农场中学校长，她竟然说在哪里见过一禾！表姐名"一鹤"，与"一禾"谐音，是缘！说到这层，亲热极了，立即呼唤她的两个女儿爬上自家的芒果树，将"留枝"的老熟芒果尽数扫荡，还说，"前几天就要摘了，我做了个梦，有贵人来！忍了一手，啊哈，是你们哪！"

开阔的园子可以跑马，在一丈树荫十丈果香里扇凉，品着"老班章"的酽茶，看着满地的落果和鸡鹅，一禾眯缝眼睛，那番享受，是他独有的，不需传导他人。表姐已经安排铺陈，要留住，但听说一禾即刻就要走澜沧江，惊讶得说不出话。"没有路啊，再说也不通航。"回头对我说，"你可不要把他们带到老挝去啊！"于是告辞，一禾突然对我的表姐折身抱拳，深深久久地一鞠躬！那礼仪让我愕然，一禾什么时候也是"古人"？

从景洪曼厅寨子，直下澜沧江边。这时的气温在37—38℃，江底的气温还要更高。无风，热流令人窒息。我想到的是补水的问题，但那时没有矿泉水，一禾说可以以啤酒代水，这是两码事，再说一禾也不胜酒力，但细想还真无其他办法。他清空他的马桶包，装了九瓶，王青风胜任五瓶，我负责所有剩余杂物，手里多一把涮刀以备清理杂草路障，也是唯一的"武器"。还真的没有路，全是杂灌和荆棘，远见江水在望，一线碧蓝，一禾的兴致陡然高涨，竟然赤膊欢呼。我提醒他，高原的太阳不是玩的，一个小时下来可以让你蜕层皮，于是将衬衣在水洼里濡湿，尽量地遮盖暴露的皮肤；也不要轻易接近那些沙滩，其中有些看似干燥平软的沙滩是"陷人塘"，也就是沼泽的延伸部分，一旦涉入，可以吞没人畜，才说到这里，他先就发现了远处牛马的尸骨；再有，浅草里有无数旱蚂蟥，如万千待发精锐，只要弄出动静来，瞬间将你包围，到时候，恐怕我们对付吸血的蚂蟥还来不及……一下就爆出如此多的惊险，这反倒让一禾兴奋异常，高兴得像个跟从老师春游的孩子。

我说我们只能走河边的卵石滩，这样的"行军"是非常艰难的，因为大大小小的鹅卵石很硌脚，经太阳炙烤，表面温度可以烤熟鸡蛋，所以你最好是"跳跃"似的前进。千万不要坐下来，或者背靠那些巨大卵石——东西视线可以覆盖十数公里的江段，岸上江边没有一个人影，也没有一棵树木，这个季节是酷热虐人的季节，只有疯子才会跑到这里来！

但是到底看到澜沧江了，它细细瘦瘦，约莫两公里外，是大江丰水季节的主航道，这时被裸露的黄色沙洲切割，目力所及是金色与蓝色的条带，互不浸染，切线分明，交错成一种梭形相楔的图案，美丽至极。

　　我们跋涉的方向是从北至南，即伴澜沧江顺流而下，大约30公里处，有一个江湾，右岸陡立，再往下就是老挝的地界了。但我们走不了那样长的距离，那是将近两天的行程。况且，他们的体能已经很快到了极限。不断地补水，高温下，啤酒烫得如同开水，一禾说，会不会爆炸？当然会，于是但凡有积水小塘、溪流，就给背包里的啤酒泼水降温，这样忙忙叨叨，自觉也十分可笑。太阳当顶时，我们不过挨出了十来公里，但青风的脚底起泡了，要命的是饿了！这种高温下徒步行军时的饥饿，是从后背开始"放射"的，你会感到肚皮紧贴背心，两穴成了空洞，脑袋昏昏乎乎，脚下打绊子。但荒凉的河滩没有寨子，也没有巴掌大的阴凉儿，但我心里有数，这个季节是旱季，是河道施工的季节，只要找到河工队的营地，就有饭吃。但还得往前走啊！啤酒，是不能再喝了，酷热加酒精，你会越来越虚脱。一禾突然问我，"没见你喝啤酒啊！"我说，"我稍有点儿后悔，不该邀你们来做'生存耐力试验'！前面看见了？一大丛绿色，那里就是一个傣族大寨子，有寨子就有救：水、肉、米饭！还有真正的米酒，到那里我们就不走了，歇一夜，做个好梦再说！"其实，我估算，河工队的驻扎地只能在村寨附近，这才能解决他们的食物、运输和劳工的补充问题，因为是"国家工程"，河工队又是重体力活儿，伙食很好。所谓"肉饭管饱"，说寨子里找吃，那是白扯，这里的寨子偏远，穷得漏底，再说旱季遭"瘟"，难说连根鸡毛都找不到！"望梅止渴"就望吧，脚底果然轻快了。

　　挨了两个小时，下午三点，大约总共走出了20公里。还是一禾先发现了河工队的工棚！但对我说的"走！蹭饭吃去喽！"一禾无比惊讶，甚至驻足不前，有狗，很凶恶的土狗。"狗，我来对付，你们先进工棚，说是北京来的！"

　　队长在，一个中年保山人。说保山，说他的家乡，夸耀他保山人的"大肋巴"（善任苦力），队长眉开眼笑。其时这里已经分派厨房"割肉""砍鸡""摘韭菜"了，酒盏已经撒了一桌子！还问，"还有没有人，就你们三小个？"于是，我与队长侃开来，他诉他的"苦情账"——包工头是他舅子，"狗日的吃独食！桌子底下使脚——把我当狗踢！""我身上三种工伤，炸河石（暗礁）差点把肠子挂在江心岛……三个月不来人了，昨天漂来一具黑咕隆咚的尸体，害得我追着水打捞，还叫人去喊派出所……你们北京人幸福幸到毛主席！"后一句我不知道什么意思。

　　吃饱喝足，走人。不开钱。

　　一禾有些不解。

　　我也半醉，说，"硬要开钱，他就要杀人！"

穿透暗夜

我在北大作家班学习期间，与一禾往来最为频繁。一来同城交通方便，二来北大是他的母校，自然亲切。还有一个重要原因，他的新婚妻子张玞还在北大驻读硕博，可以见面，不时地去圆明园等地方逛逛。张玞是个天生能读书也会读书的人，我就纳闷，读那么多书，累不累烦不烦啊？她却轻松得如同一只鸟儿，翩翩地，自由得不着地。她说话语速极快，思维如跳跃的闪电，与不时沉默也内敛的一禾真是差异分明。但我理解那是一种角色的分配，一禾把话语让给这个活泼得可以随时随地占满空间的妻子，不让也不行，玞子那种极度外向的天性感染所有人，况且她一肚子莎士比亚、戏剧理论、诗歌美学，似乎不来那么一两次"喷发"，憋着作甚？

一次游圆明园，走在中间的她，猛然一声尖叫，把我吓了一大跳，"蛇！蛇——"我赶忙去营救，但近前一瞅，那只是一条干树枝！我想什么时候把她带到滇西丛林里去，让她经历一次真正的猎蛇，一次过足瘾头！看你还大惊小怪！

礼拜六下午，一禾就来了。与作家班的朋友谈谈稿子、聊聊天，晚上，就歇我的宿舍。作家班待遇不错，一般都安排单人或双人间，我与湖南作家叶之蓁或聂鑫森同屋，但他们两人总有一个不留宿，要么就是回乡了。一禾就长期地与我同住。

他的习惯是一到晚上，精神头就来了。没有第三个人，我们随便拣个话题，一聊就是半夜。

大约 1986 年下半年，我发现一禾有些"强制性兴奋"，向我要药吃，说头痛。那时，他解释只是感冒而已。已经漏夜时分，我因为次日有课，先告休息。但差不多黎明时分，隐约感觉到屋角有亮，翻身来看，一禾竟然通宵未眠，台灯亮着，灯罩掰成一个遮光的角度，他在写什么，桌子上满是书写得密密麻麻的稿纸。那些分行的，可以理解为他的诗稿，但大量的是扩充到天头地脚的成块的文字。他说他"睡不着"——一个写作人，差不多都有过这样的状态，灵感潮来，极度地兴奋，于是，开初我是不大在意的，只提醒他应当休息了，不能尽着熬！他希望我翻翻他写过的文字。于是，他也许只是假寐的时刻，借着窗外晨曦，是我读稿的时间。

天哪！这些娟秀的书写，是怎样一种铺陈！洪水般的汹涌，泥石般的坚硬，又如漫天丝绸飞舞的柔软！这不像是为一种有意成型的"创作"而勾画的图形，却有着宏大得无可比拟的规模和明朗坚实利刃般的线条，这些看似错综复杂的线条下层，也许在通读多遍后才能解析的最底层的结构，是隐约的，如同大型交响乐沉雄的衬音，一种世界死亡的沉吟。全部文字，涉及感官所及的寻常现象、事物、具象的抽象的千万符号，但十分明显的他又把它一个个地、成团成组地粉碎、捏合、再粉碎——他在解构这个既存的世界！他在，或者说他意图重新建构一个"新宇宙"！这个宇宙与俗常进入诗境的事物、现象、素材无关，与世俗无关，与宗教无关，与传统无关乃至与他之外的"世界和人"无关，上帝、耶稣、歌德、恺撒、唐宋古人，只是他随意呼唤的仆人及侍从；天堂（他无数次提及）只是间壁的另一个"宿舍"……他是一方霸主（只有他），同时驾乘着十辆战车，与阿波罗竞驰，在宇宙的空旷地带厮杀、搏击！使我吃惊的是，在全部已经写下的文字里，他俨然一个战神，他怨恨所有怯弱、虚伪、造作、专制、独裁、谄媚……崇尚勇武与流血！在我看来，他可以随意截取《荷马史诗》的一个片段、画面，就跳跃、展开，复现完全不同的场景和隐约成型的故事。

喷薄！云雾与火光交织。

却无法触及边缘。

这是一个仅仅属于他的自诉式宣言。

我无法说什么，这已经大大超出了我的认知范围和我所熟悉的"一禾"——这样的漏夜写作，持续了不短的时间，直到我结束学业返回云南。

我曾经无数次回顾那种一觉惊醒就见他伏案疾书的情景，心疼他头痛却从不声唤，他是在拼命击打他的大脑，让羸弱的血流澎湃如大海！他是在急匆匆地奔向一个我们不知边缘的终点。我也曾想，如果假以时日，我们能见到他最终成型的巨幅诗篇吗？

"快乐发动机"

我曾经与一禾开辟过一个关于"伪诗"的话题。不是针对特定的作者和作品，而是就文学作品的真伪说开去的。我认为诗歌中关于爱情的诗多半是"真"的，而其他则是"无病呻吟"，进而诗是为爱情而发端并存在的。真爱不会欺骗自己，自然不会欺骗别人。我记不得一禾是否同意，但他至少不曾反对。

一禾与张玞是同学，相爱并结为连理，是一件公认的美事。他们相互保持独立的个性，契合又性情分明。但我很难想象他们的日常。听他们自个儿说小两口经常讨论，抑或是争辩一个问题，常常相持不下，或者辗辗转，一个话题完了再续一个，竟然不眠不休。不禁哑然！我判定他们之间正是这种"张力"而紧密联系的。许多小夫妻结婚不久就没有话可说了，他们不是，至少玞子"不饶让"，她的思维固有的非同一般的活跃，它的连贯性、敏感性、纷繁性、彻底性和坚守性，形同一种不可战胜的武器。且无论有无目标，随时随刻可以击发。而一禾（与我们共处的感觉）则稍微忍让、谦和。但亦有来有去，并不妥协，这就有了"绝配"。我猜测，不全是有关文学的话题，即便80年代被今天称为中国文学的"黄金时代"，其实可资日日夜夜拿来磨嘴皮的话题也并不多，深刻到哲学乃至人类、世界意义上的思考远没醒来，且永远不会到来。至于大多数作家的流行作品，还不配"骨髓"级的敲打。什么话题？这就不知道了。

海子的死，对一禾打击太大。那种情形下，他，以及朋友能做的都做了。剩下的只是怜惜和无尽的悲伤。我感觉，这与他后来"轰毁"式的，乃至"魔化"式的写作，哪怕只是一丝掠过的思丝，他都要舍身飞扑去捕捉，有相当的关系。还有，他对家庭更加珍爱，这亦在必然。

最美的事，是一禾发出"家访"的邀请。来到他们小巧簇新而精致的家。通常玦子不在，他们各忙各的，也是离多聚少，那时又没有手机，约见啊会合啊，很难。门上有各式各样红红绿绿的留条，披披洒洒，多至如同"蓑衣帘子"，小条报告各自行踪，谜语暗号充斥，但有一个大篇的，是一禾多少有些抱怨的文字，与我们的来访有关，约定哪里哪里吃饭喝咖啡之类。一禾有些不好意思，要去撕，被我阻止了。这就是一篇文章，干吗呢？开头，一禾称玦子为"快乐发动机"！这就逗了神了！什么是"快乐发动机"——"能源系统"？别说，还真恰如其分！没有比这更神准更确当的了！一个家庭需要快乐，这是真髓！而快乐需要"发动"，需要其中一方或双方来激活能量，而玦子正是那把"万应钥匙"，那些失水的小盆栽非但可以开出花来，更重要的是，她善于发现某种绝妙的话题，让这个小家充满笑声！那是她词语中固有的幽默、谐趣和天然的质感，笑声是"专有"的，可以归并为开怀大笑！以笑声回应那些有质量的噱头，自己先笑而后戳中更大的机关，大家一齐大笑，乐不可支！这是一个可以叫她瞬时悲伤，却没有办法叫她不快乐的人！固而是大家的宝贝儿！

说到这里再无话了。

每每想到这些往事，心底涌现一丝温暖，有这样一对朋友，是我趔趄人生中的幸运。世界，没有那么坏。

一禾有一段诗，仿佛预言：

留下天堂，秋天清杀，今年让庄稼挥霍在土地

…………

这一年春天的雷暴不会将我们轻轻放过

是的，一切应验。

是的，你去了，转身，去意决绝。我幡然明白，你不是这个世界的人，你随意呼唤的上帝，缺一个可以永昼对话的人。

是的，我们仍在"雷暴"与苦难中，如果想我，就来聊聊，原地！不见不散！

2018 年秋天，昆明

星核的儿子

——《今天》121期"骆一禾纪念专辑"编者引言

宋琳

1989年5月31日，骆一禾逝世于北京天坛医院，时年28岁。就在他逝世前两个月，年仅25岁的海子在山海关卧轨自杀。这两位诗人具有象征性的死亡事件过去三十年了，就当代诗歌进程而言，或就骆一禾"价值理性建设"的文艺复兴式伟大抱负而言，两个年轻生命的遽然离去，乃完成了一种精神献祭，似乎应验了席勒的诗句："在诗里获得了永生的人，/势必在生命里沉沦。"但历史诡计的神秘运作，也使两位诗人的死与那个转折性的时间节点永久地联系着，所以回头再读骆一禾《灿烂平息》的首句与结句——"这一年春天的雷暴不会将我们轻轻放过"，不禁唏嘘不已。

2011年4月，我曾在张桃洲和西渡召集的骆一禾诗歌研讨会上谈到"骆一禾的诗歌有一种先见性，他的诗歌仿佛是为了未来而写作，跟80年代的语境奇异地拉开了距离"。记得那次研讨会上有人提出海子和骆一禾的区别被忽视了，人们更多将他们视为孪生的一对。而他们二人，包括西川，在写作、诗学理念和交往中的确缔结了一个兄弟会般的精神共同体，其中骆一禾的思考与人格魅力又使他处于中心的位置，海子和西川都称他为"良师"和"精神导师"。这种关系甚至让我联想到黑格尔、谢林、荷尔德林，以及爱默生、梭罗、惠特曼的三位一体。骆一禾通过朱正琳的介绍，阅读了斯宾格勒和汤因比，经由朱正琳本人和张玞的回忆，我们知道那是骆一禾诗学建构的重要思想来源，尤其是"文明周期"和作为文明生长动力的"创造性个人"学说，给了他思考"第四代文明"和寻找"复兴之路"的强烈的使命感。20 世纪 90 年代初，朱大可在长篇文章《先知之门——海子与骆一禾论纲》里认为海子和骆一禾的写作"都可以纳入诗歌神学的形而上框架"，而前者属于"绝望神学"，后者则是"希望神学"。骆一禾自己对文明解体的当代境遇是这样描述的："我们处于第三代文明末端：挽歌，诸神的黄昏，死亡的时间里；也处于第四代文明的起始：新诗、朝霞和生机的时间里。"（见张玞《大生命——论〈屋宇〉和〈飞行〉》）据此，我们大抵可以在气质上将海子称为挽歌体诗人，将骆一禾称为颂歌体诗人，而他们的精神同源，即基于情感本体论的生命哲学在骆一禾的"生命是一个大于'我'的存在"的论断中得以彰显，且是可以追溯到浪漫主义和古典主义的，二者都曾表达过对浪漫主义诗人的热爱。在 1985 年的《祖国》

这首诗中，骆一禾写道："人 / 到了这时候 / 就该长成神明了"，这与施莱格尔"每一个善的人总是愈来愈变成神"（《雅典娜神殿断片集》）几乎是一种呼应。在《美神》《火光》等诗学文章和书信中骆一禾设计了文化的历史活动的"顶点"，那个顶点即"诗歌的未竟之地"，由此引申出一种合乎理想的"共时体诗歌"，其方法则是与神性建立一种"垂直关系"（援引博尔赫斯），即恢复赫尔德林"人将幸福地 / 用神性度量自身"。关于那个想象中的垂直体，海子曾在长诗《弥赛亚》中画过一个连接天和地的天梯，它是《山海经》中的一个原型形象，骆一禾则如此描述："诗歌之垂直是未竟之地踊身而下，进入我们的渊薮。它是称为'上帝'和称为'本无'的本体的通明。"（《火光》）这里的"本无"很可能借用了禅宗的观念，因为他反对"做古代历史的盟主"（《水上的弦子》）的态度与禅宗颇为相似。穿越历史积层追寻神圣性的渴望，使得那个垂直体成为骆一禾称为"诗歌心象"的一个象征物，恰如叶芝对螺旋体的迷恋。在最后的诗篇《壮烈风景》中，我们可以领略到朝向"顶点"的垂直运动的一种想象的构型：

星座闪闪发光

棋局和长空在苍天底下放慢

只见心脏，只见青花

稻麦。这是使我们消失的事物

书在北方写满事物

写满旋风内外

从北极星辰的台阶而下

到天文馆，直下人间

这壮烈风景的四周是天体

图本和阴暗的人皮

而太阳上升

太阳作巨大的搬运

最后来临的晨曦让我们看不见了

让我们进入滚滚的火海

1989 年 5 月 11 日

　　诗人的理想是，诗应该呈现"文明史与史前史的一种集成状态"，而诗人只有超越唯我论，获得"博大生命"才能进入"灵魂附体的状态"（《美神》），这首诗的诸元素用诗人自己的话说，"互相放射并予以熔铸"，目标是达成"生命的自明性"。它也许是骆一禾诗学理念的一个总括。而最具雄心的抱负当体现于他和海子并驾齐驱的长诗写作中，他留下了《世界的血》和《大海》两部长诗，后者五易其稿，尚未完成。陈东东评价说："《世界的血》是中国自新诗运动以来的第一部真正的抒情史诗。"西渡在他的专著《壮烈风景——骆一禾论、骆一禾海子比较论》中分析道:"组成《世界的血》的 20 首诗合拢成了一个严整的对称结构。全诗六章,第一、第六章,第二、第四章,第三、第五章分别对称,在内容、风格和音乐性均形成对话和呼应。"第六章《屋宇——给人的儿子和女儿》,副标题"穹顶"先期暗示了那个"顶点",我猜测那是响应海德格尔"适宜于神的作为神的住所"的一个心灵建筑。骆一禾在一封致阎月君的信中所谈,大抵可以作为他欲构成文明新生的"时代的紧迫感的内在原动力"的另一个证言:"我和海子之写作长诗,对于价值理性建设的考虑也是其中之一,结构的力量在于它具有吸附能力,这可以从古代希腊有体系性神话、史诗及希伯来体系性神话的奠定对西方过程的影响,不断塑造和作为认识构架的例子得到证明。"正是从这样一个参照系中开始了建立中国"体系性神话"的巨大工程,因而他格外重视"结构的力量""斫伐与造型""聚集的运作",进一步,他还从"太初有生"这一自创的命名中寻求创作与创世的同一性,"在这里诗、'创作'已成为'创世'的开口,诗歌使创世行为与创作行为相迥,它乃是'创世'的'是'字"(《火光》)。至此,我们大致可以明白他说"诗歌是这样构成了世界的一种背景的"意味着什么。"是"即存在,亦即肯定。而诗人在诗歌中的运作,乃是"登临的行动之血"(《屋宇》),是"热血自焚"(《女神》),是"血管里沸腾着金星"(《飞行》),只有当诗人之血与世界之血合一,神性才灌注于人性。写于 1988 年的《修远》

中那句"想起方向的诞生／血就砍在了地上"中的"血"就是这两种血的合一，在垂直运动中"踵身而下"的速度和力量就聚集在"砍"这个动词中。

骆一禾在短短的生命中的加速度的沉思与写作为当代诗歌留下了一笔可观的遗产，我想把他和海子称为夸父式英雄并不为过。一位我不记得名字的美国学者在其所著的《与思想家对话》书中发现，意大利文艺复兴时期的巨匠们年龄差距在三十一年之间，如果这不是一个偶然现象，那么，骆一禾"时间是有浓度的"的认知，即他诗中出现的"三种时间"中的命运时间维度当能帮助我们理解他先知般的文化使命感。我在别处提到过织女星的光到达地球的时间正好也是三十年左右，那么，依据他的"大时间观"，如今我们能否像他期许的那样对"未竟之地"做出"危蹙"之"登临"？能否回答"我为什么看到了朝霞"？这位"星核的儿子""血做的诗人"，早早在天路上走着，年轻而闻天命，独往而义无反顾，或许中国神话原型中奠基"体系性神话"之圣殿的"息壤"，已在他绘制的"图本"中标示出来了，那"图本"也已递给了我们。获得大生命启示的人是不死的，故他能够从容地说出：

不惧死亡者

必为生命所战胜

因此，这个"骆一禾纪念专辑"不仅是为了纪念，也是为了通过纪念为诗歌招魂，以重新审视的目光，辨认那已然诞生的"人与方向"。需要说明的是，本专辑中的七篇文章均由陈东东先生提供，特此鸣谢。

2019 年 3 月 17 日

重读一禾来信

潞潞

1989 年 3 月 28 日西川给我写了一封信，只有一行："海子于 1989 年 3 月 26 日黄昏 6 点在山海关卧轨自杀！"这是我们认识以来他写的最短的信。

后来我才意识到最短的信往往意味着不祥，因为不到三个月，我又收到西川一封信，依然只有一行："骆一禾因脑出血已于 1989 年 5 月 31 日 13 点 31 分在北京天坛医院去世！"落款时间是 1989 年 6 月 2 日。

两封信的抬头都是"亲爱的潞潞"，以前他从来没有这样称呼过，我读的时候，仿佛感觉我们俩正抱头痛哭！

海子和一禾是西川介绍我认识的，我们相识仅仅几年，因为志同道合，感觉特别投契和相知，应该是做一生朋友的。没想到他们走得那么早、那么突然！而且双双在 1989 年离世，相隔不到 100 天。

今年是海子、骆一禾逝世三十周年。我翻检出骆一禾当年给我的来信，虽然信纸已经泛黄，但看到一禾那熟悉又陌生的笔迹，心中依然感到痛切。

知道骆一禾是 1980 年。那年我一个同事考到北京大学中文系，他 9 月入学，我 10 月去北大看他。中文系宿舍是 32 号楼，他和张颐武一个宿舍，颐武家在北京，颐武回家睡，我就睡在颐武的床上。以后我去了北大都是这样。后来有一次，张颐武说我介绍你认识一个诗人，叫骆一禾，是中文系 79 级的，就住在楼下。于是我们下楼，到了一禾的宿舍，那天很不巧，一禾不在，张颐武指着靠窗的一个下铺说，骆一禾就睡这儿。我看到床边墙上贴着一个横幅，用毛笔写着"四海之内皆兄弟"，不知是不是一禾的手笔，但肯定是他内心的写照。

1982 年我在山西大学中文系认识了李杜。聊起来才知道，李杜 1979 年从山西考到北大中文，曾和骆一禾是同班同学，后来因病休学离开北大，1981 年又考到山西大学。李杜也是一位诗人，在北大期间，和骆一禾一起参与了班级和系里的文学活动。

1984 年李杜和我在山西大学发起成立"北国诗社"，李杜任社长。诗社决定办一份诗刊叫《北国》，由我担任主编。我们希望《北国》办成一个开放性的诗刊，既不囿于校园也不局限于本土。我们列了一个长长的约稿名单，北岛、芒克、江河、顾城、舒婷、杨炼等都在其中，当然骆一禾也是必约的一位。去北京约稿的任务就交给了李杜和校外的一位青年诗人陈建祖（老河）。

他们在北京约稿非常顺利，见到了北岛、江河、杨炼，拿到了他们的诗稿。当时骆一禾已经毕业，被分配到《十月》杂志社做编辑。骆一禾拿了两首诗，一首《祖国》，一首《黄昏》，后来发表在《北国》创刊号。骆一禾说，还有两个人你们一定要见，就是西川和海子。那时西川在北大还没毕业。李杜和陈建祖跑到北大，找到了西川。海子不在，没见到。《北国》创刊号也发表了西川和海子的诗。

1985 年冬天，西川毕业实习到山西，他来《山西文学》杂志社找我，我们从此成为很好的朋友。西川常跟我谈起骆一禾，言语里充满钦佩之情。

我和骆一禾第一次见面，是在《十月》杂志社还是皂君庙一禾家里，有点儿记不清了。但肯定是西川带我去的。去皂君庙一禾家我记得很清楚，我和西川去的时候是下午，聊天聊得窗外就黑了，屋里面也开了灯。一禾正在写东西，桌上摊着稿纸，见我们来了，放下笔就开聊。具体聊什么忘了，总之是和诗有关的一些话题。这应该是 1987 年春天。

我对一禾的印象是，这是一个学者气质的青年诗人，眉目清秀，极为文雅，充满书卷气，他的眼眸和头发非常黑，由于面色白净，头发就显得更黑了。一禾是一个脑力强大的人，擅长思辨和理性阐述，和他交谈的时候，你能时时感觉到他思想的力量。这也是他的魅力所在。

我现在保留下来的骆一禾的书信有九封，其中两封是一禾的妻子张玞给我的，这两封是长信，所以一禾有存件，张玞复印了给我。当然一禾的信不止这九封，可惜我没有都保存下来。当年也没这个意识。

我手头最早的一封是1986年2月15日的。一禾随信寄来两首诗，《爱情》和《美丽》。信中说"这是我写的最完美的诗之一，这些诗把爱情和博大清新的人性的力量视为一体，想来不会让人起爱情至上的误会。但爱情确实是我见过的最动人的东西，它既推动一个人全部的能量，又向这个人的内心扩开一个新世界"。《爱情》发表于《山西文学》1986年8月号，这首诗的副标题是"献给ZF"，是他的妻子张玞名字的缩写，当时一禾正处在热恋的激情中。

第二封写于1987年5月4日，写得很简短。一禾说："江河的妻子蝌蚪自杀了，你大约也知道了，我讣告一下，以便万一未听到的话。你们是朋友，这也是与人有关的一件事了。"

第三封写于1987年5月26日，400格一页的稿纸写了六页，一禾的字小而密，一页大概有六七百字。摘抄如下。

潞潞：

近好。收到你的来信，非常感谢你。作为朋友，我得承认，你对我是偏爱的，也是公正的。我其实很明白，今后及现在，作为一个写诗的，我的处境不会太好，因为我太喜欢战斗。以至于在办诗及谈诗上，使一些人由此而被得罪。现在的一些诗人有两个意识：诗人怎么可能不是天生的？以及，大师怎么可能是被教导过的？因此他们的意识里，对我的直言不讳感到不能持平。因此我是很感谢你的明朗、诗感和艺术精神的。如果能像你这样，把诗放在人之上，认真地喜爱和懂得它，那么反而可以使艺术和人直接地汇通起来，我们的诗也就会好得多了。以及，一种艺术。也有可能为你、海子、刘军等朋友完成。

《十月》4期上我编发了海子的12首诗，我希望我能公平地、无私地为他做些事，使他的处境比现在好一些。他是个很有才华、内心结构很广的诗人。但我发觉他的处境很不好，有一些诗人或编辑所表现出的态度里，有一种嫉妒，推迟了他的前景。海子是个农民，哲学意义上的。他自己有时说不出话来，我一向觉得我把他看成朋友和弟弟，并要为他辩护，支持他。虽然为此我也继续地不得不得罪一些攻讦他的人。

刘军是西川的本名。

西川有一次来玩，说起你在《诗刊》11期"青春诗会"上的诗。我觉得你在尝试着变，向一个更高的熔铸阶段。不过我们也从朋友的地位觉得这是以失掉了一种长处为代价的。我的感觉是探索当然要付出代价，但在艺术观上，它是一种扩展，而不在于它离开了什么。也就是说，探索不是从一个内心的角落移向另一个角落，而是从这种相对的平移中解脱出来，形成一个内心世界。内心是一个世界而不是一个角落，它不是以一种情绪对另一种情绪的排他为基础的。

探索的过程是一个沉思的过程，沉思不是一个结论、一种哲理，而是一种能力，它避免使灵感坠为一种即兴，而不断地使从本能到意识的整个精神世界得到充分活动，即我所习称的"整个精神世界的通明诗化"：在一首诗的写作中，写作的精神活动要诗化，同时，在以一种新的精神去艺术地呈现世界时，这个精神首先应得以诗化。在这种活动中，在某一个瞬间，我们所获得的能力，会引起这样的感叹："就是它！"也就是说当潜意识的创造力突然涌现的时候，这种能力，能抓住它，呈现为生命的最佳形态——这一切作为压强，把诗的状态投入语感中，使固定的语言符号成为诗意的，而写作者这时就可以让精神世界通明诗化造成的语感自由流动，自然放射，甚至语流本身就超出了我们的控制而带来神来之笔。

西川常用"智慧"这个词来形容这种内心世界，我习惯用"沉思"或"思想"，说的其实是一个东西。它是头脑与身心合一的，思维与肉体共振的，心手相应的。也就是情感的或宁静的或律动的，这是一个东西的不同的"名"。

我的心得简洁地说就是这个。

以前给你的一信中，我聊起过这样一个问题，即是不是你的对抗意识太强？在诗里，意志力有时是形成对抗的，像从《铸剑》转向诗会上的几首诗，却也造成一个笼罩全诗的内心世界的分解。相反的、对抗性的情绪是可以有而且不坏的，在诗里我的体会好像是：它不是一种压倒性的、雄辩的状态，而是两种（也可能更多）相反情绪的同时激荡，而最强烈的激荡由于它的高频率而剧烈震颤到了不能分开的程度，它仿佛是宁静的，多而是活的。同时，我想，我之喜欢《铸剑》等二首，在那里正午的锋刃的亮光和黑暗里，就有这种状态。也许由于这种状态的意识还不大清明（其实也不必担心"意识"，因为这种张力状态的得到是不那么全凭意识的）。在《北国》上的长诗《黄土地》里，时空很广阔，但这种强力的状态却有点儿跟不上去，在外部时空结构和语言状态的中间，有一种底气不足的感觉，也就是没有完成内心里真正达到的。这是不是驱使你在《诗刊》11月号上，像会议侧记里说的，"豪迈的诗人潞潞一反往昔写出了温馨的诗句"的一个动因呢？也许反的趋向太强，与本来想到的东西倒失之交臂了。我琢磨你的诗，这是一处难点。另外这种强力，也不意味着把不同的东西、不同的情绪等等在诗句上对接，它似乎更多的是一种潜能，而不可坐实为表面文章，直接由表象呈露，而是写诗这一动作，这一瞬间里的一种发动兴会，由它去发动诗句的产生，或极躁动的或其纯净的，内心世界是完整的，包含着不同的流动。

还有就是你好像不大信任自己的语感，当精神世界得以通明诗化之际，语感本身是有自身动态和势能的，古人比喻为行云流水，行于当行而止于当止，因此我们得信任它。琢磨你的诗句时，有时常有一种你又"多说了"的遗憾，其实当多说则多说，当少说则少说。沉思的能力也就不是去注意一个结论、一条哲理，而是注意语流的势能。这样，反而能够说得比说出的多，所谓"意在言外"，同时，也把要说的说得更富于感性和美。也许，我琢磨，你的用心良苦，要在诗的规模、诗的意象群、诗的冲力上通盘地考虑（不是计算，而是一种直觉的考虑），这样语流的行藏动静的节奏，受到了另外的制约而出现了一些额外的尾缀和强化，弄不好了是一种注释。

我这么说，也许是出于旁观，我把我想到的告诉你，也算是我们交往中的一点儿朋友之道吧！仅供你参考。

一禾信中提到的《铸剑》诗，是我1985年写的，还有他提到的长诗《黄土地》（是《黄河》杂志发表的，一禾误记成《北国》），大约也是那个时候写的。当时文学界正热衷于"寻根"，我也深受其影响，但我既没有那种历史感也没有所谓"黄土地"的真切感受，一禾看得很准，说"有一种底气不足的感觉"。为了摆脱"寻根"的虚假创作，我写了一些"唯美"的诗，以为这是写作"纯诗"的一种努力，其实当时的理解很偏狭和幼稚。于是这些所谓的"纯诗"就发表在1986年《诗刊》11月号"青春诗会"专辑上。但《诗刊》那时更推崇接地气的"口语诗"，对我的诗不以为然，只选发了几首我并不以为最好的。

1986年左右是我创作上甚为困惑的时期，怎么写都觉得不满意，为此我可能在给一禾的信中谈到要"从零开始"，一禾在

1987 年 6 月 29 日的回信中谈道：

　　若说你的诗现在从零开始，我还是不以为然的。《山西文学》上你写毕加索《海滩上的女人》那幅画的诗，就很不错。诗人开掘自己生命的过程，当然是一个不断开发爆破自我之狱的过程，但我觉得这个过程和运动员破纪录还不一样。从根本上说，它是不可能回到零去的，因此它是一个不断丰富和扩展自己的过程，它的起点也就建立在已达到的境界里，这样，诗作也就不能是零，在每一回创作中做出的选择都不可避免地注入在上山的路上。甚至可能是这样的，一个人在一首诗里所曾达到的那一首诗的审美状态，就是这个诗人的那个生命的瞬间。我们也无法把这个瞬间夺去。如果说创作活动才使一个人成为诗人，而不创作他不可肤浅地认定自己是诗人。那么，创作活动也就是一首诗一首诗的过程。如果在一首诗里他达到了这一首诗的境界，那么这次审美活动就无法抹去。在考虑自己的下一步时，他就真实地面对着自己以往诗作的优与劣。好的就是好的，批判自己的活动也就是真实的了。这种思维也许较少任意为之的急躁，它的判断也就不是基于零的判断，而与生命的滋长完美同步。

　　也许我们领悟的是同一东西，也许你思维的步骤要快一些，许多东西一齐迸发出来，你说的"说不清"，可是这些东西迸发出的火光是"说不清"而可以领会的。

谈到诗坛的一些情况，一禾说："当诗人的心境不忠实于彻底的人格时，它会产生一种破裂，给诗带来致命的裂隙，而为了掩饰这种暗伤，诗人的行为就会出现种种的'内损耗'，从而造成诗歌里的混乱，把中国诗歌拉向一场排座次的、互相攻讦的意气之争里。"

这封信的结尾，一禾谈到自己的创作："我近来在写作上一直勤恳不辍，写作自1月至今约有4000行，包括一首500行的长诗《屋宇》，两首300行的长诗《飞行》和《日轮》，一首270行的《舞族》，形成创作里的一个高潮期。另外，撰了一篇6000字的诗论《美神》。"

我曾经和一禾谈起要写一首叫《干河》的长诗，具体构思也和他谈论过。1985年和1986年我曾在流经山西的黄河段旅行，看到干涸的河床和贫瘠的土地，山西第一大河汾河也是这样，而这些河流十几年前还可以行船。河流两岸的污染也达到触目惊心的地步。一禾谈起艾略特的《荒原》，一战后欧洲的满目疮痍和知识分子精神上的荒芜，还有波德莱尔的《恶之花》，工业文明给诗人和哲学家带来的思考和忧虑。一禾对这首诗充满期待，几次来信都提到，说他一直"虚位以待"。

可能是一禾的期待使我有了压力，也可能是艾略特和波德莱尔这些前辈的诗篇让我觉得不可企及，更主要的原因还是我的能力无法驾驭，《干河》的写作几次拿起又放下。

一禾 1987 年 11 月 18 日写来一信说："主要就是，你从陕北回来以后，《干河》一诗怎样？余下次再谈。祝《干河》顺利，我惦记此事。"

1988 年 2 月 14 日，一禾来信。

潞潞，近好。一直也没有你的信儿，前些个月，12 月吧，寄去一信，向你问起你写《干河》的事，说是如行数合适就请你寄来安排。后来听说你写了个千余行，把它给了《昆仑》了。想是因为不合篇幅，就给了他们，但你也应该告诉我一声，让我等了好苦，并且逢写诗的便鼓吹一下你在写《干河》，特意跑了陕北。

重读这一段，我依然感动，也觉得内疚。实际上，《干河》的写作已经停滞下来，我处理不了这个题材。但我没有和一禾说明。至于《昆仑》杂志发的长诗（组诗）是另外的题材，是以前的创作。

上次和一禾通信，我给他寄去一本《黄河》杂志（山西省作家协会主办），上面有我一首长诗《跛腿少校的女儿》，请一禾指正。一禾在这封信里回应道：

读过你的《跛腿少校的女儿》以后，我觉得有《欧根·奥涅金》卷首的那种氛围。这是好的一面，另外也担心你的新突破可能在走一条极为绕远的道路，就是诗中的叙事诗因素很重，这往往是一个诗人在更新自己质地的表现，经验使诗人容易只能看到自己看得见的东西，因此，到一定时候就要变更和刷新经验质地自身以获得一种新眼光。它可能是靠近叙事诗的，以自己的才能靠近质地来解决变革的需要，但在求变革之中，往往是完成于对自己固有抒情诗或史诗气质的扩展、提炼和升华上的，而这是才能层面，不限于质地层面的。我恐你耽延于此太久，路绕远了费力太多，与想象力上过于斫伤。

我觉得，粗说起来，诗含有三个层面。（1）精神价值气象。（2）包括①质地或粗糙感性、原形或元素，②才能、赋型才能或造型能力、想象力，③完形、风格、创造。（3）艺术价值美。

对于一个好的诗人来说，它的变革不断地从质地上带来新生，并使三个层面都发生同时举动，这时完成了作品。海子称这个同时举动的能力为一次性行动，即创造力。——我也是按这个粗略的表述来说怕你绕远了的。

一禾提到西川和海子：

西川在语言上更优长一些，海子是在想象力上，他们还给你常去信吗？你有一信上说到歌德有大陆气的架子，这大概是因为大陆诗人有超越传统的使命，在精神态势和综合度上，大陆诗人往往是恃力的，然后就可以置放在一边，读出更多的东西来。由于要实现跨度和涵量，大诗和经典作品往往是威慑的而不亲切，在上一代与下一代，一个纪元和另一个纪元之际，这种威慑的作品使不同的人的经验传递并构造起来，达到下一代或垂时久远。对这类作品，我的体会是没有它不行，它是主题性质的，写作它的诗人起到了廓清和收罗万象、总结心灵的作用，而宏大构思和彻底击垮那样的深度，往往也和这样的作品的出现有关，没有它则往往深度也不可能产生，因为到处是丘陵。当然，也有你说到的译文问题，现在的译本不尽人意。我觉得海子搞大史诗其实是了不起的，我不从艺术上好看不好看去对待他，成或败，他都可以带来一种彻底性，尽管这种彻底性可能更多地表现在别人的被激发起来之中，这种诗人是重要的诗人。

我现在想的是怎么把小查的大诗介绍出一两部来，因为他不像西川那样，海子和人间的接触，在诗上是缺少接触点的，他的短诗不是很多人能重视的，而他的长诗发不出来，所以他不易被充分估计，他的下场可能是被耽误了，如果我能活得比他长，要想办法把他的诗收拾和印出来。我和他是这样一种友谊：在他的诗境遇好的时候，我们是竞技对手，而境遇不好的时候，当然要说海子是一个在我之上的诗人。一切都很明白，我和你、和他、和西川等朋友，在我看来，我们能做出什么，则取决于优秀和优秀的互相激发，单有一个人是支撑不了多久的。

我比较易于震动，有什么说什么，然后宁静，所以说得不周的地方勿见笑。

一禾说的"小查"就是海子，海子本名查海生。

这封信过后不久，4月初我去北京，和一禾约在北太平庄十字路口西南角的"昆仑书店"见面。下午4点一禾骑着自行车来了，北京的初春还很凉，一禾穿着黑色的风衣，更显得飘逸，如翩翩美少年。先到我住的招待所聊了一会儿，一禾说西川要晚些时候来，海子在昌平太远过不来，然后我们就去招待所的食堂吃饭。一禾不喝酒，印象中那顿饭特别简单，我们的心思都不在吃上，见面不容易，一顿饭几乎都在谈诗。

饭后到我的住处，西川来了，还有军队诗人晓桦也来了。主要是一禾在谈，我真佩服一禾，他脑子里有说不完的东西，诗歌是最难谈清楚的，但一禾有能力把诗表述得准确而流畅。

这次见面，交谈的主要内容还是说我的诗如何"变革"，一禾在以前的信中也详尽谈过，他非常理解我的焦虑，认为这是变革中正常的状态，他自己对此也深有体会。一禾不同意我对自己的"全盘否定"，说这也是不可能的，他还希望我不要放弃《干河》的写作。

时间不长，1988年4月11日，一禾写来一信。其中谈道：

这些年，其实写诗有成的诗人，也差不多都出现了，这种局面在今后的十几年内大概都不会有，这就是众人"在场"，于今后乐观的唯一一点就是：更高的诗歌成就在优秀诗人的互相激发间产生的可能性。这也并非搞等级制度，而是说，在这种局面里，诗歌的创作意识，发生质变，艺术判断和鉴赏比较入情入理，也就是在这里产生的。这也是诗歌所需要的。

而这一切都卡在出版的细瓶口上，刊物不能尽责，新诗的发展情况，在公开刊物上倒不如在稿本上反映得清楚。何况诗是一种心声，又是最渺小的商品，许多主持者的编诗，不能说是相称的，而且程度也太甚，公正是难于坚持的——我们的诗学理论又很不发达，——例如剽窃和赝品就几乎得不到鉴别，——所以说不清和不愿说的太多，有利于苟且而不利于创造，也许我们无法从最高审美层次上说诗，但如果一些起码的意识都不具备，则可能创造性的作品放在面前都不认得。——随着文化环境的变迁，被贻误的诗人过若干年再被钩沉发现的可能性是极小的：一般说来，在一个出版畅达（数以百计的印刷品），出版粗率，诗歌意识不完备，加上功利主义主流和商品文化社会的特性，遗忘的速度就快，连传到未来的可能性和条件都不留下，又谈什么永恒的品鉴力？例如海子的状况不改善，而我们一旦不在人世，他是完全湮没的。又如，我最近为昌耀写诗评，遍查 1956—1987 年的评论资料，竟然发现我的评论是头一篇较为系统地评价昌耀诗歌的文章，这样一位重要诗人在三十二年（1979—1988 也有近十年）的时间跨度内，是这么一个情况，确实令人感到新诗其实是在被大量地玩，而没有什么"事业"可谈。

这种情况又造成新的轮回：大量的互相攻讦以保持自己的声响——劣质而剧烈的竞争——精力的消耗，急就章式的艺术态度，艺术问题的不深入和不及、不愿探讨，庞杂贪婪的需要，由于缺乏基础性的、起码的学术习惯而造成的集体无意识……由此类推，可以说是一个恶性循环，当我们把问题集中起来一看，发现：太糟糕了。

一禾随信抄了海子的几首诗，他说："看他的诗是好事。"

海子的诗是《两座村庄》《野花》《诗人叶赛宁（组诗）》《盲目》《吊半坡并给擅入都市的农民》《汉俳》。

一禾在海子这些诗后面还附了读诗笔记。如下：

附：读诗笔记一则

为了了解海子，我觉得两件事情是需要做的。一、读和反复读他的诗，尽可能地都读，最好是手写的诗稿，在字迹和诗行排列上的某些痕迹是可以注意的。二、用一定时间，模仿他的语言习惯来写一些诗，这是了解他创作活动的一种"生活体验"。有时候，仿作可以乱真，因为体验上吻合了。

在这个基础上，我大致可以捕捉到这么几点：

①海子的诗歌语言是散文式的，这减轻了他的考虑负担。

②海子的语言构成取决于句子和句子之间在敏感强度上的和弦。也就是说：只要是敏感、灵敏的，就都放在一起，它是以灵敏度来排列的，这样避免了文意的限制，而且由于富于刺激，不断挑亮人的眼睛，本来较少音乐感、散文短句片段的语言，由于是都很敏感的，所以又富于和弦的流动以及诗的整体性。而过渡、交代和叙述的部分差不多都拿掉，这样有利于灵感的记录。手的速度和心灵的速度差不多快。

③海子的创作不是以句子为单位的，而是以语境或语流为单位的，也就是说从创作和阅读上，它们组织得蓬松，尽可能放松句与句之间的连续，所以他的描绘可以专注于形象的细部，生态很活，沉浸其中，只要每个局部都活，通过阅读，各个局部就一齐映入诗感，反而完整。他的语言写作意识其实是很简单的，不吃力，有渗透力。

④这样他就可以专注于精神体验，而语言是第二义的，这和注意语言为第一义的诗人有很大不同。

⑤他把一切都放入自然（大自然）的具象中去，情感泡在自然形象之中。而且他把许多东西和人体的各个部分对应汇通起来，如手，如嘴唇，脚和鞋子，这样是有助于亲近感的——喜欢产生于切近，如身体可以触摸，如怀孕，如野花的手，野花像心，黄昏有面容，梁赞如屋顶，和平和情欲是一座村庄，等等。

⑥他的语言感觉得益于把象形文字复归到原形来看，如拆字，如初识字那样，这样他可以看到字形，而还原了字义，把字体的形象感从字义中解脱出来，加以重新观察，为它们重新赋予意义——命名。

⑦这只是语言技巧上的一些特点，当然还有其他综合因素。不在这里说了。

⑧他的诗里头有一层深的东西，就是很多诗本身似乎是关于诗的诗，他不仅写了许多对象，而且也透着对诗的感觉，诗写诗自己。这在《汉俳》《诗人叶赛宁（组诗）》《盲目》里很明显，他诗歌的构成元素也就包含在里头了，如《汉俳》中"劳动—采石场"的意识，"诗歌皇帝"的要素，"风吹"也是灵感的一种形态的描绘，而不只是写"风"，可以看出他认为诗要有什么因素才是诗，该怎么写诗，等等。

这是他不同于其他人的一部分原因。而其他诗人由于自己的特殊诗感，也其实有自己的写诗落成方法，而海子无疑是找到了自己的那一种。

如果他运气好的话，作为中国新诗的一位大诗人，是会得到公认的，而不仅限于知交的默契之中。

一个月后，1988 年 5 月 15 日，一禾又来一信。这是他最长的一封信，《十月》编辑部的稿笺写了 15 页，有 1 万多字。其中有一些是我们 4 月份在北京谈到的话题。一禾前信说到我的长诗《跛腿少校的女儿》，有普希金长诗《欧根·奥涅金》的氛围。在北京我和一禾谈起年轻时学习写诗受到的种种影响，比如中学时甚至手抄过《欧根·奥涅金》，所以一禾在我的诗里看到普希金的影子并不奇怪。还有朦胧诗对我的影响也很大，1980 年我认识了朦胧诗的代表人物江河，我们通过很多信，他对我的诗歌写作起过决定性的指导。20 世纪 80 年代以后，大量的外国现代诗译介过来，波德莱尔、兰波、艾略特、庞德、阿赫玛托娃、曼捷施塔姆、布罗茨基等等，都是当时青年诗人各种场合必须热议的，说实话，我对这些诗人的诗大多只是生吞活剥，像艾略特的《荒原》虽然读过多次，但仍然觉得很"隔"，尽管如此，还是不顾一切地去拥抱他们，一心要摆脱过去那些浪漫主义诗人以及朦胧诗人们的影响，但也不得不承认以前的创作曾经深受其"滋养"。

一禾来信摘抄如下：

潞潞：

你好。

收到兄的来信，我感到钦佩不止，同时也使我感到惭愧。似乎我没有能很系统地考虑一些问题，有些话就肤廓不切。有一个东西的变化，就是你来信中说的"过去曾经滋养我的东西"，我是想过，但一晃就晃过去了，但这也许是重要的，可我一直也没提到，所以你来信在谈到变革时，特别说了这一点，是我忽略了的。不知对你有点儿参考价值没有，但作为好朋友，我想就这个来说说我自己经历的过程。

今年4月24日，海子来玩，我们重叙往日，海子说他以前的诗作大都没有留下，我于是拿出过去抄的七本诗和六本写的诗，回顾一下当时的情况，我们有同感的是，当时读得比较多的浪漫主义诗歌，至今还是我们的营养，对他影响比较深的是雪莱，而对我影响深的是莱蒙托夫、拜伦和济慈。所以在北大，后来也有人评论说我是一个跨阶段的人物，从浪漫主义到现代主义，指的是我1983年以前的诗。而重读我的旧诗作，在1979年至1981年，幼稚不堪，而开始写出比较像样子的诗歌，还是在1982年之后，这里面，浪漫主义的短命天才们，当然是我的启蒙老师。

另外，大约现在人不会信，我读唐诗是从1976年开始的，那时候，基本都是靠手抄，至今留有一本200页的手抄本，到了今天，还可以看出我对自己评价的一个依据：我的诗一开始就和朦胧诗有不同的起点。李白对我的影响很大。

除去浪漫主义诗人和唐诗，我尤其可以感到，朦胧诗对于我是有间接影响的，因为我们年轻的时候，都基本靠青春的醒悟和性灵写作，倘若读，则主要是读朦胧诗。但它的作用，对于我是以浪漫主义诗人、唐诗和性灵为底色去接触它的，开始就有意地去判别它，所以对朦胧诗，我曾发出过豪言壮语："彼辈可取而代之"，这是项羽看到秦皇兵马过江东时所说的一句话。1982 年我开始谈到"朦胧诗和 50 年代的诗歌一样,是我们所要对待的传统之一"。

但若是掩盖朦胧诗对于那个年代写诗的青年的影响,也是不正确的,直至 1983 年,我才认清了北岛创作中的完整线索和他的方式,完成了我对北岛诗歌主干的解读,至今关于北岛的评论,大都没有超出我 1983 年写的《太阳城——北岛诗作与我的诗歌批评》的范围,那是一篇 4 万字的毕业论文。也就是说,到了 1983 年 4 月,我才彻底从朦胧诗里脱胎出来,完成我对自己风格和道路的确认,而北岛是朦胧诗方式的典范和最具深度的一个诗人。至今他的意向组合方式和批判精神,还是有活力的,他的变化也最少。张承志读完《五人诗选》后,认为还是北岛的诗在五人中最好。另外张承志喜欢昌耀的诗。海子则是对昌耀和杨炼的感受比较深,又从那里脱胎并突破出来的。西川由于接触英文,道路又和我们两个人不同。

海子的比较,也多用朦胧诗方式、语言和今天的诗做分别。

我这么说起过去,也是说明这么一个问题,在我的变革过程中,朦胧诗时期是一个主要的考虑对象。"过去滋养我的养分",在诗歌技术和意识上,这一部分的优缺点也都有它的影响。1983 年时,我在和海子、西川的结识中,也谈到,要发展自己的风格,与朦胧诗拉开距离。

1984、1985 两年,我基本没有怎么发表作品,这是我的沉思时期,能不能变革是最主要的,而发表是次要的。这两年对于在朦胧诗时期开始发表作品，但又不是朦胧诗人的诗人来说是一个渡河时期，要么淹没，要么有另外的命运，要么有一个总的成型，有新的质地。

问题也还是在于"做到"，而不是1986年那样一种情绪的敌对，在艺术和思想上做到新的写作层面。但这个意识，不是普遍很清楚的，或者，有一大批在朦胧诗时期写作的诗人认为自己有相当的优势，并且因此看不到，这个优势在一两年内就荡然无存，或者，有的诗人由于自己有和朦胧诗人不同的起点及取向，所以认为想当然是和他们不同的，他们只要保持自己这些不同点就行了，因此，在渡河以后，他们是朦胧诗的改进型，或者说，他们成了一些孤零零的特点的骨头——最后，一种朦胧诗的反面的诗人，在情绪上是"他们要的我们都不要"。这样三类诗人，在今天的诗歌成就上，都不是已成为新生诗人的对手。

大概由于我自己曾经是如别人所说的"跨阶段的人物，这种人物是承上启下，完成了自己的使命，并且具有两个世界的双重性"，所以我自己对渡河后的结果特别有体会，1985年的现代史诗，1986年的第三代人，在我看来都有必然性，而且也都提前1—2年说过了。我对很多北京的诗人朋友都说过：还要再拉开距离，完成自己的大构思。但真正如此的人只有海子和西川。西川我在前面说过，他的诗歌道路的起点，我们是不能列入上述情况的，他几乎和朦胧诗的关系不大，所以，1986年

"现代诗群体大展"上的"西川体"，是他一个人独创的新起点，和其他人不一样。在这种情况下，海子的坚持就更为卓绝，他和西川的不同在于，他也是从一定的朦胧诗氛围中变出来的，只是他一开始就注意了杨炼的史诗和昌耀，而不像我一开始逐渐接触过所有朦胧诗人的作品，而注意到北岛和昌耀比较深的层面，——这样，我还可以说有过比较而为依据坚持独立，但海子是全凭本色的。

我感到必须在整个诗歌布局的高度上，坚持做一个独立诗人，而跨阶段的诗人，往往是一个时期的最后一批人，下一个时期的第一批建树者也是第一批倒下的人，这是必然的。

…………

——也就是说，朦胧诗时期的方式和特定的内涵，其实又有着一种梦魇的性质，在"渡河"中，它充分地表现了对于青年诗人们的制约。在变革之中，它作为"过去的滋养"之一，在今天成为阻止很多人看得更远的因素。就我个人而言，我觉得这是非常残酷的。

如果我们不把"多元""不同""不好比较"当作遁词来维护固守的困境，如果我们又不把"处于前列"当作一种排座次和荣誉，而是真正地当作我们自己艺术和人生精进的一种外在的标志（而不是根源），那么我觉得我就直接面对了这种残酷性，我想问题也就在于，我是不是不以我自己的理解为自己的解释，而宁可去认真地正视下一代人所使用的标准，谦逊地看待他们的作品，公正地承认他们好的作品和长处，并且与他们进行面对面的交流。如果有较量也在他们所愿意较量的地方，看一看自己到底还有哪些即使用他们的标准也仍然可以屹立的东西，胜过他们的东西和没有料到的东西，这样才可以说有哪些是下一代也没有看到的东西。

遗憾的是，但丁在《神曲》里说（借维吉尔之口），当时维吉尔走到了《炼狱篇》和《天堂篇》的交接处，下一步引导但丁的是贝亚德了，维吉尔说："孩子，我已经让你看到了时间和空间的火焰，其余的我什么都看不见了。"——这是一种歌王的遗憾；而最遗憾的是，许多与我同时期的诗人还没有看到这一步就已经看不见了。

我回过头来，再看一看使许多人行之不远的朦胧诗方式，看一看这又还不只是朦胧诗方式（我们仅把它当作一个代号来读）的问题。

朦胧诗方式的主干有几个特点：

①以批判社会和非人道的，说"不"的勇气和眼光为主的起源。

②进一步发展成个人对社会、历史的批判态度，坚持以个人为单位的"自我"。以及这样一种"自我"出发的艺术观。

③艺术表现上的私人性质：如北岛浓缩的意象颗粒呈现出的私人的强烈感觉方式；如顾城和梁小斌的童话与单纯，舒婷的个人撕裂成两半的私人情绪。

④艺术时空观上的角落（净土）——瞬间性质。

那么，在不否认他们成就的基础上，来看一下这种诗歌意识的局限，也是必要的。

①说"不"的勇气和眼光，凭什么说"不"以及什么是最重要的，应当去"不"的根本东西，不是一成不变的，在人类常态，而不是那么决绝的特殊状态中，说"不"就不是简单可见的，而是需要更大敏锐和洞察力的，以及它处理决然的状态在行，而除去鲜明的东西之外，在人类生存之中，还有许多富于变幻、模糊不清、错综复杂的层面，这是它所不能处理的，而有那么多层面不能处理，写不了，它的心灵深度也就总是单薄，它只是一种戏剧性的关节，而不是戏剧——生存的全部重量和全景。它只能处理一个层面，一种生存状态。

②集中于社会批判，则容易导致城市—斗室的心态，反而局限了自身。

③那种个人—私人的成分时间一长，容易导致内心世界变为内心角落，自我变成自我中心主义，过度地咀嚼私人情绪，又很易顾影自怜，语言上就易于矫情。

④萨特有一个说法不错："想象→通过内容→给定艺术形式。"这里，内容不再是不计形式整体的一堆素材和一个无须艺术美形式的东西。那么也就是说，必须通过丰富复杂的内容含量，才能给定活生生的、有意味的艺术形式，而不是形式主义的、模式化了的形式，它才是形式和内容互为造型的、有力

的、需要每一次都在创作中重新思量的艺术形式，诗才有力和打开。这时，生命之流和万物之流才接通了，而①、②和③都局限了④的变革。

⑤由于艺术时空的紧窄，朦胧诗多半宜短，一群作品是断章式的关系，也就是西川所说的"发育不全"。问题在于"净土"的一角，在整个艺术时空，在生存意义上占多大的分量和位置？一瞬间又在时间整体中占什么位置？——所以朦胧诗的方式实际上简化和提纯了生存、历史和世界，内心层次和艺术层次，将它们"净土"化了，或者赶到净土的对面去，这是一种虚假的对立，它反复论证了净土的至高无上，但关于其他说得很少，并且拒绝看到那些东西的复杂，它们变成只是净土的反面，也引起了自身的单调。在时间上，朦胧诗方式是瞬间与博大川流的对比，但毕竟不能代替后者，它只能影射，而不能将发生在时间—空间里的各种东西打开、张足、占满，写得有血有肉。——一旦这种方式进入到较大艺术时空中去时，就成为语言曲折的碎块：或偏安一隅，或好像往哪儿走都可以（"随意性"），或拉开架子但支撑不住，显得有意图而没句子。"结构"对它只是"做"，而不是一个大时空里迫切需要的东西。——关键不在于篇幅的长短，而在于它不能承受，短诗里也可以有大手笔，因为它是大时空里灌注成的短诗。

综上所述，朦胧诗方式的局限，对不同的人有不同的作用，但它有着缺陷。为什么西川式的直截了当的语言，和大面积的覆盖而不觉空洞的诗，不是发生在朦胧诗里？为什么海子的诗像是从大自然里进入人间的，而气息新鲜，使我们不是在斗室里看人世，在城市里看自然，在哲理中不感动呢？为什么北岛的《白日梦》显得由断片连成？为什么杨炼的想法不错而语言总是艰难？为什么舒婷、顾城老是看什么都是一个形态？为什么海子短短的诗就可以让人觉得有大手笔（《抱着白虎走过海洋》《我请求：雨》《在昌平的孤独》）以及同样的，西川写道："月亮／从马头滚到马尾／我们的父亲渐渐老了／——你说这就是时间！千真万确！"

这些当然不只是由于朦胧诗方式是制约着，还是摆脱了它的问题，但也是有很大关系的。

赫伯特·里德在《现代绘画简史》里说："我们不能看到一切东西，我们只能看能看和学会看的东西"；波普又说："每一种实验都不是纯客观的，我们都是从一种设想去求实证的……我们从对象中取出来的是我们一开始放进去的东西"——也就是说潜伏在主观里的某种方式容易制约我们怎样去想象。

我说了这些我个人的体会过程，主要也还是说，不知道对你有没有一点儿可以参考的地方，在"过去滋养我们的东西"上。而质地当然也与滋养有关，因为好像它如果很对头，能够或较佳地，或较持久地引动我们对质地的开发。当然由于每个人的创作经验的不同，各有各的问题，不一样。海子看语言有一种特殊的能力，比如他本能地把"谷"字看成"火"和

"口"——西川说他能点铁成金。这个例子是不重要的，而他这种能力是值得注意的。——我觉得他除去天分之外，也还有另外的一面：从 1983—1988 年，他的阅读是大量的，几乎所有重要的诗和重要的著作他都读过，不一定是非常详尽的，但触发他灵感的面积相当广阔，仅仅在书上就是这样。

寄给你的那四首以小节方式写成的诗，主要也还是打开自己的惯性，使诗句进入到一种开阔的、相当自由的艺术时空里去，这样，由一种长风来吹袭和灌入它们，一种动感和流体的内在因素将它们像风帆一样张满而不致破碎。海子、西川也都有同样的诗体，大约内里是有深层体会的。海子说我的诗的精髓是北方式的："长风几万里"，这大约是我的追求吧。好像一个人的诗里头总应当有某种自然因素在起作用。

我自己所写的长诗《大海》，在结构上是另一种，我觉得和海子有共同和不同，也互有短长，歌的成分更多一些，这样动态和运行，建筑和旷野，已有的和幻想的，定型的和正在的之间呼应方自然些，但在扎实上就要比海子的"事实—陈述"要吃力得多。我主要是"感应—歌咏"的方式，这样抒情就天然些，但音乐性上就难了，海子可以没有这个问题，当然，他各层之间的和声就不容易。这样我就以一种长风和波涌的因素来形成一种连续性的大壁画，得以依托自然本身的造型，开放性比较好而层次感的结合部就有些模糊，贯通一体但过渡部分就周折，像浪一样很难驾驭，可能其中也有弱部。在海子解决辽阔是主要的，在我则主要要解决深度问题。

　　总之，在长诗和诗剧里，艺术时空就重要，比如要把"枪"放到"族"里，形成"枪族"，不然就散碎了，或许也可以说"结构"也就比较"随意性"是更主要的。

　　拉杂谈来，也该收笔了，祝你快乐。

　　这次一禾随信抄来自己的四首诗是《新月》《鸟瞰：幸福的祭祀》《蜜——献给太阳和灿烂的液体》《瓶画：九影如神》。

　　保留的一禾最后一封信是 1989 年 1 月 20 日的。这是一封短信，简要说了文坛一些现状，然后说："不管它那些事，你我朋友一如往昔就是了。你别见外就是，常来往。有我可办的文稿诸端，我一定尽力。"

2019 年 1 月 12 日—1 月 20 日，太原

回忆青年诗人骆一禾

张守仁

  我凝视着你的脸，惊奇地发现，你剃光的头，又长出了发梢；你蜡黄得透明的额上，竟渗出了细密的汗珠。这是在殡仪馆整容间里。我掀开白布单子，看见你新穿的西装上衣皱皱巴巴，便轻轻地、轻轻地抬起你的上身，把你压在身下的衣角抻直、拉平。我触摸着你的手，你的手冰凉冰凉，那为什么额上出汗呢？

  看见你额上出汗，我就想起那个厚冰覆盖河面、北风呼呼啸叫的冬夜。我们一起搬家。一捆捆书，一捆捆杂志，装上卡车。卡车由南向北，沿着中轴线，穿越城市的心脏，来到北三环中路上。我们一起卸车。把书刊从楼下搬到七楼，我看见你头上蒸腾着热气，额上缀满细密的汗珠。那个寒风呼啸的冬夜之后，我俩的办公桌便整齐地前后并列在 703 房间里。

  你谦逊，谦逊是因为你博学睿智。编稿时，我每有困惑，辄回头和你商讨。你安慰我："困惑是因为懂得太多、思考周全、选择性广泛、知识充盈而产生的晕眩。"我年龄大你一倍，听到你温婉、柔和、聪慧、幽默的语调，内心感到愧疚。有一天，你拿来一本《古建筑瓦当拓片集》。我翻了翻，一个个灰色的圆圈里，嵌印着质朴的图案。你兴趣广泛。于是我们谈起汉墓前的石刻、徐悲鸿的《徯我后》、莎士比亚的《亨利五世》以及大西南文学未来的走向。

你沉默，沉默是因为你内心充实。冥想时，你点起一支烟。当蓝色的烟缕像雾一样越过我的肩膀荡到我眼前来时，我知道你的诗思正如浪似涌，撞击巉岩，直逼云海。

你宽厚，宽厚是因为你心地善良。你有时不来编辑部上班，我便说你"散漫"。其实，那正是你最忙的时候，在家里跟作者谈心、谈稿，详细指出他们作品的得失。外地青年作家来京，你给他们导游，还自费负责他们食宿。你的时间和精力的投入，数倍于上班。但你对我的批评沉默着，从不解释。

两年前，那个初夏的晚上，你的脑血管突发性大面积出血，实因劳累所致。海子去世之后，你奔波于山海关和北京之间，接待海子的父母，处理海子的丧事，整理、抄写、编撰海子的遗稿……40多天时间里，你超负荷地运转、劳作。这是人间最感人的友谊。你为挚友奉献一切。

我想起你在《先锋》中写的诗句："世界说需要燃烧／他燃烧着／像导火的绒绳／生命属于人只有一次／当然不会有／凤凰的再生……／在春天到来的时候／他就是长空下／最后一场

雪……/ 明日里 / 就有那大树的常青 / 母亲般夏日的雨声……"

你是燃烧得太炽烈了，生命便过早地变成灰烬。

我不会抽烟。当淡蓝色的香烟飘过来把我氤氲、包裹之时，便戏谑地对你说："一禾，你怎么又让我被动抽烟呢？"你便自觉躲到室外，一直到抽完，才回到桌子边来。如今，我习惯地回首与你交谈，咖啡色的烟碟犹在，但人却走了，留下永难弥补的空白。这时候，我多么希望你吐出的蓝烟再来熏我、缠我、包围我啊。但这是永远不可能了。

在八宝山殡仪馆美容室里，我端详着你的脸，久久地。你昏迷之后，天坛医院要给你头部做手术，故为你剃去了头发。从昏迷到心脏停止跳动，延续了 18 个日日夜夜。你的发茬就是在这些失去意识的日子里长出来的。你额上渗出的不是汗珠，而是冰冻的身躯骤遇热气后化成的粒粒水滴。你嘴巴抿紧，沉默着，永远地。我想起了中山公园音乐堂，想起了使世界和谐、使心灵荡涤的一支支乐曲。音乐会散场之后，我看见你和正在北京大学中文系攻读戏剧专业的研究生——你的爱人小张喁喁私语。你俩的身影像亲昵相傍的一对小船从幽香的树荫下缓缓向前滑动。青春美好。我不再年轻，因此悄悄地羡慕你们。我还想起你抿紧嘴角给远方朋友奋笔疾书的情景……可是，你这样年轻，竟这样匆匆走了。一个歌颂过大海的青年诗人，如今像大海一样平静。呜呼，少者殁，长者存，其悲何深！泪花蒙上了我的眼睛。我轻轻盖上白布单子，别过脸，转过身去。

和你遗体告别，我代表《十月》编辑部拟了一副挽联——"博学多才诗苑耕耘文章千古，英年早逝壮志未酬悲痛万重"，请人写了，挂在你遗像两侧，以寄托我们的哀思。

　　灵堂里，哀乐声中，我再次凝视你的脸。我默想着我们共同相处的、中国文学史不会忘记的这六个年头。我低首向你鞠躬致敬。永别了，我心里说。

　　亲友们从丰台花乡运来一大车鲜花，又在白布上写了许多悼词，在千呼万唤的痛哭声中，将鲜花和悼词把你整个覆盖起来。你就这样带着旷野的鲜花、悲切的祷祝，还有你年轻妻子小张的彩照，走了，走入另一个世界的永恒之中。

　　一禾啊，一株禾苗在大地上倒下，变成泥土，仍将哺育新芽。

　　骆一禾，你走得美丽。充满恸哭和抽泣的场景永记我心间。

1991 年 6 月，于京郊

譬如最后的秋叶

汤世杰

一

一丛最后的秋叶，灿烂着，挂在树梢。浓稠晨光，淋漓于上。人坐在窗前，目光透过去，透过夏日曾经茂密的繁杂与喧嚣，几可直抵远天。思绪涌动。遥远的海。思绪涌动。远天那么蓝，蓝得深邃，蓝到不见底。在晨光的映射下，那丛秋叶如同经过千百次捶打锻造的耀眼金箔，兀自闪耀。间或有那么几朵浮云，妖娆地变幻着，倏忽飘过，尔后不知所踪。世界总是那样。凌厉的夏日已然风雨尽逝，烟火人间的喧哗也早已不再。没有风。风在海的那边。秋叶那样平静地闪耀，自在，也自足，显现的全然只是生命自身的光华。其实无涉阳光。阳光当然是在着的，但秋叶似乎无涉阳光。我的目光一直在追踪着它，从初春，到炎夏，再到深秋……一个生命，就那样平静无声又惊心动魄地变幻着，直至成为金箔，成为蓝天的确证，生命的火把……

将已然老去的目光收回来，把昏花收回来，落在一禾的那本诗集和早年给我的几封信上。森黑色封面的诗集凝重坚固。"我在一条天路上走着我自己。"尔后久久凝视信页上纤细而不失柔韧的、密密麻麻的笔迹，我似乎听见了他的声音。每封信都很长。对一个年长于他许多的人，他好像总有那么多话要向我倾诉。我听着。听着。听着……当我再一次意识到，他已远行快三十年了时，抬头看看窗外，阳光已经走远，那丛秋叶已然回到了暗处，却依然明亮着，灿烂着，仿佛在向大地致敬。

　　桌上是他的那部诗集《骆一禾诗全编》（张玞编，上海三联书店，1997 年 2 月第 1 版）。读到他的那首长诗《世界的血》时，我内心温暖激越，汹涌如冬日过后的桃花春水。世界如此浩大。诗人极目远望。思绪溢于天地。第四章《曙光三女神（颂歌）》中，第三歌那首名为《大地的力量》，最后一节写的是就是我眼前这个时刻——

　　大雨从秋天下来，万物作响

　　这是大地的力量

　　一种没有门窗的巨大区域向我出现

　　幻影变化无常

　　冲刷着庄稼和钢

　　"这可以穿透的事物到哪里为止？"

　　大雨从秋天下来

向我索取着内心形象

三十年过去，想起一禾，我所怀想的，不正是我一直在反复"索取着"的一禾的"内心形象"吗？

不久前，远方有人通过电话，向我打听多年的一禾。似乎憋得太久，一时我说了许多。他把整理好的文字传给我，说准备付梓。那时我突然反悔了——哦，对不起！我不想经由他人转述，关于我心里的一禾，必要自己说出来，亲自说出来。

凝望着窗外。凝望着那丛灿烂于秋阳下的傲霜秋叶。晨光浓稠。晨光淋漓。天蓝得见不到底。秋叶平静地闪耀着，自在，也自足。天既可碧澄如海，叶为何就不可以灿黄如金？想必那最终也没萎弃于地者，每日里与风一起读经，必是深秋的高洁与通透。

似乎，我听见过那样不分日夜的诵读。

二

诧异于我的记忆，以及几近失去控制的思绪的涌动：一禾好像从没在这样深浓的秋日，来过遥远的边地。他总是在春天来，或夏天来。高原的秋日，似乎与他无涉。如此，我对那丛秋叶的眷恋，究竟缘自何处？或许，那样一个美好的生命，好像自己就是秋天，是秋天里最秋天的那一部分：是秋色里最明亮的那一抹，秋光里最深沉的那一道，秋艳里最含蓄的那一方，也是秋果里最甜蜜的那一枚。他总以那样一种非凡的成熟与自信、高洁与洒脱，闪现在我已然稔熟的人间。这个世界原有太多的自以为是。我曾一次又一次地领教过那些高头讲章势如破竹的教导。也曾面对过某些人以凶狠的虚张声势表达的不屑与鄙视。哦，那些个争强好胜的年代！对答与争辩，甚至连不予理睬，都是徒劳的，当然也是不屑的。其时我正在一条看不到头的山路上走着。崎岖蜿蜒。坡度很大。虽专注，而吃力，却自信。然，四顾茫茫。偶尔，孤寂会悄悄地啃噬我的心。云天渺渺。

然后，一抬头，那丛秋叶突然出现了——

这是大地的力量

大雨从秋天下来，冲刷着庄稼和钢

人生在回想，树叶在哭泣

公园里流着淙淙的黄叶和动物

一个人，一个突如其来的名字

有突如其来的红色

秋天在运走他的一尊尊头像

黄叶中晴朗的吊车上挂着一具诗神

他弯曲的尸体有如一只年轻的苍鹭

幸好，80 年代是个黄金年代，正理想主义高扬。一禾在那时的出现，势所必然。他已经在大地上生长了许久，从一丛稚拙的枝叶，终于长成了一棵大树，高挺峭拔，葱茏馥郁。

最早，是在一个春天，4月或是5月，在滇西一座春暖花开，始于汉代设郡的边城——历史总把最古老的与最新鲜的汇聚于一处。命运选择那样一个地点让我们相见，实乃大智慧。蓝天如碧。莺飞草长。我得到来自昆明的消息，说他要来，让我去接他。惊喜是自然的。我渴望着一场会见，但事先的准备仍然难说足够。直到那时，我都还没见过他。我只读过他写给我的信，他深情的文字，他对我的寻常的称呼，他那缩得很小的署名与落款；我还没听过他的声音，也不知道他到底长成什么模样。我想到过预先找一块硬纸板，写好他的名字，到接他的地方高高举起。那是一种极通常也极时髦的方式，但后来我坚决地放弃了——既不想那么张扬，也觉着没有必要，真要那样，或会大失水准。无论怎样，哪怕河流浪涛滚滚，我想我也会从匆匆而过的万千人众里，一眼就认出那朵浪花。我有那种预感。我相信我有那种能力。而更让我确认的，是他必定有些与众不同。

　　"一个人，突如其来的盗火者

　　死于爝火，死于借火和用火灭火的人

　　据我所知，他是勒死之后

　　又被悬挂上去的。"——大雨从秋天下来

天空中有巨大的象形文字生长

有突如其来的红色

果然，到了航班预定的到达时间，我就站在那里，等待。春风习习。等待。白云苒苒。等待。听说来自昆明的航班已经降落。好啊！乘客开始鱼贯而出。没有他。人不算很多。我打量着每一个从里面走出来的人。直到最后，我才看见了一个人，我断定那就是他——修长的个子，白衬衫，牛仔裤，一头稍长的、迎风飘扬的头发，步履轻快。一个看似随意，实则干干净净的人。一个英气勃发的人。年轻的脸上智慧闪耀。他是闪着光的，似乎"有突如其来的红色"。恰如我料，他与我那天见过的所有人都不同，与我此前见过的所有人都不同。我走了过去，迎上去。我们对视了一眼。他也朝我走来。我们在隔开我们的那条路的中间站住。那条路那时只属于他和我。我伸出手去，他也伸出手来。我们几乎同时说出了对方的名字。

我说：一禾！他说：老汤！

——两个从没见过面的人，像分别多年再度重逢的老友那样，相会于人间。

三

当然，那不是秋天，是春天。

但我的印象里，我与一禾曾经的过往，秋天都是在场的——

因一点儿小事去到北京，他闻讯从很远的地方赶来，忙忙碌碌地陪了我大半天，直到很晚方才归去。第二天，又约我去他工作的地方，看望他所在的那家刊物的主编——事前他告诉我，正是她，给了我一次其时甚为少见的、"不用排队"的破例。已是深秋，黄叶飘飞。那天晚上，他让我不要去宾馆。他说有地方住。他要跟我聊聊他刚刚读过的我的一些文字。他既随意又很深入地谈论着，像在谈着他自己的作品。我惊异于他的记忆力，那种记忆力早几年在第一次见面后不久，我就领教过——

在他第一次去滇西出席的一个大型活动中，他听到有人轻慢地，或说有些浮皮潦草地聊起了我的一个作品。原在与人轻声聊着什么的他，突然认真地听了起来。早先他并没有准备说话，那时却忍不住举起手来，要求发言。我看着他走了上去，很轻松地走了上去。我惊异于他的轻松，也惊异于他演讲般的言语中严密的逻辑，深入的解析，以及他对原作大段大段的，几乎一字不落的复述。我听得目瞪口呆，我知道就连我自己，也无法做出那样的复述。会场鸦雀无声。他似乎从天而降。他的声音在会场里回荡。那声音出自一个优雅的、充满智慧的灵魂。他只用了那几分钟的演讲，便完成了他在滇西高原的第一次亮相，如同惊鸿一瞥。

大雨从秋天下来

让人有所作为，留下脚印，再被夷平

冲刷着正确的灰和正确的尸体

一句句话在感动中一一飞起

退出它的骨头

这是大地的力量

大雨从秋天下来，听见它燃烧的声音

现在，我要离开艺术

而北京的那个夜晚，在一个小馆子，他要了五六斤或许是
七八斤羊肉，整整一箱十多瓶啤酒，以之作为一次深夜长谈的
简单配备。涮——涮——涮。热气蒸腾。小小的锅子翻腾滚烫，
涮着的是两个灵魂。我知道他不擅喝酒，但他喝得很努力，很
尽兴。那晚他和我一起，住在他一个亲人的一个暂时没有人住
的小房子里，一张小床，还断了一条腿。在世俗的日子方面，
看来他并没有多少准备。他说他要去找些什么东西来，设法把
床垫好，架稳。我以一个学过多门力学的人的直觉告诉他，不
用了，三个支点，足以支撑起一个平面。摇晃自然难免，人生
须经得住，但请放心，不会坍塌。他说是吗，这样就好。他
坚持睡地铺。其实那一夜我们几乎没有合过眼。我不知道我们
为什么会有那么多的话要说。文学只是那场谈话的一个轻便入
口，进去就是个阔大的、万花筒般炫目的世界。我说到我在一

个深山铁路小站当养路工的日子，那正好与他幼时随父母在河南农村度过的日子相匹配。文学真的不算什么，真正值得通宵达旦都不睡觉去聊的，只是日子，是尘土飞扬或冰雪凝冻的日子，是日子里那些几乎从未告诉过他人，甚至连自己都早已遗忘的点点滴滴，是在那些日子里灵魂经受过的每一道轻微的扰动，以及生命在那样的日子里经受过的炎夏与严冬无形的敲打与捶击……

　　这是大地的力量

　　从一种事物驰离另一种事物

　　一片大火和空旷在燃烧

　　大雨从秋天下来，人烟稀少

　　冲刷着庄稼和钢

　　生活的蒙昧在于它总被经过

　　人体在近处留下关系

　　大路上行人稀少，单调而无穷

　　倒映出方向和影子

　　真实的车辆在远景里越来越小

　　从人体里进入空旷

那是我第一次真正地走近他，感知他心里的大地、麦穗与向日葵，他灵魂的丰润与高洁。

在世俗的意义上，他谦和、知礼、热情，周遭的人第一次跟他接触，便已然觉得他做人已做得很好，该尽应尽的职责，他都能在本分的意义上——尽到。按说，那已经够了，要知道，多少人即便在那样的层次上，也未必能做得如他那么好。由此，作为男人，他是个懂得爱的深情恋人。作为朋友，他是个可信赖的朋友。作为编辑，他对作品的处理，堪称热情、真诚，甚至周到。不同在他终归是位内心如火一般炽烈的诗人，是天之骄子，是志诚赤子，亦是大雅君子。许多时候，他总要也总能不露痕迹地把人与人之间的交往，从一般的、日常的层面，往诗意的高度推进，直至臻于灵魂级的最高层次，赤裸相见。在那样的高度上，你按俗世的处世规则想躲闪也无法躲开，想不坦诚都会莫名地羞愧。他用自己灵魂的光芒照亮着你，用他自己的生命热度温暖着你。你被他的赤诚充分地甚至完全地调动起来，与他赤诚相见。你也被完全地激发，随他一起进入那个超拔卓毅的状态。通常情形下，并不是每个人都能随时进入那种状态的，有了他，你会发现自己也开始和他一起闪亮。他做了那么多他可以不做，或说远远超出他该做的范围的事。要知道，我只是他结识的文界或非文界的万千人之一啊，为此他要额外付出多少精力和时间呢？而对于他，时间就是生命。

那灵魂，就如我此刻看到的窗前的那丛秋叶，剔透、明亮、灿烂。从此我知道了，那是个有大愿的人，有大慈悲的人。

四

再好的文字，也只是一个人对生命的表达，无论他是诗人，是工程师，是大德，还是扫地僧，或其他任何一个干着世人看得上或看不上的活计的人。对于一禾，文字、诗行，作为他生命的一部分，从他的生命里自然地溢出，根由其实仍在他生命的质地与状态。如同珍珠，文字在一个肉身里经过了漫长的处于黑暗中的生长，洇染上的是他的气息，他的血脉，他的爱与痛，他的整个生命。当我们从一个人的文字里得到享受——无论挚爱、美好、痛苦还是纠结时，其实，我们是在分享他的生命，他以实实在在的肉身亲历过的生命体验。那样的文字，因而是滚烫的，裹满了生命液汁的，直到吐露出来时还在活蹦乱跳着的……

是的，我就那么固执，甚至近乎偏激：无论那些文字究竟如何，孕育出那些文字的血肉丰盈的生命本身，才是第一位的——对于在许多个那样漆黑如深沉午夜一般的白日，或许多个亮堂如白昼一般的夜晚，那个依然让自己像灯一样亮着的人，你说他高傲，我只愿说他高贵。

我曾一次次反躬自问，很认真地问自己：你喜欢一禾这个人，这个比你小了许多、年轻许多的人，到底是因为什么？被一禾亲切地称为"爱情的发动机"的珙子，也曾问过我类似的问题：一禾对你很重要吗？我说：是的，重要。然后她沉默了，我也沉默了。隐约中似乎有人在问我：那到底因为什么？是因为他发了你的作品？想想，好像是，又不是。他发过的我的小说不假，但说我是因此而喜欢他，却是误判。在我向《十月》杂志投稿前，我完全没有听说过他。他那时还年轻，而我并不擅交际。在茫茫如大海般的虚无中，当我跟一个本地的年轻诗人聊起我刚刚完成的那个作品时，他说：你可以试试给一禾。那是我第一次听到这个名字。而那时，把一份多少有些志忐的文稿送给《十月》，更多的只是因为我喜欢这份刊物，几乎每期必读，从头到尾。我不知道命运的安排。而恰如俗话所谓：你只需做好自己，别的上天自有安排。十天左右，一封信打北京如秋叶般飞来。其实那是夏末，而他已然说到了秋天——秋天的第一个月，有一个看似粗粝实则香甜的果子将奉献给世人。他说他喜欢那个果子。喜欢它一眼看上去时的粗粝与开阔，喜欢细细品味时里面深藏的人性与背后隐藏着的世道艰辛。他还说，他愿意预定此后所有的果子——如果你放心。

　　——我没什么不放心的。那就像一个长年躬耕于山野者，突然遇到了一个好买家，一个知音般的买家。但我知道，他绝不是要像别处的有些人那样，欲借此去做一笔大买卖，而是他喜欢你种的那些树上的果子。要说喜欢，他先得是个内行，要懂——懂得土壤，懂得种植，懂得辛苦，懂得期盼，懂得成色；或者说，他自己就是个地地道道的躬耕者。他懂得一个专心致志埋头于躬耕者内心一切的希冀，一切的辛苦，一切的劳作，一切的痛苦与喜悦。事实也正是那样。我只管种植，潜心种植，不问收获。而他一直在期待，一直在期待着。他向他的朋友说：西南要下大雨了。他果然那样做了，以非同寻常的方式，向外界诉说着云南，诉说着那些默默的一文不名的躬耕者，诉说着那些羞涩的躬耕者捧献出的丰美果实——

　　这是大地的力量

　　大雨从秋天下来，冲刷着庄稼和钢

　　从一种事物驰离另一种事物

　　从纸到字迹，从蜡到火炬

　　从一年中驰离旧日子

　　大雨从秋天下来，让我感动

　　冲刷着桥梁　石英和打光的沙粒

　　这是大地的力量

五

　　另一个日子，不是秋天，倒似若深秋。我去看他，在北京，在一个公墓，一个寥落到有些荒寂的世界。

　　在那之前，我还没等到他领我去看他的新房，那个他说贴着一张字条——必须是一张字条，不能是一卷挂轴，一幅中堂——上面写着"你是爱情的发动机"；他也还没能看到我的新书，为了那本书，为了让那些文字能在他所在的那本刊物上刊出，他做了许多，四处争辩，却终于没能如愿。他因此而有些愤懑。他告诉我，有人想请你谈谈，谈谈那本书，但去不去由你。最后我当然没去。因为我感觉到，他并不觉得应该去。信赖怎么都高于一本书。然后，他先是把那个书稿交给了十月文艺出版社的刊物《长篇小说》，然后等待着单行本的面世。他说他要为那本书好好写篇文章，但终归没能等到……

那是下午四点钟。北方3月的阳光，纵然仍是淡淡的，却终已透出了一点儿暖意。偌大一个墓园里，没有一个人，唯一株株苹果树像人一样地立着，静得像是在另一个世界——也许那确是另一个世界。柔柔的静谧，溶在淡淡的阳光里，掺和出一片透明的金色，装点着他的屋宇——门楣上，是一块黑而亮的大理石——也装点着我们相会的那个时刻。

是的，我去得迟了些。我一直不知道他去了哪里。我知道了远行的消息，却不知道他去了哪里——几次跟玞子见面，她一直不提那个话题。一说就痛！终于到了那一天，我忍不住了，我问玞子：一禾，他在哪里？

于是我去了。

黑色大理石的方碑上，有几片枯黄的，不属于秋天的落叶。

——"诗人骆一禾"

——"1961.2.6—1989.5.31"

——"大地呵 / 你的儿子血肉双寒 / 死亡也不是他的领地 /

愿他此去英武 / 愿他在这条大道上一路平安"。

那是他的诗句。于是，我看见了他。我看见了他的那颗头颅。那里面，是个红得风起云涌惊心动魄的世界。血涌如潮。世界的血。《世界的血》……

曾经，那是诗的产床。

我知道他是怎样写诗的：或通宵达旦，或夜半惊起，或秉烛直书……我曾劝他，请有节奏一些，请爱惜自己的身体，请……

他说，谢谢。可为了拒绝怠惰，拒绝平庸，拒绝诗的堕落，人应该把自己的生命调到高潮状态。

于是我不相信那样的解释：有一根血管因为先天畸形而破裂。我不相信。因为，如果没有那些血呢？如果那些血不是那么热、那么红呢？如果不是那么热、那么红的血在某个时刻像海潮一样地涌向那片诗的产床呢？

如果……

那根血管也会破裂吗？

畸形的或不是那个头颅，而是那个头颅以外的世界。

六

转眼三十年。生命忽也时唏嘘，天地为之久低昂。

总觉着，迄今为止，对一禾这位天才诗人和他作品的解读，还太少，太零星。恭逢泡沫汹涌的年代，秋来最叫人揪心的，自当是那些即将飘散的苇絮，自身轻薄，无力与风较劲，加之寒露湿重，难于张开的除了翅膀，更是那几缕无病呻吟的空洞秋思。它们从我们身边混沌地飘过，飘过就飘过了，从来没人会去怜惜。真正的秋叶岂会在乎冬日的降临？它们原就来自大地，归于大地或是它们的心愿，势所必然。回到大地的时候，它们会怎样证明自己呢？或许根本不需要任何证明。"除了天才，我别无他物需要申报。"——王尔德过纽约海关时说过的那句话，或可用于转赠。

我知道，将那句话转赠给那丛最后的秋叶，当再合适不过。

2019 年

骆一禾与《十月的诗》

西渡

　　20 世纪 80 年代是一个诗歌运动风起云涌的时代。多年之后，我们回想起那个时代仍然会有某种心情的激荡，但也会感到某种惘然——人与事，俱往矣。那个时代涌现的一些杰出人物已成古人，而余下的人物也历尽变幻，不复旧时了。在那个时代涌现的众多优秀诗界人物中，如果要选一个代表，我愿意提出骆一禾。我的理由是，骆一禾不仅是一位杰出的诗人，也是一位不可替代的诗歌批评家——他对新诗的思考具有纵览全局、"在山巅上万物尽收眼底"的高度和随这高度而来的透彻，而且是一位具有学者眼力、诗人情怀和强烈使命感的优秀诗歌编辑。深一步说，作为人的骆一禾最能代表 20 世纪 80 年代所达到的人性高度。这一高度使他得以置身于屈原、陶渊明、杜甫、苏轼这样一些人物之列。在中国，这类人物比天才更稀缺。

　　骆一禾作为优秀的诗歌编辑所为和所成的，在整个当代文学史上恐怕找不到第二例，以后大概也很难找到。如所周知，其所为和所成浓缩于《十月的诗》这一诗歌栏目。20世纪80年代初是朦胧诗从地下跃出地面的时间，但也是它走向衰落的开始。到1984、1985年，朦胧诗已是强弩之末，第三代诗歌运动的开场锣鼓已经敲响。1986年《深圳青年报》和《诗歌报》的"现代诗群体大展"一下子把实验诗歌的潜力释放了出来，中国诗坛一时间热闹非凡。相比之下，实验诗歌的发表渠道却非常狭窄。当时的主流刊物还以发表老诗人、老写法的粉饰颂美之作为主，朦胧诗作为点缀刚刚在主流刊物上打开口子，而愿意接受新近实验诗人的刊物更是少之又少。骆一禾着力打造《十月的诗》这一栏目，正是基于上述情况，想为当时最具活力的年轻诗人群体提供一个展示才华的出口。这个栏目从1986年4月开始筹办，1987年推出第1期，1989年因骆一禾去世而终结，正式出刊不足三年，却对呈现和塑造20世纪80年代实验诗歌的面貌起到了非常重要的作用。栏目先后推出了西川、刘扬、于坚、海子、朱春雨、吕德安、马丽华、昌耀、公刘、舒洁、黄灿然、王坤红、钱叶用、阎月君、雪迪、曲有源、万夏、莫非、邹静之等诗人的作品。这个名单中的多数诗人后来成为20世纪90年代以后诗坛的主力。虽然此名单没有也不可能包括当时已经冒头的所有优秀诗人，也并非每个进入名单的诗人都当得起优秀的称号，但在当时诗界大环境下，能够在不到三年时间内推出这么多优秀的诗人和作品已非寻常——不难想象其间需要克服的众多内外困难。这只要对比一下当时主流刊物上诗歌发表的情况，包括《十月》本身之前和之后的情况，就可以看得非常清楚。事实上，在推出优秀诗人和诗作上，能够和《十月》相提并论的，整个 20 世纪 80 年代大概只有广州的《花城》一家。这两家刊物，一南一北，呈犄角声援之势，为推动 20 世纪 80 年代实验诗歌的发展做出了最切实的贡献。

现在回头去看，《十月的诗》至少有几个鲜明的特点：一是具有强烈的"把道路多留给青年人"的意识，出现在栏目中的面孔多是诗坛所陌生的。二是具有强烈的创新意识，这一点骆一禾在栏目导言中曾多次标示，所以《十月的诗》推出的基本上都是美学上和意识上的标新之作。三是在前两点的基础上而具有包容性。骆一禾心中存着一个诗歌共时体的信念，古今诗歌共存于当代诗人和读者当下的意识中，因此在骆一禾看来，诗是一个大于诗人的概念。立足于此，骆一禾乃把刊物、栏目视为推动中国诗歌发展的公器。所以，主张各异、风格不同、地域各别的诗人都能在《十月》得到展示的机会。四是集中推出的方式。《十月的诗》每期只发一个或两个诗人的作品，从而能集中有效地把一个新诗人的面貌呈现给诗坛。正是这些特点使《十月的诗》成为不可替代的。

骆一禾为办《十月的诗》倾注了巨大的热情和心血。显然，他是把编辑这个栏目当作为诗歌工作的一个方式。对栏目的美学倾向、取稿原则以至编排方式，骆一禾都有通盘考虑。每一期的编辑导言，或倡明原则、标举方向，或提示矿源、揭橥动力，或点评诗作、勾勒诗艺，而无不言简意丰，力透纸背，非此人不能办。1987 年 1 期的首篇导言无疑是栏目的总纲，而同时也就成为"中国当代诗坛最简明的，也最富于雄心的纲领"。骆一禾对栏目倾注的心血还体现在他给诸多作者的长篇信函中。我们现在能看到骆一禾在此期间给昌耀、潞潞、袁安、万夏、伊甸、刘频等诗人为编辑事务而写的长信，而更多的信还未布示人间。刘频是远在广西的一个普通投稿者，骆一禾不但给他写了 3000 多字的长信，在所投稿件不符栏目要求的情况下，还热心为之另寻发表途径。在这些信中，骆一禾坦诚地而且平等地与作者探讨诗艺，剖析作品，论其所长，议其不足，对长处大力揄扬以望其发挥，对缺点和盘托出以求匡正之效，显示了骆一禾对中国诗歌的殷殷期待和对诗人朋友兄长般的关切。因为骆一禾始终站在诗歌为公的立场上，所以能对朋友"直话直说"（骆一禾致伊甸信中语），以心相见。

《十月的诗》最引人注目的成绩是对昌耀和海子两位现今已得到公认的大诗人的推出。如果说对昌耀作为一个大诗人的认知的推动，同时还有《人民文学》等刊物的合力，对海子的推出几乎就是骆一禾和《十月》一家之力了。在总共 17 期的《十月的诗》中，海子作品独占三期：1987 年 4 期第一次推出海子《农耕之眼》12 首，1989 年 1、2 期分两次刊出海子诗剧《太阳》。虽然这些作品只是海子全部创作的一小部分，但却把海子诗歌的精华部分集中展示给了读者。《农耕之眼》12 首短诗，几乎篇篇精粹，诗剧《太阳》则可以视为海子长诗的典范之作，其情感强度既为当代诗歌难以逾越的巅峰，其音乐性则呈现了现代汉语诗歌空前的歌剧般的华美。在海子生前发表作品不多的情况下，他在 20 世纪 80 年代诗坛的声誉就主要建立在这些作品上。

据张玞说，海子去世以后，骆一禾在日记中以这样的记载表达了他的悲痛："上帝，你杀死了我自己的一个儿子。"我觉得这一记载不仅是骆一禾和海子之间基于诗歌事业的私人感情的证明，同时也是对他们之间诗歌关系的一种揭示。海子去世以后，其诗歌声誉不断上升，骆一禾则基本上被视为海子诗歌的倾听者和阐释者。骆一禾无疑是海子诗歌卓越的倾听者和最好的阐释者，但骆一禾对于海子的意义远不止此——对于海子的诗歌天才，他还是一个最善意、最耐心的引导者和塑造者。海子的诗歌抱负、诗歌愿景在某一程度上是骆一禾赋予的。在海子和骆一禾的关系中，是耳朵把嗓子卷入了它期待的音乐风暴中。因为倾听是在未有歌声之前的发愿，而嗓子正是为了实现倾听的愿望而开始忘情歌唱的。

博大生命：骆一禾与 20 世纪 80 年代诗歌

西渡

很高兴有机会来和大家谈谈骆一禾和 20 世纪 80 年代的诗歌。20 世纪 80 年代是一个文学的时代，一个诗的时代。如果现在要选一个人物作为 20 世纪 80 年代的代表，我愿意推骆一禾。我觉得骆一禾最能代表 20 世纪 80 年代达到的人性高度。骆一禾是杰出的诗人，也是具有战略眼光的诗歌批评家，他还是成绩出色的诗歌编辑。这可以说是骆一禾的三个文学身份，其中每一个身份都体现了骆一禾身上高度的人性。且不谈他作为诗人和诗歌批评家的成就，在作为诗歌编辑的骆一禾身上，我们就可以充分感受到这种人性。

骆一禾在主持《十月的诗》期间，给很多投稿的诗人写过长信，有的甚至是万言长信。在这些信中，骆一禾与诗人们畅谈诗歌抱负，纵论当代诗歌的种种现象，陈说编辑规划，讨论作品修改，或者坦言退稿的原因，提出改稿建议。在给浙江诗人伊甸的信中，骆一禾一上来就说，"你的诗六首不是你最好的作品，也因此不是我需要的诗"，"我对我最要好的，在志趣、抱负、艺术上有一致之处的朋友，也是绝不容情的，他们全都吐血了，所以对你也不例外"。接下来，骆一禾详谈了诗与思、诗歌中自我表现的问题。这些意见是骆一禾针对 20 世纪80 年代先锋诗歌中存在的问题提出的尖锐批评，实际上是为朋友指点迷津，唯恐朋友裹挟到诗坛当下的迷思中去。刘频是一个远在广西的普通投稿者，骆一禾从自然来稿中发现了他。骆一禾给他写了 3000 多字的长信，分析其诗歌的特色、长处，揭示刘频本人未必意识到的其诗歌的内部构成，也指出了他的不足——骆一禾写了这些来帮助对方了解自己，希望对方可以由此提高一步。拳拳之心，跃然纸上。《十月的诗》没法安排刘频的诗，他又推荐给美国一家华文报纸。他把刘频的手稿全部退回，准备推荐给那家美国报纸的诗，他自己手抄了一份。这样的事，放到现在有点儿不可思议。我们就是给好朋友也没有耐心写那么长的信，更别说给陌生人了，还替人家抄稿子。这就是骆一禾身上的人性光辉。

海子去世以后，骆一禾为他做的一切，同样彰显了他身上这种人性光辉。从海子去世到骆一禾突发脑出血，中间只有 49天，在这 49 天内，骆一禾做了多少事！陪海子家人到山海关处理后事，写信通告各地诗友，组织为海子贫困的家庭募捐，多方努力谋求海子诗集的出版。在这些具体事务之外，他还写了三篇高质量的海子研究论文——这些论文至今还是海子研究的纲领——发表了多场关于海子的演讲，编辑了海子的第一本正式出版的诗集《土地》。这个并不完全的清单已是高强度的工作。海子去世以后的悲痛心情以及如此高强度的工作，也就是骆一禾倒下的直接诱因。海子有这样的一个朋友，是他短暂一生的莫大幸事。骆一禾特别热爱朋友，他说，每一个朋友就是他的另一个灵魂，"一个人绝不可能只有一个灵魂"。这也是骆一禾的博大生命观和他的人性的体现。

我自己对骆一禾的认识有一个过程。刚开始我也和大家一样，把骆一禾看作海子的一个倾听者，认为他自己的创作成就不是很突出。在 20 世纪 80 年代，能读到的骆一禾诗也不多——实际上，骆一禾把很多发表的机会都让给朋友了。我在 1990 年前后编过一本《太阳日记》，是一本北大诗人的诗选，诗选以海子打头，选了 31 首，接下来是骆一禾，选了 12 首。这大致代表了我当时对他们两个诗歌成就的认识。我曾和戈麦讨论骆一禾的诗。我说骆一禾是"有毒的天才"。骆一禾的诗拒绝模仿，"闪长岩和闪长岩 闪长岩"，这怎么学呢？骆一禾的诗歌风格太硬，太个人化，学之必死。海子的情形正好相反，他唤起了模仿者的高度热情，包括我自己也模仿了一段。到现在，模仿海子的写作还比比皆是。2009 年是海子、骆一禾去世二十周年。当时报刊上、网络上铺天盖地都是纪念海子的文章，骆一禾却鲜有人提及。基于这样一种情况，我当时建议冷霜在《新诗评论》上为骆一禾组织一个研究专辑。我自告奋勇为专辑提供一篇文章。这个承诺促使我比较全面、深入地读了骆一禾的东西。这一读不得了，我发现了三个骆一禾，诗人、诗歌批评家、诗歌编辑，每一个都响当当。这次阅读的最后成果，就是我手上拿的这本书——《壮烈风景：骆一禾论、骆一禾海子比较论》，2012年底由中国社会出版社出版。

下面我分几个方面来谈谈骆一禾的成绩：一是骆一禾与20世纪80年代诗歌的关系，二是作为诗歌批评家的骆一禾，三是骆一禾的诗歌创作。有时间我们再谈一谈骆一禾和海子的关系，关于这个问题的讨论，占了我那本书一半的篇幅。20世纪80年代诗歌是骆一禾的诗歌创作和诗歌思考的背景，是他的出发点，我会首先谈到。我将把重点放在第二部分，也就是骆一禾的诗歌思考。因为第三部分，骆一禾诗歌创作的成就，如要细谈，需要很多文本分析的功夫，今天我们恐怕没有充足的时间。

一、超越20世纪80年代：骆一禾对朦胧诗与第三代诗歌的批评

20世纪80年代诗歌的重大事件有两件，一是朦胧诗由地下跃出地面以及随后的衰退，二是第三代诗歌运动的兴起。这两件事在时间上是前后相承的，在诗歌主张上，后者是对前者的反对。当然这都是很粗糙的说法，实际上的关系比这要复杂一些。20世纪80年代初是朦胧诗从地下跃出地面的时间，但也是它走向衰落的开始。到 1984、1985 年，朦胧诗已是强弩之末，第三代诗歌运动的开场锣鼓已经敲响。1986 年《深圳青年报》和《诗歌报》的"现代诗群体大展"则是第三代诗歌对朦胧诗发起的总攻，其后朦胧诗作为一个运动基本上可以说偃旗息鼓了。当然它对后来的诗歌仍然有影响，但它已不得不让出了先锋的位置。

第三代诗歌对朦胧诗的否定主要表现在这么几个方面：一是"反崇高"。第三代诗人质疑朦胧诗的"代言人"身份，把它看作虚妄和矫情，试图用一种平民身份去取代它，在诗歌风格上则试图用"朴素""平易""平淡"去消解朦胧诗的"崇高"。二是"反文化"。"反文化"就是要解构朦胧诗的写作深度、它的象征原则。这就为一种诗歌中的原始主义提供了生长土壤，也孕育了非非主义的"还原"原则，所谓"意识还原""感觉还原""语言还原"等等。上述原始化、原始主义倾向不仅在第三代诗歌中很普遍，在 20 世纪 80 年代的小说、电影、音乐、美术中都有不同程度的表现。三是"反意象"。这是从写作方法上去颠覆朦胧诗。"意象"是朦胧诗的法宝，朦胧诗的诗歌美学就奠基于此。朦胧诗的意象写法是对当时主流诗歌了无意趣的 A=B 的口号式写法的美学反抗，但是朦胧诗的意象仍然有很强的因袭性。朦胧诗不同意主流诗歌的 A=B 的公式，对此它说"我不相信"，然后它说 A=C。但是，这两个公式实际上是同构的。这样，随着朦胧诗的文学地位的确认，大面积的雷同、自我复制很快成为朦胧诗人及其模仿者的噩梦。上海诗人王小龙早在1982年就对朦胧诗的意象提出了严厉的批评。他说："他们把'意象'当成一家药铺的宝号，在那里称一两星星，四钱三叶草，半斤麦穗或悬铃木，标明'属于''走向'等等关系，就去煎熬'现代诗'"，"'意象'！真让人讨厌，那些混乱的、可以无限罗列下去的'意象'，仅仅是为了证实一句话甚至是废话"。（王小龙《远帆》）这种指责，很快得到了年轻一代诗人的认同。实际上，在美学信仰上，朦胧诗的意象写法一直与李泽厚的"美的积淀说"暗通款曲。我们回过头来看，朦胧诗实际上基本还是旧诗的写法。朦胧诗人在古典诗、新诗、西诗修养上都存在先天不足，他们的意象写法是各取了古典诗和新诗传统中比较简单的一路而发展出来的。这种写法可以说从五四以来的现代诗传统倒退了。为什么说是倒退呢？因为新诗对意象的处理，到20世纪40年代已经形成了一个不同于旧诗的传统。旧诗的意象可以说是时间性的，也就是说，它主要和过去的文本发生联系，有很强的因袭性。这就是"美的积淀"的实质。新诗的意象则是空间性的，它主要和文本的上下文发生关系，处于上下文的空间结构之中，这个空间的结构决定了意象的意义。也就是说，新诗的意象是不通用的，每一个意象都是一个发明。最近，西南大学的李心释教授写了一个文章区分了新诗和旧诗的意象。李心释认为，新诗的意象应该叫语象，以区别于旧诗的意象。我觉得这个区分很重要，可以去除我们在意象问题上的很多迷思。四是语言的觉醒。"反崇高""反文化""反意象"都涉及一个语言问题，涉及语言方式的转换。第三代诗人就此提出的语言策略是口语化。这一策略把朦胧诗的问题归结为书面语的问题，以为用口语就可以把朦胧诗的"崇高""文化""意象"一下子推倒。最早提出这一策略的也是王小龙。他说："假如六十年前新诗的标志是白话文，那么今天应该再一次提出：新诗必须是白话文的新诗。再也不能容忍标签似的术语，褐色的成语，堆砌铺张的形象和充满书卷气、脂粉气的诗"，"我希望用道地的中国口语写作"。这一策略在"他们"文学社和非非主义的写作中得到了回应。韩东的"诗到语言为止"、非非主义的"语言还原"及至后来的废话诗，逐渐把这一主张推向极致。从这些主张可以看出，20世纪80年代的语言觉醒是不彻底的，它不是一种本体论上的觉醒——虽然它从西方现代语言哲学汲取了若干资源，也提出了"不是我写词，而是词写我"等具有本体论色彩的口号——而是一种策略化的写作手段。实际上，多数第三代诗人骨子里仍然工具化地看待语言，把语言当作革新观念、反抗意识形态的手段。

　　一些朦胧诗人也逐渐意识到自身的困境，所以朦胧诗本身也在尝试从自身突围。江河、杨炼在1985年前后提倡文化史诗，可以说是对朦胧诗危机的一个反应。"文化史诗"的意图是借助文化的结构能力来纠正朦胧诗空间性的匮乏。不幸的是，这个纠正的努力却进一步加强了朦胧诗的因袭性。因为没有新的世界观，"文化史诗"缺少对异质因素进行吸收、综合和转化能力，最终陷于对既有文化元素的重复和抄袭。所以，它引起了第三代诗歌"反文化"的激烈反弹。杨炼对此有所自觉，所以他没有像江河那样从残遗的汉民族远古神话碎片中撷取题材，而以边地、边缘文化（《诺日朗》等）为题材，因此他的"文化史诗"同时又有某种原始倾向。多多、顾城则走了另一条路，多多走向了幻象，顾城则走向了心理主义的个人乌托邦，也可以说是另一种幻象。而那些没能突破朦胧诗写法的诗人，他们的写作就处于停滞状态。舒婷是最典型的，她的选择是转向散文。在北岛那里，则发生了"化石化"现象。他维持了写作的姿态，但实际上已经停止生长，变成了自己的化石。

从上述讨论可以看出，朦胧诗确实存在限制自身发展的诸多局限，第三代诗人看到了这种局限，并提出了一系列治疗这些局限的药方。但是，深入分析一步，我们会发现这些药方都只是治标而不治本的。这是因为多数第三代诗人都没有认识到朦胧诗的根本问题所在。朦胧诗的根本问题是什么呢？我以为是结构能力的匮乏。这个匮乏既表现在文本建构上，也表现在主体的建构上。由于缺少建构能力，朦胧诗既无法建立起具有足够空间感的文本，也无法建构具有自我生长能力的主体。杨炼大概是朦胧诗人中较早意识到这个问题的诗人，所以他提出"智力的空间"的构想来补救。但杨炼的主体成长性不足，所以虽然他一度写出了具有很强的空间性的作品，不久又限于自我重复。顾城是另一个例外，他的个人乌托邦是有空间的，可惜这是一个没有门的、封闭的空间，因而也是令人窒息的。总的来看，朦胧诗的世界观是破碎的，它的最高口号是"我不相信"。朦胧诗靠反抗外部意识形态起家，但这种反抗却无法构建起一个新的世界观，因而也就无法摆脱对外部意识形态的依赖——实际上，反抗的和被反抗的根长在了一起。第三代诗人对朦胧诗的反抗有着与此相近的逻辑。北岛说"我不相信"，第三代诗人说"Pass 北岛"，其实内里是一样的句式、一样的结构，反抗的对象变小了——朦胧诗反抗的还是庞然大物的意识形态，第三代诗人却只是反对它的前辈同行——对反抗对象的依赖却因此增强了。"他们要的我们都不要"，这种反抗逻辑变成了第三代诗人自掘的一个陷阱。实际上，第三代诗人对朦胧诗的反抗本来只是缘于功利驱动、以博取文学声名为目标的一种方便的策略，但不幸总有很多人信以为真，做了这策略的殉葬品。

骆一禾大概是看到朦胧诗根本问题的第一人。对于朦胧诗，骆一禾自己说"开始就有意地去判别它"，并发过豪言："彼辈可取而代之"（致潞潞信）。1982 年，骆一禾开始谈到"朦胧诗和 50 年代诗歌一样，是我们所要对待的传统之一"。1983 年骆一禾完成了他的本科毕业论文《太阳城——北岛诗作与我的诗歌批评》，并得以"彻底从朦胧诗里脱胎出来，完成我对自己风格和道路的确认"。可惜我们现在见不到这个论文，不然我们可以对骆一禾的脱胎过程有更清晰的认识。江河、杨炼的史诗 1985 年刚出现，骆一禾就在人大一次集会上进行了全面评论，并指出其问题（致伊甸信）。骆一禾把 1984、1985 年称为自己的沉思期，在这期间，他"完成了自己的大构思"；他又把这两年称为先锋诗歌的"渡河时期"："要么淹没，要么有另外的命运"。

骆一禾对朦胧诗的超越，在思路上和第三代诗人那种"情绪的敌对"完全不同。可以说，第三代诗人没有人像他那样对朦胧诗进行过那么深入的研究，所以也只有他没有随声附和那些基于反抗逻辑的口号。实际上，"崇高""文化"本身并不是朦胧诗的病症，"反崇高""反文化"却很快在第三代诗人身上显示出其病理症候。骆一禾看出，朦胧诗的根本病症在于生长力的枯竭。这一病症的治疗是不可能像第三代诗人所希望的那样，头痛医头、脚痛医脚式地解决的，它只有在更广阔的社会文化背景中，通过主体的自我更新、自我成长，然后反馈于文本的更新和成长，才能得到根治。这个就是骆一禾所说的"大构思"。这个"大构思"一言以蔽之就是通过建构强大的主体以建构宏伟的文本。事实上，骆一禾希望建构一个在时间上相关于整个人类文明史，在空间上相关于大地、天空和一切人的"博大生命"。这个"博大生命"体现于文本，就是骆一禾所说的"大诗"，它以《荷马史诗》、但丁《神曲》、歌德《浮士德》这样的作品为目标和竞争对手。第三代诗人竭力反对的

"崇高""文化",在骆一禾的大构思中,不但不是反抗的对象,而是作为有益的元素、养分被吸纳了。从这样的诗歌抱负出发,骆一禾在看待语言问题、意象问题的时候也有了截然不同的眼光。他在最重要的诗学论文《美神》中说:"《奥义书》中说:'雷无身,电无身,火无身,风无身,当其吹息迸射之时而有其身',其实诗歌语言、意象等等的创造,也是一样的。当没有艺术思维中一系列思想活动作为压强和造型的动力时,固有的词符是没有魔力的,必须将它置入一定的上下文语境中(这置入的力量前已所述:生命自明),它本有的魔力才会像被祝颂的咒语一样彰显出来,成为光明的述说,才能显示其躯骸,吹息迸射而有其身。"骆一禾的意思是,统摄诗歌语言的是诗人的生命,是诗人作为主体的精神势能,正是这一生命和精神势能赋予文本以结构和呼吸。精神势能导致的生命运动推动了语言运动并显示于语言。这就是他所说的"语言中的生命的自明性的获得,也就是语言的创造"。关于意象,他说:"(诗)有原型,诗中的意象序列才有整体的律动,它与玩弄意象拼贴的诗歌,有截然的高下","由于自我中心主义,内心蜕变为一个角落,或表现在文人习气里,或表现在诗章里。在诗章里它引起意象的琐碎拼贴,缺少整体的律动,一种近乎'博喻'的堆砌,把意象自身势能和光泽的弹性压得僵硬,沦为一种比喻。归根结底,这是由于内心的坍塌,从而使张力和吸力失去了流域,散置之物的收拾占据了组合的中心,而创造力也就为组合所代替而挣扎"。骆一禾这里所说的"原型",说得简单一点儿,就是"博大生命"。说它是原型,因为它是有根的,它的根长在人类集体的记忆中。朦胧诗的意象拼贴,在骆一禾看来并不单纯是一个写法或写作技巧的问题,其根源在于写作主体生命的坍塌。正是主体生命的贫血导致了朦胧诗"意象拼贴"式的写作,这样的意象也就不能成为生命的象征,而仅为"一种'博喻'的堆砌"。海子在诗歌语言问题上的看法、对朦胧诗意象中心主义的批评,其思路和骆一禾如出一辙。海子1986年的日记写道:"当前中国现代诗歌对意象的关注,损害甚至危及了它的语言要求","新的美学和新语言新诗的诞生不仅取决于感性的再造,还取决于意象与咏唱的合一。意象平民必须高攀上咏唱贵族"。海子这里所说的"语言要求"是在骆一禾"语言作为生命的显现"这一思路上展开的,而不是一般地泛泛地谈论语言,他说的"咏唱"实际上是指诗人的生命运动。我猜海子这些看法应该是受到了骆一禾影响和感染。

在这样的视野下观照第三代诗人的写作,骆一禾当然会有诸多不满。在给朋友潞潞的信中,骆一禾谈到朦胧诗作为过去的滋养成为"阻止很多人看得更远的因素",这些人也包括第三代诗人,因为他们的对抗逻辑把他们牢牢地捆绑在朦胧诗的战车上。有鉴于朦胧诗对第三代诗人的影响的焦虑,骆一禾告诫朋友,"要发展自己的风格,与朦胧诗拉开距离";对1985年的"现代史诗"、1986年的第三代诗人,他说"还要再拉开距离,完成自己的大构思"。让他感到遗憾的是，"真正如此的人只有海子和西川"。在给刘频的信中，骆一禾甚至预言了第三代诗人的"死期"。他称赞刘频对于智性的碎片、头脑产物的碎片的表现拥有更高的视点，"正如《交响乐团》（刘频诗）里贝多芬与金属棒之于乐团的那种态势"，接下来他批评了第三代诗人对这一态势的取消："目前'第三代诗人'（指一个狭义集团，第三代人的广义意指'新生代'）的决断是取消这种态势，这就是说，他们的死期也可以看到了，如果他们把这一决断运（行）到底的话，那就是：后现代主义、现代主义的碎片，嘲讽的嘲讽，同义反复的同义反复。"这里，骆一禾的批评已不限于第三代，而且也预告了中国当代文学中后现代的来临，并决然给予了严厉的审判。

二、骆一禾的诗论

（一）诗"乃是创世的'是'字"：骆一禾的诗歌本体论

从骆一禾对朦胧诗和第三代诗歌的批评中，可看出骆一禾是一个具有战略眼光的诗歌批评家。但若纵观骆一禾的诗论，我们发现，诗人对于朦胧诗和第三代诗歌的批评，其实只是其整个诗歌战略的战术应用，在此之上，他拥有一个更为宽广的视野，一支立意更高、更远的指挥棒从更高的山巅统摄了他全部的诗歌思考。作为统率其诗论的纲领，诗歌在骆一禾那里被重新解释为一种活的文化功能，尤为重要的，是一种基于这一功能的行动。在此基础上，骆一禾重新定义了诗和诗人的使命，赋予了诗歌不同于现代主义运动以来人们所加诸诗歌的种种分析的、矛盾而各不相属的特性。在致阎月君（1989年5月11日）的信中，骆一禾写道："总观地说，西方文明的进步表现在它的价值理性（宗教信仰和基督理想的世俗化：民主主义、人文人本主义）和工具理性（科学和技术）有着比较稳固的均衡、对称的发展。在中国进入新文化形态时，传统的价值理性有系统性的败落，价值的建设至今仍是举步维艰，所以诗歌的处境也是势所必然的。我和海子之写作长诗，对于价值理性建设的考虑也是其中之一，结构的力量在于它具有吸附能力，这可以从古代希腊有体系性神话、史诗及希伯来体系性神话的奠定对西方过程的影响，不断塑造和作为认识构架的例子得到证明。"在骆一禾看来，诗的身上承载着文化和文明的命运，诗歌具有宝贵的然而又是普遍的文明构造的作用，并通过这一构造影响每一个人。瓦莱里在《马拉美》一文中曾经提到人类"向往伟大之美的情感""具有一种引导我们生活的权力"。但瓦莱里的"我们"是神恩特选天赋异禀或受到特殊召唤的少数诗人和智慧超群的人士，而骆一禾试图将这一"神恩"普及于众生。这样一来，骆一禾寄予诗歌的文化功能就让诗歌重新回到了它的起源，并呼应了《诗经》《荷马史诗》、印度史诗、希伯来神话各自在华夏文明、希腊文明、印度文明和希伯来文明构造期内所起的作用。所以，骆一禾说诗"乃是创世的'是'字"。

这个就是骆一禾诗歌的本体论。这些文化原典的共同之处在于它们都具有一种活跃的结构能力，在系统的宗教产生以前，它们承担了文明地基的作用。事实上，它们的这种能力仍然在今日人类心灵的底层结构中发挥作用，只是它已深藏于现代工具理性的表层结构之下。

骆一禾在此寄予诗和诗人的厚望，令我们想起新诗之父胡适对新诗文化功能的战略设计。某种程度上，骆一禾寄予殷切希望的这一文化功能正是胡适在世纪初草创新诗之时努力要赋予新诗的。在胡适的新文化运动战略中，新诗不仅是新文化运动的组成部分，而且是新文化运动中那个牵一发而动全身的"一发"，其成败不仅关乎整个新文化运动的命运，而且关乎中华文明存亡续绝的前途。对此，骆一禾有着与胡适相近的思路，即希望借助于诗的自我更新能力和创造能力达到文化和文明的换血和造血。这一努力，用张玞的话说，就是"一个人去建造一座教堂"。

某种程度上，骆一禾的长诗《屋宇》就是这样一次建筑教堂的尝试："从我诗歌的石窟看来 / 屋宇便是真理 / 是我要将你们建筑的。"在骆一禾那里，屋宇不仅是人们居住的场所，精神的和物质的家园，同时也是建造的行动，并作为行动联结着过去、今日和未来："屋宇预示了未来 / 浓缩了过去 深扎在地动。"因此，屋宇是"伟大的音乐 伟大的诗和伟大的手"，"总结了我们的一生"。关于屋宇，骆一禾还有一个重要的认识，那就是屋宇必须不断再造，每一代人都必须重建自己的屋宇。这就是为什么在《诗经》《荷马史诗》和印度史诗之后，但丁、莎士比亚、歌德之后，诗人们为什么仍然不能停止劳作和创造的原因——只要创造的努力在哪一代人手上停止，人类的血液就要败坏："真理只能生存百年／一代人过去　一代人又来／激荡在我们奔腾的大限／只有在屋宇的筑造当中／巨大的日轮在我们的光里呈现／这才是我们获得的：今天／这人类所产生的都会消逝／那产生了的　儿女们仍要一一经历。"从这个意义上讲，屋宇也就是永远成长和行动的生命，《屋宇》全诗就结束于这一光辉的合唱："我所创立的屋宇和艺术／头顶有朝霞穿过狮子　过海而来：／不惧死亡者／必为生命所战胜。"

对于文明命运理解，骆一禾受到斯宾格勒和汤因比的历史哲学的深刻影响。斯宾格勒认为，每一文化都有自己从春到冬的生命周期，期间将经历前文化时期、文化时期和文明时期，其中文明阶段是文化生命周期的最后阶段和最高形式，也是文化的死亡和结束。按照斯宾格勒的看法，华夏文明从战国起就已进入文明阶段，到东汉进入了文明时期的最后阶段"最后形式的成熟"，从那以后的 2000 年间，华夏文明一直处于"心灵萎缩、创造力消失、拜物教的没落、解体、死亡的阶段"。骆一禾接受了斯氏的文明有机论，却断然拒绝了斯氏把死亡规定为文明的必然结局。所以，他又接受了汤因比的文明再生论以调和斯氏的悲观主义。汤因比继承了斯宾格勒的文明有机论，把文明的生命周期分为起源、生长、衰落和解体四阶段，但在汤因比的历史哲学中，解体并不是结束和死亡，而意味着一种新文明的孕育和肇始。这就是汤氏亲子相继的文明再生理论。汤因比认为，中国历史已经经历了商代文明、古代中国文明（商朝末年—魏晋）和远东文明三代文明，目前正处于第三代文明解体过程中的僵化状态。骆一禾据此提出，我们正处于第三代文明的末端"挽歌，诸神的黄昏，死亡的时间里"，和第四代文明的起始"新生、朝霞和生机的时间里"。这成为骆一禾诗歌抒写的一个基本的文明史判断。基于此，骆一禾的诗歌写作对文明解体阶段的腐朽、没落、死亡的现象进行了无情的揭露，同时又以最热烈的情感讴歌对新生、朝霞和生机的向往。他说："迎着黄昏歌唱／我们就一直走上了清晨。""黄昏"是骆一禾的出发之地，"清晨"是他的心愿之乡。骆一禾的这一诗句最简洁地概括了他诗歌的母题和原型。

骆一禾关于诗歌的文化功能的立说，直接影响了海子诗歌抱负的形成。海子说："我的诗歌理想是在中国成就一种伟大的集体的诗。我不想成为一名抒情诗人，或一位戏剧诗人，甚至不想成为一名史诗诗人，我只想融合中国的行动，成就一种民族和人类结合，诗和真理合一的大诗。"海子的"大诗"目标，他对诗歌的行动化理解，都与骆一禾的思路一致。

骆一禾、海子的诗歌理想在处于现代主义、后现代主义思潮覆盖下的 20 世纪 80 年代不仅是特异的，也是悲怆的。这一诗歌理想在 20 世纪 80 年代就引来许多质疑和指责，最普遍的一个指责就是"复辟浪漫主义"。这是从古典—现代—后现代的进化论逻辑出发而来的指责。我认为超越进化论逻辑正是骆一禾对当代诗歌最卓越的贡献之一。这一超越极大地拓展了当代诗歌的文化视野，也极大地加深、加固了当代诗歌的文化地基。在这样的视野下，在如此的地基上，当代诗歌的前景变得空前开阔，其可能性也变得空前丰富。另一质疑涉及史诗在现代是否可能，换言之，一个人有没有可能去建造一座教堂？《诗经》、《荷马史诗》、印度史诗都是集体作品，所以它们可能成为文明的基础，并为民族的价值理性提供吸附的框架。但是，个人作品能够成为民族精神结构的基础甚至成为民族意志的代表吗？这里关系到骆一禾对个人和作为集合体的民族、人类关系的理解。这是骆一禾的诗人论中最重要的一个内容。

（二）博大生命：骆一禾的诗人论

骆一禾在《美神》一文里，将自己的诗论概括为"情感本体论的生命哲学"。骆一禾所说的这个生命哲学有三个基点：

其一，"生命是一个大于'我'的存在"。在骆一禾看来，生命是一种集成状态，每一生命个体身上都集合了全部的人类文明史。它在空间上与无数自身之外的生命个体、自然万物相联系，在时间上同时含有过去、未来和现在，"它由此而不是一个止境，不是一个抽象体，也绝不是自我中心主义的狂徒，而是文明史与史前史的一种集成状态"，"含有生者与死者的活体"。这样一来，作为个体的生命不仅与整个世界联系着，而且在其自身之内就包含着整个世界。因此，"所谓'生命自身'乃是一个'生命构造'，诗人所看到和触及的是这个大全，它是'世界'这个词汇里所蕴含的本义"（骆一禾《火光》）。骆一禾这一思想的来源是荣格的集体无意识理论，对于其发生学的细节，限于时间，我们这里就不展开讨论了。

其二，生命是一个生成的过程。它也有三层含义：人类历史的进程交汇于每一生活着、行动着的个体身上，并聚集了它的全部运作，这是生命生成的第一含义。它的第二层含义是，作为个体生命的存在却不是由上述"历史的进程"决定论式地予以规定的，它还有自身"不完全由'文化积淀'所决定的生成变化"："既有文化体之死不等于它之必死，这种遗传律是因果的，而非命运的，不能适用于它聚集了生命流程的身上"，"生命最完美、最深彻、最饱满的状态在于这种天生的不断成长和发现，而不在于去肯定哪种状态是天生的，——因为大地和人类的基本状态是在运行的，大地是在转动的呵，这里才有着不朽的宁静"。由此，骆一禾特别强调个体自身的价值。他说："当生命规律、文明的宿命已演为新的活体，或正向活体演化之际，个人生命的自强不息，乃是唯一的'道'"，"你我并非龙的传人，而是获得某种个体自由的单子"，"美从拇指姑娘长成为维纳斯，唯赖心的挣展，舍此别无他途"。（骆一禾《水上的弦子》）上述两方面是生命生成的正题和反题，各有其偏向，其合题才是生命生成的完整内涵。生命生成的第三层含义是对上述两层含义的领悟，并由此领悟而助成生命的生成。一个人只有同时领悟生命的全体性和个体的自由生成性质，才能自觉地促成个体的成长，并将个体生命汇通于作为整体的生命流程。因此，骆一禾说："在领略到它以前，我确认自己的迷失。"生命的成长包括对人类既有文明成果的吸收和行动的熔炼。对骆一禾来说，以往的文明成果从来没有过时，它一直共时性地存活于当下，是我们今日赖以丰富和强健自身的营养。关于行动，骆一禾说过一句最好的话："我能，我做，我熔炼／这是我所行的／为我成为一个赤子／也是一个与我无关的人。"就是说，行动是超越于我之上的，它是一种熔炼，最终将使我成为"一个与我无关的人"，一个体现了人类全体的"灵魂"。

其三，"博大生命"。骆一禾对"博大生命"是这样解释的："所谓博大生命或伟大生命是指那些说出了大文化风格中主导精神的导师的总和"，"他们……不仅有时代意义，而且回复了纯粹个人的伟大价值，或如波普尔所说，这就冲破了历史决定论的时间限制"。（转引自果树林《〈世界的血〉后记》）也就是说，博大生命是以个体实现了生命构造、体现了文明命运的人类代表的总和，他们是屈原、李白、杜甫、但丁、莎士比亚、歌德……这是骆一禾寄予当代诗人的厚望，也是他为自己确立的目标。从更高一层上，"博大生命"的概念则是骆一禾生命哲学的浓缩和概括。在这一意义上，"博大生命"囊括了上述全部三个层次的内涵，而成为骆一禾诗学的灵魂。

骆一禾的诗人论是对 20 世纪 80 年代诗歌孤立的自我论的超越。在骆一禾的生命哲学中，自我不是一个孤立的定点，"它是'本我—自我—超我'及'潜意识—前意识—意识'双重序列整一结构里的一项动势"，故此也不可以拆分为 20 世纪 80 年代诗歌批评习用的"大我""小我"，骆一禾认为，前者使自我成为孤立之物，后者"把好端端的一座桥梁从中拆成两节，在物理上和心理上同样是过不去的"（骆一禾《美神》）。骆一禾由此确认了"艺术家其实是无名的，当我在创造活动中时，我才是艺术家，一旦停止创造，我便不是"。

从他的生命哲学出发，骆一禾重新讨论了如何做一个诗人的问题。诗人是文明之子，他身上又承担着文明的命运。因此，诗人的工作性质绝不是一时一地的，他既不为"我"，也不为某一集团甚至也不为某一特定社会工作，而是为文化和文明工作。为我、为集团、为社会这种一时一地的工作，对于诗人都是一叶障目。诗人要准备走远路，要有长征的决心和耐力。所以，骆一禾对诗人提出的第一个要求是"修远"。在那首题为《修远》的诗中，骆一禾写道："修远 我以此迎接太阳 / 持着诗 我自己和睡眠 那一阵暴雨 / 有一条道路在肝脏里震颤。""修远"把诗人的血肉之躯化为道路、桥梁和屋宇，以此迎接太阳——生命。在这一过程中，"我从一个诗人 / 变成一个人"。为什么骆一禾会觉得人要大于诗人呢？这里的"人"，不是指具体的个人，我想应该理解为生命，当诗人迈上"修远"之路、抵达朝霞之时，诗人也就成为生命的象征，所以："修远哪／在朝霞里我看见我从一个诗人／变成一个人。"在诗作为生命象征的意义上，诗也大于诗人。所以，在《大海》第一歌中，当渡手问诗人"你难道不想成为诗人？"诗人回答："渡手呵，什么叫作诗人？／不，我想成的乃是诗歌。"

骆一禾对诗人提出的第二个要求是成为一名圣者。我们知道海子的理想是成为"诗歌之王"，而骆一禾则要求自己成为一名圣者，从此也可看出骆一禾与海子的不同之处。早在1981年，骆一禾就写过一首题为《桨，有一个圣者》的诗。可以说，这个"圣者"就是骆一禾的诗人原型，就如海子的"王"是他的诗人原型一样。这一诗人原型导向的诗歌母题则是爱。爱的母题在骆一禾的诗中经历了从个人情爱到绝对爱的跃迁和升华。骆一禾从个人情爱体验出发，经由对弱者的同情与关怀，最终发展出一个绝对爱的命题：无因之爱。无因之爱是没有条件、没有原因、超越一切功利的绝对爱。从情爱到无因之爱的道路，就是骆一禾所行的"修远"之路、垂直于人世的"天路"。在这一过程中，诗人变成了人，成为一个"圣者"。

骆一禾对诗人提出的第三个要求是"必要之恶"。这个要求看似和"无因之爱"是矛盾的，似乎为"无因之爱"保留了一个条件，重新把它相对化了。我想，骆一禾提出"必要之恶"

的原因是要增强爱的力量，也就是爱必须能保护自己，所以骆一禾说："与罪恶我有健康的竞技。"这当然是与我们通常理解的爱的原则——"打右脸把左脸也献上"——相违背的。但据布罗茨基所说，如此理解爱的原则，实际上是对《新约》原文的误读。布罗茨基认为，其原意是"通过过量来使恶变得荒唐"，"通过大幅度的顺从来压垮恶的要求，使恶变得荒唐，从而把这种伤害变得毫无价值"。（布罗茨基《毕业典礼致辞》）看来，必要之恶也不一定与其原则相违背。顺着上述思路，骆一禾最后质疑了诗歌的审美主义原则。美是否是诗歌追求的终极目标？对很多诗人，这个问题的答案是肯定的。骆一禾最初也是一个"为美而想"的诗人，但是不久却成了一个"冒险行善的人"。在《修远》中，他说："这歌中的美人人懂得／这善却只有等到我抵家园。"在《大海》中，他甚至走向了美的否定："在漆黑的深海／美观是非常无足轻重的一端／……在这深海／古风可以是不美观的 而是一种至美。"骆一禾所说的至美是善的最高实现，这样的善是以天下为己任的，用骆一禾《世界的血》中的话说就是："居天下之正 行天下之志 处天下之危。"也可以说，这种至美就是"博大生命"的实现。

（三）生命的自明：骆一禾的诗歌创作论

生命是一个集成状态，诗则是集成状态的生命在语言里的自我显现。这是骆一禾诗歌创作论的基本定理。在一首一首的诗里，生命以自明的方式作为一个动势呈现着自己。骆一禾在诗中说"就像神来到人的家乡，人来到 / 神的家乡：诗 / 不说语言，诗也不说生命 / 诗获得我们的生命 / 诗说生命的命运 / 而语言，它不能触及语言 / 语言说不，诗说是"（《素朴：语言和海》）。他说："哪怕是最清淡的作品，它的语言中也带着这血色的脉动，在字面后面可以听到它的音调。也正是在这里，语言才不仅用字面说话，而是在说自身。"（骆一禾《美神》）骆一禾很早就确认了"诗是生命律动的损耗，也是它的感情"，"而每写一次，就在燃烧一次自己"。（骆一禾《春天》）因此，诗歌创作活动乃是一项具有高度集中和具有速度的精神活动，是生命的放射。

骆一禾也以这个生命运动解释了艺术思维中经常出现的"语言超前性"和"神来之笔"的现象。骆一禾认为，这些神秘现象的实际根源就在"整个精神世界的活动"，是精神活动的加速度所带来的神意的礼物。他说"从整个诗的创作活动来说，如果整个精神世界活动不能运作起来，这种语言超前性是不会产生的，它是一种加速度，是为精神运作的劳动提供的速度驱动的，它是精神活动逼近生命本身时，生命自身的钢花焰火和速度，这里呈现给我们以生命自明中心吹入我们个体的气息"（骆一禾《美神》）。因之，诗歌写作"最重要的不是依循前定的艺术规则，使用某种艺术手法，而是使整个精神世界通明净化"，"在写一首诗的活动中，诗化的首先是精神本身"。他解释道："写作中的原料：语词、世界观、印象、情绪、自身经验、已有的技巧把握等等，都不是先决前定的，要在创作时的沉思渴想中充分活动，互相放射并予以熔铸。"也就是说，生命的运动是诗歌最终的造型力量，它赋予语词、思想、印象、情绪、经验、技巧等以动态和律动，并最终呈现为"诗"。对骆一禾来说，诗歌不是表现为从动态到静态的凝定（这一点正是我国古典诗歌美学的主要特征），而是表现为从静态到动态的开放、律动、飞扬，诗歌因此乃是一种活的状态，一种"生命的自明"。在精神的高速运行中洞开了人与自然互通语言、互相解思的渠道，从而"使我们作为同等的人而处于直接的心灵感应中，使我们的天才中洋溢着崇敬精神，获得生命的自明性"。骆一禾认为，要达到这样的境界，就要使生命处于燃烧的状态，"它意味着头脑的原则与生命的整体，思维与存在之间分裂的解脱，凝结为'一团火焰，一团情愫，一团不能忘怀的痛惜'"。

在这一生命自明的创作论里，骆一禾实现了两个超越。一是对"智性"的超越。智性与感性的分离，是伴随人类自我醒觉意识而出现的一个悲剧，它导致"自我战胜了存在，人脱离了他的基本状态"。在给刘频的信中，骆一禾谈道："头脑所产生出来的一切都是靠不住的，头脑高悬于身体和地面上这一事实，本身是一个绝好的例证：头脑所产生的东西是一种折射和投影，在这里就酿下了可怀疑的根性"，"从智性和头脑的终极来说，我们必须或者只有选择一种无和不存在"。所以，骆一禾要以"燃烧"来熔化理性长久以来凌驾于感性之上而加诸感性的硬壳，从而解放感性的力量，重新实现人与人、人与世界合一的基本状态。第二个超越是对潜意识迷信的破除。潜意识表现曾经是 20 世纪 80 年代诗人们梦寐以求的目标，但在诗歌写作实践中，它却成了艺术上懒惰的借口，也成为文本上种种松懈、瑕疵的遮羞布。骆一禾认为，"潜意识—前意识—意识"是一个浑然整一的结构，里面保留了人的整一性和动势，不应也不能隔断、孤立地去理解，当你有意识地去表现"潜意识"时，这里面就产生了人为的割裂，潜意识也就从这个裂缝中溜走了。在创作活动的精神运作中，"潜意识""前意识""意识"始终是浑然不可分的，"充沛的精神运作产生了直觉并注入直觉"（骆一禾《艺术思维中的惯性》）。

（四）诗的自明：骆一禾的诗歌批评论

在 1989 年的《火光》一文中，骆一禾集中阐释了他的诗歌批评理论。对骆一禾来说，诗学的语言和创作的语言一样，应该是一种内心体验的语言，而不是一种科学的、冷冰冰的语言，"诗歌意识或诗学，对我就不是创作活动之外的，我也就不能同意它们不揭示诗，不作用于诗"。因此，诗学不是对文本进行科学的、抽象的分析，从中总结若干抽象的原则，而是从内心去体验诗歌，以达到诗歌在批评中的自明："诗歌向我说话。"他强调，"诗歌的学问是通过对象向它显示作用而实现的"。他说，

"每当我想以诗论的方式省察我的创作的时候，论述的话语里总存在着另一种吸引力，促使我放弃而投入浩瀚无边的创作活动中去"，"这是诗歌（在创作活动范围内的）向我的显现，它在论述的话语中不可止抑地闪现出来，在省察的声音中要求它的自明，这是体验诗歌过程中诗歌以自明的语言涌入，创作活动范围中的诗歌向诗论范围中的诗歌涌入，像洁白的荷花从黑暗中生长出来"。在此情形下，诗学"发生了放弃了自身的情况"，"在极限的压强下它洞开了，不能被它说或不能被它说尽的诗歌于是侵略进来"。正是在这般深切的体验中，骆一禾揭示了"诗歌心象"和"诗歌共时体"的秘密。

骆一禾没有给诗歌心象下一个明确的定义——这是与他体验诗歌的方法相统一的——但却通过富有感染力的叙述为我们揭示了它的若干性质。首先，诗歌心象是我们"对于'诗歌'的某种诗歌意识"，是我们据以判断"这是好诗""这不是好诗的"所凭借的依据。其次，诗歌心象也是诗人独特性的依据，"我们之间的不同，也是由于诗歌心象的不同而成，我们几乎都各自据有某种独特的诗歌心象，从而将占有的相同语汇转变为不同的语流和语境，使一份词汇表、一种语言学符号成为有构造的诗歌语言"。从阅读—接受的角度，诗歌心象是诗人各个不同的创造力形态最招眼的外在标志；从写作—创造的角度，诗歌心象则是诗人审美特质、精神独特性的守护者。然后，独特的、为他人所无法取代的诗歌心象是诗人对诗和生命的贡献，而他必须为此付出巨大、艰苦的努力——"他为了将自己的创作不是囿闭的，而是打开的和先锋的，他就必须付出述梦般的努力以寻找自己独有而他人不具有的诗歌心象，探索自己无与伦比的所在，这也是将独具发挥到极致的可能性所在。"

正是由于诗歌心象根植于心灵独特性的特质，"诗歌在其最深入的属性上不是只有一种，而是有很多种"。诗歌心象就其根本性质而言，是各具特质、无法彼此替代也无法比较的。骆一禾认为，我们所以为的诗，其实质不过是诸多诗歌心象集合而成的。因此，诗学应该成为一门研究诗歌心象的学问，而不是研究"诗歌"的学问。这样的诗学应该是多元的，带有各自生命的血质，并以不同诗歌心象和不同创造力形态为研究对象。当我们把源自某种诗歌心象所形成的判断普遍化而予以推广时，很容易犯下以偏概全和"种"的混淆的错误。从这里，就浮现出了骆一禾的"诗歌共时体"的概念。

由于诗歌心象具有多元并存的性质，那种"古典—现代—后现代"的诗歌进化史观，"历时性"的观点、"代"的观点所依据的"一个顶替一个"的逻辑成为荒谬的。骆一禾认为，需要在一种旷观视野下建立起一种"创造力形态的共时性诗学"。他说，"诗人归根结底，是置身于具有不同创造力形态的、世世代代合唱的诗歌共时体之中的，他的写作不是，从来也不是单一地处在某一时代某一诗歌时尚之中的，他也无从自外于巨人如磐的领域，这正是他斗争和意义的所在"。因此，"所谓'走向世界'并不是一种平行的移动，从一个国度的现实境况走向另一个国度，而是确切地意识着置身于世代合唱的伟大诗歌共时体之中，生长着他的精神大势和辽阔胸怀"。

在这一批评理论的指导下，骆一禾的批评实践显示出少有的远见和敏锐。骆一禾对朦胧诗、第三代诗歌的批判，对海子诗歌天才的发现，对昌耀作为大诗人地位的认定（骆一禾写了第一篇对昌耀诗歌的系统批评文章），都可以看作他成功的批评实践。骆一禾的很多书信都涉及对当代诗歌现象或具体作品的批评，从目前已公开的少数信件，已足证它们作为骆一禾诗歌批评实践重要组成部分的价值。以后随着更多书信以及其他尚未面世作品（如北岛研究的论文）的公开，骆一禾作为当代杰出诗歌批评家的地位，我想，将会得到进一步确认。

三、迎着黄昏歌唱：骆一禾的诗创作

作为诗人，骆一禾的主要贡献在他的长诗。收入《骆一禾诗全编》的短诗，不少是他长诗的毛坯、构件。但骆一禾也有非常精美的短诗。像《青草》《危躅》《辽阔胸怀》《为美而想》《修远》《苏格拉底最后的日子》《漫游时代》《渡河》《观海》《壮烈风景》等十来首诗，无论其精神气象的广博深邃，还是艺术构思的独特、想象的别开生面，都是无可替代的，其格调之高远深沉，足副诗人对"博大生命"的期待。这些都是当代诗中难得的精品。骆一禾早期的一些短诗，如《先锋》《钟声》《春

之祭》《美丽》《年轻》《歌手》《生为弱者》等，虽未完全摆脱朦胧诗的影响，然而体现其中的少年纯洁的心性——这是其后来得以成长为爱者—圣者的生命底色——已显示了鲜明的个人特色，诗歌主题上对牺牲的关注也迥异于朦胧诗人和第三代诗人。可以说，这些早期之作已在某一程度上表现出，用诗人自己的批评术语说，骆一禾个人特殊的创造力形态和诗歌心象。值得一提的还有《短途列车》《艺术品》《首遇唐诗——纪念我的启蒙老师和一位老女人》三首叙事诗。20 世纪 90 年代诗歌特别强调叙事性，把它作为开拓诗歌可能性的一个发明。但从上述三首诗，我们可以看到骆一禾在 20 世纪 80 年代已经熟练地掌握了叙事的技巧。这些诗不仅有精心选择、表现力丰富的细节，而且对时代氛围有深刻把握，同时塑造了具有个性和独特命运的人物，而居于这一切之上的则是一种以从容、活跃的语调透露出来的饱满、深省的作者意识。在 20 世纪 90 年代铺天盖地的叙事性诗歌中，能够兼具上述优点的诗作也为数不多。骆一禾的三首诗篇幅上都不算短，称得上后来所谓的"中型诗"，以表现力言，则又过之。

　　骆一禾被很多人误读为浪漫主义诗人，其实他对现实有极为深刻的理解，他对现实的把握往往能透过现象看到本质。这种观察力极大地得益于他的大文明史观、大时间观。譬如，他可以从某些当代现象联想起历史上的同类现象，而看到它们的共同性，故其观察极具穿透力。正是他的这种非凡观察力使他在 1988 年就预见到了后来资本狂潮冲击下人文精神的溃退。写于此年的《残忍论定：告别——访莱蒙托夫》活画了我们今天一班知识者的精神状态而仍极富现场感："一九八八被扭的人们 / 充满生意 / 暗中活动的人影掏空银行 / 公众人物向上向下眉来眼去，责骂同类 / 一九八八弄臣世界 / 半个伶人、半只螟蛉、一代亚种 / ⋯⋯最直接也最有力的，是为金币请命。"骆一禾认为这个时代的性质是，"以绝对的自信附和了绝对的平庸"。骆一禾在诗中宣布了 20 世纪 80 年代的结束："八十年代的青年已经过去，八十年代的青年 / 都是中介，是媒质 / ⋯⋯没有一个能够再现和重生 / 你们将以此结束。"而那个时候，多数人还对时代的变化浑然不觉，仍然沉浸在进步的幻觉里。我们今天读这首诗，对照周围的现实，一方面惊异于诗人的预言，另一方面也不免为自己的处境深感悲哀。

骆一禾的长诗创作包括《世界的血》和《大海》两首长诗。《世界的血》含有组诗性质，是由写于 1984—1988 年间的 20 首长、短诗熔铸而成，这些诗长短不一、风格各殊，但在"博大生命"这一主题上获得统一，其空间感也由此生成。其中最重要的是《飞行》《舞族》《屋宇》三首长诗，它们分别标志了骆一禾长诗写作的三个阶段。《飞行》以分节形式写成，是一种短诗组合的方式，因为节和节之间有明显的停顿换气，其整体感主要依赖主题的统一获得。"飞行"意谓超越，就是超越人命定在大地上的步履而进入天空，也就是超越人性的局限进入"圣爱""无因之爱"的境界。这是骆一禾贯穿始终的母题。《舞族》已是贯穿一气的写法，其主题则为艺术家—爱者的精神传记，从中可以看出里尔克《杜伊诺哀歌》的影响。《屋宇》是《世界的血》中最重要的作品，骆一禾称为整部长诗的穹顶。《屋宇》是建造之歌，它既是关于建筑物的，也是关于建筑行为的，所以它有两条并行的线索：建筑的传记和圣徒的传记。我个人认为，《屋宇》不仅是骆一禾个人创作中一个巨大的隆起，也是20世纪80年代的人文理想结出的一个成熟之果，或者说，它就是20世纪80年代的精神穹顶。有此穹顶巍然屹立，则知20世纪80年代并不是一场空。

《大海》是未完成作品，也是骆一禾倾注心力最多的作品，生前已写至第五稿，但仍在不断改写之中。如果说《世界的血》还有某种组诗性，《大海》则是一个统一构思的产物，它以幻象的方式呈现了人类生存的广阔场景。诗中的抒情英雄从陆上出发，不断向海底潜行，以寻找生命的奥秘。"大海"在诗里是时间的象征，向海底潜行意味着一个向历史回溯的过程；"大海"也是人类意识（记忆）的象征，在此意义上，它也是从意识向前意识、潜意识深入的过程。按照骆一禾对生命作为生命构造的理解，这两个过程实际上是统一的。这部长诗体现了骆一禾"一次性"阐述生命奥秘的雄心，可惜没有最终完成。从成稿来看，最出色的是第一歌和第二歌，这两歌应该已经定稿或接近定稿，具有恢宏的气势（用海子的话说，是"长风千里"）和

高度的音乐性，主题和节奏的配合密合无间。如果计划中的 21
歌都能达到这两歌的水平，它无疑是一部宏伟的巨制杰作。

四、耳朵与嗓子：骆一禾与海子的关系

最后，我想就骆一禾和海子的关系再说两句。在海子与骆
一禾去世的那一年，诗人陈东东写了一篇影响很大的文章《丧
失了歌唱和倾听——悼海子、骆一禾》，在文中他把骆一禾比
作倾听的耳朵，海子比作歌唱的嗓子。这个说法流传很广，似
乎成了理解骆一禾、海子关系的基础，而且对另一些人更成了
否定骆一禾创作成就的一个口实。我想，陈东东把骆一禾比喻
为耳朵只是在其作为海子诗歌的阐释者这个意义上来说的，而
不是对骆一禾诗人身份的否认。其实，陈东东本人对骆一禾的
诗评价很高。他说"《世界的血》是中国自新诗运动以来的第
一部真正的抒情史诗。诗人骆一禾用他那辽阔的歌唱把生命升
华到了天空、火焰和海水的透明和纯净之中"。骆一禾在诗歌
观念、诗歌抱负上对海子有过引导、激励之功，在创作上则
两人互有影响。这个我们可以从他们诗歌文本上的互文关系看
出来。比如海子《太阳·诗剧》中的第一句，恐怕也是全诗最
有名的一行诗"我走到了人类的尽头"，就源自骆一禾《黄河》
中"我走到了文明的尽头"。他们的互文关系既体现在意象上，
也体现在诗歌主题上。但是深究一步，我们会发现两人其实属
于不同创造力形态的诗人，海子是酒神型诗人，骆一禾是日神

型诗人。酒神精神包含了更多的原始驱动力，追求本能的满足，常处于狂喜状态，日神精神则追求个体的圆满和自持，常葆清明的意识，因而更有"匠"心。不过，骆一禾并非纯粹的日神艺术家，他对酒神状态也颇多体会和领悟，他的诗歌心象、创造力形态可能出入于日神和酒神之间。也许正是这种"兼有"的特点，使骆一禾成为阐述海子诗歌的最佳人选。海子去世后，骆一禾给诗人万夏的信中说"我失去了一个弟弟"，而在日记中则写道："上帝，你杀死了我自己的一个儿子"，由此可见他们之间特殊的诗歌友情，也可见骆一禾对于海子曾有塑造之功。一个人把对方说成是儿子，可见他的付出之巨和期待之殷。如果定要套用那个嗓子和耳朵的比喻，我认为，在骆一禾和海子的关系中，恰恰是耳朵把嗓子卷入了它期待的音乐风暴！

单血管人

钟鸣

地震暴露了许多新的源泉。

——尼采

单血管人如果有什么过失，那就是他们看待事物太认真，而且过分。

他们认为良知来不得半点虚假、迂回，既不该出于心计考虑成为怯懦的借口，也不该像噪音突然冒出来，或干脆在填塞食物和油腻、不断蠕动的肠子里悄然消失。良知有一种约束力，但它像感觉传导那样单纯、轻捷，不受肌肉、骨头的阻扰，直抵脑门，这种良知固然容易使颅腔受损，引起动脉的剧烈起伏和血管破裂，因为它总是在固定的一点上不断地敲打、涤荡、冲突、声讨，但是，单血管人认为这是他们唯一的出路。

他们的血管构造也与常人大相径庭。

一般人的血管，像张蛛网，通过人们通常称作检查机构的心肌阀门分布四肢，血液受到控制和束缚，输导，经过盘查、放大和充盈，构成平稳匀速的循环。这种人绝没有好日子过，他们的快乐一过度，便脸色苍白，血液供不应求，故从未感受过真正的舒畅，也没有心花怒放，没有多情，做事四平八稳，也没有伤心痛心一类，更不可能愚蠢地有悖常理，也就是血和肉的冲突，牺牲就更谈不上了。他们稍不注意，被器皿擦伤，或被石头、钉子锥破，冒出一滴血，马上就会用嘴去吸吮，他们只喜欢没有风险的沙滩上的假战斗。他们怕血压过高或过低，担心血糖，怕直抒胸臆，怕付出代价的理想和任何形式的抗争，怕原关节抗阻剧烈，怕遥远的目标，怕近在咫尺的责任，更怕所有尖锐的武器，甚至怕见女人的经血，怕手术用口罩，怕过分地擤鼻涕，怕心酸，见红即晕，包括金鱼或鬼祟的红包。他们最大的乐趣就是保护自己的皮肤，喜欢观察衣服内侧，甚至用数学公式计算不同料子和毛细血管的摩擦系数，测算可能遭遇的碰撞物的距离，与人打交道的唯一方式即察言观色。

而单血管人的血管却只有一根，像藤蔓植物或花茎，专注又孤立，单独竖起时，像一注盛大的泉水在脑的回沟里涌流、盛开、盈溢。深奥大义的良田、无穷的可能性、卷帙浩繁的情窦、往事、女性的壁龛、雕塑，全部倾覆在这盛大的泉突和晶莹的水纹浪花中。

他们把血液看作是花圃园丁们就近可汲的泉水，为一町一垄，大兴灌溉，即使是树林里情偶没啥意义的喁喁膜拜，或私语，昆虫的响动，婆娑的影子，垂怜者与孤独者偶然经过的微末细节，也会涌流不止，任其啜饮，直到枯竭。他们不像常人那样惜血如金。这种对自己血液的轻蔑，源于他们对自由的渴望和必要。就像一个古代建筑学家说的："神意未把人类特别需要的东西注定得像珍珠、金银及其他身体或自然所要求的那样难得和昂贵。"单血管人的血液就像特雷维喷泉似的，它的水源来自古罗马的维吉尔水道，也来自荒原的脊髓和鸟的反背，它是围绕欧里庇德斯墓地的两条河流，一条可以饮用，一条却置人于死地，只有诗人自己才能同时涉足其中，它更像寒冷刺骨的冥界河水，一切金属杯子都不能容储这种水，它会使杯子开裂散失，除了驴蹄，任何其他物体都不可能储纳这种水。单血管人的头颅实际上就是这种驴蹄，它盛着只有为良知和真理献身的人们才拥有的热血，这圣洁之泉。他们感受不到那种切肤之痛，因为他们的躯体和头颅从诞生之日起，就已奉献给了神秘之泉和在头脑中缓缓升起，而又超出头脑的精神图像。这种图像越清晰可辨，躯干就越模糊，牵挂就越少。他们拒绝毁誉参半的生活，反抗任何形式的游刃有余和苟延残喘的遍体鳞伤。单血管人脑子里经常出现的幻象是玫瑰和众神的黄昏，要么，就是孤灯竭虑，茕茕相吊。

我不知究竟在人类历史上有多少瓦格纳式的人物见过这种黄昏，古战场上的屠戮，一败涂地的伤亡和长眠。但我肯定，单血管人骆一禾，凭他认真、执着的态度，无疑清楚看到了那判断善恶、诱惑、暴戾的众神黄昏和浴血。

　　依常识看，单血管人有许多忌讳：如饮食不周，睡眠不足，过量的运动，发泄愠怒和震撼，尤其致命的是……激愤，旷日持久的激动和引吭高歌……但恰恰又是这一切，只有这压力，这些孩子们的厌世，被侮辱的愤慨，这些喧嚣和这些突如其来的钢铁和皮开肉绽的摩擦，愤怒，本能的克制和崩溃，才能够使单血管人的血液，在超越痛苦和精神勃发时形成美丽的泉突和现状，冲破耐心而达神谕之口。单血管人死亡的唯一的形式就是昏迷。

1989 年 6 月 26 日

骆一禾

（1961—1989）

胡亮

　　绕开海子，径谈骆一禾，几乎就是不可能。两者的生活——还有写作——构成了互文，就像一组骈句或一副对联。两者乃是密友，如切如磋，如兄如弟。两者都是朝霞诗人，都是浪漫主义的变种，都着迷于集体祭司时代的巨型文学，都试图"处罚"现代主义或后现代主义的碎片和小聪明。两者都不厌其烦地写到太阳、朝霞、河流、白虎、麦地、斧子、金头和断头，都不厌其烦地写到大海，都献诗给但丁（Dante Alighieri）和凡·高（Van Gogh）。两者都奋不顾身，都短命，都死于同样的关头和年头。"鹿茸因为没有长成／而闪耀着金光。"很多人都认为，相对于海子，骆一禾就是一个副本、一个替身、一个影子或一个回声。海子是歌唱，骆一禾就是倾听。海子有多少光芒，骆一禾就有多少阴影。实则如果要深究，这组骈句，谁是起句？这副对联，谁是上联？恐怕还不好回答。

有时候，骆一禾是起句和上联。比如，从 1983 年至 1984 年，骆一禾完成《河的传说》；从 1984 年至 1985 年，海子才完成《河流》《传说》和《但是水、水》。有时候，说不清楚。比如，1987 年，骆一禾《黄河》写道，"我走到了文明的尽头"；从 1985 年至 1988 年，海子《太阳·诗剧》则写道，"我走到了人类的尽头"。有时候，骆一禾是结句和下联。比如，1986 年，海子《抱着白虎走过海洋》写道，"左边的侍女是生命 / 右边的侍女是死亡"；1987 年，骆一禾《麦地》则写道，"左边的红晕是新日 / 右边的红晕是死亡"。这两位诗人的双向影响，堪称投桃报李；他们的竞技写作，也是争先恐后。那么，两者的差异何在？西川先生受海子《黎明》的启发，曾说，"《新约》是思想而《旧约》是行动，《新约》是脑袋而《旧约》是无头英雄，《新约》是爱，是水，属母性，而《旧约》是暴力，是火，属父性"。如果说，海子是从《新约》奔向《旧约》；那么，骆一禾就是从《旧约》返回《新约》。西渡先生曾有专书论及，这里不再絮烦。骆一禾的意义，来自"非海子"的断层。或许可以说，骆一禾乃是一位弘毅者、一位负重者、一位被推选出来的先锋和代表。来读《修远》，"是这样的道路　是道路 / 使血流充沛了万马　倾注在一人内部"。来读《漫游时代》，"祝我成为那与我无关的人、那赤子 / 使无人更显得华丽"。来读《黑豹》，"天空是一座苦役场 / 四个方向 / 里，我撞入雷霆"。这首《黑豹》，后来成为长诗《大海》的配件。这个现象，值得注意。非仅《黑豹》，骆一禾很多短诗，都是某种芽片、毛坯或备料——相对于两部长诗《世界的血》和《大海》。《世界的血》是对博大生命的吁请，而《大海》，则是对完美英雄的吁请。在这两部长诗脱稿以后，诗人才写出具有更高自足性的短诗。那年5月14日，骆一禾陷入昏迷，同月31日，撒手人寰。就在昏迷前几天，诗人凛然写出《灿烂平息》《白虎》《壮烈风景》《巴赫的十二圣咏》和《五月的鲜花》。这五首短诗，就是悼词，就是遗嘱，就是绝唱……可谓惊心动魄。来读《灿烂平息》，"这一年春天的雷暴／不会将我们轻轻放过"。来读《壮烈风景》，"最后来临的晨曦让我们看不见了／让我们进入滚滚的火海"。海子的"我"，换成了骆一禾的"我们"——这就是两者的最大差异。还可以继续往细了说：海子紧闭，骆一禾开阔；海子鲁莽，骆一禾沉毅；海子偏执，骆一禾正大；海子断肠天涯，骆一禾危坐；海子是疾病，骆一禾是健康；海子是烈火，骆一禾是青铜；海子是血涌，骆一禾是音乐般的控制；海子不计后果，骆一禾自揽义务；海子是孤胆，骆一禾是慈航；海子是单数，骆一禾是复数；海子是小乘，骆一禾是大乘；在内心，海子愀然成王，在滚滚红尘，骆一禾廓然成圣。海子孤独、酸楚而疯狂，骆一禾则念念在兹：仁、义、勇、爱，"与一切而至万灵"。可见，海子不是烈士，骆一禾才是烈士。骆一禾重现了某种风骨，故而，西渡先生认为：骆一禾之于新诗，相当于陈子昂之于唐诗。说到唐诗，难免谈及两者的传统观。海子曾自称"泰西王子",除了屈原,很烦中国传统呢。而骆一禾,受教于昌耀,每每借来古字,自造生词,打乱语法,欲给海子式的泰西风格织入较大剂量的别扭感和陡峭感。《修远》而外,可参读《危蹑》和《为美而想》。语言与生命,互为表里,语言现出异象,最终还是生命使然。新诗有海子,亦有骆一禾,我们应该为此庆幸:这哥俩,合则为《圣书》,分则为如此耀眼的双子星座。

诗人之死

（节选）

胡亮

　　海子生前一共留下七份遗书。前六份遗书都充满了幻象与呓语，只有第七份，亦即他最后带在身边的一份遗书，简短，清楚，有层次，弥漫着炸裂之前的瞬间冷静。在这份遗书中，海子明确交代："请将我的全部诗稿留给《十月》编辑部骆一禾处理。"海子如此托付，显示出一种不作第二人想的惺惺相惜：骆一禾，就是那个念念闪现的解人和义人。

　　作为海子最早最杰出的密友和知音，骆一禾的确在很多方面表现出金镶玉式的呼应与般配。他推崇"情感本体论的生命哲学"，认为"以智力驾驭性灵，割舍时间而入于空间，直达空而坚硬的永恒，其结果是使诗成为哲学的象征而非生命的象征"，同时直陈对修辞的微词，"技巧与形式，代表了企图经由重复凝定这团活火的企图，建筑在苍劲推理上的玄学亦复如是"，此类观点与海子如出一脉。鉴于刚才征引的文论，《春天》

和《美神》，事实上早于海子的文论《诗学：一份提纲》和《我热爱的诗人——荷尔德林》，我们不妨把话反过来说：海子观点与骆一禾如出一脉。换言之，许多珠胎早就已经暗结于骆一禾，反倒是海子，顺势促成了光华的绽放和不可收拾。骆一禾说："活火。"又说："我所服膺的火光。"海子则直接说："烈火。"——这个傻弟弟！从这个意义上，我们就会发现一个曾经多次被颠倒的真相：骆一禾不妨是海子的美学导师。诗人西川曾说，海子《秋天的祖国》中的"圣火燎烈"，来自他的《汇合·雨季第一》[①]，但是我们同时发现，"燎烈"一语，同时亦出现在骆一禾的长诗《世界的血·第十二歌》。由此可以看出，在具体而微的美学实践中，骆一禾确实在非常高的境界上毕现出与海子一样的朝霞艺术或谓之曙光艺术的诸般特征：华彩、热烈、新鲜、痛楚、高迈。我们还清楚地看到，在对水、麦子、太阳和大海这几个基本元素的抒写上，骆一禾也与海子血肉相连心意相通，不约而同地完成了一系列让人讶异的孪生文本。这让海子毫不犹豫地选定了骆一禾。

骆一禾亦深感托付之重。当年春天，他便与西川从海子昌平家里运回所有带文字的纸页，开始整理其全部作品。这是个残酷的过程：骆一禾不得不一寸一寸地在艰难和悲痛里浸落得更深，甚至就要触及那深渊之底。4月12日，骆一禾完成《冲

[①] 参阅西川《序言》，燎原《海子评传》，中国戏剧出版社2011年版，第1—6页。下引燎原观点，亦见此书。

击极限——我心中的海子》；同月 26 日，完成《我考虑真正的史诗（海子〈土地〉代序）》，为即出《土地》单行本之代序；同月 28 日，完成《致袁安》，将海子恰当地安放入"众神谱系"；5 月 11 日，完成《致阎月君》，再次指出海子的重要性，苦心交涉海子诗集出版事宜；同月 13 日，最后完成《海子生涯（1964—1989）》——这里所谓最后，有两个含义：骆一禾关于海子的绝笔，以及他自己全部写作的绝笔。从这些文字的内容和所署时间来看，在海子死后的几乎每一个深夜和凌晨，骆一禾都在反复地冷却和燃烧。很显然，他对海子的关心远超出对自己的担心。

紧接着，5 月 14 日的凌晨就来临了：骆一禾突发大面积脑出血，被送往天坛医院，昏迷长达 18 天，到当月 31 日，终于不治，撒手人寰。骆一禾，1961 年生于北京，18 岁考入北京大学，23 岁被分配到《十月》杂志社做编辑，卒年仅 28 岁。骆一禾曾认为，海子死于五年天才生活，并举卢梭为例，认为后者过了十二年天才生活，最终死于大脑浮肿。这一说法，也许更适合他自己。他本来就是先天性脑血管畸形，在海子之后，他自己也开始冲击极限，最终死于长期和突然加速的大脑挥霍。

与海子的偏执和激荡判然相别，骆一禾俊朗，沉毅，开阔，智慧，从容，谦逊，湿润，高洁，富有为神圣之物而献身的精神。这样一位诗人绝不会把个人之死视为一己之私事和一己之权力。在写给袁安的信中，他清楚地说道，"我反对死亡"①。那些在海子作品中触目皆是的死亡暗示，在骆一禾的作品中尤为罕见。长诗《大海》的第十二歌，"面对死亡的蓖麻田"，几乎是独例，"面对死亡　末日的序幕敞开 / 我看见苍莽浩大的蓖麻田里正在掀去黄昏"，明显是观察者而非践行者的表述。当然，如果我们细读骆一禾的诗文，仍然可以理出一条令人惊骇的线索：这是一条不断遭遇茬口和春天的线索。1985年，在《春天》一文里，骆一禾谈到长城附近一大片细幼的青杨林，几乎齐地折断，创口饱含汁液；在不久的下文，他写道，"的确，有一种春天似的东西浸润我的树根，而当我生长出去，春天既已不可回复"——很显然，这是骆一禾的变形记，他已经把自己置换为一棵树。就在同一年，他完成了另一篇文章，《水上的弦子》，谈及云南山区雷击区的大树，及其电火焦燎的命运，然后写道，"这便是你我的人生"。

　　关于骆一禾之死，西川认为是"中国健康文学的一大损失"，深以为"再也不会遇到一个像他这样近乎完美的人"。②而海子的传记作家燎原，则从另外一个角度发出感喟，"骆一禾向这个世界讲述了海子，因而海子复活；但海子先骆一禾而

———————

① 骆一禾《关于海子的书信两则》，崔卫平编《不死的海子》，中国文联出版社1999年版，第17页。
② 西川《深渊里的翱翔者：骆一禾》，西川《让蒙面人说话》，东方出版中心1997年版，第189、185页。

去，大约再也没有与之匹配的人能够像骆一禾讲述海子那样讲述骆一禾了"。值得一提的是，后来西川独立承担海子作品的整理工作，最终于 1997 年 2 月，促成上海三联书店出版《海子诗全编》，后来又于 2009 年 3 月，促成作家出版社出版《海子诗全集》，骆一禾的《海子生涯》和西川的《怀念》被用作序言，西川另写有《死亡后记》附于卷尾。而同于 1997 年 2 月出版的，由张玞女士编定的爱人遗著《骆一禾诗全编》，则前言也无，后记也无，877 个页码的白纸，只留下了 242 首短诗和两首长诗的黑字。这种不对称的仪式似乎是一个征兆：原本争辉于天宇的双子星座，具有同等的大质量，但是其中一颗，慢慢地变成了另外一颗的卫星。

因此，亟待重新认识骆一禾的意义。而重新认识的前提，恰在细细甄别骆一禾与海子之间的文本互涉问题，换言之，骆一禾的意义不能从与海子的相似性中获得，正如海子的意义不能从与骆一禾的相似性中获得。先说海子的意义。海子是自有新诗以来最有抱负，而且在很大程度上实现了这种抱负的人物。他几乎将整个人类文化作为自己的背景，却又从未脱离过植根其中的那一小片冻土。他轻易就打通了浪漫主义与现代主义之间的坚壁，通过一系列几乎无可挑剔的抒情诗，对农耕文化的式微致以不绝如缕的哀挽。但是，海子是不顾的：这种哀挽导致了他的纯澈，同时也引发他对"外部世界"的蔑昕，继而导致了他的暴烈。更为重要的是，海子放弃了自 T.S. 艾略特以来的现代主义的碎片传统，试图"在中国成就一种伟大的集体的诗"。虽然他欲与骆一禾和西川合写一部伪经的愿望最后归于落空，但是他已经接近完成《太阳》七部书。这件作品同时证明，海子也放弃了自荷马以来的史诗和拟史诗传统。如果我们必须借助"史诗"这个既有概念来指认海子这个庞大构建，那也是与任何史诗传统判然相别的新形态，这种新形态，笔者曾在1998年称之为抒情史诗。让人震撼的是，在如此之长的篇幅中，海子式暴烈从未有过片刻的衰减。骆一禾的类似建构，《世界的血》，则并非完全如此。现在说骆一禾的意义。在海子的朝霞或曙光之中，骆一禾嵌入了适量的知性和乐感，所以在血涌之际，往往能够得到及时而有效的控制。这看起来像是海子的弱化，但从另外一个角度讲，这种弱化正是耐性、美德和力量的表现。骆一禾的写作不是一种无暇他顾和不计后果的写作：神的命令和个人的义务都不会一边倒；天才的展现与公共知识分子精神的确立驰驱相竞，在清越的角逐中，后者逐渐占据上风。最能体现骆一禾这种卓越的平衡能力的，还在于他对古奥风格的追慕：异于寻常的词法和句法阻止了可能的油滑，这样，骆一禾绝不会自己从那危乎高哉的悬崖之上跌将下去。

2012年1月11日

"在那里：诗神在黑铁上发烫"

——重读骆一禾的诗

北塔

在 21 世纪初重读骆一禾的诗，我更加强烈而明确地认识到了 20 世纪 80 年代中国诗歌的精神和艺术。是的，骆一禾是太"80 年代"了。他的生命终止于那个年代的最后一年，他没有来得及在时代的分界岭上转身，没有沾染 90 年代的气息。假如他的生命跨越了 1989 年，他是否会像有些青年诗人一样迅速转变？根据我对他的了解，我认为，不太可能，至少会延宕个三五年。因为 80 年代的诗歌，无论其价值标准还是表现方式，都让过来人无比留恋，也确实有值得留恋之处。我们现在连 90 年代都过完了，可以从时代差异的角度来谈论骆一禾的向度了。

骆一禾的思与诗具有非常明显的神性特征，甚至可以说是一种神话写作。他认为，诗人写作相当于上帝创世，是在另一个意义上创造另一个世界，当然，这两个世界是相互叠加并渗透的。他时不时会把自己神化——化身为神说话。他在诗论

《火光》一文中阐释道："在《圣经·旧约·创世纪》的第一章里，有一些段落带有'神说'的记号，创世行为以'神说'来给标志揭示，万物万灵不仅长在天空、大地、海洋，也是长在'神说'里的，诗歌作为'是'的性质在此可以见出。"存在主义哲学之所以把诗歌定义为人类精神栖息的家园，就是因为诗与世的这种共生关系。他们把"泰初有道"的"道"解释为"言"。诗人写作等同或者说近似于神明言说。

骆一禾向往古希腊人的精神世界，在那里，神界与人间并不老死不相往来，神固然高高在上，但也时不时化身为人，前来人间活动甚至鬼混。到了现代，神依然没有消失，尤其存在于诗歌和诗人，只不过可能更加隐性了，有了更多的变形。诗人的任务是充分利用自身与神相通的优势，发现、挖掘并弘扬自身的神性，替神说话；当然，更加本质的是，那是神让你替他说话，主动权不在你，而在神。诗人所能做的，是等待，等待神来附体；跟语言一起等待，因为语言是诗的母体。在日常生活中，诗人与诗可能处于分离状态，但一旦神到来，两者就会合二为一，犹如卵子和精子相遇而共造生命的胚胎。正是在这个意义上，骆一禾一再强调，诗歌写作应该是一种消极行为（这种说法来自济慈的"客观消极"说）。如果说诗人能有什么积极作为的话，那也就是迎候，在迎候时人扮神装，放弃自己作为人的一切，学着神的步态和语态，像原始宗教里跳大神的巫师巫婆一样，祈祷着吁请神早早进入自己，激发自己的灵感、记忆和舌头，从而进入诗歌创作的忘我状态：

> 我如巨人
>
> 有神明那样的饥渴
>
> 却又浑身滋生陶土　隐藏着你
>
> 酿造飞翔的胎体　那美和泥炭的胚子
>
> 那呼之欲出的旋流的时光　性灵与胸怀
>
> 你祝福于我　降生于我
>
> ——《曙光三女神（颂歌）》

　　骆一禾犹如通灵者，他的写作是与神对话，或者潜对话。如《和平神祗》和《曙光三女神（颂歌）》等。但是，在现实生活中，人只能与人对话，神是缺席的。在这种时候，我们的对话只能是痛苦的倾诉和呼告，"我们这些大地上的人们／都曾经衷心地感觉到这样的痛苦"（《对话》）。没有神的生活不可能快乐和幸福，哪怕是圣人，也必然是可怜的苦难的。为了安慰自己、麻醉自己，人们学会了自我蒙骗，假装说自己看见了上帝（犹如皇帝的新装），或看见了真理（仿佛有了真理我们就可以不要上帝，仿佛真理可以在没有上帝——信仰的情况下获取）。圣人与凡人都没看见神，所不同的只是：圣人不愿意自欺欺人，说出了自己的痛苦。

　　在近代世界，神之所以很少光临人间，是因为人类自身的忘恩和狂妄。这世界的主人本来是神，是神借给人类使用的——"世界，你这借自神明的台阶"（《月亮》）。人类对自身赖以生存的这个世界只有使用权，而没有所有权；随着自身能力和信心的加强，人类渐渐地自我膨胀起来，以为自己可以与神明分庭抗礼，以为自己从房客升格成了房东，成了这个世界的主宰。骆一禾认为，人性得到过度的开发，必然导致神性的削弱乃至丧失，这样的文明之路是向下的而不是向上的："下行着多少大国／和它们开发过度的人性与地力。"（《月亮》）这一观念来自尼采，他反对人性对神性的戕害，认为基督教文明是人性的、太人性的。

骆一禾希望诗人能保持甚至加强自己与神明的关系，从而阻止文明之路向下的趋势。和海子、王家新等人一样，他更青睐的精神方向是"北方"，"因为就精神坐标而言，北就是向上"（陈超《"敲响的火在倒下来……"——纪念杰出诗人骆一禾逝世二十年》）。但是，环顾周遭，人性的加与神性的减这种趋势并没有因为诗人堂吉诃德似的逆向努力而停止，于是，诗人只有给自己设置一片精神自留地，那就是海子和骆一禾以及其他大量诗人诗中曾经爆发的"麦地"。毫无疑问，"麦地有神，麦地有神／俊秀的马儿甩着人类的尾巴"（《麦地（四章）》）。与其说这是对现实的描叙，还不如说是对乌托邦的呼吁。骆一禾的乌托邦想象始终具有回到过去的冲动，用他自己的话来说，当人类因为感觉不到上帝的存在而痛苦时，就会"眼望着家乡"。正因此，程光炜说他的"诗歌主题具有某种怀旧性"（《中国当代诗歌史》），而陈超说，他的诗歌具有"缅怀的力量"（《"敲响的火在倒下来……"——纪念杰出诗人骆一禾逝世二十年》）。

我们盼望中的家乡显然不在这里，而"在那里"，在远方，在彼岸，在过去。它的质地是黄金，起码是白银。而我们身处的是黑铁时代，诗歌和神灵被放逐了，如果它们不识时务，非得要留下来，就逃避不了被迫害的命运，领受炮烙之酷刑——硬邦邦的黑铁烧得通红，诗神被剥光了，它那柔软而娇嫩的肌肤……

具有神性思维的诗人往往是浪漫主义者和理想主义者。作为坚定得有点儿狂热甚至顽固的理想主义者，骆一禾的价值取向始终是向上、向外，一直没有低下头来，对周围日常生活的兴趣也始终提不起来。对物质世界的观察和描写他缺乏耐心，却乐于放纵他的想象，越是放纵，他的想象力就越强、越野，神的视角和速度使他的想象更加超凡，他思维的走动简直是漫无涯际，古今中外，随时往还。这与20世纪90年代许多诗人的看法和写法迥然不同，他所不屑的被后者奉若法宝，后者注重个人日常经验的捕捉，尤其是生活细节的处理、小情小调的再现，与时代的纽带加强了，现实氛围浓烈了。但在骆一禾看来，这些可能都属于鸡毛蒜皮的范畴。他的高明和缺陷是一个硬币的两面。

然而，骆一禾的诗歌并没有因为远离世态而让我们感到隔膜、冷漠或枯燥、空洞，他拉近读者的方法不是共同经验的还原，而是在字里行间投射了强烈的情感和痛苦的思索，回荡着熊熊的生命的烈火，读者的回应不是通过启用现实生活的联想，而是通过动用超现实的幻想，读者的心灵很容易被他的诗歌燃烧，从而产生共鸣，从而觉得他那些来自遥不可及的地方的意象也是亲切的、温暖的，这就是情感的力量、移情的作用，也是人情优于世态的证据。

骆一禾最热衷于"火"及其相关的意象，这是他的激情的图腾，也是他的旺盛生命力的表征。有人为了强调他跟海子的区别，牵强地说"海子的诗可用'灼热'一词来形容其风格，而骆一禾的诗始终是沉静的智慧的"（王干《诗的生命》）。他的作品中固然加入了智慧的因素，但并没有达到沉静的程度，并没有减弱激情。海子的写作资源主要是青春激情、单纯信仰和诗歌情结，确实是激情大于理性；但骆一禾并不是理性大于激情。跟闻一多一样，他的理性和激情都是高涨的，而且相互激荡得更加如火如荼。骆一禾的风格同样是灼热的，他的很多诗跟郭沫若的一样，不是写出来，而是"泄"出来的，一泻千里，气势磅礴，所不同的是，他的语言姿势更加内倾，他的能量释放法不是裂变，而是聚变。其实，在相当多的时候，骆一禾是任凭自己的激情自然流露，并没有考虑用什么瓶子去赋予形式。程光炜说他和海子、西川具有共同的艺术特征，"作品结构和语言比较的对称和匀整"（《中国当代诗歌史》），这是源于"理智说"对他诗歌的进一步误读。在厚达近 900 页的《骆一禾诗全编》（上海三联书店版）中，除了个别早期练笔作品，有几首是对称和匀整的呢？

其实，骆一禾最崇尚的是生命诗学，确切地说，是"情感本体论的生命哲学"（《美神》）。这种哲学因其以情感为本体，所以生命的特征大于哲学的特征，他反对"使诗成为哲学的象征而非生命的象征"（《春天》）。生命，跳荡的、深沉的、本能的，神在此，诗也在此，是自足的，同时也是施与的。但是，这种自足状态并不局限于或依附于人类或生物类，而是与整个宇宙尤其是精神宇宙（黑格尔意义上的）血肉相连的一种状态。唯其如此，它也是开放的，神人合一的。这生命是一团火，神火，也是鬼火，既能催生，也能毁灭；这是一团加速燃烧的火，海子和骆一禾的天才就被这团火烧成了诗歌，在过程中，他们始终抱着缪斯女神，一同领受火刑。他们苦于斯，也乐于斯。

在山巅上万物尽收眼底

——重读骆一禾的诗论

姜涛

二十年前，在悼念海子、骆一禾的文章中，诗人陈东东有个说法，后来流布很广："海子趋于最优异的歌唱。与海子的歌唱相对应的，是骆一禾优异的倾听之耳。"一个是歌唱者，一个是倾听者，类似的想象或许具有一定的遮蔽性，长期以来，骆一禾也主要是作为海子作品的整理者、阐释者以及"海子神话"的缔造者而被后人铭记的，他本人非凡的诗歌成就和诗学思考，并没有得到认真的对待。最近，批评家陈超在《"敲响的火在倒下来……"——纪念杰出诗人骆一禾逝世二十年》中，就直言不讳地指出了这一点。然而，如果不是将"倾听"看作是一种被动、接受的、单向的行为，而是看作一种主动的、伴随了创造性颖悟、强劲有力的命名，那么所谓"歌唱"与"倾听"之间的关联，仍是讨论骆一禾诗歌遗产的一个起点。因为，他优异的"倾听之耳"，与其说是向亡友孤独敞开，毋宁说是已将后者的歌唱卷入到自己内部某种更大的精神风暴之中。

为了撰写这篇短文，我又匆匆翻阅了《骆一禾诗全编》中收录的三篇有关海子的文章，它们分别是《冲击极限——我心中的海子》《我考虑真正的史诗（海子〈土地〉代序）》，以及绝笔之作《海子生涯（1964—1989）》。这几篇文章过去都读过多遍，有些段落已烂熟于胸，但此次温习还是给了我一些新的感受。简单说，它们大致写于1989年的4—5月间，为整理海子遗作、料理他身后之事，这正是骆一禾最为奔波劳碌的时期，可在繁忙间隙写下的这些文字，却具有高度的系统性和涵盖性，仿佛经过了长时间的精心构撰，在巨大的悲恸之中，它们实际上还包含了深思熟虑的气质。在文章中，骆一禾极为清晰地概括出海子创作的完整结构，勾勒出他庞大的取材空间与想象力谱系，也指出了格式塔式的"完形"能力和百科全书式史诗样态之间的矛盾，文章篇幅不长，但绵密精准，为理解海子提供了一个总体性的框架。日后关于海子的解说连篇累牍，精彩的见解也层出不穷，但没有哪一种说法真的能摆脱这一框架。当然，对于海子的诗歌抱负，骆一禾无疑早有深切的体认，但更为重要的是，这些文字绝非一般性的悼念和称颂，也不只针对着海子生前遭受的种种漠视和非议，骆一禾所要着力阐发的，其实是海子体现出的方案性。他不断强调海子壮丽的诗歌生涯，不应只看作是一场个人行动，作为一种悲剧，它昭示了一种可以更新中国新诗乃至中国文学面貌的历史可能。

在《海子生涯（1964—1989）》中，骆一禾开篇就写道："我写这篇短论，完全是由海子诗歌的重要性决定的。"这种重要性表现在"海子不是一个事件，而是一种悲剧，正如酒和粮食的关系一样，这种悲剧把事件造化为精华"。在《冲击极限——我心中的海子》中，他提到海子后期的诗也许不亲切，"因为'背景诗歌'之为背景是远的，他这些诗需要以旷观之眼为佐读"。而在《我考虑真正的史诗（海子〈土地〉代序）》中，他又认为海子引入繁复的美和幻象的巨大想象力，"他挑战性地向包括我在内的人们表明，诗歌绝不是只有新诗七十年来的那个样子"。显然，将海子的写作及死亡，定义为一种酿造精华的悲剧，说明骆一禾自觉要把握"事件"之中的象征性价值，这种价值不等于关于"诗人之死"的种种流俗的文化解读，也不能单纯从修辞或审美层面去理解，他呼唤的是所谓"旷远之眼""旷远之耳"，能够使其呈现于文学史和精神史的纵深背景中。骆一禾的种种说法叠加起来，形成了一种巨大的暗示，即海子的死猝然终止了他个人的诗歌行动，但这并不等于说他开启的向度，也要就此告终。反之，骆一禾明确表明："海子的诗不是一种终结、一种挽歌，而带有一种朝霞艺术的性质。"将海子的写作定义为一种"朝霞的艺术"，意味着它的可能性恰在于无穷的未来，它能从价值前提上改变诗歌的文化功能和形象，而这也正是骆一禾念兹在兹的事业。后来的读者普遍接受他的提法，将海子看作一位"诗歌烈士"，但如果不将烈士的"牺牲"理解为"复生",只听到终结的挽歌,而看不到开启的朝霞,这或许误解了骆一禾的真正意图。

　　由于没有相关的资料,对于当时的诗坛状况也缺乏更多了解,上述判断可能只是一种臆测,但我能模糊地感受到,在20世纪80年代后期,年轻的骆一禾和海子等友人一道,正在酝酿某种诗歌运动,一场旨在改变"新诗七十年来"形象的"诗歌自新运动",而骆一禾对海子的象征化阐释,也可看作是在这场运动意外挫折之后,他力图继续推进的一种努力。这也部分解释了在震惊和悲痛之中,为何他还能有条不紊,做出如此系统的表述。至于这场运动的内容如何,乃至是否真的存在,我一时无力说明,但从他留下的为数不多的几篇诗论中,也能窥见他思考的大致轮廓。90年代之后,诗人批评开始成为一种风气,越来越多的诗人开始尝试反思性地看待写作,成熟稳健的思辨成为普遍追求的风气。与此相比,骆一禾的几篇诗论,如《水上的弦子》《美神》《火光》等,依然相当地文学化,介于散文和诗论之间,更类似于一种体验型的创作论。和同时期的诗作一样,它们都是写于智力与热情最为充沛的年纪,通篇洋溢着一种丰盈又痛楚的感性。但作者并不是自己热情的奴隶,对于世界和语言,他似乎已有了一种完全清新的乃至系统的看法,这使得电光火石般迸射的激情,并不妨碍真知灼见的传达。这些文字非常值得认真地阅读,特别是从其产生的知识氛围和文学语境中,可以读出一位年轻诗人的远大抱负和创造力生成的线索。

　　这几篇文字写得华丽、密集又庞杂，涉及了相当多的诗学问题，尤其是其中"唯一最长、最完整的诗论"《美神》，集中阐发了骆一禾所谓"情感本体论的生命哲学"，诗歌体现的文化创造力被比拟为那创造出历史血肉之躯的生生不息的自然伟力。毋庸讳言，骆一禾、海子的诗歌趣味迥异于当时乃至而今的文学风尚，他们的写作也与习见的现代主义/后现代主义的立场直接构成一种对峙。似乎可以说，他们所要掀起的是一场"新浪漫主义"运动，这样说也大致不差。但值得关注的是，这场"新浪漫主义运动"的前提，并不局限于文学的层面，骆一禾诗学思考最突出的特点表现在：他是从一种文明觉醒与消长的历程，或者说是从一种文化形态学的视角，去构想诗歌的价值形象的，这与常见的从意识形态或美学的紧张中提出诗学话题的方式判然有别。阅读这几篇诗论，稍加留意就能注意到，骆一禾的许多说法不是凭空产生的，而是基于对当时各种思想资源的吸纳，斯宾格勒、尼采、荣格、庞德、艾略特乃至鲁迅的名字，都曾出现在他笔下，其中尤以对斯宾格勒的引述最为显著。斯宾格勒与他的《西方的没落》，在当代知识风尚的更迭中，似乎早已是"过气"的名字，他关于人类文化形态的诗意描述，也很难再对当代中国的思想状况产生什么影响。但在80年代的知识氛围中，正是这样一种粗糙但具有极大统摄力的学说，却激发骆一禾提出了自己的核心命题。他对于诗歌文化功能的看法，对于诗歌史、诗人自我以及诗歌原型的理解，在某种意义上，都是与斯宾格勒式的文化形态学相关的。

斯宾格勒认为，文化是人类醒觉意识的产物，每一种文化如生命一样有自己的欲望、情感和死亡，从醒觉开始，也遵循了周期性的命运和生命循环的节律，有孩提、青年、壮年和老年，或如春夏秋冬一样循环；而世界历史不是从古代到近代、现代的直线发展，而是众多伟大文化的戏剧，各种文化像田野里的花朵和草木一样，各有各的生长和衰亡。将不同的文化视为独特的、有机的生命体，这直接构成了骆一禾诗论的起点，在《水上的弦子》中，他这样写道："斯宾格勒认为人类文明一如人生，也有它的春夏秋冬，有它的诞生、成长、解体与衰亡，文明之秋，已不再如春天那样万物生长，而是企图对已成长的生命进行最系统的注释……诗人正企图通过史诗去涵括本民族的精神及历史。"在《美神》的开篇，他同样提到了斯宾格勒的说法："文化是族种的觉醒精神"，"在觉醒的命运中，文化的历史活动，一如自然史的发展要创造出它的顶点一样，创造出历史的血肉之躯"。不难看出，在骆一禾这里，诗人的工作并不是朝向一般意义上的审美或经验揭示，他应自觉将写作定位于一种文明的高度，去涵括、总结民族精神的历史。他不仅在诗论中阐发这种看法，在呕心沥血的史诗性写作中，也演绎着同样的主题。譬如，在长诗《飞行》开始时的合唱，就采用一种鸟瞰的视角，书写了燃烧的江流、港湾、河口以及众生的眼睛同时醒来的过程，这不仅是个体意识和生命的开端，也是种族和文明的开端。

在文化觉醒、生长以及衰亡的戏剧框架中，我觉得骆一禾至少引申出两个相当关键的命题：一是对伟大"诗歌共时体"的思考，二是他对诗歌"原型"的强调。在骆一禾的理解中，作为生命有机体的历史，是由无数个生命的实体构成的，这意味着个体意识是发生于文化醒觉的大背景之中、一种文明史的集成状态之中，用他自己的话来说，即"在一个生命实体中，可以看到的是这种全体意识"。从这一前提出发，骆一禾认为诗歌的创造力，并不显现于现代主义式的对孤独自我的挖掘，更不能在代际、潮流的更替中得到说明，而是涌现于众多诗歌巨匠的共时行列之间，他们代表不同的文明相互竞争，形成伟大的合唱："世代合唱的伟大诗歌共时体不仅是一个诗学的范畴，它意味着创作活动所具有的一个更为丰富和渊广的潜在的精神层面。"（《火光》）"伟大诗歌共时体"这一范畴的提出，直接针对着一般的线性文学史观，诗歌的创造力由此被从"主义"到"主义"的进化中解放出来，被提升到更高的层面，与某种整体性的文化创造力恢复了关联。在《美神》中，骆一禾还描述了进入这种"诗歌共时体"的体验，它徐徐展开，如但丁笔下的幻象：

仿佛在燃烧之中，我看到历史挥动它幽暗的翅膀掠过了许多世纪，那些生者与死者的鬼魂，拉长了自己的身体，拉长了满身的水滴，手捧着他们的千条火焰，迈着永生的步子，挨次汹涌地走过我的身体、我的思致、我的面颊。

与"伟大诗歌共时体"的范畴相关，骆一禾也看重诗歌对于文明的塑造与凝聚作用，这集中显现于他对"原型"或"心象"的解释。还是依照斯宾格勒的说法，作为一个有机体，每一种文化都有基于文化心灵的内在结构，都要寻找独特的符号去表达心灵的创造，由此形成了所谓"原始象征"，特殊的风格和形式使该种象征的内在可能性得以实现。骆一禾对于诗歌理想境界的期待，大体也不出这种逻辑：诗歌应该能提供类似的、具有总结性质的心灵符号。在 1989 年写下的《火光》中，他使用了"心象"这一概念："我们所以为的诗，其实乃是诸多经过时间熔炼和选汰的、有力的和主导的诗歌心象集合而成的。"诗歌的风格是多元的，诗歌史的图谱也在变动之中，关键在于诗人提供的"心象"是否足够深湛、拥有足够的独创性，它在一定程度上可以等同于"原型"，并最终区分出了诗歌的层次："有原型，诗中的意象序列才有整体的律动，它与玩弄意象拼贴的诗歌，有截然的高下。"（《美神》）在他后期的诗歌中，我们也可以清晰地读到追求"心象"或"原型"的努力：一方面，配合了觉醒和远游的主题，连绵不断的诗句像江河一样在纸面上流淌，具有开阔又曲折的延展性；另一方面，它们又极富凝重的造型感，尤其是后期的短诗，犀利、洗练，闪耀出金属的光泽，如青铜浇铸在天边。由此出发，骆一禾最终回到的仍是对"诗歌共时体"的构想。正因为诗人的工作是完成一种主导性的"心象"，所以他"不是单一地处在某一时代某一诗歌时尚之中的"，而是"置身于具有不同创造力形态的、世世代代合唱的诗歌共时体之中的"，而"这正是他斗争和意义的所在"。

显然，这是一种充满构想的方案，它指向的不单纯是形式、风格的转变，也区别于80年代"走向世界文学"的渴望，骆一禾想扭转的恰恰是对于文学现代性的种种依附性姿态，力图从一种文化的根基中，生长出当代中国的精神大势和辽阔胸怀。在这个意义上，他和海子尝试的史诗性写作，目的不是为了增多一种诗体，丰富诗歌的可能，而是要改变新诗的文化形态，加入当代中国精神主体性的重建中。在《海子生涯（1964—1989）》的结尾，骆一禾无比郑重地写道："海子有他特定的成就，而不是从一般知识上带来了诗歌史上各种作品的共时存在，正如在山巅上万物尽收眼底一样。"站在山巅之上，这也未尝不是骆一禾为自己设定的位置。

从习见的反思性视角看，骆一禾的构想无疑过于宏大甚至玄远，他似乎更愿意在抽象的文明和历史中思考，远离了我们更为具体琐碎，也包容了更多矛盾的现实。但可以指出的是，他的构想并不是什么天边的蜃景，而是发生于一种强烈的历史紧迫感之中。在斯宾格勒之外，鲁迅也是骆一禾重要的思想资源，他多次引述鲁迅的话，强调这是一个方生方死的"大时代"，要寻找文明新的合金，"寻找新思想以冲刷陈腐的朽根，显露大树的精髓，构成新生"，而"这是我们这个时代的紧迫感的内在原动力"。如果说斯宾格勒的文化类型学为"诗歌共时体"提供了知识框架，那么鲁迅则代表了另外一种传统：现代中国在危机意识中不断产生的文化重构渴望。在骆一禾看来，无论是鲁迅所处的五四时代，还是他所处的 20 世纪 80 年代，都是这样一种生死转换之间的"大时代"，在危机中寻求再生的冲动，赋予了他诗学构想内在的紧迫感和思想张力。

事实上，他的诗学表述也无一不是产生于论辩的氛围，他对海子的捍卫和阐释，就明确包含如下意图："有一些对海子不负责任的说法我们还要加以持久的批判。例如说他的诗不行，他抵不住后现代主义艺术，他是怯懦的，等等。"（1989 年 4 月 15 日致万夏信）他提出"伟大诗歌共时体"的范畴，则直接针对了现代原子式的个人主义、狭隘的审美主义、文人趣味，以及一般线性的文学史观念；而他有关"心象"或"原型"的看法，也明确将意象拼贴的现代主义原则，设立为自身的对立面。在骆一禾看来，现代的个人主义、矫饰的文学风格，以及对线性历史观的迷信，都导致了当代精神生活的封闭和僵化，这构成了种种有形或无形的"围栏"。在某种意义上，精神的"围栏化"不是一种局部的现象，骆一禾触及的是与文化现代性相伴生的一系列结构性问题，诗歌的局促只是整体文化困境的显现："当诗人不能把这种大围栏视为诗的天敌时，便会由此而制造出许多的唯我独尊的小围栏。"正是有了这样一种批判视野，他笔下的文字虽然发自个人肺腑，却毫无扭捏、沉溺之态，如沐浴在高空的气流之中，确实有一种挣脱围栏之后的身心通明之感；而他主动攀爬的山巅，也不因高耸而显得过于孤悬。

在诗学思考之外，骆一禾也将他的构想付诸了实践：在1987年前后，他的诗歌逐渐形成自身的面貌，开始朝向一种史诗的、原型的、总体性的文明视野敞开，《世界的血》的部分章节，如《飞行》与《屋宇》等，正是酝酿于这一年。除了诗歌写作，作为一位"年轻的、学者型的"文学编辑，他在《十月》上主持的《十月的诗》栏目，其实也成为他实验自己诗歌构想的空间。《十月的诗》大约也是创办于1987年，他为此撰写的栏目导言，也相当自负地宣称是当代诗歌一份最富雄心的纲领。在两年多的时间内，骆一禾以集中推出的方式，先后编发了海子、西川、昌耀、于坚、黄灿然、雪迪、万夏等人的作品，但这并不等于说，《十月的诗》只是当代先锋诗歌的一块阵地，骆一禾事实上是有自己的选择的。在上述当代先锋诗歌的英雄谱之外，《十月的诗》还刊载过刘扬、朱春雨、马丽华、舒洁、王坤红、钱叶用、阎月君等人的作品，这些作品多是具有相当规模和容量的长诗和组诗，在主题上也多与自然、历史和文化的溯源相关。在每一期栏目的开始，骆一禾还精心撰写了引言，这些引言虽然短小，但不是一般意义上的作品导引，而是试图在宏阔的历史空间中构造出一种方向，请看其中的一些片段：

新诗的发展不是单线条地处于代与代的逆反中，而是诗艺中各种形式因的多向冲腾，因为新诗并不面对荒野。（1987年第2期）

诗在今天需要伴生一种特殊的世界观，作为审美的诗本身即包含这一性质。（1987年第4期）

后浪推前浪的合唱正扩充着中国新诗，这是一个诗歌共时体，古典之美与现代之美同样经受着新诗意识的转化和锤炼。（1988年第1期）

回想新诗运动世世代代的奋斗，新诗真正的动力——我之慨然是为心作，就在自创中一个形象、一个形象地形成。它着眼于这自创的道路。这片土地，不只是现代，也不只是过去，而是世世代代合唱的伟大诗歌共时体。（1988年第2期）

很显然，这些表述与骆一禾诗学思考是同步展开的，这进一步说明：他已将自己的构想，一步一步转变为行动。但令人唏嘘的是，在海子之后，骆一禾也很快离开人世，他所命名并可能已在推动的"朝霞的艺术",尚未喷薄而出,就被强行挤压到地下,成为后人缅怀、纪念乃至消费的对象,而不是像他设想的那样,真的能在中国精神的土层中落地生根。这自然与诗人的亡故有关,但更根本的原因,还在于中国社会发生转变,使得这项"朝霞的艺术"失去了可能的依托。本来,在80年代的诗歌氛围中,骆一禾的声音就十分特别,不仅直接产生于和时代风气的抗辩,甚至也可能缺少有足够耐心的听众。二十年后,中国社会的变化更趋复杂,晦涩与难解之处,可能也超过了骆一禾生前的想象,他高蹈的诗歌理想与社会现实之间的不可通约性,更为深刻地显现出来。在骆一禾那里,诗人应该有胆量成为一个价值创造者、文明创造者,诗歌的主体也要随之强健、丰盈。但如今,我们生活在一个主体普遍弱化的时代,我们不再习惯把自己放在山巅上,而更习惯从山腰、山脚以至谷地里,审视周遭的生活世界和语言,那种万物尽收眼底的视野和心态,仿佛已不再可能。

在这种情势中,重新谈论骆一禾的诗学遗产(如果当真存在的话),也不得不陷入某种暧昧之中。我知道,出于一种怀旧或不满,简单地去重申那宏伟的创造方案,并不能真的唤醒地下的朝霞,也不能回到那俯瞰一切的山巅,唯一能凸显而出的,或许仍是精神的怠惰与思维的惯性。但与此同时,当诗歌写作以及诗人自身,越来越深地嵌入到现代/后现代的诸种网格之中,或换用骆一禾的说法,那种精神的"围栏化"依然存在,而且大家越来越习以为常、浑然不觉的时候，骆一禾二十年前对诗歌文明价值的强调，对现代文化批判性立场的尝试，仍显出朴素的教化意义。特别是，我们仍然处在一个方生方死的、需要价值创新的时代，那种凝聚于他诗学思考内部的历史紧迫感，并没有消失，反而更凸显了出来。在这个意义上，我同意臧棣不久前在海子纪念文章中的一个说法：海子是一个启蒙性的诗人。骆一禾同样可以看成是一个启蒙者，他所召唤过的而后却因"神话"之名沉睡如岩层的壮丽风景，其实需要更为深入的勘察，这不只是为了纪念，其意义也远在学院化的诗歌史研究之外。

"有一条道路在肝脏里震颤"

——读骆一禾的诗《修远》

梁雪波

作为后新时期以来最杰出的诗人之一，骆一禾长期处于被遮蔽的状态。自从两位"孪生的麦地之子"英年早逝，这二十多年来，海子之名已经广为人知了，他的诗被四处传唱，他的生和死业已成为神话，海子作为一个文化符号也被时下的市场和大众消费着，但是骆一禾的诗歌成就和诗学理想却没能得到足够的重视。而事实上，骆一禾不仅是海子诗歌的卓越的阐释者，更是一位雄心勃勃的诗歌实践者和革新家，他高迈旷观的诗歌抱负，广博深湛的知识体系，悲悯谦逊的气质，以及精雕细琢、缓慢生长的写作方式，使他具备了朝向伟大诗人迈进的精神气象和构造能力。这些禀赋即使放在今天也是十分珍贵的，但却罕见地集中于其一身。他的悲剧在于，由于海子暴烈的死而涌起的巨大悲痛意外夺走了这颗智慧的头颅，中断了他刚刚开启的壮丽的诗歌事业。这是海子之死所造成的另一重悲剧，诚如西川所说，骆一禾的死成为中国健康文学的一大损失。

《修远》是骆一禾的短诗代表作，创作于 1988 年 8 月作者参加青春诗会期间。第一稿全诗 90 行，后来诗人又进行了修改和删削，有了与初稿不同的第二稿（也有说先后写了三稿的，在出版的书中也的确收有不尽相同的三种诗稿）。上海三联书店的《骆一禾诗全编》收入了第一稿和第二稿。其中第二稿删去了一些夫子自道的诗句，语言更加凝练，更加突显原型意象的自然律动，因而整体上也更为纯粹。但如果联系到诗人的诗歌理想和悲剧宿命，我们往往会更加感怀于第一稿那率真而苍雄的吟唱。

在集中体现诗人诗学主张的理论文章《美神》中，骆一禾开宗明义地宣称："我鄙弃那种诗人的自大意识和大师的自命不凡，……它戕害了生命的滋长、壮大和完美。"因此，他从"情感本体论的生命哲学"出发，用"触及肝脏的诗句"铺设出一个诗人，也是一个人精神成长的道路，这条道路，被诗人命名为"修远"。这一命名在精神维度上承续了屈原《楚辞》中持志而行的人文践履向度，它是中国文化传统中鲜活的源头，在这条道路上，不仅充沛着万马，而且在日益萎缩的时代精神背景中，具有"被平地拔出的"醒觉高度，显示出诗人品性的高古、悲慨和不凡的抱负。而它的方向，是"北方"，《圣经》有言："金光出于北方，在上帝那里有可怕的威严。"因此，朝向北方的道路就是一条企及神性的超越之路、自我救赎之路，同时它也是一条受难之路，在浩瀚犹如大海的生命涌动中传来"那亚细亚的痛疼　足金的痛疼"，被诗歌和命运拣选的诗人，无处藏身，置身于争战与杀伐、毁灭与创造的急流滚滚的历史幻象中，只能"在北斗中畅饮"光明的启示，犹如诗人在另一首诗中所塑造的伟岸："抱起凛冽的海口　直到将我喝干。"

在连绵咏叹的诗行中，一再出现"血"这个词，如"有一条道路在肝脏里震颤 / 那血做的诗人卧在这里"，"血就这样生了 / 在诗中我看见的活血俱是深色"等。对于生命，骆一禾有着这样的表述，他说："生命是一个大于'我'的存在。""生命川流不息，五音繁全，如巨流的奔集，刹生刹灭，迅暂不可即离，一去不返，新新顿起。"经由阅读和沉思，骆一禾道出了他独立的诗学立场：拒绝一种将诗理解为与生命脱节的冷而硬的智力游戏。同时反对现代主义 / 后现代主义习见的荒诞、虚无、过度把玩孤独以及写作中的装饰风格，因为那是一种将生命拔离大地的无根基的精神状态，它只会加剧世界的碎片化。在《美神》《水上的弦子》等诗学文章中，他多次引用了斯宾格勒对文化的阐述，斯宾格勒认为"文化是族种的觉醒精神"，而人类文明犹如生命，也有它的春夏秋冬，有诞生、成长、解体与衰亡。斯宾格勒的《西方的没落》正是以文化形态学和观相学的方式书写历史的血气。骆一禾认识到，华夏文明正处于"文明之秋"，这种文明需要寻找新的合金，以图焕发新的精神活火。这种 20 世纪 80 年代普遍的时代紧迫感促使诗人将作为精神现象的诗视为一种生命的世界观，因此，诗人的工作不是一般意义上的审美行动，而应"自觉地将写作定位于一种文明的高度，去涵括、总结民族精神的历史"——

> 修远已如此闪亮
> 迎着黄昏歌唱
> 我们就一直走上了清晨

　　正是在诗人这里，"沐与舞　红和龙"这些离散的事物集聚到一起，文明的火焰得以保存并从一代代人的智慧中取出奉献给人们。众所周知，自柏拉图把世界分为表象世界和理念世界以来，形而上学的二元对立就开始主宰着西方哲学，头脑与身心割裂，主观与客观分道扬镳。后现代主义反对主观与客观的二元对立，但在取消人类中心论的同时也消解了人的主体精神。骆一禾敏锐地意识到了这一点，他以一种受难和赎罪的方式跃入深渊，他将这种方式感性地称之为"燃烧"。这是一个激动人心的过程，"它意味着头脑的原则与生命的整体，思维与存在之间分裂的解脱"，从而凝结为浪漫主义诗人拜伦所说的"一团火焰，一团情愫，一团不能忘怀的痛惜"。"诗人因自己的性格而化为灰烬"，但他创造的将是艺术的朝霞。基于这种创造朝霞的艺术雄心，诗人展开了与罪恶的竞技，并以先知般的旷观之眼预言："这歌中的美人人懂得／这善却只有等到我抵家园。"可见，在诗人的吟唱中，除了美学的热血和春天，还有重建精神家园的伦理责任和价值重构的自觉担当。而在诗人所身处的时代背景和诗歌氛围中，这种努力具有一种孤身挺进的意味。

《修远》一诗在艺术风格上显示出鲜明的特征：具有独创性的诗歌心象的嬗递在与灵魂的共振中构筑了恢宏超迈的精神高地，并呈现出开阔而顿挫的音律之美。"浩嗨""北啊 北 北和北""修远"等词语的反复出现制造出一种类似于圣咏的歌唱效果。在诗章的最后部分，出现了"排箫"的意象，它"这声息一旦响起／就不知道黯淡怎样吹过"，并"天就一下子黑了／在大地的口中 排箫哭着"，这一乐器作为滂沱大雨的转喻使诗歌声音在前面的层层推进中达到一种天地和鸣的浑茫意境。而"排箫"一词的坚硬质感和集束式形制则将全诗有力地收束，"犀利、洗练，闪耀着金属的光泽，如青铜浇铸在天边"。

在骆一禾铺展的"修远"之路上，天空时有暗淡，但这里没有妥协和退缩，因为诗人有着一颗对苦难生活充满感恩的"辽阔胸怀"。如今，他已经走在自己的天路之上，并以他旷世高怀的卓异诗篇加入"世世代代合唱的诗歌共时体"之中。而他所指示的道路仍在我们的肝脏里震颤，每当想起他和他的诗，我们都能触摸到一颗春天般的吹息迸射的灵魂，丰盈而痛楚。

2010 年 8 月 10 日，玄武门

诗歌中有一种境界叫壮烈风景

聂广友

"荷尔德林认为，诗的生发过程可以描述为统一自足的灵（Geist）走出自己，同材（Stoff）相接触，构成种种永不停歇的变换关系的过程。"①

诗歌是一种自身的行动，有时意指诗在自我完成的过程中，有自己的主动性，词语在呼唤词语，并不全由作者自我意志规定。但在荷尔德林这里，这种自身行动更多是由作者和词语共同完成的。作者以全身心的姿态，投入到外在于自我的物的世界里，并和它们完全融洽在一起。于是这种外在，就变成了内在，作者已内在于事物之中。同时，这也提供了一种最为彻底的"内部的述说"的可能。这种投入的境界，在我的《我这样区分青春期写作和智性写作》一文中，在描述"青春期写作"之情景时曾状写过。这篇文章是多年前写的，已时过境迁，现在看来，这不光是一种青春期写作的唯一特征。同时，

---

① 刘皓明《舌的暴力》，《中国图书评论》2007 年第 9 期。

这正是作者经验更多之后的自觉的选择，是对事物辨认之后做出的决定。这种全身心的投入，既是一种能力的体现，也印证了海德格尔所述的"诗人的危险"，从神处（真实的事物）取得语言的危险。这种明知危险，仍义无反顾地前行，是诗人的使命使然，他不得不这样做，他听从内心觉醒的呼唤。这种冒死从真实物处争取到的词语，是诗的最高境界之一，给予我们全新完整的体验。骆一禾在评他的好友诗人海子时，说海子是诗歌烈士。此话诚然，海子冒生命之险向真事物靠近，他的眼中看到了我们看不到的瑰丽之景（生命之景），并实现了对此壮景的完整抒写，成就了自己大地之王的伟业，也给予新诗崭新的境界。

骆一禾在说此话时，他是自觉的，因为他自身正投身于这样一个伟大的行进之中。诗歌是一种自身的行动，尤其是一种披身沥胆奋身前行的实践自身，这，在骆一禾这里最能被体现。从骆一禾的诗中，时时可看到这种艰难行进的历程本相，他总是在路上，他的诗描述此行进历程的尤其多。《壮丽风景》《危蹙》《天路》等，都属此类，这也属他的最好的诗之列。他在行进的历程中，逐渐接近真实的事物，越来越艰难，同时沿途的景色，也越来越古朴、壮观。《壮烈风景》说的是天体的运行，黎明的到来，但我们却更真切地看到了作者生命自身的攀升、行进历程，这是作者和真实物融洽的成功使然，诗中，作者俨然已和真实物浑然一体。《危蹙》更是他最好的诗之一，同样描述了这样的艰难攀升的历程，诗中呈现的景色孤高壮丽，令人心驰神往。诗中所状事物也更多以原材质面目呈现，作者俨然像是已进入到事物的内部，并正在完成一种真正的事物的"内部的述说"。这种在和真实物相契的过程中，看到更多"材质"，而不是更完整的物相，也说明，这种材质不仅为事物本身所有，也为作者所有，是作者"统一自足的灵（Geist）走出自己，同材（Stoff）相接触"的结果。这里，材质古老面目的呈现，既表现了诗人潜行的深度，也体现出作者的强烈意志：在和真实物接近的过程中，在"灵"和"材"的融洽演变中，即使不能全部，哪怕是部分，他也义无反顾。作者向前行进的身姿彰显。

骆一禾形容海子是诗歌烈士，其实他自己也正是这样一个拥有着同样命运的诗人，令人扼腕的是，他最后倒在了行进的伟大途中，在真实物面前，在"惊涛之中"，"垂下我的金头"。《危蹲》一诗的末尾，也暗示出作者的命运。本来，他已显示出他给我们呈现出的事物的壮景（也是生命壮景），也昭示他已在路途，他可以走得更远，他走的尤其是一条"腾腾如焰"[1]的人类文明之路，一条充溢着浩然正气的谨严的"苗壮的修远之路"[2]。这令人无限悲痛，但令人欣慰的是，他已接近真实的

---

[1] 西渡《编后记》，骆一禾著、西渡编《骆一禾的诗》，人民文学出版社 2011 年版，第 414 页。
[2] 摘自拙作《乐园》。

事物，他说出了不少，他是少数能真正接近真实物的诗人之一。

他正是"诗歌烈士"阵营里令人瞩目的一个。

临骆一禾祭日，写此小文纪念，表达心中无限的敬意。

2011 年 5 月 28 日

"敲响的火在倒下来……"

——纪念杰出诗人骆一禾逝世二十年

陈超

　　骆一禾是后新时期以来为中国现代诗做出很大贡献的青年诗人之一。他是海子生死相托的朋友，他与这个高迈的、激情的、短命的诗人有一些相似之处，但他的意义却在于他和海子不同的方面。这体现在，海子的诗是个人化的、狂热的，在扑向光明的旅程中，伴随着一种阴郁的心境。海子不但对以知识论为基础的世界文明绝望，而且最后发展到对人类肉身的绝望；而骆一禾则沉毅、谦抑地对待人类智慧、传统，并在诗中广阔地设下了朝霞、血涌和新理想主义初萌般的静寂。

　　海子辞世后骆一禾倾其全力投入对海子诗歌的整理、推介工作，可以说，没有骆一禾与西川的努力，海子光辉的诗歌的影响力绝不会如此迅速地广披中华文坛（又岂止是文坛）。朋友们认为，从某种程度上说，骆一禾的离世，与他在短期内整理、推介海子诗歌而使自己身心过度劳瘁有关。然而，正因如此，骆一禾在当时就被诗歌界只是定位为海子诗歌的"倾听者",这种定位一直到今天竟未曾改变。而我以为,如果说新生代诗人中有谁被真正遮蔽了的话,那么首先就是杰出的诗人骆一禾。这位诗人离开我们二十多年了,二十年就是一代人,而逝者的精神应该生还了。

置身于相对主义和怀疑主义的时代语境中,要坚守一种理想精神,已是很困难的事。我们见识过那些浮泛的伪"崇高"的叫喊,那不过是利用了人类的"伦理固定反应"写出的道德高调。这类诗遭到有敏识力的读者的厌弃是当然的事。但是,我们不能不加细辨地一律排斥崇高和理想主义精神,不能忘记诗乃是人类向上精神的闪烁。骆一禾的理想主义是发自内在灵魂的,是对人类精神历史有足够了解后所得出的个人内在道德律,他从不以自恋的诗句表达"成圣"的僭妄之心,而是追寻大地上的人的精神"修远"。骆一禾诗歌的复现语象,有与中国古典诗和西方经典诗歌"陈陈相因"之处。这种共时的文本间性,使其带有健康、简劲和缅怀的力量。它们不是匆匆写成的、天启的、梦幻的,而是定居型的、内气远出和经得起原型批评的。如果说,诗是一种令人难忘的语言,骆一禾诗语的难忘则在于它是人类伟大诗歌共时体上隆起的一种回声,是已成诗歌的万美之美印证着它。骆一禾是较早注意到现代诗与传统之间有着不可消解的互文性关系的诗人,他通过写作把这种关系具体化。缜密的知性和辉煌的抒情,表现出这位拥有宏大目标的中国知识分子所热衷的精神"修远"一元性态度。

　　骆一禾的重要诗作《修远》，从精神维度上与屈原《离骚》
"路漫漫其修远兮，吾将上下而求索"密切相关。他在诗中表达
了诗人应"是被平地拔出"的持志前行的人文精神履践者。他
的方向是"北方"，因为就精神坐标而言，北就是向上。"金光
出于北方"，诗人在北斗中畅饮，"想起方向的诞生／血就砍在
了地上"，诗人说"与罪恶我有健康的竞技"，因此，诗歌不仅
是语言的技艺，不仅是情感的宣泄，还是人精神的修持历练。
在他看来，精神的上升或孤独自我获启是一体的。这使他敢于
浑身大火"在一条天路上走着我自己"：

　　这北方的大海：深渊的火

　　精神寒爽，独自灿烂

　　不使我被庸人和时代所赦免

　　再如：

　　在黑暗的笼罩中清澈见底是多么恐怖

　　在白闪闪的水面上下沉

　　在自己的光明中下沉

　　一直到老、至水底

这场较力是不祥的。但骆一禾没有像现代诗人那样表现自己的骚动不宁或激愤，他用一种天乐齐鸣的清音冲淡了诗中善恶对峙的强烈效果。他的"向下"之路（"在自己的光明中下沉"），更像是为精神升入"屋宇"之巅所铺设的台基，而不是通过"我"的失败来亵渎神圣的缺席。如果说在骆一禾某些诗中（特别是那首有名的《日和夜》）也显黯地呈现了怅惘和阴郁，那也只是表明在他生命的瞬间展开中，"天空预示般地将阴影投在你的头上"（荷尔德林《日耳曼尼亚》）。这种天空的"阴影"是高不可及的，几至造成对诗人的压迫、审视，这与那般由自我迷恋走向自我怀疑和毁灭的诗人，不可作同日而语。正像诗人所说，"黑暗是永恒的，而光明/必须运行……"。

骆一禾的诗节奏缓慢、平稳。在错落不齐的诗行中，他试图以插入短促尖新的独词句来调整节奏以造成跌宕效果。但很少能充分实现。他太有耐性了，情感一丝一缕抽取出来，深念美德的诗人，难以漂亮地实现"爆发"状态。但也恰缘于此，使骆一禾诗歌的语音及句群，像是坚定驶往"圣地"的方阵，称颂、肃穆、永不衰退。因此，如果说海子的诗歌不乏庄严长号的启示之音的话，谦逊的骆一禾则说要将自己的诗歌"装入排箫"，在黑暗中轻声吹奏，和雨后的新月一起带给人夙夜匪懈的交流、沟通和对话。

在诗学立场上，骆一禾强调身心合一意义上的性灵本体论。但他反对由此导向"放纵主义"（Bohemianism）——这是我们常见的诗人性灵扩张的后果。怎样整合这一矛盾状态？他选择了永恒理念图式对性灵的加入。这种"加入"，使个体生命的性灵本体论不再按这个概念的准确内涵体现于他的诗学中。因此，他的诗学意志很难施放于广大的诗人／读者，他们宁愿放弃他的诗学而专注于他的创作本身。这无论如何是十分可惜的事。在贫乏的时代，诗学立场要想征服众人，最简捷的办法是走各式各样的极端，以令人目眩的片面的强光，刺瞎读者的视力。而他太像个宿儒了，他不屑于说："嘿！此处严禁行走！"

骆一禾钦崇的是"美神"（他的唯一一篇完整表述诗学立场的论文即以此命名），他企望以此变衍生命、重建信心。他的诗即体现了此种至美至善的纯一性。也许他想对世人说"要进入永生，就当遵守诫命"。但他不像海子那样以从天下视的先知的方式说出，他更像是一位地上的义人，不仅是"想起方向的诞生／血就砍在了地上"，而且"修远　我以此迎接太阳／持着诗"，"有一片晒烫的地衣／闪烁着翅膀／……有一层深思在为美而想"。就我个人的喜好而言，我或许更倾向于骆一禾的态度。亲切，友善，触动心房。这个平展着红布的目光清澈的诗人，是谦和的仁义之士。

骆一禾的长诗《世界的血》《大海》等，无愧于 20 世纪中国最优秀的大诗章。它们展示了知性的绵密力量，却又将之和谐地融会于高迈放达的激情和想象中。这是智慧的、挑战的，又是困惑的、老式的；它将宽广的语境和精雕细琢的细节含义共时呈现，将悲慨的缅怀和朗照的前景化若无痕地衔接在一起。在组织的精心和情感的高贵方面，它们不同于五四以来任何时期的文学风尚，它更类似于一种近乎天意的绝对诉说，那是"那亚细亚的痛疼 足金的痛疼"。无论是其精神内核还是其构成形式，这些诗都堪称典范。从整体来看，这些长诗的主题是精神"还乡者"的处境。诗人试图以此再造新时代的"中世纪"。救赎的单纯、墓志铭式的赞颂和午夜降临的悲剧气质，都被一种准神示著述般的习语裹挟。这种迂阔又高蹈的主题类型，使他既像是一个精神济贫院的执事，又像是一个承担人类前途的先驱。

1988 年，我受托为江西百花洲文艺出版社编一部名为《对话与独白》的诗学文集，约骆一禾寄来了他的长文《火光》手稿。在我刚刚编定此书时，传来了诗人过世的消息。当时在我脑海里闪现的是骆一禾的诗句：

在谁的肋骨里倾注了基础的声音

在晨曦的景色里

这是谁的灵魂？在谁的

最少听见声音的耳鼓里

敲响的火在倒下来

这些诗至今依然在我脑海逡巡，未曾稍事冲淡。这样一位杰出的诗人，在现代汉诗的历史上，旷日长久地被称为是"倾听者"，受到如此严重的遮蔽，这不仅是诗坛严重的失察，也表明人心的冷漠与势利，我们谁都没有权力更不应有胆量和心肠再继续沉默下去。捧读厚达近 900 页的《骆一禾诗全编》（上海三联书店版），我感到它不仅唤起了 20 世纪 80 年代理想主义的记忆，即使对新世纪的人们而言，更不乏心智的启迪，灵魂的濯洗。读这样超越时代的诗，我们会置身一个"问—答"结构，即今天我们问得越多，骆一禾的诗就会对今天说得越多。而如果听任如此杰出的诗歌被遮蔽，我们实际上是遮蔽了自己。敲响的火如果倒下，就让它站立起来，再铮铮作响。骆一禾的死，正像奥地利杰出诗人与思者霍夫曼斯塔尔一样源于脑血管突发性大面积出血。在此，我且以霍夫曼斯塔尔的诗句祭献骆一禾在天之灵：

> 那时，与我们共同度过漫长岁月的人
> 和那些早已入土的同胞
> 他们与我们仍然近在咫尺
> 他们与我们仍然情同手足

孪生的麦地之子

——骆一禾、海子及其麦地诗歌的启示

燎原

当中国诗坛突然大面积种植麦子的时候，我想少数在"麦子"这个词前黯然止笔的人心中定然是疼痛的。他们知道一个词的分量。知道深居在《说文解字》9353 个字中的某一个，知道终而有一天同诗人们互相发现、互相击穿时的那种神秘机缘的意味。他们的疼痛，是目睹了两位"少年诗人"发现了金黄的麦子，并以诗向它夺取了自己的生命的疼痛。在诗歌创作中，诗与个体生命的相互选择是一种缘分。个体生命以只有自己具备的心灵能力发现并映照这个词，使它复活、发热，获得无限延伸的光芒，进而照亮别人。

我便是怀着这种疼痛说起死在肇始于他们诗歌麦地中的海子和骆一禾。当其他被照亮的人相继坐在他们死后的麦地中歌唱，比如整个世界排在凡·高身后歌唱向日葵，我们是否该为这麦地上空觉醒的合唱之声感到，并意识到当代中国诗坛一个

值得注意的时期已经开始了？

"向日葵是平民之花。……自 17 世纪以来，西欧世界和美术界就一直对向日葵寄托了一种神圣的情思。'向日葵'的含义中有'对崇高者的爱'。"（张承志《金牧场》）中国艺术界的向日葵情思几乎是从张承志对凡·高的追认开始的。而它直接作为众多中国诗人的抒情对象、被热爱的"崇高者"，则表明了他们对痛苦燃烧的人生和炽热艺术理想的理解及其心理趋向。但这种从凡·高眼中看到的欧洲的向日葵，对于他们的诗歌来说则是一种假借或依傍。这意味着他们不能比凡·高说出更丰富的语言。因而也意味着这些作品可有可无的存在地位。"错把他乡认故乡"的误会，若干年来一直妨碍着我们自己经典的产生。当少数优秀诗人意识到这一问题，并重新进入中国文化的源头时，过重的纸味却减弱了这些诗歌抵达生命心灵的汩汩活性。

中国的向日葵——麦子，是被众多醒悟了的青年诗人寻找而由海子、骆一禾最先找到并且说出的。由这个词延伸开去的村庄、人民、镰刀、马匹、瓷碗、树木、河流、汗水的意象系列，现在时态中为这一些朴素之烛照亮的对良心、美德和崇高的追认和进入，几乎囊括了中华民族本质的历史流程和现时的心理情感，从而成为中国人的心理之根。"艺术能够更新我们对生活经验的感觉。"麦子是我们这个农耕民族共同的生命背景，那些排列在我们生命经历中关于麦子的痛苦，在它进入诗歌之后便成为折射我们所有生命情感的黄金之光，成为贫穷崇高的生存者生命之写实。

但是海子与骆一禾，他们二人几乎同时倒在 20 多岁的韶光中。在我搜读了他们生前的大量诗作后，我有充分的根据说，他们的灵魂已触及死亡／光明的核心。他们是这个时代为数不多的对生命怀有炽热理想的诗人。他们是在一系列麦子的歌颂之后成为麦地上空燃烧的火焰，延伸了作为诗人的他们自己的生命。他们类同的生命结局是富有意味的，他们诗歌中某些共同的创作事实同样富有意味。我惊讶地发现，他们在若干年前几乎同时有北方乡村的诗歌背景以及相似的诗歌意象系列。除了上面提到的之外，我们还可以提取三对句子加以对比：

而两个手捧大碗的男人／谈起雨水，也谈起收成／此外就没
　有话了
树美如黄金，百里之间杨树是一对对分离的眼睛
那一天　蛇在天堂里颤抖／在震怒中冰凉无言　享有智谋

　　　　——以上骆一禾

在月亮下端着大碗／碗内的月亮／和麦子／一直没有声响
白杨树围住的／……健康的麦子／养我性命的麦子
我的七月萦绕着我，像那条爱我的孤单的蛇／——她将在痛

楚苦涩的海水里度过一生

　　——以上海子

　　我并非仅是为了通过这些对比提取麦地、大碗、杨树、蛇这些共同的意象，我还在他们更广泛的共同意象之后，发现了"感恩的麦地之子"这样一个相同的抒情主体角色，及其忧伤脆弱的女性气质。骆一禾自称"生为弱者"："我背起善良人深夜的歌曲／玉米和盐／还有一壶水"；海子曾这样倾诉："在这个下雨的夜晚／如今只剩下我一个／为你写着诗歌"。在艺术中，男人的这种脆弱的女性气质，是智性情感触及人类生命之根时心灵的彻底通透，比如在世界驳杂的物质流程的源头，对那位美丽忧伤的母亲一瞬间刻骨铭心地看见和理解。他因此而孤独，坐在那个无人可与说话的深处，独自承受着整个世界浓缩在他心里的情感。此时，被孤独抽成韧丝的语言便成了最能颤动我们灵魂的琴弦——因为女人或者母亲就在我们生命的血缘之中。这是那种潜在的语言力量。另外，当孤独的领悟被"说出"的欲望所冲决，语言又会在"高烧"的惑乱和执迷中形成燃烧的白金。两种语言指向都会达到终极性的力量。

　　海子和骆一禾这些"麦地"系列的诗歌大都写于 1985 年到 1988 年这个时间区段。我们当然记得此一时期中国诗坛所发生的令人眼花缭乱的"藩镇割据"以及几个有影响的群体实验阵容。而他们却一直寂寞地（海子的部分诗作除外），几乎是在一直湮没的危险中，坚持着朴素、热忱的"麦地劳作"，深入麦子与民族精神间的本质意蕴。我们于这个事实中不难觉出诗歌与他们的灵魂、生命的关系。他们这种专注也是通过麦子找到自身生命与大地的对应关系后，对由此放射开去的民族大灵魂的投入。由生命抵达语言，在语言的生命化中烧结艺术的白金。其形态正如托马舍夫斯基评价普希金时所指出的："应用诗歌创造了他生平中的某些事实。"就是说：他们写诗是为了生命大人格的逐步实现，而不是以生命经营作为文字和功利的诗。

恍若一对孪生的麦地之子，他们二人是在灵魂的诗歌生命本质的共同进入中抓住并照亮了那些麦地意象系列的。但这些共同的意象系列在走入他们的诗歌时，所展开的境界却是各自独立的。他们那种忧伤脆弱的女性气质，其实有着各不相同的特定内涵。骆一禾的书斋气息显然是极浓重的。他采取了一种静悟的方式，以心灵的修炼而获得内在的空明、热烈，进而抵达远在的光明。海子则更多一些漂泊的意味，他从被麦子映照出的宇宙空间，捕捉类似流萤闪电的神秘信息，终而到达心灵的顿然开启。骆一禾是前瞻的，以内心的光明之核笔直地朝向远在的光明之境。在他的诗中，那些麦子的意象系列呈一条渐至升高递增的广阔光带："人民。在黄河与光明之间手扶着手，在光明／与暗地之间手扶着手／……从那支烛光走到这支烛光／我们就是一对熟人。"在这条光带中跳动的，是黄河、大太阳，是四匹在大道上奔驰的骏马、农民的女儿、钴蓝色瓦盆上怒放的心神，是横贯在历史中革命和穷人的美德（见《为大地歌唱》《黄河》等）。这条由衷地在诗歌中投射出的光带，构成了一个民族的千年心史。至此，我们已足以在此中觉出骆一禾由一个纤弱的麦地少年到大地歌手的生命转化。他 1987 年完成的长诗《屋宇》，无疑显示了他生命熟稔期最本色的风度。那种囊括生命万象于从容辽远中的徐徐行歌，标志着他对生命节奏和艺术法则的深邃把握。它的恬静、壮阔、炽热、幽邃使人自然地把聂鲁达的《马楚·比楚高峰》、埃利蒂斯的爱琴海系列和东山魁夷的禅境综合起来与之对照。骆一禾用自己丰裕的生命温情晕染"黄昏中盛大地之流布的殿堂"……麦穗的波浪于胸中捭阖起伏。那时，他"以黑眼在活生生的屋宇前 / 久久地静霭"。他看着眼前那座史诗的屋宇，生命升华为一种精神物质后的沉醉和昏迷，使他体会到了生命的峰巅境界。《屋宇》无疑对他形成了再也无法逾越的绝望。他因此紧张乃至显现出一个人即将终了时不甘于赊欠生命的焦躁："我们无辜的平安，没有根据 / 是黑豹，是真空里的 /……天空是一座苦役场 / 四个方向 / 里，我撞入雷霆。"（《黑豹》）这种绝望的暴怒，与他惯有的书斋式的空明热忱形成了刺目的反差——这正是他不可摆脱的预感之征兆。

是的，是诗歌创造了骆一禾的生命事实。他的艺术行为和生命行为已经执迷为纯粹的宗教情感。在他心灵的走廊上，是一条神秘的光明在涌动，而他生为弱者的生理性神经，在那条光明最终涌成火焰的瀑流，而使生理肌体失去承受能力时，他的生命便有如碘钨丝炽白的一闪，随之在光明中完成。如果说，骆一禾是从麦地出发，并沿这条光线自燃着倒在最终的光明之中，海子则是走出麦地后，遂开始了麦地上空的精神漂泊。在这样一个空间，他仿佛一个脑袋里装满哲人智谋的诡谲的孩子，嘴中吹着芦笛，而思想却千年苍茫。他以人类文化为心灵之境，折射大宇宙投射于生命的花纹。骆一禾的麦地是一种群体生命的抒写，而海子的麦地是孤独的。海子用化学式的微观分解探视储存在麦子中自然的和人类生命的合成元素，从而使麦子扩大成宏观的他的生命源头和文化背景。他于其中领受恩典，而所关注的却是"麦子宇宙"提供给艺术的奥秘——这似乎是他生命的唯一任务。在麦地的孤独中，他把麦子放大成一个客观宇宙时，也把自己放大成与之对应的对话者。他的广大的孤独使他把自己视作人类以诗歌与宇宙交流这一使命的唯一承受者和发言人，他迷醉于自己意识中的这一使命，并且为之焦灼。我想漂泊中的海子这时一定在这个宇宙深处看到了什么。出现在他诗歌中的已经是骸骨、鹰、泪水、神、王等这样一些邈远、具有疼痛感的意象。或许可以这样认为，他是在意识到人类生命能力对宇宙核心触及的有限性的悲哀中，坚持做生命的伸展的。

秋天深了，神的家中鹰在集合

神的故乡鹰在言语

秋天深了，王在写诗

在这个世界上秋天深了

该得到的尚未得到

该丧失的早已丧失

　　这种坚持中满贮的疼痛和泪水，尚能被他用平静的语气所掩饰，但随着那一感觉无法掩饰的尖锐，他终而失魄地惊悸到："诗人，你无力偿还 / 麦地和光芒的情义。"这麦地和光芒的情义，是他从中获得了人的生命，而要用艺术报答归还的情义。他曾经以为自己能够支付这一生命的负债，并为这一支付而给自己设置了一根警策的鞭子："一只空杯子内的父亲啊 / 内心的鞭子将我们绑在一起抽打"，"日光其实很强 / 一种万物生长的鞭子和血！"但当他终于在少年式的幻想后看到绝望时，却转而满含泪水地要求麦地对自己的生命努力做出承认：

麦地

神秘的质问者啊

当我痛苦地站在你的面前

你不能说我一无所有

你不能说我两手空空

这个诡谲的孩子一瞬间还认真了。他要得到一种安慰性的承认，以证明自己不负生命。他是以这种清醒的自我欺骗，在生命不能抵达的半途，对着远方做一次遥远的梦喃——他看到了远方的真山真水，也看到了真山真水前自己的山穷水尽。剩下的岁月，在他看来只是没有奇迹的生命延续，这是他骄傲的心所不能忍受的——猝然的，他在认为该结束的时候结束了自己。当代德国哲学家伊曼纽尔曾对这种生命现象做过深刻而精辟的论述。他说：在生存无故实现的地方，在生存好像没有重量不断消散的地方，这种生存的结束正是对生命必须承担使命的提醒。

新时期中国诗歌的努力是卓有成效的，在诗歌真正回归到其本身，并对使命的质询做出应答时，给我留下深刻印象的是这样一些诗及其源头：江河《太阳和它的反光》系列之于老庄和中国神话；杨炼《礼魂》系列之于屈原、艾略特、泰戈尔；宋琳的城市诗系列之于博尔赫斯和欧美新小说派；欧阳江河的《玻璃工厂》之类之于庞德和欧美新口语诗。他们分别在生命的形而上的高处或诗歌的智性空间为我们描述了新时期诗歌所能达到的深刻和智慧。但是作为一种玄思，作为现实的文化生命对一种既有哲学新的进入和对应，这些诗在获得其先锋性的同时却减弱了传输的广大性和情感的湿润性、可感性。当他们在高文化的层面上走动时，现实生命情感中苦涩与温馨——那种由农夫在大地上稼穑时对着太阳和庄稼所涌起的，并一代一代沉积在我们心灵中情感之根的东西却在一层隔板上封闭着。我正是从这个角度看到了海子与骆一禾这两位麦地诗人对当代中国诗坛的意味的。相比之下，他们的诗似乎更少依傍，因而更本真、诗质的新品位更高。陶渊明、王维、弗罗斯特乡村场景中淡泊忘情的出世特征，正好使他们麦地中心灵的紧张炽热显出灼目的光芒。深入人生、深入广阔场景中民族的心理之根，以麦子的光芒照耀现实生命的空缺进而抵达乡村中国血汗生命的精神领空，这便是他们诗歌的主题。在他们麦地意象系列的核心——人民，作为一种品质和道德的象征，是被放入一个特定的时空中加以观照的。他贫穷中的美德、迟钝中的坚韧、苦难中的革命……在怀着沉重的现代道德精神忧虑的他们心中，成为神圣的良心和激活现实生命的精神源头。他们深刻的现实生存忧患和崇高人格的热切追取，以及灵魂直裸于生命质询时的坦诚以及自省精神，都使当代中国诗歌重新开始了对朴素的关注，对情感与心灵的关注。他们还提供了一种亲近可感的文本范式，在诗歌形而下的拘泥和形而上的隔膜诸种表达的困惑中，他们以富有血脉感的意象振动高处的蓝色空间，在空远中产生灼烫。

时间对于某些东西是无能为力的，若干年后，中国诗坛仍将记得这样两位少年，在他们真挚地用生命去和麦子的光芒做出交换后，一说到诗，我们的心便会随时处在疼痛和不宁中。

先知之门

——海子与骆一禾论纲

朱大可

> 亚洲的灯笼，亚洲苦难的灯笼
>
> 亚洲宝石的灯笼
>
> ——骆一禾《五月的鲜花》

一、世界的午夜

由于海德格尔的"世界之夜"（海德格尔：《诗、语言、思》，彭富春译，文化艺术出版社 1991 年版）的隐喻，对人类生存图景的陈述已经变得异常悲痛。从一个日常生活的经验跃起，它企及着人类存在的全部特点。这样的景色话语，向着所有的种族的时间无限敞开。

"从'三位一体'（赫拉克勒斯、狄奥尼修斯和基督）远离了世界，世界之时的夜晚已趋向其夜半。世界之夜弥漫着黑暗。"以上简单的言说包含着历史和现存的双重消息。它反对了福音，把人逼入绝望主义的哲学深渊。

那么，理解这种言说的内在机制，就变得异常重要起来。"三位一体"时代，也许还应包括查拉图斯特拉、佛陀和老子的东方三位一体，正是价值大爆炸的时刻。从上古文明的天真中心，悲壮意识、拯救宗教和启蒙哲学，凶猛、激烈、突如其来、不可阻遏地爆炸了，由此产生着至今仍支配我们的所有的巨大精神元素。这爆炸发生于公元前 600 年至公元前 500 年之间，它把世界有力地推向宇宙的黑暗边缘，而爆炸后的外推拉出了历史现时间。我们生活于这次爆炸的遥远后果之中，也就是飘浮在它的碎片之间，面朝爆炸的明亮中心，而身已难以置信地隐入黑暗。我们迅疾退行，置身于碎片。或者说，我们自身就是巨大碎片的细小碎片。

这已经先验地规定了人的趋暗本性和对于中心爆炸之乡的永恒缅怀。在向着世界边缘的飞行之中，人不断远离光亮和深入黑暗，尖利的呼啸、惊慌的心情、死亡的景象、不可逆转的方向，所有这些事端触发了海德格尔的诗意言说。不仅如此。

"诸神之夜何其黑暗啊！"海子如是说。"午夜，我重是黑暗，重是万象。"骆一禾如是说。

"重是黑暗"，这"重"乃是"多重"与"复叠"。黑暗被黑暗所复叠，这情形可通过三种时间序列加以验证。我们所在的时间场所，是以下三个午夜的互相叠加：种族大衰退的午夜；世纪尾声的午夜；第二千纪行将残尽的午夜。这也就是种族生命周期，世界百年周期和世界千年周期在此刻的汇合。三种时间之暗，复叠于一个短暂的十年，1990—1999 年。

罕见的三重午夜，超出了海德格尔所目击到的深度，它降临在这里，向我们喊出夜的无限深渊、夜的无限时间。目击者说，我置于暗所，故我是一个暗者。这是从思辨的角度来接纳黑暗，并承认一种午夜居民的身份。目击者，那些曾经彼此交谈过黑暗的人们，借此开辟更犀利的目击事业。

在由时间复叠起来的黑暗之中，暗作为它的本性大量涌现着，以宣称明的不在场，这就是暴力之暗、恶行之暗、迷津之暗和谎语之暗在世界之夜的集合，它们构成了海子与骆一禾的诞生背景。

暴力之暗，指称着海德格尔以来的世界的诸多残酷性。大规模的政治屠杀、针对心灵的意识形态清洗、对个人精神信念的垄断以及对于弱者的普遍压迫，这还仅仅是国际残酷生活的一部分。更隐蔽的暴力，散落于日常的后现代关系之中，也就是隐匿于商业和金融的秘密战争里。残酷性，就是人被迫卷入一种彻底佚脱人文主义关怀的生存。

"我的人民坐在水边　只剩下泪水耻辱和仇恨。"（海子）一种这样的暗的经验引发着人的恶性之暗。由于终极价值及其相关伦理体系的沦丧，人间道德面貌阴沉起来。在利益的末日再分配运动中，贪婪的心情和眼神篡改了人，赋予他们以难以想象的无耻性，这就是丧失了道德制约后的极度放纵，以便尽其可能地占有权力和财富的有限实体。

在所有的黑暗事物中，恶行与暴力无疑是最引人注目的，相反，最不引人注目的是迷津之暗，因为它涉及的正是人对于生存黑暗的洞悉性本身。面对诸多的暗，人丧失了价值的视力而成为盲者。阔大的迷津，纵横着本族传统和异邦精神的无限道路，它利用回旋、重复（对称）、死巷、伪标、歧岔和陷阱，使所有置身其中的人迷乱，并且丧失了从中找出逾越线索的可能。从迷乱性中产生的最荒谬的景象是，迷者指着这线索声称：我找不到它！与其说这是一种愚妄，不如说是一种拒斥，也就是从迷津的立场出发重申人在其中的居住权利。

人的言说之暗支持了世界之夜的上述特性。言说者从真理陈述转入庞大的国际谎语制度，以维系那些摇摇欲坠的价值体系。谎语发言人说：我们拥有最合理的人间关系；我们在黑暗的外面和光明的里面。这是所有谎语意识形态对人民陈述的核心母句。它们凭借现代传播技术垄断一切公共话语空间，以改变人对世界之夜的各个领域的黑暗感受。

暗的种族涌流汇集成了令人震惊的深渊，以阻止自由之明、正义之明、澄识之明和真理之明的发生。这显然是查拉图斯特拉古老教义的现代显示：迷妄反对着澄明；腐败反对着创造；暗反对着光；水反对着火。

针对由此产生的人的惊骇与痛楚，午夜游戏运动要从取消生存的真实性方面取消世界之夜的根基。此外，还有一种更重大的游戏话语，那就是日常生活的文本。在"玩"的哲学指令中，人构筑了存在之玩的所有空间和规则。

这游戏的规则不是别的，正是对午夜话语的某种严厉禁忌，它要求游戏者终止任何有关存在的黑暗性的言说。它既不指涉光明，也不指涉黑暗。它仅仅被允许言及游戏其欢愉。"存在之玩"企图借此取消痛苦，但它最后却取消了人对世界之夜的基本了解。

二、目击与言说

越过黑暗的无限深度，海子和骆一禾目击了构成世界之暗的诸多元素。海子说"我骑上 诉说 咒语 和诗歌 / 一匹忧伤的马 / 我骑上言语和眼睛"，这暗示了目击与目击后的反应。

目击者的诞生，是午夜时分最重要的事件之一，它使闭抑的存在获得了敞开的契机，黑暗向眼睛，也就是向观察者打开了它的本性：它的元素、结构、功能和历史。目击者的眼睛像马匹那样犀利而明快，径直插入事物的内部，"骑上"，就是使寻常的目击获得马的尖锐属性。

这个隐喻揭发了午夜目击者的异常地位。他必须拥有一种内在的智慧光线，以便在极度的黑暗中获悉世界景象的各个细节。他既在暗中，又在暗外；既遭到目击，又从事目击；既是午夜的囚徒，又是它的征服者。在消解人的深渊里，只有极少数人才能获得如此非凡的能力，以便为未来的伟大学说开辟道路。

历史上挤满了无数缄默的目击者，他们为暗的极端性所惊骇，而后开始永无止境地逃亡。这逃亡背弃着黑暗，也背弃着针对黑夜真相的言说。隐士文化就是这样诞生的，它包含洞悉黑暗和自我拯救的智慧，却拒绝公布那些非人的发现。在一个集体受难的世界里隐士所犯下的这一罪行，超出了黑暗对人的残害。

那些从赞美角度进入言说的目击者，坚持着言说的权利，却赋予世界之夜以灿烂的品质。他颂扬着他所目击到的事物，除了说出谎语，他还要说出一种真正的拥戴心情，也就是对黑暗性的由衷热爱和激情。而对暴力的血腥气息、道德的腐败气息、迷津的狂乱气息和言说的欺诈气息，赞美者的话语响彻云霄。

午夜的黑暗歌手的罪行就是这样犯下的。对这个历史群体的探查有助于理解古代先知所持的立场。他们蔑视缄默者，同时又坚持着对黑暗歌手的批判立场。从这两种前提出发，他们云游四方，说出咄咄逼人的革命箴言。希伯来先知的谱系树上，怒放着阿摩司、何西阿、弥迦、以赛亚、耶利米和但以理的话语花朵，它们被供养在《旧约》的神学花园里，为后世目击者提供了不朽的样本。

然而对海子和骆一禾而言，更邻近而亲切的先知是置身于犹太—基督世界边缘的但丁、莎士比亚、弥尔顿、歌德。这些诗歌先知在上帝和人间、天堂与尘世、神性与凡品、圣乐和俗音之间，也就是从精神的两个源泉获得缅怀、批判、抨击、呼吁、预言、警告、赞美、祈求和做出承诺的伟大权能，如果希伯来先知是神的旨意信使，那么上述欧洲诗人就是真正的话语英雄，凭借人的内在智慧光线、神谕的启示和说出真理的非凡勇气，宣布了对世界之夜的激烈审判。

正是这点使传统中的先知受到现代解构主义者的严厉斥责。福柯的疑虑目光，投注到代神立言的历史上，他吁请新知识分子放弃全知全能的立场，也就是放弃说出世界性真理的幻想，返回到个人沉思与反抗的有限区域。而海子及其兄弟置若罔闻。

毫无疑问，对先知传统的重申，取决于种族的历史现状与要求，或者说，它是对母体深渊的召唤的一种响应。在记忆的沉重飞行里，他们看见了屈原的佝偻身影。这个楚地的诗歌先知，追问午夜黑暗背后的事物，眼望天空，缅怀往昔的光荣。他的悲怆言说笼罩了海子与骆一禾的灵魂，为先知立场提供了一种尺度。

但是，与希伯来先知相比，屈原及其后还不是真正意义上的先知。他们的职能被限定于一个极其有限的范围。除了疑虑、探查和对小型乌托邦的私下憧憬，他们并未喊出针对世界末日的终极判词。与其说这是远东先知的疏忽，不如说是先知性的残缺。他们是一些亚先知或下级先知，维系着一个古老种族了解未来命运的最低限度的需求。这最终导致了诗人先知在 20 世纪的严重缺席，智慧与勇气的双重退化，使诗人的生长局限于某种"抒情"的区域。

从这一等级中崛起了郭沫若、徐志摩、戴望舒和李金发的寻常身影，其中有的还扮演了伪先知的角色，而这粗糙或可疑的言说，构成了中国现代文学的主要话语风景。只有《野草》的鲁迅显示了变乱时代的预言气质。但这气质是古老传统的一次短暂闪现，它随后就遭到庞大而单调的意识形态的吞噬。

20世纪的精神动乱，使我们处于丧失自己的预言精神的危难之中。中国游戏精神和后现代主义，从拒绝关怀未来的角度，深化了这一事端的后果。先知早已化为尘埃，只有他们的姓氏，潜留在历史的遥远景象里，仿佛是一些与我们完全无关的事物。这正是世界之夜本性的尖锐呈示：未来沉浸于巨大的黑暗，它已丧失了预言光辉的照看和眷注。而更令人惊异的是，几乎没有什么人对此发出不安的询问。

三、诗歌先知运动

转变的契机，始于这样一个小型诗歌公社，其中的一位成员，在80年代后期的短暂五年里，写下了近300万字的诗文手稿，借此从贫困和无名中向终极的事物做出炫目的飞翔。他的尸骸倒伏在山海关附近的铁轨上，而灵魂却径直升入人所能企及的最高殿宇，从而制造了20世纪最不可思议的意识形态神话。

我们已经逐渐地触及了这个人的姓氏。他自称"海子"，也就是黑暗之海的苦难孩子；另一与之共同飞行的成员"骆一禾"，则是成熟于凄厉秋天的一株高贵的植物。这些命名都隐喻着生命的内在脆弱和夭折命运，而在另一方面，它们却远远超出了语义学所设定的命运格局，并赋予"所指"以非凡卓越的品质。

　　神话，或者说海子—骆一禾神话，它无非在向人指明一种精神奇迹的发生。从价值普遍错乱或佚脱的深渊，也就是从一个平庸的和二流的世纪，这两个人的容貌异乎寻常地燃烧着。复合的灵魂急促地穿过存在之桥，融入死亡的瑰丽光辉。但他们的言说却已镌刻在身后的世界，以点亮黑夜的信念之灯。

　　我要从下列方面进入他们的诗篇和论纲，却广泛地探查蕴含其中的公开与秘密的消息。就像通常所做的那样，我要询问：他们反对什么，他们颂扬什么？他们倾听什么，他们言说什么？他们为何倾听，他们为何言说？他们从哪里倾听，他们向谁言说？这些问题的答案已经内在给定。

　　所有海子与骆一禾的写作成果，都可以纳入诗歌神学的形而上框架：这个概念最适当地指称了先知所企及的各种严重事物，但它并不意味着对传统神明的屈从和跪拜，恰恰相反，这神学是对人的生存根基进行终极追问的体系，或者说，是针对世界之暗的一种极端的精神反抗运动，它聚集着人的全部怀疑、智慧、勇气和激情。正是基于这样的立场，他们开辟着对世界之暗进行审判的悲痛事业。

从海子撰写的杰出纲领中，可以获得对诗歌神学的扼要印象，它是有关王子心情、大师立场、神性痛苦、神话幻象、浪漫诗学及其写经计划的全面陈述，验证着这个小型公社与世界之夜接触的深度及其从这深度的奋然一跃。

"我要写下这样一篇序言，或者说寓言。我更珍惜的是那些没有成为王的王子，代表了人类的悲剧命运。"这段海子的黑夜独白，已经显露了他的王子心情的全部端倪。这"王子"的族谱，包括雪莱、荷尔德林、马洛、兰波、普希金和叶赛宁等所有早夭天才，他们负有通过美好毁灭对人类结局进行预言的使命。诗歌王子总是以两种方式同时写作：一方面用手笔援写才情迸发的瑰丽诗篇，一方面用短暂急促的生存构筑诗歌之上的诗歌，也就是从内在生命的爆炸中喊出炽烈的太阳话语。这手写之诗和存在之诗的互相映射，照亮了诗歌的辛酸国土。王子，就是要用一个青年的脆弱生命去点燃美学的圣洁火焰。

对于诗歌王子及其命运和痛不欲生，乃是海子对其自身的预先悼念，犹如一篇由死者在生前亲自撰写的墓志铭，因为所有先逝的王子，都是海子的历史隐喻。他目击了天才与人类的死亡，而后就直接卷入这种死亡运动，书写下王子族谱的最新的一页。这就是作为诗歌先知的极端前提：以死写诗。或者说，用死亡语法去反抗世界之夜的黑暗语法。

从王子的高贵而纯洁的灵魂出发，海子走向了所谓大师立场，也就是走向对以往所有卑谀、平庸和低级趣味诗歌的蔑视。无数年轻的诗歌群众，拥集于通向纯粹个人幸福的诗歌道路，在抵制意识形态垄断的同时消解着内在的信念和索取真理的勇气。他的严厉目光掠过虚假诗歌，停留在山下的群众、母亲、土地、村庄、粮食、河流、岩石和马匹上，"人类吗，此刻人是多么爱你"，而海子的叹息又多么孤寂。这爱的孤寂火焰，超出个人自我中心的意识本质，一直抵达人类苦难的遥远边缘，并要说出一种无限广博的慈悲。大师，首先是一个热爱人类的情感英雄，其次才是握有非凡技艺的经典作家。

这里已经蕴含着某种只有伟大的心灵才能做出的反应，它是一种难以言喻的义愤与悲伤，起源于对自身存在意义的极度关怀，并借此获得进入观察人类命运的契机。在他们的极端痛苦经验的尽头，群众涌现了；而在另一个尽头，出现了神的缄默身影。让我们回忆一下海子的最后岁月。他独居在京城远郊，也就是独居在一个遭到贫困缠绕和世人冷落的屋舍。除了动身进城教书与访友，他只有一种生活，隐匿、遥远、凄凉、澄明，日复一日地发展着内心的傲岸言说。在他写下的所有文本之上，永久回响着他与无名之神对话的秘密声音，并在长诗《土地》中达到比较清晰的程度。

神的维度从灵魂里面伸出，照亮了家徒四壁的所在和稿纸上的诗句。它痛切地指涉了希腊诸神、基督教上帝以及所有至高者的不在场，同时又流露着一个现代知识分子对企及真相与真理的疑虑。正是在这种两难困境中，海子开始了向终极实在的维度的痛苦飞跃。他拒绝着旧先知对神做直接呼告的方式，甚至尽其可能地不言说神的名称与本质。他仅仅获得一个俯瞰人类的神的视点，并从这一高度上说出 20 世纪最奇异的话语。

"在这个春天你为何回忆起人类／你为何突然想起了人类神圣而孤单的一生／想起了人类你宝座发热／想起了人类你眼含孤独的泪水。"（引自《土地》第 12 章，春风文艺出版社 1990年版）

谁是那个无名的"你"？这个问题是难以一言以蔽之的。"他"何其神圣，端坐于宝座，回忆着万恶的人类，眼含眼泪；他被拒斥于人之外，同时又深入人的孤单心情，以获得最广泛的世界经验。这显示了海子精神的内在分化：他既在人里面，又在人的上面；他自身就同时拥有人与神两种精神维度，它们统一于简约而铿锵的诗句，像大地上的雷霆与闪电，结束着神性缺席的黯淡年代。

一种充满疑惑和尚未成熟的神性目光，历涉"黑暗而空虚"的"天堂"，静止于神话幻象的语言场景里，这是海子在其神学运动中采取的主要动作。他声称"所有的人和所有书都指引我以幻象"，也即一切人类的集体记忆与造型母题，构成了他的诗歌的宇宙背景。不仅如此，他还要从 20 世纪午夜的立场，"将人类生存与自然循环的元素轮回联结起来加以创造幻想"。

然而海子并没有返回到复兴天堂的传统信念之中。他的痛楚之手从贫瘠的大地上抓住幻象，也就是抓住了死亡，如同抓住太阳陨落时的最后光线。在世界之夜降临的时刻，他要像歌德那样不屈不挠地逃向火焰与幻象的家乡。

检索一下海子和骆一禾已经发表（在民间或官方印刷物上）的诗篇就会发现，它收集了大量上古神话元素：太阳、月亮、高山、河流、海洋、土地、故乡、祖先、人民、丰收、狩猎、处女和王子……粗拙质朴的民间感性与阔大崇高的经典文献，这两种势力驱赶着元素羊群，把它推入幻象的话语花园。他们以飞行的速度穿越花园的所有区域，以书写盛大的"世界之书"。

这就是海子的《太阳》七部书（这本是骆一禾对他的组诗的一种命名）手稿和骆一禾的《世界的血》，前者包含诗剧《太阳·断头篇》、长诗《太阳·土地篇》（通称《土地》）、合唱剧《太阳·弥赛亚》、仪式和祭祀剧《太阳·弑》。它们是在无限黑暗中呈现的有限道路。借助先验历史去探求拯救，以期实现向自由的突破，——尽管这一努力终止在"幻象"和"幻想"的自我否定中，但世界之书的宏大性还是产生了效果：言说的火焰业已点燃，并向爬行于黑夜的人们给出稀有的启示。

我们正目睹着意识形态神话经由诗歌先知的一次大规模重建。在旧的国家神话消解之后，世界接受着废墟话语和尘埃话语的统治，也就是接受着一种没有价值深度和生命预言的荒谬事实。这已经蕴含了对于诗歌启示性的呼吁。由于政治和宗教先知的严重缺席，诗歌公社的使命变得何其沉重！它要率先到达必需的黑暗，并从那里开辟新的精神道路。

新意识形态神话标记，正是它对于传统母亲神话、人民神话和土地神话的回归："母亲很重，负在我身上"，"土地抱着女人"（海子）；"这是大地的力量／大雨从秋天下来，冲刷着庄稼和钢"（骆一禾）。耳熟能详的言说，导源于一个遭到激烈反抗的中间价值形态，却被提升到更高的终极价值层面——神性维度取代了国家维度。这就是最终完成了对于旧意识形态神话的结构改造。

耐人寻味的是，在对神话的价值规定方面，海子和骆一禾之间出现了最深刻的分歧。海子企图用"幻象"的虚幻性去消解他所建立的神话，也就是用绝望的左手抹掉欢乐右手刻画出沙滩图像。而骆一禾则恰好相反：他拒绝着外在的消解指令。基于一种对世界之明的固执信念，他永久地住进了他的神话家园。

在某种意义上，这分歧乃是20世纪后期国际思想冲突的远东现身。德国学派和法国学派、哈贝马斯和罗兰·巴特——人类精神分裂后的两种哲学音响，不屈地探查着人的终极实在，而后，公布全然不同的精神出路。这就是发生于海子和骆一禾之间的事件。然而，对于神话和神的维度的共同关怀，以及置身于同一个诗歌公社，使分歧受到了掩盖。人们沉湎于下列错觉，即骆一禾不过是海子的阐释者而已。

用一只耳朵倾听海子，而用另一只耳朵倾听骆一禾，这样做的结果把我们更深地拖入了批评的困境。只有一种方法能够解脱我们，就是承认绝望神学和希望神学的互补性。它们仿佛是真理之盾的两个侧面，分别陈述着从世界之夜中生长出的无比绝望和从内在觉悟中涌现的无限希望。由于一种猝不及防的死亡，整合的可能性被悬置起来，以等待一个更年轻的公社的诞生与解决。

但是，所有上述信念的分歧，并未妨碍这两个人在浪漫诗学方面的异口同声。越过气质、才华和风格上的差别，他们写下了共同的新浪漫主义纲领，也就是基于浪漫时代以来生命意志的颓丧、神话造型的破碎、由于语言实验引起文体的卑贱化，他们要制订诗歌革命与复兴的最激进的原则。为此，海子指责了从塞万提斯、雨果、惠特曼、哈代、叶芝、易卜生、陀思妥耶夫斯基到卡夫卡、乔伊斯、福克纳、加缪和萨特等大批曾经受到广泛颂扬的作家，认为他们正是文学走向现代败落的直接原因。

海子的美学样板，限定于但丁、歌德和莎士比亚等少数"个人巨匠"，他们是中国当代诗歌所应追踪的仅有的伟大目标。此外，还存在着一种更深远的诗学根基：金字塔、敦煌艺术、《旧约》、印度史诗和奥义书、《荷马史诗》、《古兰经》及波斯的长诗汇编。这是伟大诗歌的不朽源泉，人类灵魂中那最高和最后的灵魂。

这就是我将其称之为"新浪漫主义"的理由之一。在海子和骆一禾的诗歌言说之中,遍布着想象的造型元素,先验、永恒、宏大、威严,织入挣扎的悲剧性吟唱结构,原始或古典梦想放射出苏醒的美与光辉。浪漫,就是从永不枯萎的神话风景中找到实存的意义,也就是让幻象成为个人生命的内在中心。而"新浪漫主义"的新颖性则在于,它试图结束一种纯粹个人感伤的历史传统,并下沉到集体受难的深度,以获得对世界之夜的终极超越。

从一种诗学的立场看,浪漫主义早已丧失它的虚幻性。因为幻景仅仅针对着人的实存,也就是针对话语的转换性而言。但浪漫主义的话语系统,却把这虚幻性当作它自身的最高实在。浪漫言说蔑视着真实事实中的事物,蔑视着一切黯淡无光的现世生活。幻景和神话打开了生命的内在空间,使人触及一种可能事实,它犀利、温存、辛酸、美丽,成为我们居住的鲜艳家园。

话语灯盏、话语星辰、话语太阳及其各种话语光线,这些事物像闪电和雷火那样烙写了生命中最有力的白昼,它是人的一种内在事实,或者说是一种诗意的存在,掩蔽于虚假的日常生活和不可见之中,并随时向想象和梦幻敞开。

毫无疑问,这种使存在向诗意还原的企图,已经超出了诗学的领域,因而它受到许多现代诗人和哲学家的反对,但即使在文学话语之外,诗意仍然应当是存在的根本属性。它是从深渊里浮起的一根澄明的柱子,支撑着午夜居民头顶上的昏暗天空。正是在这更高的意义上，我们有必要接纳浪漫诗学的全部赏赐。

如此野心勃勃的诗学格局，必然引发出某种庞大的写经计划。在短短几年里，这一小型诗歌公社磋商着前卫与经典的相互关系，并且最终决定放弃一种临时的和不断变换的美学立场，以投入历史上最隆重的经典写作运动。然而，自现代主义和后现代主义以来，经典已经向作家闭合。它被封存于往昔的英雄岁月里，藐视着这个荒谬的世纪，正如《圣经》正典，一旦被犹太人和基督徒闭合，就永不开放。

挣动的经典之手，就是从如此的结构中显现的。基于三种午夜的复叠和极度的世界之暗，它要撰写新时代的先知书和启示录。海子说，我要写下一种叫作"伪经"的东西。这并不是在对新浪漫主义诗歌的幻象性做自我揭露。"伪经"是针对一个闭合了的正典体系而言的。它在正典之外，同时又具有一切正典的特征：庄重、有力、气魄巨大和洋溢着难以企及的神性光辉。

对于一个平庸和劣质的20世纪中国文学，这是何其奢侈而狂妄的计划。一方面是有力的意识形态战士的忠诚话语，一方面是潇洒的游戏文人的小品话语，一方面是急切地改变着生活质量的市民作家的媚俗话语，一方面是醉心于修辞练习的先锋小说家的新潮话语，所有这些话语系统构成了险恶的主流以消解一切胆敢逾越它的势力。

突围出这样的迷津背景，道德必须是一个无畏的战士，而后必须是一个奇特的天才。从现存文化的顶端起步，愤懑、痛切、热烈、喘不过气来地向人类精神事物的最高峰巅奔走，在极短的五年之中，海子写下了《太阳》、500首抒情诗和大量诗学笔记与论文，骆一禾则写下了长达8000行的长诗《世界的血》和《大海》，这使他们成为中国在20世纪最早出现的经典作家。他们的头颅因脑力衰竭而沉重地倒于山巅，而灵魂则飞旋着舞蹈起来。镌刻在那里的火焰话语，是行将死去的世纪的最后叫喊。

四、新先知书

那洪亮而无声的叫喊，冻结在海子《太阳》中的天堂大合唱《弥赛亚》中，成为先知话语的最后汇集。尽管海子事实上并未找到一种适当的启示语体，但它仍然弥漫着前所未有的预言与审判的末日气息，并使先知精神达到一个人所能企尽的极限。

这部"用尽了天空和海水"的"伪经"，一开始就是向真理、青春、曙光和新纪元的热烈献诗，曾经参与世界诞生的三位一体——太阳、受伤的陌生老人和"我"开始现身，也就是暗示原始生命力、种族及个体三种元素的在场，它们分别承担创造者、毁灭者和目击者的使命。从如此的隐喻立场出发，海子以提纲式的简洁句子推出了这部"肮脏之书""杀人之书""世界之书"，它聚集着海子所要言说的主要消息：大地破裂、血液与烈火的声音、被吹响的号角、羿的弓箭和刑天的头颅……这些巨大的灾象组成了启示录的令人惊骇的先兆事变。

而后是一次铁匠、石匠、打柴人、猎人与火焰之暗的秘密谈话，指涉着世界诞生与毁灭的内在过程、天堂的黑暗性和空虚性等等。石匠站在天梯上的凄凉言说，悲恸到了令人战栗与心碎的程度：

我在天空深处高声询问　谁在？

我

从天空中站起来呼喊

又有谁在？

这样的难以置信的人类沉痛声音，回旋在石头与废墟构成的天堂，仿佛是一次数百个世纪以来全部怀疑和绝望的总追问，清算着人与神之间的所有欠账。然而，天堂仍然将在海子的里面、在他的诗句和全体人里面闭合。神并不在场。那么谁在倾听？只有岩石、无人的废墟、天堂的碎片和末日的火光。

从世界的毁灭性幻景中，诞生了"三千孩子"，被一个无头的英雄率领，向大地急切地降临。这是海子的自我幻身对人间的最后征战。他的孩子们、他的 3000 种希望和 3000 种未来，同他一道倒下，手指落日、睛含热血。而全部的安慰仅仅来自那座黑暗的太阳，它从一个软弱和悲剧性角度劝谕着英雄，以指明他的归宿：

灵魂啊，不要躲开大地

不要躲开这大地的尘土

我要在此顺便解释一下海子的立场。在所有的诗篇的札记
中，他都坚持了对天堂的敌意和对于大地的亲近。与其说这是
在选择一个更为可靠的家园，不如说在表达对神的缺席的难以
言喻的失望。由于天堂空空荡荡，大地显露了某种稳定而坚实
的属性。如果他坠落，大地将成为他尸骸的唯一接纳者，而一
个没有上帝的天堂甚至不能充当他最后的坟墓。

手稿的第三部分，仿佛有了一条希望的光线：工匠们抛开
秘密交谈的形式，转入"赞美"的高声合唱，青春、曙光和真
理的幻象无限地涌现着，在海子生命的前方闪电般飞奔，它们
是那种深受关怀、独自前往的核心思想，笼罩于长长的和孤独
的光线之中。然而，海子越过打柴人的独唱，发出了难以为继
的悲痛叹息："我的生命已经盲目"，"我跟不上自己的景象"。
这思想是令人吃惊的，它是否已经蕴含着这个诗歌先知的精神
悲剧？他跟不上自己所给出的希望，这其实就意味着他的绝望
话语跟不上他的希望话语。如此的信念分裂，起初撕裂着他的
灵魂，而最终却撕裂了他的年轻的身体。

打柴人，或者说火焰的炮制者，乃是海子的众多幻身之一。
他一方面从曙光和真理上后退，一方面却凭借火焰去判决人类
与世界的灭绝。他甚至化作吐火的万头之兽（利维坦？），以焚

烧世界上残留的最后事物。在这恐怖的时刻，响起了天空的短促有力的呼叫，仿佛是对种族之魂的一种召回：

青春！蒙古！青春！
…………
蒙古！蒙古！

夜歌随后悄然降临了。一群哑巴唱起黑暗之歌，它赞美着被叫作"苦树叶"的大地，赞美一切深渊与空虚。绝望神学在此达到了它的抒情高潮和哲学高潮。石匠再次现身，从维特根斯坦的立场陈述人还原到石头的过程。在海子看来，这无非就是把人类无望地还原到巨大、稳定、简约、数学、笨拙、沉重、坚硬、野蛮、饥饿、愤怒和沉默的形式。火焰主持着这种普遍的变形。最后，由于吐出了火焰，连"经书"也冷却成上述荒凉的事物。这里包含着对埃及金字塔及所有上古石头建筑死亡本性的一种揭露：与其说它们是文明的隐喻，不如说是文明墓穴的永好象征。

这里突然强硬插入一堆密闭的"铁柜"中的不能呼喊的古怪话语，由"铁匠"在其"打铁"过程中泄露出来。它包括一组命题的主导陈述和两组附属陈述，分别用阿拉伯序数和拉丁字母加以标定。其中的主导陈述是：

1. 世界只有天空和石头。

2. 世界是我们这个世界。

3. 世界是唯一的。

这无疑是启示言说的秘密核心和纲中之纲，构筑着海子的绝望神学的形而上根基。它原先处于事物的底部，现在却浮现到分崩离析的幻景话语的上面，粗暴地直呈着先知审判的内在依据。它首先对"世界"的废墟性和荒凉性做出规定，而后指明了"世界"与我们的关系，也就是明确地告知这个"只有天空和石头"的世界正是我们的居所。最后，我们还要被告知：这是唯一的世界，此外更无其他世界。那么，我们就被剥夺了对我们之外的幸福所在进行憧憬的权利。

插述结束之后，手稿再度返回到大合唱中。出现了天堂下雪的幻景，像"漫长而荒凉"的"冰川纪"，却比雨水还要温暖，散发着节日的幸福气味，从中闪现出九个盲人长老，他们是俄狄浦斯、荷马、老子、阿炳、亨德尔、巴赫、弥尔顿、博尔赫斯和持国。这些人类历史上最著名的盲人歌手和智者，被收集到海子的末日法庭，担当大陪审团的使命。然而，就在先知即将说出我们等待已久的最后判决时，手稿突然中断，没有下落。

这一尚未完成和戛然而止的先知书，显示出某种外在的敞开：它是受难和绝望的，同时又佚脱了最终的审判言说，仿佛是一次故意的突发性缄默以等待另一部审判之书的秘密诞生。

骆一禾的《世界的血》在某种意义上响应了那巨大紧张的缄默。尽管它远离着启示文体，却拥有更完整的预言功能：一方面自述着绝境生命的孤独与恐惧，一方面却构筑了世界奇迹和人类博大生命的"屋宇"。越过安魂与弥撒式的段落，也就是在无限飞行的轮回中，灵魂再遇了精灵与生机、朝霞和光线。

这人类所产生的都会消逝
那产生了的　儿女们仍要一一经历

这正是对遭到海子中断的先知话语的热情续接，它指涉了未来拯救的全部可能性，也就是对结束世界之夜和打开世界之昼，做出了最后的承诺，而它的神学根基却是一个古老而简单的印度学说。永不停止的轮回和循环，使黑暗与光线双双获得永生，这不仅仅使我们获得了向未来无限敞开的契机，而且找回了人的全部预见性，因为所有的人都懂得下列常识，黑夜之后必然是难以阻止的白昼。

五、死亡与探查

先知言说的全然中断，乃是在 1989 年春夏。3 月 26 日，年仅 25 岁的海子、痛不欲生的海子，在山海关附近卧轨自杀，饥饿的胃中仅有两枚腐烂的橘子。而 5 月 14 日，骆一禾猝然昏迷，18 天之后，他尾随海子而去，走过黑暗的门槛，"眼望着家乡"。

几乎所有的大众传播媒介都"闭合"了这一消息。在司空见惯了死亡的年月，没有什么留意到大地破裂的声音；甚至，没有人倾听火车的尖利呼啸和输液瓶的最后一滴。几个面容黯淡的亲友葬了他们，像葬送一个刚刚打开的时代。

这无疑是历史上一切先知的结局。但我不想从这个角度谈论死亡。我要指涉的仅仅是死亡的意义，也就是从死亡话语中释读出蕴含其中的全部神学消息。

令人惊讶的是，这消息首先蕴含在海子设定的死亡坐标上，也即蕴含于海子所选择的死亡地点和时间之中。他进入一座叫作秦皇岛的城市，或者说，进入一个最著名的极权主义者的领土，以面对他下令修造的羁押人民的墙垣——长城。山海关不仅是该墙垣的地理起点，而且是它的逻辑起点：巨大的种族之门，正是从这里和由这个统治者加以闭合的。

与空间坐标对应的是它的时间坐标。3 月 26 日，乃是两个著名的浪漫主义先知辞世的时刻。1827 年的贝多芬和 1892 年的惠特曼，在从欧洲和美洲的角度呼吁了人类的信念之后，永不回首地动身离开他们的阴郁所在。只有他们的英雄言说残留于身后的世纪。

正是在这样的象征时空里，一辆暴力的火车碾过他的疲惫身躯。如同历史上所有黑暗势力那样，它杀了他，而且如此简单、轻易和干脆利落。车轮接触肉体的那个瞬间，灵魂携带着这个人的全部义愤、怜悯、博爱和死亡激情蹒跚而去，离弃着这个苦难的世界。他借此对轮子及所有压迫人与碾碎人的事物做出正义审判，判处它们沾染他的鲜血，也就是打上难以抹除的罪恶的印记。你们杀了我——海子轻蔑地和内在地喊道。

凶暴而明快的轮子，就这样受到了坐标的有力阐释。而它还暗示着生活的悲剧时间的结束。悲痛的世间生活，充满各种肉体和粗拙的气息，软弱和妥协的气息，尘土和肮脏的气息，如此等等。轮子与土地的关系，隐喻了它的全部浑浊性和沉重性。它以悲剧时间的名义碾碎人，把他们压入大地与墓冢，更重要的是，轮子将傲慢、冷漠和永恒循环地行进下去。

海子阻止着轮子的罪行。海子说，生活不应当是这样的。于是他就动手去结束它。而最终，他以结束自己的方式打击了轮子，使之置身于尴尬的地位。

这同屈原的死亡全然不同。作为一个被放逐的人，屈原的苦难和怒气深不可测，这促使他选择了河流也就是选择一个永久的家园。与轮子相比，河流显得那么柔和与温暖，如同记忆中的羊水，因此自杀就是对生命之家的激烈召回。海子超出了屈原的限度，他拒绝以和解的方式死亡，恰恰相反，他显示了令人惊骇的勇气：大卸八块，血肉飞溅！他要借此表达出一种最极端的反抗话语。

尽管存在上述重要的差别，海子和屈原还是显示了惊人的相似性：诗人、天才、道路凄凉和四面楚歌。屈原弃世之后，自杀者的缺席成了中国文学史的基本特色。从这个角度，我们等待了两千多年！也就是说，在经历了两千年的漫长空白之后，海子的英雄容貌闪现在自杀的现场，像屈原的最年幼的兄弟。

这样一种响应性自杀，标志着海子的存在方式的根本转变。长期以来，这个人一直构筑着他的私人的诗歌灯室。越过世界之暗，他获得了光亮、温暖和澄明的幻象。尽管发表作品，但基本上是一些人的信念札记。随后，在《弥赛亚》的时刻，锐进为一个反面的福音书作家——站到灯室与黑夜之间，用话语石头去砍砸闭合了的天堂之门。而在卧轨时刻，他穿越死亡走廊，径直走进了灿烂的火焰。

从文本话语到行动话语，从心灵之河到肉体之火，从私人灯室到公共墓场，海子的生命不断趋向于父性、复仇与毁灭。而在另一个层面上，它却意味着海子从诗歌艺术向行为艺术的急速飞跃。经过精心的天才策划，他在自杀中完成了其最纯粹的生命言说和最后的伟大诗篇，或者说，完成了他的死亡歌谣和死亡绝唱。

行为艺术，这个概念尽管起源于现代欧洲波普美术，却蕴含着悠久的实践历史。除了查拉图斯特拉和老子，几乎所有希伯来先知都可被纳入这一形式框架。

缅怀耶稣的身世，我们可以看到这个人的全部孤寂与愤懑。

他形单影只，众叛亲离。临近逾越的时刻，他开始着手制订一次行为艺术的秘密计划，以实现他向神的承诺。在最后的晚餐上，他宣称门徒中有一个要出卖他。而后他将蘸了酒的饼递给犹大。与其说这是一种揭发，不如说是向犹大发出的内在请求。《约翰福音》的行文在此变得十分微妙："他吃了以后，撒旦就入他的心。"

必须强烈地意识到这里的逻辑顺序：不是先有撒旦后吃蘸血之饼（耶稣肉身的隐喻），而是先吃饼后才出现了撒旦和"叛卖"之意。这无疑在向我们暗示：正是耶稣要求着犹大的背叛，并把他的计划（"撒旦"）告诉了犹大。接着，在耶稣的公开催促下，犹大动身离去，而后的事变众所周知。

耶稣与犹大联合设计的叛卖与受难艺术，显示出震撼灵魂的无尽力量，并对世界之夜的统治构成难以想象的威胁。它的魅力不仅在于被钉上十字架时所产生的惊骇与悲壮，而且在于英雄和叛徒、无畏者和怯懦者以及拯救者与阴谋家之间的戏剧性对抗：犹大扮演的角色激怒了人，使他们从麻木中震惊，转入对英雄的无限怜悯和敬畏。海子的死亡绝唱，乃是对耶稣的伟大艺术的现代模仿，所不同的是他独自完成了这一行动，那么，他就必须一个人同时承担英雄和叛徒这两种使命。作为英雄，人已经指涉了它的主要特征，因此我只想在此谈论一下海子作为叛徒的一面。在亚细亚群体社会，所有的个性生命都不属于他本人，人借助一个公共服务的契约交付了自身。自杀，就是单方面撕毁这种契约，然后把碎片扔到群众的脸上。

"看哪，这个人是我们的叛徒！"群众的怒气难以平息。

然而这是极其可笑的，正如我们对于犹大的指斥是极其可笑的那样。作为叛徒和撒旦的化身，海子在其作品中扮演了一个拆卸天堂的挑战性角色，但它仅仅是海子灵魂的一个方面——他不可能背弃他对于人类及其幸福的失望。而在另一方面，他是历史中最年轻的先知，沉浸于愈来愈强烈的弥赛亚精神之中，并且指望用那精神去处死一个腐朽到极点的时代。这已经包含了对于群众的内在拯救。死亡，就是一次无比凄厉的叫喊，以审判那些浑噩可笑或腐化无耻的存在者，让他们死亡，或者，以一种比较正确的方式活着。

让我们倾听一下耶稣在十字架上的那声令人战栗的呻吟："我的神！我的神！为什么离弃我？"这声音包含着一个笃信者对于上帝的最后探查，它要证实神的在场。同时，它也探查着以色列人民，看他们是否借此召回一种内在的信念，是否会由于神的缄默弃它而去。

海子的死亡绝唱，正是短暂者对永恒者的激烈探查。他的灵魂从大地上站起，朝着天空高声呼询："谁在？"越过轮子和铁轨的巨大阴影，他发出了微弱而有力、战栗而无畏的追问："谁在？又有谁在？"

从如此的终极探查中，引出了我所关注的那些基始问题：上帝现身了没有？什么是那现身？什么是那作为现身的上帝？

什么是那作为上帝的现身？

迄今为止，还没有什么人以如此严厉的方式，表达对自身的终极实在的绝对关怀。因为这些问题的神学转换：我为什么在场？什么是这在场？什么是这作为在场的我？什么是这作为我的在场？海子证实了这些问题的重要性：死亡，就是以不在场（退场）的形式探究人的终极在场的全部意义与可能。

骆一禾倾听着这些追问，死亡使他感到震惊、悲伤和厌恶，使他有了一种难以言喻的痛恨与怜惜。而后，他以目击者的身份转入对海子及其诗歌的凄楚阐释，也就是在海子喊出存在真相之后高尚地喊出海子的真相。这种伤痛和尽其所能的呼吁，损害着他自己的健康，并最终导致了他的"革命性病故"。

死亡坐标再度显示出它的神秘的响应性：骆一禾，面对与山海关极其相似的巨大城门，这使病故转换成意味深长的仪典。从一个思想制度的中心，它重申了海子在绝唱中的神性言说，使之获得向世界敞开的契机。革命性病故，并非是用疾病去推翻一种心力交瘁的个人存在，而是要以死对另一次死亡做出决然的阐释。

诗歌先知与门的关系昭然若揭。世界之夜构筑着它的无限深度的墙垣，以阻止人的行进和白昼的现身，并把我们限定在永恒的黑暗之中。先知率先找寻和发现着通向未来希望的门扇。他们用死的意志敲击这门，象征他们所做过的那样高声询问："谁在？谁在？"

然而，一个更确切的角度使我意识到，正是先知本人构成了我们所期待的门洞。从他们的英雄身躯倒下的地点，门已訇然中开。这个世纪行将死去，而全部的可能性光线正从未来向我们射来。越过诗歌神学的美学教义，新事物不可阻止地涌现。那由海子所无限绝望和由骆一禾所热烈希望的，它将要在了。而它已然在着。

1991 年 8 月 19 日，完稿于富春江畔

"一个人去建造一座教堂"

——骆一禾诗歌研讨会录音整理

西渡 张玞 等

[编者按] 2011 年 4 月 2 日上午,《骆一禾的诗》出版发布会暨骆一禾诗歌研讨会在首都师范大学中国诗歌研究中心举行。以西渡精心选编的《骆一禾的诗》为契机,诗人生前好友、诗歌研究者等 20 余人共聚一堂,缅怀诗人生平,研讨诗人创作成就。研讨会由首都师范大学中国诗歌研究中心专职研究员张桃洲教授和诗人、诗评家西渡主持,在京的诗人或诗评家张玞、宋琳、孙文波、斯人、敬文东、汪剑钊、陈建祖、姜涛、冷霜、林木、秦晓宇、张松建、王东东、王晓、高星、卧夫、颜炼军等与会。《中华读书报》《北京晚报》《新京报》《出版商务周报》等在京媒体派记者参加了会议。整理稿已经过发言者修订。

张桃洲:各位朋友,欢迎大家来首都师范大学中国诗歌研究中心参加《骆一禾的诗》出版发布会暨骆一禾诗歌研讨会。这次聚会的缘起,就是各位手上的这本《骆一禾的诗》,这要格外感谢诗人西渡、张玞女士以及人民文学出版社的王晓、颜炼军先生，以这么快的速度，编辑出版了这本高质量的诗选。骆一禾是我十分敬重的诗人，说起来我自己对骆一禾的阅读是从上中学时开始的，当时曾大量抄阅并背诵过骆一禾的诗作。不过很惭愧，虽然研读骆一禾诗歌这么多年，但至今还没有写出一点儿像样的研究他的文字。这正是骆一禾诗歌遭遇的境况：在当代诗歌研究中，骆一禾研究是非常不充分的。好在随着骆一禾逝世二十周年纪念等活动的展开，骆一禾研究开始有点儿升温的苗头，特别是前年（2009 年）《新诗评论》还做过一个骆一禾研究的专辑，其中西渡、姜涛的两篇论文为我们在新的历史语境下研究骆一禾开了一个非常好的头。我很期待今天这个聚会，以《骆一禾的诗》的出版发布为契机，能够带动一个新的骆一禾研究热潮的到来。

西渡：（逐一介绍来宾）《骆一禾的诗》的出版应该感谢张玞女士的授权以及出版社的支持。关于出版的缘起，我在《编后记》中已有交代。需要补充的是：诗选的篇目虽经再三斟酌，仍有不尽合理之处。初步的篇目确定以后，我曾发给张玞女士过目，排出校样后，我又在原来基础上删减了十几首诗。删减的目的是想让这本书显得精粹一点儿。但现在看，有些诗其实不一定要删，删了以后，骆一禾的一些面目就没有得到呈现。欢迎大家对这本书编选工作的不足之处提出批评。当然，今天我们讨论这个选本的得失是次要的，重要的是我们借这个机会重新来认识骆一禾对于当代诗歌的价值以及他的贡献。

我个人觉得，骆一禾对当代诗歌有几个非常重要的贡献：一是他在 20 世纪 80 年代诗歌的背景下提供了一个非常独特的诗歌理想。骆一禾对诗歌的构想带有一种反现代的理念，他几乎完全无视近代以来关于诗歌功能、分工的种种成说。他的诗歌理想是写出类似《圣经》《荷马史诗》这样宏肆博大、集体性质的作品，他希望通过个人的努力达到这种集体创造的深度构造。他在给朋友的信里曾经说到他关于诗歌的设想。他说："西方文明的进步表现在它的价值理性（宗教信仰和基督理想的世俗化：民族主义、人文人本主义）和工具理性（科学和技术）有着比较稳固的均衡、对称的发展。在中国进入新文化形态时，传统的价值理性有系统性的败落，价值的建设至今仍是举步维艰，所以诗歌的处境也是势所必然的。"接下去他说，"我和海子之写作长诗，对于价值理性建设的考虑也是其中之一"。对骆一禾，诗歌不是一种单纯承担审美功能的文体、文学类型，而是一个集神话、经书、史诗于一身的综合体，兼具审美、伦理、历史、社会批判等综合功能。这样的诗歌理想，不但在新诗里头找不到先例，从整个中国诗史来看，也仅《诗经》《楚辞》与之有类似之处。《诗经》是一个文化的综合存在，而不单是美学的存在。孔子说，诗可以兴、观、群、怨。这些因素，在骆一禾的诗里都可以看到。但骆一禾更重要的设想是通过他的诗为华夏文明的新生提供系统的、综合的价值理想和价值基础。这样的能量，实际上《诗经》也不具备。在诗歌设想上，骆一禾更多地和屈原有亲缘关系。屈原作品的层级构造（海子所谓"空间感"），在骆一禾的诗中也有鲜明体现。骆一禾的《世界的血》，其构造方式和屈原的作品可以看出一种呼应。《屋宇》可以说是骆一禾的《离骚》，《大海》则是他的《天问》，《飞行》《天路》《航海纪》是他的《远游》，相应地，骆一禾也有他的《九歌》和《九章》。当然，这是一个非常粗糙的比较。但从中也可看出，两位诗人确有一种心理构造上的"家族相似"。屈原以后的中国诗人都缺少这种全局视野和宏大抱负，也不再具备相应的构造力。骆一禾的诗歌构想，是自觉以整个文明为背景来考虑的。这和屈原的背景也有近似之处。屈原作品的背景是楚文化在与中原文化对抗中的不利处境，骆一禾的背景则是华夏文明在西方文明冲击下的"系统败落"。两位诗人的忧患有其广义的相通之处，所以骆一禾从屈原那里借来"修远"的概念，作为人生、生命的信念，也就并非偶然。

骆一禾的第二个贡献是为自己也为当代诗歌确立了一个独特的诗人原型。臧棣最近有篇文章，提到他和诗人张枣 20 世纪 90 年代中期关于诗歌原型的讨论，他们都倾向于把"游戏的人"确立为现代意义上的诗人的原型。骆一禾在这个问题上，与多数当代诗人有着截然不同的见解。在我看来，骆一禾的诗人原型是一个圣者。在这本诗选里，我有意把《桨，有一个圣者》这样一首诗放在开篇的位置上。这不是骆一禾最早的诗，但却是第一首预示了骆一禾诗歌方向的诗。我觉得，这个预示比他后来广为人知的《先锋》《春之祭》更加意味深长，它明白无误地显示了骆一禾的诗人原型"圣者"。这不仅对骆一禾非常重要，对当代诗歌同样非常重要，因为正是从这里生长出了当代诗歌一个非常重要的向度。南京大学的潘知常教授在评论海子的时候，曾把海子比为"爱的圣徒"。这个评价对海子是不是恰当我觉得还可商议，但如果挪用来评价骆一禾，倒是非常恰当的。潘知常在评价海子的时候用了一个概念："无因之爱"，就是无缘无故的爱。爱是没有任何条件的，没有任何前提的。这个说法，在海子的诗里找不到，却是骆一禾的诗里反复写到的。海子在《黎明》一诗中曾写到"圣书上卷"和"圣书下卷"，我觉得某种程度上可以用来比拟海子和骆一禾的关系。海子和骆一禾都曾受到《圣经》的影响，但海子对《圣经》的接受主要通过《旧约》，骆一禾所受的影响则主要来自《新约》，两人一为"圣书上卷"，一为"圣书下卷"，合在一起正好是一本完备的"圣书"。也就是说，海子和骆一禾在精神气质上有同源性，但绝非同一，两人之间的关系呈现为一种更加良性的互补关系，彼此是无法替代的。骆一禾选择了"圣者"作为诗人的原型，也就选择了做一个世界的"背负者"。他在诗中常使用"背负""背着"这类词语。在一首题为《夜宿高山》的诗里，他写道："我背着世界来到世界。"在另一首《和声：柴可夫斯基主题》里，他写道："大自然 / 背负着人的灵魂 / 灵魂又背负着这个世界的苦难"，"一些人／背负着罪名，一些人背负着辛劳／一些人背负着我们的欢乐。／这些东西总要有人背着"。他早年的诗文里就多处写到一个"背着空布袋走过沼泽地"的行路人形象，这行路人形象既是骆一禾后来的"天路英雄"形象的雏形，也是后来那个背负世界的"圣者"形象的雏形。潘知常在评论海子的时候说，中国只有心路历程，没有天路历程，他说海子走的就是天路历程。如果说海子走的是"天路历程"，那么骆一禾更是一个天路上的英雄。

骆一禾的第三个贡献可以说是诗歌风格学上的：骆一禾为当代诗歌提供了"风骨"。骆一禾的诗歌是一种"重"的诗歌。20 世纪 80 年代以来当代诗歌的主流倾向是把诗歌视为一种"轻"的东西，包括韩东为首的"他们"诗人群，"第三代"诗歌中的主流、臧棣、张枣这样一些优秀诗人，都认为诗歌是轻的。就是在这样一种当代诗歌的氛围里，海子、骆一禾横空出世，全心致力于写作"重"的、"大"的诗歌。我觉得骆一禾好比当代诗歌中的陈子昂，给当代新诗提供了一种风骨的典范。当然，在骆一禾之前，诗人昌耀已经在作品层面为当代诗歌提供了很多富有风骨的范例。而昌耀恰是经骆一禾的大力推举才为世人所重的。可惜的是，这样一个重要的诗歌方向在 90 年代以后没有得到继承，几成绝响。这也是造成骆一禾诗歌研究非常不充分的一个重要原因。陈超说骆一禾是当代唯一一个被遮蔽的优秀诗人。我认为骆一禾不一定是唯一被遮蔽的诗人，但可能是其中最重要的。而骆一禾的这个遮蔽，也可以说是诗人自己的选择。正是他把海子还有很多其他诗人推到前台，自己却选择了隐身于后台。骆一禾从不公开谈论自己的诗歌。他有非常杰出的批评才能——这个才能从他对昌耀的认定，对海子作品的经典性阐释，都可充分看出——但是他对自己的诗却奇怪地保持沉默。这不仅是诗人的谦虚，也体现着诗人对生命和诗歌的某种根本认识。他起意为之奉献和工作的是诗，而不是一些二三流诗人念念不忘的声名和荣耀。为此，他宁愿自己是无名的，因为生生不息、绵延不绝的生命正是无名的，诗人说到底只是这生命链条的一环。

另外，对海子、骆一禾还有一种误解，就是把他们视为浪漫主义诗人，并以此为依据批判他们的"反现代"和落伍。但是实际上这种认识是有偏差的。海子、骆一禾是否是浪漫主义诗人这可商榷，其实他们的写作情况相当复杂，远非"浪漫主义""反现代"之类标签所能概括。我最近再读骆一禾的诗，发现骆一禾对当代经验有相当集中和充分的处理（可惜我的选本未能给予足够的重视，以后有机会应该弥补）。从他对当代经验的处理，可以看出他是一个非常有历史感的诗人。骆一禾曾受到斯宾格勒历史哲学的影响，接受了后者的"大历史观"。他认为中华文明包括世界文明正处在第三代文明的末端，一个挽歌、诸神的黄昏、死亡的时间里。他在这个黄昏歌唱，诗里大量写到了文明衰落状态下人们的生存状况。从这些作品看，他比绝大多数当代诗人都更具"当代性"。他对当代经验的处理非常有穿透力,体现了一种深邃的、清明的历史意识。譬如,他能一眼看穿某些看似新异的当代现象和 1587 年(万历十五年)的明朝另一些现象的相通之处。这种穿透历史的眼力还使他的诗极富预见性。骆一禾 20 世纪 80 年代中期以后写的很多诗,实际上已经预见到了 90 年代以后人们在一个商业、消费社会里种种光怪陆离的生存状态,并对之做了有力的批判。比如收入诗选的《残忍论定:告别——访莱蒙托夫》一诗,就对 80 年代刚刚露出苗头而在 90 年代甚嚣尘上的拜金主义、消费主义文化做了入木三分的刻画,同时有深刻的批判。我以为,这首诗标题中的"告别",就是对 80 年代的告别。这首诗写于 1988 年初,也就是说,那时候骆一禾就已经意识到 80 年代结束了。骆一禾诗歌的这种当代性,是他对当代诗歌的另一个重要贡献。

从多个角度来看,骆一禾对我们当下都是一个富有启示的诗人,值得做深入的研究。仅仅把骆一禾看作一个倾听者是不公平的,并会因此遮蔽我们对整个当代诗歌获得全局的视野。我自己两年来一直在研读骆一禾的诗和诗论,也在写文章,到现在也没有写完。我想对骆一禾这样的诗人,需要做更加系统的研究,需要我们投入更多的精力。我也希望有更多的诗人、批评家加入这个行列来。

王晓:80 年代的时候,我接触过一禾,虽然不多,但是构成了我 80 年代记忆的一部分。一禾早我一年,我们都是编诗的。我印象特别深的一次是，一年有个台湾诗人和大陆诗人交流的活动，那时《诗刊》社刚搬到现在的文联大楼，就在那里的小会议室，当时台湾过来的诗人有洛夫、张默、管管几个。大陆这边的老诗人有陈敬容、牛汉、蔡其矫，好像还有屠岸。除《诗刊》的几个之外，年轻的大概有一禾、老木，还有四川"非非派"的一个诗人，因为彼此不熟路数，大家都比较客气。我记得，只有一禾很认真地谈两边诗歌的比较，而且谈得非常清晰。和别人不一样，一禾是站着发言的，很纯净。80年代中到90年代初，是我接触诗人最多的一段时间，一禾的人品、诗品，以及学养确确实实是与众不同的，给我留下深刻的印象。性味喜好是我喜欢的那种。一禾走得确实非常突然。其实骆一禾的诗在人民文学出版社应该早出的，十多年前，清平和我弄海子诗的时候——当时《蓝星诗库》丛书还没有推出来——就打算跟着编骆一禾的诗。拖延到今天，有大环境问题，有小环境问题。有外部的滞障，也有内部因素的作用。《海子的诗》，新华书店的订数，只有区区40本，那个时候，新华书店的征订数，基本决定了一本书的印与不印。好在当时编辑室坚持要出。对《海子的诗》，出版社内部的认识也是不一样的，也存在争议，比如，清平和我，想把这本书弄成大32开的，但那时的规格要求，只有艾青、臧克家、郭沫若这样有影响的老一代诗人，好像还有郭小川这样的，才可以用大32开出书。年轻的诗人根本没有。《海子的诗》从发完稿到出书，历时一年多，清平和我被搞得筋疲力尽。在这样的形势下，出版一禾诗集的计划就被我们搁置起来了，这是最早的情形。后来，《蓝星诗库》出来之后，我们重又谋划着出版骆一禾的诗，这里面又出现一个问题，因为大家都知道《蓝星诗库》里面的诗集，基本都是作者自选性质的，凡是（对）故去的诗人，我们对编者都是很挑剔的。像《海子的诗》的编者是西川，《顾城的诗》的编者是顾城的父亲、老诗人顾工，然后到一禾这本，清平跟我可能都书卷气重，特别希望（遇到合适的编者），于是就一直耽搁了下来。遇到西渡来编辑一禾的诗是非常好的一个事情，西渡和骆一禾有相近的背景，写诗、研究诗也时间久，有成绩，而且比较能从大处着眼。我们也认定这个选本是非常好的，具备选家的眼光，既有编者对作者、作品的把握，也有对今天创作走向的比照，投合文学出版社的编辑理念。《蓝星诗库》的整个立意呢，是展现新时期以后涌现出来的有影响的年轻诗人的诗，而且是有价值的。先后出版了海子、顾城、舒婷、昌耀、食指、西川等近20种，骆一禾是早该进来的。现在出——虽然我们对此有一点儿歉疚——但，恐怕现实意义更明确。《骆一禾的诗》主要干活的是我们的颜炼军，因为清平和我当时有社里其他急的项目，分身不得，小颜又喜欢这个东西，做起来很踏实，张枣的诗集也是他做的。我就说这么多。

西渡：颜炼军为这个本子做了很多的工作，我这里提供的异文，原始出处都是颜炼军从图书馆复印的。骆一禾我实际上也是见过两次，但两次都是在海子去世之后，一次是在诗人恒平的宿舍，商量为海子的家里募捐，举办朗诵会。第二次就是那次朗诵会。

王晓：一禾当时有许多特别突出的想法，我记得我们从《诗刊》社坐公交车走的时候，路上他跟我说过许多有关长诗的想法……

西渡：我对骆一禾的认识也有一个过程，80年代末90年代初的时候，在海子和骆一禾中间，我的个人趣味是偏向海子的。90年代初，我编《太阳日记》的时候，选得最多的是西川、海子、臧棣的诗，骆一禾的是排第四。那么，当时我为什么对骆一禾有一个偏见呢？因为骆一禾风格中那种非常"硬"的东西，我不接受，然后我觉得骆一禾的东西是不能学的，因为他的东西、风格、用词、主题都太独特了，没有人敢学。海子有很多人模仿，包括我自己，也有很长一段时间在模仿海子。骆一禾的则是拒绝模仿的。

陈建祖：我和一禾认识是非常早了，应该是1984年，我们当时在山西搞了一个《北国诗刊》，那时我们都是很年轻，都有种对诗歌的崇拜。一禾从那时候我们就来往，后来1988年我到了北大，一禾就经常来，还有张玞，我们都经常来往。当然对一禾的诗的研究，我不像西渡那样专业，但是一禾身上有两个东西给我们非常深的印象，就是他这个人非常纯粹，他表里特别如一，像圣者一样，对诗歌、对人，他那种纯粹别说在今天这样功利的社会，即使在80年代的文学时代，像他那种质地，那种很纯净的东西，是非常少的。应该说80年代是一个文学时代，但是这个"文学时代"从文学史上看有些过了。但当时毕竟是一个文学时代，骆一禾作为一个编辑，当时他主持《十月》的诗歌编辑，最早开《十月的诗》专栏，每期只发两个人的作品，这个在大型的文学丛刊里也是非常独特的，这些对我们的刺激、诱惑力是非常大的。如果说能在《十月》发表你的组诗或者是长诗，那么在诗歌界的地位几乎就可以确立的了。后来我记得山西的《黄河》，它也延续这个方式，像《太阳和它的反光》《诺日朗》都是这样的。第二个呢，就是一禾有一个词。戈麦曾给我写过一封比较长的信，对我是一个安慰吧，他提到一个词"修远"，这是1990年给我写的，同时他给我寄了托马斯·曼的《魔山》，当时这本书刚出来。他说一禾生前讲了一个"修远"，我理解戈麦是用"修远"这样的境界给我一个安慰，或者说一个鞭策吧。一禾的生命历程很短，只有28岁，但是他的做人和诗歌创作那种修远的境界是一种与生俱来的东西，不是靠生活阅历或者技巧能弥补的，这些东西都给我们这些"幸存者""后来者"非常大的启示。这么多年过去了，对诗歌的敬畏一直种在他心里最深的地方。在这样一个时代，我们重新看一禾的诗，缅怀他作为编辑和诗人的双重身份，都非常有意义。我觉得我们的民族或者我们的文化多一些一禾这样的东西，无论是从长远还是当下来说都是非常必要的。我就说这一些。

西渡：刚才建祖说到骆一禾的"纯粹"，我也觉得他"纯粹"，但是这种"纯粹"和缺少认识深度的"天真"是非常不一样的东西。骆一禾是对生存有洞察的，而在这个基础上，他能够保持一种纯粹的品质，或者说，他的纯粹恰恰来自这样一种洞察。

陈建祖：他肯定不是天真，但是我想也不是说他那么短的时间里就能悟得，他是一种天性。他对生命本真、对艺术、对生活有种本真的悟性和追求。而且他非常坚守。你看一禾平时少言寡语的，非常和善，老是羞涩地笑一笑，其实他内心里头非常坚硬的，他对诗歌和做人的底线的东西是绝对不能越过去的。这是让我们感受很深的。

西渡：刚才建祖提到戈麦在 90 年代初用骆一禾的"修远"来鞭策他。戈麦在 1990 年也曾经把骆一禾《修远》这首诗送给我。这首诗在我的床头一直贴了八年。我大学毕业后在集体宿舍住了八年，这首诗一直陪伴了我八年，它对我本人一直是一种激励，即使在戈麦去世以后也是如此。我们强调骆一禾对纯粹品质的坚守，但不要忽略，骆一禾对恶是有认识的。他还有一个说法叫"必要之恶"，为了抗恶，善良的人也须有"必要之恶"。其实在座的差不多都要算晚辈了，跟一禾有过直接交往的朋友不多，文波你应该和一禾有交往吧，你说说。

孙文波：大概是 1987 年或者 1988 年吧。我注意到了骆一禾。之所以注意到，是因为读到他的一首叫《为美而想》的诗，当时觉得写得很不错。80年代四川的诗歌氛围离有些东西很远，有自己的一套。骆一禾的诗与我熟悉的四川诗歌不一样，所以我记住了他的名字。后来，与他在北京一位朋友的家里见过一面。但没有怎么交谈，印象并不深。所以，说起来对他这个人还是比较隔膜。1989年骆一禾去世后，我从萧开愚那里了解到他们因为共同参加过《诗刊》社的青春诗会，平日书信交往比较多。萧开愚把他写的一些信给我看，我记得其中有一封5000多字的信，谈一首诗的写作构想，那封信把要怎么写那首诗的想法说得很清晰，第一章写什么、第二章写什么、第三章要写什么。当时我看了还是比较触动，觉得骆一禾确实把自己要写什么想得非常清楚。再后来，陆陆续续地读了他比较多的一些诗之后，大概得出一个印象，觉得他的诗意象朴素、古雅，落实到诗中，使诗显现出比较高迈的精神境。因此我和萧开愚1989年底编民刊《九十年代》时，发了骆一禾的《修远》一诗，这可能是他这首诗最早见于世。而以后的这二十来年，尤其是移居北京的这十来年，与人交往，凡是聊到骆一禾，认识他的人无论对他的人品还有诗歌见识都谈得很多，并赞赏有加。于是给了我一个很明确的印象，骆一禾是有很高诗歌修养，人品也很好的人。我也就不免常常遗憾那次与他巧遇，没有更深入的交流。至于现在来谈他的诗，因为自己90年代以来的诗歌写作变化很大，主要是写作中关心的问题不一样，说老实话谈不出什么有见地的看法。但我知道，在这之前上海三联书店出版过《骆一禾诗全编》，我看过。相比之下，我觉得现在这个《蓝星诗库》的版本有自己的定位，与那个全编相比，我更赞赏这个版本。我觉得西渡选编的这个版本工作做得非常好，很认真，包括有异文的地方都做了说明。这对于研究一个诗人是非常必要的，提供了很好的资料。因此可以说，这个版本可能成为比较权威的一个选本。至于从其他方面说到骆一禾，有一点我觉得应该说说，就是这二十几年来关于海子与骆一禾的关系，主要在写作上的关系大家谈得太少了。我甚至认为因为某种原因，海子已经成为一个浮肿了的神话，被不恰当地赋予了很多东西。我的意思是，如果要搞当代诗研究，应该把海子和骆一禾放在一起做比较。我有一个观点，觉得海子的写作其实受骆一禾的影响非常大。其他的不说，就举一个例子吧，后来广泛流传的"麦地"这个词，其实骆一禾 1985 年或者 1984 年就开始用了，海子基本上要到 1987 年才在他的诗里用到这个词。还有一点就是他们两人对印度文化的青睐。从理论上理解、接受印度文化，这个肯定是对理论更关切的骆一禾的长项。现在大家只是清楚了骆一禾与海子的关系，但是这种关系在他们的写作生涯中意味着什么，谈得比较少。我好像在什么地方读到过海子曾说过骆一禾是他的"精神上的导师"这样的话。那么从写作上看，海子与骆一禾在题材选择上有很多一致的地方，这其中从影响学的角度看，到底存在着什么样的关系，应该是值得研究的。我甚至觉得，哪怕是仅仅研究海子，也必须从与骆一禾的关系出发，这样可能才会更清楚地看到某些东西的出处。但是，这些年来对骆一禾的谈论很欠缺，诗歌批评界没有让人看到写出有分量的文章。这对骆一禾绝对是不公平的事情。我希望今后能有更多的从事骆一禾研究的人再细心一点儿，追根溯源，真正写出一点儿有意思的研究文章。另外就我看到的来说，海子，因为我与他有过一次近十小时的长谈，我觉得他的思想、想法以及想实现的一些东西，其实都可以从骆一禾那里找到出处。我觉得出处其实很重要，当然这不是贬低海子的重要性，因为他们是好朋友。骆一禾年长海子几岁，在个人的文学修养，包括文学视野和理论更完备的情况下，有这种影响应该比较自然。当然，我也并不是说骆一禾就没有受到海子的启发，我相信这里面有相互依存的关系。我觉得以后搞研究的可以从这里出发。这样对他们两人来说都是更好的事情。

西渡：我觉得海子诗歌设想的源头应该在骆一禾那里。从燎原的那篇《孪生的麦地之子》之后，大家似乎把海子和骆一禾的"孪生性"当成了定论，导致把他们相同的地方看得太重了，其实他们还有很多相异的地方。我还想写篇文章比较他们的差异。我觉得海子更多的是一个天才型的诗人，很自我，他的诗人原型是"王""太阳王"，所以他是"王在写诗"，有霸气，有时也无理，这跟骆一禾的"圣者"是很不一样的。

孙文波：我们很容易看出来他们的精神背景是相同的，这其实是造成一个人写作走向的很重要的东西。这点在我看来，骆一禾应该想得早一点儿，系统一点儿。而且他们之间的交往那么密切，相互谈论，必然会有所触动或形成启发。

宋琳：通过西渡和《蓝星诗库》的努力，使骆一禾的诗在经过他去世二十二年之后得以重新面世，是一件值得庆贺的事。我自己觉得像骆一禾这么特异的诗人，在80年代非常罕见。就我本人来讲，这么多年没有机会重新温习他的诗我也很惭愧，我曾经有一本《世界的血》（春风文艺出版社），与我的藏书一道留在了巴黎。骆一禾我也是只见过两次面，1986年底的北大首届大学生艺术节，一禾与张玞在一起，我记得朗诵会是由张玞主持的；第二次是1987年初在北京召开的第三届青创会上，上海来了王安忆等作家，当时我也来了。我记得骆一禾到那个会上来看一些朋友，到过我们的房间说过一些话，给我留下了很深的印象，就像他的一首诗里讲到的，"我们一定要安详地／对心爱的谈起爱／我们一定要从容地／向光荣者说到光荣"（《先锋》），他本人就给人这种安详、从容的印象。刚才我跟敬文东在走廊上抽烟，聊起每个诗人的出现肯定不是偶然的，比如骆一禾和海子，他们这种天才型的诗人。作为骆一禾的同代人，我觉得骆一禾身上有种力量，有种相当于精神导师的力量，有种兄长般的东西。西渡刚才从海子和骆一禾的友谊、写作，他们的相互激发、影响，从他们双子星的生命历程、写作历程以及诗歌品质本身总结出骆一禾精神核心中有一个圣者，我深有同感，骆一禾是有宗教感的诗人。《修远》中的诗句"想起方向

的诞生 / 血就砍在了地上"是多么有力啊！而他又谦卑地把自己描述成为圣者"手中的船桨"（《桨，有一个圣者》）。我们也不该忘记他是怎样倒下的。我写于 90 年代初的《死亡与赞美》组诗第 21 节写的就是他具有象征意味的死；汶川大地震后我的那首未公开发表的《首都》中，他又以亡魂的方式出现了。他们两位去世以后，除了诗人以外，也有批评家写文章，比如朱大可，写过长篇文章，谈他们的诗歌，认为他们是诗人中的先知。我确实认为骆一禾的诗歌有一种先见性，他的诗歌仿佛是为了未来而写作，跟 80 年代的语境奇异地拉开了距离。我读过他的一篇文章，印象比较深刻，他说"时间是有质量的"。我曾经揣摩这个句子：时间是有质量的。他的写作肯定和时间有一种关联，就是在时间的流动中写作、在生命的消逝中写作，怎么样使自己的劳动留存下来、传递下去，所以我觉得他的时间是一种内在的时间，不是物理意义上的时间，这种时间观就使得诗人的工作、劳动带上了一种性质———一种朝圣的精神。我从骆一禾诗歌的整体氛围中感受到了和当时的时代语境确实不一样的东西。当然如果说到骆一禾的成就被遮蔽，一定程度上和海子也有关系，因为海子的光亮实在是太大了，海子也更容易被（年轻的一代诗人）接受，理解骆一禾是需要年龄的。所以他的影响会相对比较晚一些，比如现在这个时候，《蓝星诗库》推出《骆一禾的诗》，我觉得可能是一个很好的时候。诗歌经历了 1989 年后二十来年的变化，很多东西需要重新回溯，尤其是骆一禾的这种写作精神，作为一种遗产，需要我们回溯。正如骆一禾对昌耀的重视，他在 80 年代对昌耀的诗也算是做了一种开拓性的工作。他的写作是一种血性的写作，仅仅说是智性的还不够，比如《世界的血》，在我看来实际上就是诗人的血，诗人就是世界的血，这是骆一禾大诗的主题。他不是追求那种风格化的"大"，（他的诗中）就是有一种精神的强韧，渗入到世界的内部去。他自己有句话好像是说"语言的复出"，浸入到里面去，然后再重新出来，有一种好像大自然本身的运动，这是骆一禾非常了不起的地方。有一个葡萄牙作家（是谁，我忘了）说过：我们葡萄牙现在很少有人追求费尔南多·佩索阿的伟大。我觉得可能骆一禾也是属于这种，对他之后的诗歌来讲，有种伟大的东西在里面，所以他的诗歌还需要我们去追溯，去挖掘。刚才西渡提到臧棣关于张枣的文章，那个话题也很有意思（我没读过那篇文章），就语言天赋的差异而言，同代诗人对诗性的理解往往是很不同的，如果我们将南北诗人气质的差异考虑在内，将发现地理、风物对诗人风格的影响盖非虚言，比如说张枣身上那种颓废的东西，可能骆一禾的诗中就没有。追求颓废是 80 年代诗人，尤其是南方诗人的主流，而骆一禾他就比较警觉，避开，或许在他的气质、诗歌理想里面，他是穿越了我们对"现代性"的理解的，这属于个人的不一样的抱负。骆一禾的诗歌在将来会产生怎么样的直接影响还很难说，但是他的诗学思想和批评中那种很有价值的东西会逐渐显露出来。

西渡：谢谢宋琳。下面请斯人接着发言。

斯人：本来今天该在五台山上。前天晚上我还在太原，昨天晚上赶回来。我当时就思量是在五台山有意义呢，还是回来参加这个会议更有意义。我最后还是决定回来参加这个会议，今天也的确给我很多惊喜，很多老朋友都十几年以上没有见面了。跟骆一禾见面前后也就两三次，最有印象的一次是在晚上，那是在清华的一次诗歌朗诵会以后，海子、骆一禾、阿吾还有我，我们在中关村就握了一下手。事实上和骆一禾的几次接触呢，都是打招呼、握手。我感觉是这样的，包括在北大，很多人在平时是不怎么交往的，但是精神相通。而我们现在呢，可能是经常交往，但是精神隔阂。现场就有一个旁证，比如说刚才建祖说一禾的诗歌风格很纯粹，他在说之前我已经写在本子上了（拿给建祖看），而且我和建祖都十来年没见面了，但是说起一禾的诗的时候竟然高度地一致，所以说那个年代很多诗人可能没有见面、很少沟通，但是诗歌精神却是相通的。这里的"纯粹"我要补充一下，之所以我们现在看一禾的诗歌，说他是"圣徒""使徒""背负着世界"，我的感觉是那个时代的纯粹感表现在他们追求的纯粹，包括他们对使命的纯粹、对意象的纯粹、对无目的的纯粹。正因为是无目的的，所以显得很执着；正因为他是纯粹的渺小，所以看来他更加的伟大；正因为纯粹的平凡，所以显得更加的圣洁。这种纯粹放在一禾的诗歌中，我们能解读出的一个特质是纯净。包括他使用的意象：山川、河流、世界、血，都让人觉得他的文本很纯净，读起来非常干净。虽然他的意象承载的空间很广博，但是不会让人感觉到故作沉重、有意去雕琢，他是一种自然的流淌。一禾是 79 级的，我感觉北大 77、78 级这一拨人他们的生活经历跟我们随后的 80、81 级（我是 81 级的）相比，他正好处于一个中间状态，79 级有很多同学，他们有"文革"、知青、上山下乡的经历，他们这一拨人能够做到把理想这些比较飘逸的东西和历史沉郁的东西结合得比较好。既有轻逸的一面，比如他的意象、行文，就是超越的一面，同时他的责任感和追求又有沉郁的一面，这两方面我觉得在一禾的诗里结合得比较完美。另外一个刚才大家说到，我们该怎么样对待历史，因为是事后的东西，所以后来人自觉不自觉可能会加上很多光环。但实际上，纪念、复述不如沉浸，就是沉浸在文本里头，在沉浸文本的过程中，因为后面的光环给他人为的一些概念，给他加了很多东西，实际上一禾，不管是他的诗歌编辑的眼界还是经历，对海子的影响，应该说是更直接一些。我的意思就是说我们该如何对待历史、该如何复述历史，这点恰恰不仅仅是在他们俩身上，大量的我们来做 80 年代、90 年代这些诗歌评论的时候，要付出更多的努力，来真实还原和寻觅到那个时代真正的诗歌精神。还有一点就是一禾的诗歌里头，他的空间感是比较好的，有一种明晰的他自己心目中的空间感，这种空间感承载很多他自己的史书般的情怀，所以他的空间感不杂乱，比较清晰。他的意象所营造的境界、世界因此就比较纯粹、纯净。我就简单地说这些。

西渡：接下来我们请诗人、翻译家汪剑钊发言。

汪剑钊：或许是年龄的关系，我现在与人交往，越来越看重这个人的人格，至于他是不是写诗、诗写得好与坏，我都觉得是无所谓的事。我没见过骆一禾，但听很多朋友说起过他，大家普遍对他的人格都比较推崇。这里，我可以举个例子。这是我在网上看到的。广西有一个叫刘频的诗人，我不知大家是否知道这个人。他说到一个事情：骆一禾在《十月》当诗歌编辑的时候，曾经收到他的作品。我们大家都有投稿的经验。特别是在八九十年代，通常情况是，你投给杂志二三十首诗，最后能发表的也就两三首，其余的稿子多半就扔到废纸篓里了。刘频提到一个细节，当时骆一禾收到他的作品后，还把所有的稿子退还给他了。令人感动的是，当时，骆一禾留下了他三四首诗准备推荐。而这三四首诗，骆一禾自己工整地把它抄下来，之后把原稿又还给作者。我想，今天人们大概很少还会碰到这样的编辑。如果是纸质稿件投出去，很多情况可能就是把你的稿子随便处理了。当然现在很多人都用 E-mail，这种情况可能会少一些，也减少了纸张的浪费。从这点我就是想说，更重要的就是能够看出骆一禾这个人的为人。我相信，即便在当时，也很少有人像骆一禾这样对待投稿者，因为那个时候的诗歌编辑要比现在的编辑可能更牛，那时基本就没有其他的发表可能，只有公开出版的杂志啊报纸之类，谁如想出一本油印刊物的话，极有可能因所谓的"非法"而被盯上。

上面我谈了一点对骆一禾为人的看法。我想，他的为人对他的写作肯定是有很大影响的。回到他的作品来说。他写诗歌，就绝对不是游戏，我想更多的是对于人格的锻造，他会将诗歌看作对人类精神的一种探索。也就是说，诗歌的写作将会有助于更好地做人。这是我对他的理解，当然也可能存在误读。他的诗歌写作中有种很强的使命感，西渡把他定位为"圣者"，我觉得这点还是非常到位的。他有很大的诗歌抱负，这种抱负被称作雄心也好，野心也好，实际无关紧要。他希望通过写作来为读者奉献一种经典文本，或者说创造一个类似圣经、准圣经的东西，为人类的精神生活立法，提供准则性的语言标本。《世界的血》这部长诗显然是有这种想法的。我本人在学校里主要研究俄罗斯文学，这让我想到了俄罗斯一个类似的诗人叫丹尼尔·安德烈夫，这是我们中国人熟知的老安德烈夫的儿子。他写过一部长诗，叫《世界的玫瑰》。这部作品比骆一禾的《世界的血》要长得多。我觉得，《世界的血》和《世界的玫瑰》恰好可以对照起来阅读。刚才西渡说了"世界的血"实际就是诗歌，诗歌就是自己的血（当然，骆一禾的作品另一层含义可能指的是海洋）。安德烈夫《世界的玫瑰》中的"玫瑰"也象征着人类的诗歌，或者说是人类真善美的追求。从这点来说，它们都很值得我们肯定。尤其在人们普遍觉得精神匮乏的今天，我们更应该重视这种对人类价值、生命意义追问的作品。另外，大家刚才也都谈到骆一禾被遮蔽的现象。这是一个不可回避的话题，90年代，中国诗歌曾经有过倾向上的转变，比方说对"崇高""理想"等概念由最初的怀疑到其后的否定，在写作选择上，部分诗人更强调诗歌的叙事性，有意无意地忽略诗歌的抒情性。关于诗歌的本质，我个人还是倾向于抒情的。我承认叙事这些元素对当代诗歌的推进，但它应该是为抒情服务的。看骆一禾的诗歌，我觉得它本质还是抒情的，但是也不排除其中叙事的成分。在我看来，骆一禾诗歌中即便出现了叙事，也是作为一种细节而出现，不是为了叙事而叙事，目的在于通过叙事使得抒情更有力量，以增加抒情的厚度，使抒情更有说服力一些。这些东西我觉得在骆一禾的诗歌中表现得还是很明显的。

还有一点，我们经常说诗歌语言非常重要，骆一禾的语言就非常地干净、非常地纯粹，这点恰好和海子的作品形成对比。我读海子的作品时的基本印象就是，珍珠和泥沙是混杂在一起的，他的作品有不少宝贵的东西，也有拖泥带水的成分。相对来说，骆一禾的诗中就很少那种杂质。刚才说到抒情，海子肯定是一个抒情诗人，但是海子作为一个抒情诗人和骆一禾作为抒情诗人是不一样的。海子的抒情基本上倾向于放纵式的，而骆一禾的作品是有节制的，带有智性特征。所以，现在海子和骆一禾的诗歌放在一起，我可能更愿意读骆一禾的诗歌。海子的诗歌，我如果读过一遍的话，读第二遍的欲望就减轻了很多，而骆一禾的诗歌可以一再品读，其中有更多可以咀嚼的东西，这可能就是因为他在抒情的时候加入了很多智性的元素，包括对人生、对艺术的思考。由于阅读的受限，我目前也不能提出更多的东西，还是留点时间给其他的朋友吧。我就先说这些。

西渡：刚才剑钊说到一禾的叙事诗，骆一禾有几首非常绝棒的叙事诗。他跟海子比较的话，剑钊刚才说海子的诗有杂质，而骆一禾的非常纯粹，其实这里面有一个写法上的区别。海子的诗可能更像郭沫若说的那种，是"泄出来的"，而骆一禾的诗是改出来的，反复修改，反复写同一首诗，反复提炼，反复提纯，所以他俩在写法上是不一样的。

高星：我那天在书店里看到这本书，就买了一本。后来，西渡给我发短信说过来参加会，我已看完了。西渡的工作做得非常细，甚至诗的标点、空行的差异以及各种版本都给罗列出来了。

西渡：关于版本、异文的处理，当代诗似乎没有这个先例，但是现代有，我的导师解志熙先生编的《冯至作品新编》，就把冯至作品的异文都一一标注出来了。

高星：而且西渡把一禾改写的诗并列为两首诗，这是在文本上的肯定。这等于对一禾的诗研究，感觉好像一步到位了，后人该做的活儿都提前做好了，一步到位了。我对自己的诗都没有这么认真，这么大耐心。说一禾，老是绕不过海子，他们也有好多共性："圣者"啊、"圣经"啊之类的，还有，好像是天意，他们在同一年，先后相继去世。我觉得我们应该更关注他们不一样的地方。就骆一禾的诗而言，我每次阅读都有一种陌生感。他为什么遇到了和海子不一样的情况呢？一个就是他生前自己把海子推到前面，还有一个就是他的文本拒绝别人模仿。可能海子那种农业社会的生活背景更容易让读者接近，骆一禾的生活背景不一样，包括他的生前逸事也不如海子那样丰富，老有一种"空"的感觉，包括他的两首长诗《世界的血》和《大海》，都是液体，把握不住。海子的东西，写的更多的是固态的东西。再者指出一个校对的错误，就是（目录里面）《大海》应该和《世界的血》齐头，不然就造成《大海》是《世界的血》里的一章的错觉。

西渡：这个错误我已经发现了。现在这个本子里还有其他一些差错，希望重印时可以改正。还有一个遗憾是，当时没有找到《屋宇》在《十月》的发表稿，这个稿子的异文没有在本子里体现。

张玞：这是我二十二年来第一次参加一禾的诗歌研讨会。我本也可以做一个诗歌评论家，我是谢冕老师的博士生，对诗歌的研究也受到一禾亲自的"培训"——当时我考博士生的时候，他真的对我怎么样去理解整个世界诗论，他自己给我做了很多框架式的分析和指点。但是我最后没有成为大学教授，或者研究者。我相信我活着对一禾的诗歌是有责任的。我不知道西渡以后对一禾会做什么，诗歌的研究啊，刚才他说到，好像还是有下一步的计划的，我希望我能够给他提供更大的支持和帮助。因为我编了《骆一禾诗全编》之后，我也不知道该做什么，我觉得自己去编去选他的诗也不好，我只能原模原样地去呈现，在那时候也只能这样。今天参加了这个会，我感觉首先需要做的一步工作就是先把一禾当作当代诗歌的研究者和批评家，因为他从事当代诗歌的编辑工作，读过大量当代诗歌，与很多诗人接触过，写过很多诗论。在他的笔记本里、日记里有大量的诗论，我认为那部分对同代人可能意义重大。我觉得什么时候再跟西渡商量一下，也请求一下王晓，继续这么多年的支持，王晓是第一个出他书的人。我们其实可以考虑一下出一个诗歌评论的（专辑）。

西渡：大家都知道一禾的大学毕业论文是写北岛的，都很想读到，现在大家都找不着。出版骆一禾的诗论集是非常有意义的事。

张玞：我这么多年没有在文学圈里，知道现在依然有很多人在作诗、成为诗人，所以并不担心诗歌终结这种命运，但是文学批评这一块，我觉得是做得比较差的，不光是一禾，可能还有海子，可能还有其他的诗人都没有很好地研究。就是说我们有没有一个客观的、历史的、从各种角度对他们的评价。我也老了，80年代的事情，差不多都恍如隔世，记忆不清，材料收集得也不好，可能那一代整个一代人的努力都会被忘却。我最近也是看了很多关于80年代的回忆性的文章，我觉得那个时代，我们可能没有特别了不得的建树，但是我们那个时代的生活太值得记忆了。在 80 年代，我也写过将近百万字的文学批评，现在看来估计就是一堆垃圾。但是我真的为生活在 80 年代而感到骄傲，我觉得我们那个时候的生活比现在精彩很多，不管那时候有多颓废，江湖有多混乱，我真的很纪念我的 80 年代，当然这和一禾也有非常大的关系。我今天实际上非常想面对大家对一禾的这份感情，我觉得很惭愧，确实是很长时间没有做过一禾的工作了，他的事业我将继续去做。今天大家谈的一禾和海子的关系，我都特别理解。我自己个人认为，就是以我和一禾生活的密切和观察，我觉得一禾在某种意义上确实是海子的老师。我记得特别清楚，第一次是张颐武带的海子去见的一禾，海子当时写的一首《山的儿子》，是他特别早的一首诗，他的诗歌从此被一个人甄读了、被一个人评价了，这个人就是一禾。然后海子诗歌受打击的时候，一禾也跟着去分析他的诗歌、朗诵他的诗歌。一禾和海子的关系，我也找不到合适的词来说，一禾的日记里有一句话，我到现在说起来都非常感动，一禾在海子去世的时候在日记里写道："上帝，你杀死了我自己的一个儿子。"我也不想就此说一禾就完全是海子的老师，精神导师，我觉得我个人也必须慎用这些词。可能我说的是这份一禾对海子的感情、对他的诗歌的感情。我不知道现在的批评是不是要承担一份责任，我们是不是以他的故事代表了他的诗歌，这是要公开的一件事情，我自己也非常希望对一禾的评价也有这样的一个澄清的东西，鉴于一禾自己的生活和故事也有意思，它属于整个 80 年代我们大家的回忆。我希望将来我能有一个沉淀，不再等待时间对我的磨炼，能够把这个东西找到一个合适的语言把它说出来。我觉得一禾其实在那个时代，他跟 80 年代是有距离的，他有点儿匪夷所思。他跟我、跟在座的很多人都是不同的，他是一个与众不同的人，他做的工作不一样，他写的东西也不一样，这种感觉是很强烈的。但是我觉得即使他独特，也不至于让我（作为一个诗歌评论者）说他的诗歌有多么的伟大。对于他的诗歌，我希望在座的能够给他一个客观的评价。我觉得他在当时干了一件匪夷所思的事情——我们都活下来了，我们知道现在是一个怎么样的时代，一禾对这个事情是有预见性的。他不只是写诗，他只是用了诗歌这个媒介，他认为中国近现代社会以后需要一个精神的屋宇，我觉得他就是在用诗歌给我们建设一个屋宇。这个事情因为他的早逝可能没有完成，我们现在还没有见到这个屋宇，我们现在生活在一个荒漠里头，比荒漠更糟糕的是我觉得我们生活在一个变异的文化繁荣里头，全是一大堆变异的、虚幻的、重新被虚构的传统，重新被虚构的历史，我们生活在商品文化中，看上去不是荒漠，但是比荒漠更可怕。一禾在那个年头，凭他的年轻，凭他所能够积累的才识，他去做那么长的诗歌，就像他一个人非得要建成一个教堂似的，到现在我都非常地钦佩他，我也认为他实际上是死于此。他最后很着急想建成这个东西了，实际上是在飞行，包括海子的死，对他的精神都是一个非常大的打击，他最后没有能够完成，但是他还是尽心尽力，在最后一年的时间内，他把《大海》《世界的血》写了五遍，这确实是孙文波说的（他给）开愚的一封信里提到的。我非常清楚这是一种能力和血的耗尽，诸位都是写过诗歌的人，这种写作是一种怎么样的活动，你们比我更能理解。尽管我这么样去回忆他所做的，但是我仍旧不认为或者轻率地断定他建设成了这个屋宇，它有什么样的结果，我真正想赞美的是，他在那个时候敢于做这样的一件事情，这是我想说的。希望将来的研究还有热爱他的人（做他的诗歌评论），我也希望我自己在将来，我有一个清明的头脑，在平静的心态之下，写一写关于他的诗歌的评论。一禾，无论他现在怎样被遮蔽，当年一禾就是以他的人格魅力，给很多朋友造成了深刻的印象、很大的影响和帮助，我自己也（从他那里）汲取了一种力量，我觉得他的诗作和言说本身也会有力量。我不是很担心他会被人忘却，或者说不被公正地、客观地评价，我对这个一点儿也不担心。昨天我跟卧夫一起去一禾的墓地，刚才谁说的"心路历程""天路历程"，我觉得一禾和海子，他们的诗歌还继续地被人读着，这就是他们的"天路历程"，一禾必然是要经过一段时间才会真正地闪光，他迟早会被人认识的。我觉得其实他的意义一定是超过他单纯的诗歌的，他的人格和学识还有他的死，都有意义。当时我接到一个电报说，骆一禾是我们这个时代（80年代）最后一个抒情诗人，我觉得这话有一定的意思。80 年代末我们也考虑过是不是要出国，我当时是非常想出国，但是他说："我绝不离开，我不能离开我的母语，但是我支持你去。"1989 年的时候，他突然说，也许我要考虑一下出国的事情。我认为他的死、他的创作历程，是一件有意义的事情。也许就是因为，不会有人再做他的那种努力，当然时间、地点、环境，一切都不一样了。我不知道在座的作为诗人，是否曾经担心诗歌在这个时代会消失，肯定讨论过类似的话题吧。我不知道我强调在他身上发生的事情都是有象征意义的，是不是有某种迷信，但无疑，我们需要一段时间才能慢慢理解，他对我们来说到底意味着什么，我自己也在努力地理解，我自己也很长一段时间不知道怎么回忆他的故事、怎么去评价他的诗歌，怎么去想他的整个故事是怎么样的，我到现在还没有想清楚，我来之前还给西川发 E-mail 问，如果你在这个会议上，你会说什么。挺高兴大家说的着实启发了我，使我说出了点什么，谢谢大家。

西渡：还是张玞最了解一禾，我觉得她比我们大家说得都好。特别是这个"一个人去建造一座教堂"，概括得真好。

张玞：这实在是我个人觉得我太需要一个教堂了，非常希望有一个屋宇，一个精神寄托。

西渡：张玞 1990 年在《倾向》上发表的那篇关于《屋宇》和《飞行》的文章，我看到今天为止还是对骆一禾这两首长诗最到位的评论。我前年在写骆一禾长诗评论的时候，在很多方面就参考了张玞这篇文章的意见。一禾还有很多重要的成就，到现在还只是以手稿的形式存在着，比如大量的书信和日记，都还没有公开。大家都希望能够尽快整理出版。这个事情，我和洪老师也说过，洪老师也很支持。当然，这是一个非常大的工作，只能慢慢来。姜涛，你也写过一禾的文章，请你继续说吧。姜涛前天晚上刚从东京赶回来……

姜涛：我刚从灾区（日本）回来，大脑还没有转过来，昨晚收到西渡的信，还在犹豫要不要来，一是特别累，二来可能身上还有些辐射，来了怕污染大家。刚才听了张玞老师的发言，我觉得自己还是做了正确的选择，来开这个会，让我内心的一些感受、疑惑得到了确认。西渡提到我写过骆一禾的文章，那篇文章是两年前写的，其实写得非常匆忙，只是一篇纪念性的文字。为了写那篇文章，我匆匆温习了骆一禾的几篇诗论，也看了一些新的材料，注意到了一些以前没注意的东西，比如当年骆一禾编辑的《十月》诗歌专栏，这个专栏每期会重点推介一些诗人，而且每期他都会撰写一个简单的前言或按语，虽然只是只言片语，但却有相当的系统性。我的一个感觉是，骆一禾非常清晰地知道自己在做什么样的工作，而且这是一个具有方案性、整体性的工作；不仅针对他个人，也不仅针对周围的朋友，我觉得他思考的对象是整个新诗的历史，甚至80年代整体思想文化的现实。所以，我想我们该有一个整体、宏观的角度看待骆一禾，不仅把他的写作、思考看成是个人实践，而是把他的写作、诗学批评以及编辑工作当成一个整体，放在 80 年代宏观背景中去考察，才能发现其意义。刚才好多朋友说到骆一禾、海子，他们的文学方式可能和 80 年代整体的文学氛围有隔膜，但是我觉得隔膜是一方面，另一方面他们与 80 年代的文学、文化思潮有着某种更内在的、深刻的一致性。简单说，这表现在新价值、新文化的创造雄心上，骆一禾对精神屋宇的构想，也就发生在这个层面上。现在，我们谈论骆一禾，不简单是一种怀念，或者是要把他当成一个新的神话来塑造，我觉得真正有价值的，是把他的写作、思考当作一笔遗产，包括他和海子的关系，当成一笔需要认真清理的诗学遗产。刚才张玞老师说过，骆一禾的写作非常具有预言性，我在匆匆翻看他诗论的时候，我也感觉到当年骆一禾说的话，他对中国文化、中国精神走向的判断、他的忧虑，似乎在某种程度上应验了。在这个意义上谈论骆一禾，或许还是一件非常紧迫的事，因为我们现在面临的问题，像张玞老师谈到的，一切在表面上很繁荣，但实际上又是变异、分裂的精神现实。这也正是当年骆一禾担忧的地方，他想通过个人的努力唤醒周围的朋友，想以诗歌的方式回应，这种工作现在还应该延续。刚才西渡也说了，除了这本诗集之外，他的遗稿、日记、书信也应该整理，这项工作，如果有机会的话，我也愿意参与。

张玞：一禾是个诗歌编辑，他研究过很多当代诗人的诗歌，所以他也是个很好的批评者。

秦晓宇：这个会我肯定要来，因为骆一禾是我非常尊敬的一位诗人。对于诗人间的友情，他给出了一个理想的版本。1989年以后，特别是1992年以后，社会、文学都比较庸俗化、利益化、琐碎化，而他却让我们想起一种高山流水的诗歌友情；而西渡编辑的这本诗选，细致得惊人，让当代诗歌有了校勘和版本学，其背后同样是一种令人感动的诗歌友情。前面有人说骆一禾的诗被遮蔽、被忽视云云，我有点儿不以为然。凡有价值的东西，都有认知的难度，认识它永远需要一个过程。文学，就是反抗时间，二十年算什么，文章千古事，我们现在谈论他绝不算晚。刚才宋琳谈到一个观点，说"世界的血"指的是诗歌或者诗人，我不太同意，我认为"世界的血"指的是海洋，而海洋又有"文明"之象征义。无论是文明也好，文化也好，它的形状永远是大海那样不断变化的，不停涌动的。这就是为什么《世界的血》会结束于"头顶有朝霞穿过狮子　过海而来：/ 不惧死亡者 / 必为生命所战胜"。请注意"过海而来"的点题作用，这句诗是对人类文明的毁灭与重生的历史循环的一种态度、一种信念。骆一禾不是张枣那样的纯诗性的诗人，而是一位史诗性的诗人，他考虑的都是人类历史的、文化的、文明的因素，因此"世界的血"如果理解成诗人或诗歌的话，可能就有点儿"小"了。像《世界的血》这样的长诗，值得我们认真研究。现在是一个长诗衰微的时代，克罗齐、爱伦坡都认为长诗并不存在，所谓长诗是个自相矛盾的说法。这种观念很有市场。对这种说法最有力的反驳来自桑塔亚纳，他在评论卢克莱修、但丁、歌德及其长诗的《诗与哲学》中说，难道只有飞逝的瞬间，心境或插曲，才能够被销魂蚀骨地感觉到、表达出，而生活作为整体，历史和命运都是不适合想象力停留的地方，并与诗歌艺术相排斥吗？他说我不这样认为！长诗并非为长而长，而是出于对人类生存的普遍境遇和重大精神命题的回应和揭示，而呈现出一派宏伟的语言景观。斯特劳斯在研究神话的时候，有一个基本假设：所有的神话一定是个人创造，但是为了过渡到神话的地位，恰恰一定不能停留于个人的，而要回应共同的需要，实际上这也正是长诗的文化责任。说到骆一禾，他的观念、写作尝试，刚才张玞说"屋宇"，确实他要创造一个宏大而高迈的精神屋宇，但实际上真正杰出的诗人，他的上下求索的历程，精神的无限天问，才是真正的"屋宇"，任何一个人不能要求别人赐给他一个现成的屋宇，供其居住，否则"屋宇"就有可能变成地狱。骆一禾有一个来自印度哲学的"梵我"观念，"梵我"是"最高我"，"个我"对最高我的感悟、奋进，这条路，就是天路，如果说有天路的话。所以骆一禾说长诗和写作长诗的诗人"不是苍生一芥"，而是"深层构造的统摄和大全"。这句话要是放在"后现代"，那是要被批倒批臭的一句话，但这确实是他的诗歌抱负。回到我刚才说的文明的话题，骆一禾在《光明》中写道："长诗于人间并不亲切，却是 / 精神所有、命运所占据。"一首抒情短诗可以为片刻的闲适、安逸而作，为风花雪月而作，但是长诗一定是为了回应共同的需要而作。这也是骆一禾给予我们今天的启示。

西渡：我们就再推迟一会儿，因为开始得比较晚。冷霜是《新诗评论》那一期"骆一禾专辑"的责任编辑，接下来就请冷霜发言。

冷霜：刚才听了张玞老师的话之后，非常感动。她刚才说，对骆一禾来说，我们当代做新诗研究的人，工作还是做得很差。像这么重要的诗人，这么二十年下来，现有的有价值的批评还是太有限，我自己也是怀着这样一种羞愧，因为我自己对诗歌有了一点儿自觉，开始认真写诗，就是从读海子、骆一禾的诗开始的。所以从我的阅读经验来说，海子、骆一禾的分量是不分高下的。后来经常有人把骆一禾评价为"圣徒"，我倒觉得他的诗歌意识中有一个"先锋"的观念，更值得我们重视，他有一首诗就叫《先锋》，这首诗的开头这样写："世界说需要燃烧 / 他燃烧着 / 像导火的绒绳"，这里面有一个特别谦卑的意识，他不是要去做那一场大火，而是要做那个导火的绒绳。他这种先锋的意识和我们 80 年代以来很多人理解的先锋是很不一样的，其中虽然也包括诗艺上的突进，但它没有我们通常理解的、来自欧美先锋派艺术的那种"反叛""颓废"的意味，而更凸显出一种文化建设的意识。他的先锋就是一种"先驱"的概念，而对当代新诗来说，这种"先驱"意识可能是最重要的。因为对当代新诗，很多诗人可能有一个焦虑：我们新诗始终没有典范、没有大师，但骆一禾很早就意识到，我们实际上更需要这样的先驱的工作，只有通过它才能导向精神和文化上更高层面的建设，所以他在整个 80 年代的特异性、他的诗歌声音的特殊性，某种程度上也就是因为他有这样一种先驱的意识。这正是他的可贵之处。当然他并不仅仅作为先驱而存在，他整个的诗歌写作和批评工作已经是当代新诗最有价值的成绩的一部分。我们在这里，也不仅仅是为了纪念他、重新认识他的意义，而是为了把他已经开始做的工作接着做下去。我就说这么一点。

西渡：下面请东东发言。

王东东：我有两个基本的感受：第一个就是（刚才大家也表达出来），这本书的编选是一个 great 的批评行动；另外我写过海子一篇文章《海子与形而上学的断裂》，试图用"形而上学的断裂"来形容海子，骆一禾对"精神基础"的注意也是宏观考察，但其体现在长诗当中的文本结构，我觉得至少要比海子稳固一些。骆一禾的写作的确对现代性有一个反思，在政治和文学的关系之外引入了一个"文明"的层次，文明意识可能既是现代性的核心，也可能意味着现代性的极限和边缘。当然文明和生存一向就是分裂的，对文明的思考也要回到我们具体的生命，立足于后者也许是存在主义的本义，这也许可以解释为什么当时骆一禾会对斯宾格勒感兴趣。也许每一个时代都会意欲寻求一个精神的开端，一个形而上学的开端，80 年代就有这种"重新开始"的愿望。我们现在觉得谈文明有一点儿困难，因为文明本身也是一种生存状态，更因为"90年代诗歌"差不多是建立在（世俗）经验的基础上，在文明失落之后陷入深深的焦虑，而"90年代诗人"可能觉得通过对经验的累加可以自动达到一个整体性、达到"大全"。骆一禾却更看重一个反思性的前提，和"大全"建立一种相对直接的逻辑关系。骆一禾本人也写过关于经验的东西，比如说《曝光的状态》，这本书里没有选，这首诗写的就是一个男人对女权运动、对女性的观察；比如《风景》里，他提到"每日里的批判 / 只是为把内心污辱"，我觉得如果诗歌不能体现一种精神的自足、一种"大全"的状态，那么在我们中国这样的语境里，它很可能就沦为一种批判的材料，这并非我杜撰，这是骆一禾一首诗中的句子。另外骆一禾竟然也写到了长征和毛泽东，他的意思好像就是毛泽东是唯一的一个诗人一样，这样的一个诗人不允许其他的诗人的存在，可能这是我的一个误读吧；《祖国》里也写道："我感到 / 一个诗人众多的国度 / 这样英雄而可悲。"但除了对日常和历史经验的沉浸，他更大的抱负体现在他反思性地"接近大全"的长诗中，《世界的血》《大海》。在《为美而想》这样的短诗里已有声张："在五月里一块大岩石的旁边 / 我感到岩石下面的目的 / 有一层沉思在为美而冥想"，骆一禾想成为一个沉思的诗人，反思单纯的"诗"和"美"。波德莱尔说："文学应该到一种更好的氛围中锤炼它的力量。这样的时代不远了，那时，人们将会明白，任何拒绝和科学及哲学亲密同行的文学都是杀人和自杀的文学。"我觉得，新诗诗人应该对这种诗歌和哲学的对话做好准备，以能够在某一个时候集中处理新诗的价值判断问题，这似乎是要求诗人去做哲学家的工作，不是诗人的本分，但诗人为什么要将这个工作让给别人呢？也就是在这个意义上，我觉得很难把海子、骆一禾称作"史诗诗人"，个人化的现代诗和史诗之间是有距离的，但他们不妨是凸显"反思性"的中介的存在，他们的长诗也可以是更多"哲理"意义的诗。他们的反思性试图为现代诗寻求一个精神基础，在海子的诗中最终表现出的是结构的坍塌——当然海子有难以遮掩的上扬的光芒——而骆一禾的"屋宇"也并不是完美的，但毫无疑问已是杰作。当我们陷落于经验几至不能动弹的时候，讨论骆一禾是非常有意义的，我就说这么多。

西渡：最后请松建发言。

张松建：刚才西渡还有几位朋友都提到骆一禾诗歌的文明向度，我对这个也比较感兴趣。像艾略特这样 20 世纪西方的大诗人都注重这方面，但是呢，就像你刚才所谈到的斯宾格勒这些西方思想家对骆一禾的影响，我刚才把他的诗也翻了一下，我觉得文明表现在他的诗里可能过于知识化，就是非常超验的，没有个人的经验的支撑、没有个人化的东西。艾略特的不一样，艾略特有深切的个人经验和感受，这两方面是有非常大的差别的。七八十年代的中国和艾略特所感受的中国差异还是非常大的，这是我的一点想法和感受吧。

西渡：已经很晚了，我们今天就谈到这里。今天的讨论应该说相当深入，希望大家在这里贡献的意见将会对骆一禾的研究有所促进。